Über dieses Buch

Seine aristokratisch unverbindliche Freundlichkeit wird Lord Peter Wimsey wieder einmal zum Verhängnis. Eine Wagenpanne verschlägt ihn in ein abseits gelegenes Pfarrdorf, wo er im Hause des traditionsbewußten Pfarrers Obdach findet. Nun läßt er sich nicht nur verleiten, an einem neunstündigen Silvesterläuten teilzunehmen, sondern er gerät auch wieder einmal in ein kriminalistisches Abenteuer. Ein mysteriöser Todesfall beunruhigt die Dörfler, längst verwischte Spuren tauchen wieder auf, halb vergessene Verbrechen gewinnen wieder an Bedeutung. Zwischen dem alten Herrenhaus, der wuchtigen Dorfkirche und den Häusern des Dorfes sucht Lord Peter die Mörder des Toten, deckt peinlich gehütete Geheimnisse auf und muß schließlich entdecken, daß er – zwar unfreiwillig – eine Rolle in diesem dörflichen Kriminalfall spielt.

Außer diesem Roman sind im Fischer Taschenbuch Verlag von Dorothy Sayers erschienen: der Roman »Mein Hobby: Mord« (Band 897) und die Anthologien: »Kriminalgeschichten« (Band 739), »Rendez-vous zum Mord« (Band 1077) und »Die geheimnisvolle Entführung« (Band 1093).

DOROTHY SAYERS

DIE NEUN SCHNEIDER

ROMAN

Fischer Taschenbuch Verlag

Titel der Originalausgabe: The Nine Tailors
Aus dem Englischen übertragen von Helene Homeyer

Fischer Taschenbuch Verlag
1.–22. Tausend: Januar 1965
23.–34. Tausend: April 1966
35.–42. Tausend: Mai 1969
43.–50. Tausend: April 1971
51.–57. Tausend: August 1972

Umschlagentwurf: Hans Maier
Fischer Taschenbuch Verlag GmbH, Frankfurt am Main
Lizenzausgabe des Rainer Wunderlich Verlages Hermann Leins, Tübingen
Deutsche Übersetzungsrechte beim Rainer Wunderlich Verlag Hermann Leins, Tübingen
Gesamtherstellung: Hanseatische Druckanstalt GmbH, Hamburg
Printed in Germany
ISBN 3 436 00635 1

INHALT

AUFTAKT

Erstes Kapitel Die Glocken werden eingeläutet ...
9

Zweites Kapitel ... nach allen Regeln der Kunst
30

DAS TREIBEN

Drittes Kapitel Ein Toter zuviel
53

Viertes Kapitel Jagd auf Smaragde
72

Fünftes Kapitel Fährtensucher
93

Sechstes Kapitel Ein Fund
115

Siebentes Kapitel Was weiß Tailor Paul?
132

Achtes Kapitel Intermezzo in Frankreich
146

Neuntes Kapitel Narrengeschwätz
162

Zehntes Kapitel Neue Rätsel
174

Elftes Kapitel   Verwischte Spuren
190

Zwölftes Kapitel   Der Schatz der Cherubim
200

Dreizehntes Kapitel   Schatten der Vergangenheit
213

Vierzehntes Kapitel   Ein dunkles Geheimnis
230

Fünfzehntes Kapitel   Das Netz zieht sich zu
251

AUSKLANG

Sechzehntes Kapitel   Die Wasser strömen ein
262

Siebzehntes Kapitel   Die Glocken haben das letzte Wort
278

NEUN SCHNEIDER

MACHEN EINEN MANN IN CHRIST,

SEIN TOD AM END

IN ADAM SCHON BEGONNEN IST.

ES RUFEN DIE GLOCKEN VON *FENCHURCH ST. PAUL:*

GAUDE, GAUDE, DOMINI IN LAUDE

SANCTUS, SANCTUS, SANCTUS DOMINUS DEO *SABAOTH*

JOHN COLE SCHUF MICH, JOHN PRESBYTER STIFTET MICH,

SANKT JOHN EVANGELISTA SCHÜTZT MICH.

VON *JERICHO* BIS ZUR KLEINSTEN KAPELLEN

SOLL SICH KEINE GLOCKE ÜBER MICH STELLEN

JUBILATE DEO.

NUNC *DIMITTIS*, DOMINE.

ABT THOMAS BRACHTE MICH DAR,

AUF DASS ICH LÄUTE HELL UND KLAR.

NACH *SANKT PAULUS* BIN ICH GENANNT,

IHM SEI DIE EHRE.

―――

GAUDE, SABAOTH, JOHN, JERICHO, JUBILEE, DIMITY,

BATTY THOMAS UND TAILOR PAUL.

· AUFTAKT

Erstes Kapitel

Die Glocken werden eingeläutet ...

Donnerwetter! rief Lord Peter Wimsey aus. Lächerlich hilflos lag sein Wagen da, mit dem Vorderteil tief im Chausseegraben, während die Hinterräder von der Böschung aus sinnlos in die Luft ragten. Es sah tatsächlich so aus, als wollte sich das Fahrzeug mit Gewalt einen Weg in die Erde bahnen und sich tief unterm Schnee eingraben. Wie hatte das nur passieren können? Angestrengt spähte Wimsey durch das Schneegestöber. Aha – da war die kleine, enge Brücke. In hohem Bogen spannte sie sich über den dunklen Kanal und stürzte dann ohne Übergang im rechten Winkel auf die Straße hinab, die den Kanal seitlich begrenzte. Über diese Brücke war er etwas zu schnell gefahren und hatte, durch den scharfen, von Ost wehenden Schneesturm in der Sicht behindert, die Straße gekreuzt und war dann die Böschung hinabgesaust, direkt in den Graben hinein. Kahl und feindlich starrte ihm das schwarze Gestrüpp der Dornenhecke im grellen Scheinwerferlicht entgegen.
Zur Rechten und zur Linken, nach vorn und nach rückwärts dehnte sich, dicht verhüllt, das Moor aus. Es war Silvester, kurz nach vier Uhr nachmittags. Es hatte den ganzen Tag geschneit; die Luft flimmerte unter einem schweren bleigrauen Himmel.
»Tut mir leid«, sagte Wimsey. »Wo sind wir bloß hingeraten – was meinen Sie, Bunter?«
Der Diener zog beim Schein einer Taschenlampe eine Karte zu Rate. »Meiner Ansicht nach sind wir in Leamholt vom rechten Weg abgekommen, Mylord. Ich müßte mich sehr irren, wenn wir nicht in der Nähe von Fenchurch St. Paul wären.«
Während er das sagte, trug der Wind den durch den Schnee gedämpften Klang einer Turmuhr herüber: es schlug ein Viertel.

»Gott sei Dank!« atmete Wimsey auf. »Wo eine Kirche ist, da wohnen auch Menschen. Aber wir werden wohl zu Fuß gehen müssen. Lassen Sie nur die Handkoffer, die holt uns nachher jemand. Brr! Ist das eine Kälte! Das eine kann ich sagen: wenn ich je wieder eine Einladung im Fenmoor annehmen sollte, dann nur im Hochsommer, oder ich fahre mit der Bahn. Die Kirche liegt wohl in der Richtung, aus der der Wind kommt – ja, sicher.«
Sie zogen ihre Mäntel fester um sich und nahmen den Kampf gegen Wind und Schnee auf. Zu ihrer Linken zog sich, schnurgerade, wie mit dem Lineal gezogen, der Kanal dunkel und unbeweglich dahin. Steil stürzte die Böschung ab zu dem träg fließenden, unbarmherzigen Gewässer. Der Schnee schlug sich auf ihre Augen, schweigend bahnten sie sich ihren Weg. Nachdem sie eine Meile durch die Einsamkeit gewandert waren, tauchte auf dem anderen Ufer der karge Umriß einer Windmühle auf. Doch führte keine Brücke hinüber, auch war kein Licht zu sehen.
Nach einer weiteren halben Meile stießen sie auf einen Wegweiser und auf eine Nebenstraße, die nach rechts abzweigte. Der Diener Bunter leuchtete mit seiner Taschenlampe hinauf und las auf dem ausgestreckten Arm: Fenchurch St. Paul.
Sie konnten nur diesen einen Weg einschlagen, da Straße und Kanal in eine ewige Winternacht führten.
»Also auf nach Fenchurch St. Paul«, beschloß Wimsey.
Noch ein paar hundert Meter durch die Einsamkeit, dann stießen sie auf das erste Lebenszeichen inmitten dieser im Frost erstarrten, verlassenen Gegend: links die Dächer eines Bauernhofes, der etwas abseits von der Straße lag, und rechts ein kleines, viereckiges Gebäude, das wie aus einem Bausteinkasten genommen aussah und sich, wie das im Winde kreischende Schild anzeigte, ›Gasthaus zur Goldenen Garbe‹ nannte. Vor dem Gebäude stand ein kleiner, schäbiger Wagen; durch die Fenster im Erdgeschoß und im oberen Stockwerk schimmerte gedämpftes, rötliches Licht.
Wimsey lenkte seine Schritte auf die Tür zu. Sie war geschlossen, aber nicht verriegelt. »Hallo! Ist da jemand?« rief er.
Eine Frau in mittleren Jahren tauchte aus einem rückwärtigen Zimmer auf. »Das Schankzimmer ist noch nicht auf«, sagte sie kurz angebunden.

»Ich bitte um Entschuldigung«, erwiderte Wimsey. »Wir haben einen Autounfall gehabt. Könnten Sie uns vielleicht . . .«
»O Verzeihung, mein Herr. Ich dachte, Sie wären schon einer von unseren Gästen. Eine Panne? Das tut mir aber leid. Kommen Sie nur herein. Bei uns ist allerdings ein großes Durcheinander.«
»Was gibt's denn, Mrs. Tebbutt?« ließ sich eine freundliche und gepflegt klingende Stimme vernehmen. Wimsey folgte der Frau in ein kleines Gastzimmer, in dem ein ältlicher Pastor saß.
»Die Herren haben einen Autounfall gehabt.«
»Du liebe Zeit! Und auch noch bei diesem fürchterlichen Wetter! Kann ich vielleicht irgendwie behilflich sein?«
Wimsey setzte auseinander, daß sein Wagen im Graben stecke und wohl nur mit Hilfe von Seilen und einem Gespann wieder auf die Straße gebracht werden könne.
»Du liebe Zeit, du liebe Zeit!« rief der Pastor wieder aus. »Sicher sind Sie über Frog's Bridge gekommen, eine ganz gefährliche Stelle, besonders im Dunkeln. Ja, da müssen wir überlegen, was zu tun ist. Ich darf Sie wohl erst einmal mit meinem Wagen ins Dorf mitnehmen?«
»Das wäre außerordentlich liebenswürdig von Ihnen.«
»Hat gar nichts zu sagen! Ich muß ohnehin zum Tee zu Hause sein. Vielleicht tut Ihnen etwas Erwärmendes auch ganz gut, oder haben Sie es sehr eilig weiterzukommen? Wir würden Sie sonst mit dem größten Vergnügen über Nacht bei uns behalten.«
Wimsey dankte ihm vielmals, meinte aber, er wolle doch die angebotene Gastfreundlichkeit nicht über Gebühr in Anspruch nehmen.
»Sie würden uns wirklich nur eine Freude bereiten«, erwiderte der Geistliche entgegenkommend. »Wir haben so selten Gäste hier draußen, daß Sie mir und meiner Frau direkt einen Gefallen erweisen, wenn Sie hierbleiben.«
»Dann allerdings –«, sagte Wimsey einlenkend.
»Ausgezeichnet, ausgezeichnet!«
»Ich bin Ihnen wirklich sehr dankbar. Denn selbst wenn wir den Wagen noch heute abend herausbekämen, so wird, fürchte ich, die Achse verbogen sein, so daß er doch erst zum Schmied in die Werkstatt muß. Aber könnten wir nicht

in einer Wirtschaft oder sonstwo übernachten? Es ist mir peinlich ...«
»Aber, lieber Herr, machen Sie sich bitte darüber keine Gedanken mehr. Zweifellos würde Mrs. Tebbutt Sie hier liebend gern beherbergen und es Ihnen behaglich machen – wundervoll behaglich sogar –, aber ihr Mann liegt mit dieser schrecklichen Influenza; wir haben nämlich zur Zeit eine richtige Influenza-Epidemie am Ort. Ich fürchte daher, daß es Mrs. Tebbutt nicht gerade passen würde. Habe ich recht, Mrs. Tebbutt?«
»Offen gesagt, ich wüßte wirklich nicht, wie ich es im Augenblick einrichten sollte. Auch die ›Rote Kuh‹ hat nur ein Gastzimmer –.«
»O nein«, wandte der Geistliche schnell ein, »auf keinen Fall die ›Rote Kuh‹. Mrs. Donnington hat außerdem bereits Gäste. Nein, ich lasse keine Ablehnung gelten. Sie müssen wirklich mit ins Pfarrhaus kommen. Wir haben reichlich Platz dort, viel zuviel sogar. Übrigens, mein Name ist Venables. Ich sollte mich Ihnen schon eher vorgestellt haben. Ich bin, wie Sie wohl bereits erraten haben, der Pastor des Ortes.«
»Überaus gütig von Ihnen, Mr. Venables. Wenn es Ihnen tatsächlich keine Umstände macht, nehmen wir Ihre Einladung sehr gern an. Mein Name ist Wimsey. Hier meine Karte. Und dies ist mein Diener, Bunter.«
Der Pastor befreite seine Augengläser umständlich aus den Umschlingungen der Schnur, an der sie befestigt waren, und drückte sie dann völlig schief auf seine längliche Nase, um Wimseys Karte zu studieren.
»Lord Peter Wimsey – du liebe Zeit! Der Name kommt mir bekannt vor. In welchem Zusammenhang habe ich ihn doch schon gehört – ah ja, ich hab's – ›Kommentar zu einer Sammlung von Erstdrucken‹, das ist's. Eine sehr gelehrte kleine Monographie, wenn ich mir die Bemerkung erlauben darf. Das ist ja großartig – mich einmal wieder mit einem Sammler aussprechen zu können! Höchst erfreut, Ihre Bekanntschaft auf diese Weise gemacht zu haben. Du meine Güte! Da schlägt es fünf! Wir müssen schleunigst fort, sonst schilt meine Frau. Auf Wiedersehen, Mrs. Tebbutt! Ich hoffe, daß es Ihrem lieben Mann morgen besser geht. Ich finde, er sieht heute schon viel wohler aus.«

»Danke schön, Herr Pastor. Mein Mann freut sich immer so, wenn Sie vorbeikommen. Es tut ihm wirklich gut.«
»Sagen Sie ihm nur, daß er den Kopf oben behält. Eine niederträchtige Krankheit! Aber das Schlimmste hat er wohl hinter sich. Jetzt müssen wir aber wirklich fort. Mein Wagen ist zwar kein Renommierstück, aber es ist mehr Platz darin, als man denken sollte. Habe schon manche Taufgesellschaft darin verstaut, was Mrs. Tebbutt? Wollen Sie neben mir Platz nehmen, Lord Peter? Ihren Diener und Ihr – ja, wie – haben Sie kein Gepäck? Ach so, draußen auf der Landstraße. Na, das lasse ich nachher von meinem Gärtner holen. Das nimmt keiner inzwischen. Wir sind lauter ehrliche Leute hier in dieser Gegend – nicht wahr, Mrs. Tebbutt? Also schön! Sie müssen sich diese Decke um die Beine legen – doch, unbedingt! Und Sie dahinten, lieber Freund, gut untergebracht? Na schön, sehr schön. Auf Wiedersehen, Mrs. Tebbutt.«
Der alte Wagen ratterte los, bis in seine Eingeweide erschüttert, die gerade, schmale Straße entlang. Sie fuhren an einem Häuschen vorbei, und dann tauchte ganz plötzlich zu ihrer Rechten ein grauer, riesiger Bau aus dem Schneetreiben auf.
»Lieber Himmel«, rief Wimsey aus, »ist das Ihre Kirche?«
»Ja, sicher«, erwiderte der Pastor stolz. »Sind Sie überrascht?«
»Na und ob! Das ist ja eine kleine Kathedrale. Hatte keine blasse Ahnung. – Wie groß ist denn Ihre Gemeinde?«
»Sie werden sich wundern«, lachte der Pastor. »Dreihundertundvierzig Seelen insgesamt. Erstaunlich, wie? Aber das finden Sie häufig hier im Osten unserer Insel; wir sind berühmt für unsere großen und prächtigen Dorfkirchen. Allerdings ist Fenchurch St. Paul in seiner Art einzig. Es geht auf eine mittelalterliche Gründung zurück, auf eine Abtei, die in vergangenen Tagen eine bedeutsame Rolle gespielt haben muß. Wie hoch schätzen Sie unseren Kirchturm?«
Wimsey sah an dem ragenden Bau hinauf. »Das ist schwer zu sagen jetzt in der Dunkelheit. Jedenfalls nicht unter hundertunddreißig Fuß.«
»Nicht schlecht geraten. Genau sind es hundertachtundzwanzig Fuß bis zur Spitze der kleinen Türme, aber es sieht höher aus, weil das Kirchendach verhältnismäßig niedrig

ist. Es gibt wohl nicht viele Kirchen, die uns übertreffen. Aber was Schönheit der Proportionen angeht, da kann Fenchurch St. Paul es mit allen anderen aufnehmen. Sie können das gleich noch besser sehen, wenn wir hier um die Ecke biegen. Hier tute ich immer – eine gefährliche Stelle mit der Mauer und den Bäumen. So, von hier aus bekommen Sie eine ungefähre Vorstellung. Herrlich, nicht wahr, die Seitenschiffe und die Fenster? Aber Sie werden das bei Tageslicht noch viel besser betrachten können. So – hier sind wir; das Pfarrhaus liegt gerade gegenüber der Kirche. Ich tute jedesmal am Eingang, aus Angst, es könnte jemand davorstehen. Die Sträucher machen es hier so dunkel. Sie werden froh sein, endlich ins Warme zu kommen, zu einer Tasse Tee – oder vielleicht ziehen Sie etwas Kräftigeres vor. Ich tute hier stets noch einmal an der Tür, damit meine Frau gleich weiß, daß ich zurück bin. Sie wird immer so nervös, wenn ich nach Einbruch der Dunkelheit noch unterwegs bin. Diese Kanäle und Gräben machen aber auch die Straßen wirklich unsicher; und schließlich bin ich nicht mehr der Jüngste. Ah, da ist meine Frau! Agnes, mein Herz, entschuldige die kleine Verspätung, aber ich habe einen Gast mitgebracht, der einen Autounfall gehabt hat und daher bei uns über Nacht bleiben wird. So, meine Liebe, darf ich dir Lord Peter Wimsey vorstellen?«

Mrs. Venables, deren mollige Fülle Wärme und Behaglichkeit ausstrahlte, stand in der Tür und empfing den unerwarteten Besuch mit der Ruhe der erfahrenen Hausfrau. »Was für ein Glück, daß mein Mann Ihnen begegnet ist. Ein Autounfall? Sie sind doch hoffentlich nicht verletzt?«

»O vielen Dank«, erwiderte Wimsey, »nein, es ist nichts passiert. Wir sind nur dummerweise in einen Straßengraben gefahren. Bei Frog's Bridge, wenn ich recht verstanden habe.«

»Eine böse Ecke. Ein Segen, daß Sie nicht in den Kanal geraten sind! Bitte, kommen Sie herein und machen Sie sich's behaglich. Ihr Diener? Natürlich. Emilie! Führen Sie den Diener des Herrn in die Küche und sorgen Sie gut für ihn.«

»Und sagen Sie Hinkins, er soll mit dem Wagen nach Frog's Bridge fahren und das Gepäck holen«, fügte der Pastor hinzu. »Lord Peters Wagen ist dort steckengeblieben. Ja, und noch eins, Emilie! Sagen Sie ihm auch, daß er gleich jemanden zu Wilderspin schickt, damit das Auto aus dem Graben herausgeholt wird.«

»Das hat aber wirklich Zeit bis morgen früh«, wandte Wimsey ein.

»Gut – aber gleich morgen früh als erstes. Wilderspin ist nämlich unser Schmied, ein ausgezeichneter Mann. Bei dem ist Ihr Wagen in besten Händen. Du liebe Zeit! Nun aber – herein; herein zu unserem Tee! Agnes, mein Herz, hast du Emilie Bescheid gesagt, daß Lord Peter über Nacht bleibt?«

»Alles in Ordnung«, beruhigte die Pastorin. »Ich hoffe, du hast dir keine Erkältung geholt, Theodor.«

»Keine Spur, mein Herz. Ich war schön warm eingepackt. Ah – was sehen meine Augen dort? Krapfen!«

»Krapfen? Gerade das, was ich mir gewünscht hätte«, gestand Wimsey.

»Bitte, nehmen Sie Platz, nehmen Sie Platz! Und langen Sie ordentlich zu. Sie müssen ja ausgehungert sein. Bitterkalt ist es heute. Vielleicht möchten Sie lieber einen Whisky mit Soda, ja?«

»Nein, mir bitte Tee.« Wimsey sah sich um. »Riesig behaglich hier! Wirklich, Mrs. Venables, ich finde es einfach rührend von Ihnen, sich unserer so gütig anzunehmen.«

Die Pastorin lächelte freundlich. »Oh, ich freue mich nur, wenn ich Ihnen behilflich sein kann. Etwas Trostloseres als diese Straßen durchs Moor im Winter gibt es wohl kaum. Sie können noch von Glück sagen, daß Sie so verhältnismäßig nah beim Dorf gelandet sind.«

»Ja, das ist wahr«, stimmte Wimsey zu. Dankbar empfand er die Wärme und Behaglichkeit, die der Raum ausstrahlte, mit seinen kleinen Taburettischchen voller Nippsachen, dem prasselnden Feuer im Kamin und dem silbernen Teekessel, der auf dem polierten Teebrett blitzte.

»Tom Tebbutt scheint's heute viel besser zu gehen«, berichtete der Pastor. »Pech, daß er gerade jetzt krank werden mußte, aber wir wollen froh sein, daß es nicht schlimmer ist. Ich hoffe nur, daß nicht noch mehr Leute krank werden. Übrigens, der junge Pratt wird's ganz gut schaffen, glaube ich. Heute morgen bei den Proben hat er nicht einen einzigen Fehler gemacht – ehrgeiziger Junge. Dabei fällt mir ein, wir sollten wohl unseren Gast warnen.«

»Ja, wirklich, das sollten wir«, fiel die Pastorin ein. »Mein

Mann hat Sie zwar gebeten, hier zu übernachten, aber er hätte Ihnen auch sagen sollen, daß Sie kaum viel Schlaf finden werden, so nahe bei der Kirche. Oder stört Sie Glockengeläute nicht?«
»Nicht im geringsten«, erwiderte Wimsey.
»Mein Mann setzt nämlich seinen ganzen Stolz auf das Wechselläuten«, fuhr sie fort, »und Sie wissen ja, an Neujahr —«
Der Pastor, der nur selten einen anderen zu Ende reden ließ, fiel ihr eifrig ins Wort. »Wir hoffen, heute nacht eine wirkliche Meisterleistung zu vollbringen, oder richtiger, morgen früh. Wir wollen das neue Jahr mit — aber Sie wissen wohl nicht, daß wir hier eines der schönsten Glockenspiele im ganzen Land besitzen?«
Wimsey besann sich. »Doch, ich glaube, ich habe schon von den Fenchurch-Glocken gehört.«
»Es gibt vielleicht ein paar Glocken, die einen wuchtigeren Klang haben, aber sicher keine, die es an vollem Ton und Lieblichkeit mit unseren aufnehmen können. Besonders Nummer sieben, eine edle, alte Glocke, aber auch der Baß und die beiden anderen, John und Jericho, sind ausnehmend schön. Tatsächlich, der ganze Satz ist von makellosem Wohlklang, wie es in der alten Inschrift heißt.«
»Ist es ein vollständiger Satz von acht Glocken?«
»Ja. Wenn Sie sich dafür interessieren, kann ich Ihnen ein reizendes kleines Büchlein zeigen, das mein Vorgänger hier verfaßt hat und das die ganze Geschichte der Glocken enthält. Die Baßglocke, Tailor Paul, ist im Jahre 1614 auf einem Feld neben dem Friedhof gegossen worden. Man kann noch deutlich die Vertiefung in der Erde erkennen, an der Stelle, wo der Guß ausgeführt wurde. Das Feld heißt bis zum heutigen Tage ›Glockenacker‹.«
»Haben Sie eine tüchtige Mannschaft zum Läuten?« fragte Wimsey höflich.
»Oh, eine ganz hervorragende. Großartige Burschen und begeistert für die Sache. Ja, und was ich vorher sagen wollte, wir beabsichtigen heute nacht das neue Jahr mit nicht weniger«, hier hob der Pastor seine Stimme, »mit nicht weniger als 15 840 Kent Treble Bob Major-Runden einzuläuten. Was sagen Sie dazu? Keine schlechte Leistung, wie?«
»Du Grundgütiger«, rief Wimsey aus, »fünfzehntausend . . .«
»Achthundertundvierzig«, ergänzte der Pastor.

Wimsey überschlug rasch die Zahl. »Da haben Sie aber gehörig zu tun.«
»Neun Stunden«, stellte der Pastor befriedigt fest.
»Das lobe ich mir«, meinte Wimsey. »Eine Leistung, die sich sehen lassen kann.«
»Dazu kommt noch«, fiel der Pastor eifrig ein, »wir sind hier nur acht Mann zum Läuten, wenn ich von meiner bescheidenen Mitwirkung absehe. Wir hatten zwar gehofft, im ganzen zwölf Leute zu haben, aber unglücklicherweise liegen vier von unseren besten Kräften an dieser schrecklichen Influenza darnieder. Und von Fenchurch St. Stephen können wir leider keine Helfer bekommen. Sie haben dort auch ganz schöne Glocken, aber natürlich nicht mit unseren zu vergleichen. Sie läuten dort überhaupt keinen Treble Bob, sondern beschränken sich nur auf Grandsire Triples.«
Wimsey schüttelte den Kopf und nahm sich einen vierten Krapfen. »Grandsire Triples, ein sehr schönes und ehrwürdiges Geläute«, sagte er nachdenklich, »aber es wird niemals so vollkommen klingen.«
»Das ist es ja, was ich immer sage«, fiel ihm der Pastor triumphierend ins Wort, »es klingt niemals so vollkommen, wenn der Baß nachhinkt, auch nicht beim Stedman, obwohl wir den hier sehr gern mögen und ihn auch, wie ich wohl sagen darf, recht anständig zu läuten verstehen. Aber was Lebendigkeit und Abwechslung und Lieblichkeit des Tons anlangt, da geht ein für allemal nichts über den Kent Treble Bob.«
»Da kann ich Ihnen nur beistimmen, Herr Pastor.«
»Nein, darüber hinaus gibt es einfach nichts.« In seliger Selbstvergessenheit ließ Mr. Venables seine Gedanken zum Glockenstuhl hinaufschweifen, während er einen Krapfen heftig in der Luft hin und her schwenkte.
Der Pastor war eben im Begriff, sich weitschweifig über das Glocken-Thema zu verbreiten, als Emilie an der Tür erschien und die unheilkündenden Worte an ihn richtete: »Verzeihung, Herr Pastor, James Thoday möchte Sie einen Moment sprechen.«
»James Thoday? Wieso denn? Ja, aber selbstverständlich. Führen Sie ihn nur ins Arbeitszimmer, Emilie! Ich komme sofort.«
Schon nach wenigen Minuten kam der Pastor wieder zu-

rück. Tiefe Enttäuschung malte sich auf seinem Gesicht, als er sich mit dem Ausdruck höchster Verzweiflung in seinen Stuhl fallen ließ. »Eine Katastrophe!« rief er dramatisch aus.
»Du lieber Himmel, Theodor! Was ist denn passiert?«
»William Thoday – und ausgerechnet heute! Der arme Kerl! Ich dürfte eigentlich gar nicht an mich denken, aber das ist wirklich eine bittere Enttäuschung, eine ganz bittere Enttäuschung.«
»Wieso, was ist denn mit Thoday los?«
»Liegt mit Influenza«, sagte der Pastor. »Diese furchtbare Geißel! Der Mann ist völlig erledigt. Fieberdelirien. Sie haben nach Dr. Baines geschickt.«
»Schrecklich, schrecklich!«
»Anscheinend hat er sich heute früh schon elend gefühlt«, berichtete der Pastor weiter, »aber er wollte trotzdem unbedingt nach Walbeach hinüberfahren, geschäftehalber. So eine Unvernunft! Der arme Kerl! Mir kam er schon gestern abend verdächtig vor, sah ganz jämmerlich aus, als er hier vorsprach. Zum Glück hat George Ashton ihn in der Stadt getroffen und ihn gleich mit nach Hause genommen, als er sah, wie schlecht es ihm ging. Der arme Thoday muß sich bös erkältet haben bei der Eiseskälte. Klappte völlig zusammen, als sie zu Hause ankamen; sie mußten ihn sofort ins Bett bringen. Jetzt hat er hohes Fieber und jammert die ganze Zeit darüber, daß er heute nacht nicht zur Kirche kommen kann. Ich habe seinen Bruder gebeten, alles zu tun, um ihn zu beruhigen, aber ich fürchte, das wird nicht so leicht sein.«
»Ach du meine Güte«, seufzte Mrs. Venables. »Hoffentlich gibt ihm Dr. Baines ein Beruhigungsmittel.«
»Ja, das hoffe ich auch. Es ist freilich eine Katastrophe, aber er dürfte es sich doch nicht so zu Herzen nehmen. So müssen wir denn unsere stolze Hoffnung begraben und uns mit einem kurzen Wechselgeläute zufriedengeben.«
»Gehört denn der Mann zu Ihrer Belegschaft?«
»Leider ja, und ich habe keinen Ersatzmann für ihn. Wir werden uns eben bescheiden müssen. Denn selbst wenn ich eine Glocke übernehmen würde, so kann ich doch unmöglich neun Stunden lang läuten. Ich bin nicht mehr der Jüngste, und abgesehen davon habe ich um acht Uhr einen Frühgottesdienst – außer dem Silvestergottesdienst, der

erst nach Mitternacht zu Ende ist. Nun ja, der Mensch denkt und Gott lenkt. Es sei denn –«, hier wandte sich der Pastor mit einem plötzlichen Ruck an seinen Gast: »Sie haben doch vorhin ein so feines Verständnis fürs Treble Bob-Läuten bewiesen. Sind Sie vielleicht selbst ein Glockenläuter?«
»Früher hatte ich eine ganz nette Übung darin, aber ob ich heute noch dazu imstande bin –«, erwiderte Wimsey zweifelnd.
»Treble Bob?«
»Selbstverständlich. Aber das ist lange Zeit her.«
»Oh, das kommt wieder, das kommt wieder«, rief der Pastor mit fieberhaftem Eifer. »Eine halbe Stunde Übung mit den Handglocken –«
»Aber, mein Lieber –«, versuchte Mrs. Venables einzuwenden.
»Ist das nicht wunderbar!« rief der Pastor begeistert aus. »Ist das nicht ein Werk der Vorsehung, daß wir gerade jetzt einen Gast ins Haus gesandt bekommen, der Kent Treble Bob zu läuten versteht?« Er klingelte nach dem Hausmädchen. »Hinkins muß sofort losgehen und die Leute herbestellen zu einer Probe mit den Handglocken. Mein Herz, ich fürchte, wir werden das Eßzimmer mit Beschlag belegen müssen, so leid es mir tut. Und, Emilie, sagen Sie Hinkins, daß er sofort losgeht.«
»Einen Augenblick, Emilie! Theodor, findest du es wirklich recht, Lord Peter Wimsey nach einem Autounfall und nachdem er einen anstrengenden Tag hinter sich hat, zu bitten, daß er von Mitternacht bis neun Uhr morgens läuten soll? Ein kurzes Wechselläuten vielleicht ja, aber auch dann, heißt das nicht seine Güte mißbrauchen?«
Der Pastor verzog seinen Mund wie ein gekränktes Kind. Wimsey beeilte sich, ihm zu Hilfe zu kommen. »Aber nicht im geringsten, Frau Pastor. Ich würde wirklich nichts lieber tun, als Tag und Nacht Glocken läuten. Ich bin nicht ein bißchen müde, wirklich nicht. Meine einzige Sorge ist, ob ich nicht Fehler machen werde.«
»Bewahre, bewahre«, wandte der Pastor beschwörend ein. »Aber meine Frau hat ganz recht. Neun Stunden sind natürlich zuviel. Wir sollten uns mit etwas weniger, vielleicht mit –«

»Nein, keinesfalls«, protestierte Wimsey. »Neun Stunden oder gar nicht. Ich bestehe darauf! Aber wenn Sie erst gesehen haben, wie ich mich anstelle, werden Sie wahrscheinlich ganz auf meine Person verzichten.«
»Ach, Unsinn!« wehrte der Pastor ab. »Emilie, Hinkins soll die Leute sofort bestellen. Sagen wir, für halb sieben Uhr? Bis dahin können sie wohl alle hier sein. Einfach herrlich! Im Ernst, ich kann mich nicht genug über diese seltsame Schicksalsfügung wundern. Es beweist wiederum aufs neue, wie wunderbar des Herrn Wege sind, wie weise Er selbst unsere Freuden unterstützt, sofern sie Ihm nur wohlgefallen. Lord Peter, ich darf doch heute nacht in meiner Predigt kurz darauf hinweisen, das heißt, Predigt kann man es kaum nennen. Ich werde nur einige allgemeine, der Stunde angemessene Worte an die Gemeinde richten. Darf ich fragen, wo Sie sonst immer läuten?«
»Ich läute jetzt überhaupt nicht mehr. Als Junge habe ich oft im Schloß des Herzogs von Denver geläutet, und wenn ich zu Weihnachten oder zu anderen Festen nach Hause gehe, helfe ich gelegentlich auch heute noch aus.«
»Im Schloß Denver? Natürlich, da ist ja diese prachtvolle kleine Kirche St. John ad-Portam-Latinam. Ich kenne sie genau. Sie werden aber doch wohl zugeben müssen, daß unsere Glocken schöner sind. Jetzt aber entschuldigen Sie mich bitte. Ich will schleunigst das Eßzimmer für unsere Übung fertig machen.« Geschäftig eilte er hinaus.
»Es ist wirklich rührend von Ihnen, daß Sie meinem Mann einen solchen Gefallen tun wollen«, wandte sich die Pastorin an Wimsey. »Er hat nun einmal sein ganzes Herz an dieses Neujahrsläuten gehängt und bisher nichts als Enttäuschungen damit gehabt.«
Wimsey versicherte erneut, daß er mit dem allergrößten Vergnügen einspringe.
»Aber dann müssen Sie sich wenigstens vorher ein paar Stunden ausruhen. Wollen Sie gleich mit hinaufkommen und Ihr Zimmer sehen? Wir essen um halb acht Uhr, wenn mein Mann Sie bis dahin freigibt, und danach müssen Sie sich etwas hinlegen und ausruhen. Ich habe Ihnen dieses Zimmer gegeben. Wie ich sehe, hat Ihr Diener schon alles für Sie bereitgelegt.«
Nachdem die würdige Pastorin sie verlassen hatte, begann

Wimsey bei dem schwachen Schein einer kleinen Petroleumlampe und einer Kerze Toilette zu machen.

»Ja, Bunter —«, meinte er, zu seinem Diener gewandt, »schönes, weiches Bett, aber ich soll wohl nicht darin schlafen. Das Schicksal will es anders.«

»Habe bereits von dem Mädchen unten so etwas gehört, Mylord.«

»Wirklich ein Jammer, daß Sie mich nicht am Seil ablösen können, Bunter.«

»Ich versichere Eurer Lordschaft, daß ich es zum erstenmal in meinem Leben bedaure, mich niemals praktisch mit dem Studium von Glocken befaßt zu haben.«

»Sie wissen gar nicht, wie ich mich jedesmal freue, wenn ich entdecke, daß es wirklich noch Dinge gibt, die Sie *nicht* können. Haben Sie's denn überhaupt je versucht?«

»Ein einziges Mal, Mylord, und dabei ging es haarscharf an einem Unglück vorbei. Infolge meiner geringen manuellen Geschicklichkeit hätte ich mich beinah selbst am Seil erhängt.«

»Hören Sie bloß auf mit Hängen«, wehrte Wimsey mißmutig ab. »Um Himmels willen keine Fachsimpelei!«

»Sehr wohl, Mylord. Wünschen Eure Lordschaft rasiert zu werden?«

»Ja, lassen Sie uns mit sauberem Gesicht ins neue Jahr treten!«

»Sehr wohl, Mylord.«

Als Wimsey gewaschen und rasiert ins Eßzimmer herunterkam, fand er den Tisch schon beiseite geschoben und acht Stühle im Kreise aufgestellt. Sieben Männer saßen bereit, Männer aller Altersstufen, von einem knorrigen alten Gnom mit langem Bart angefangen bis zu einem verlegenen Jüngling mit einer Schmachtlocke über der Stirn. In der Mitte stand, aufgeregt gestikulierend, der Pastor wie ein freundlicher Zauberer.

»Ah, da sind Sie ja! Sehr schön, ausgezeichnet. Also, Jungens, das hier ist Lord Peter Wimsey, den uns die Vorsehung im Augenblick höchster Not gesandt hat. Lord Peter ist, wie er meint, etwas aus der Übung, so daß ihr ihm ein wenig Zeit lassen müßt, damit er wieder hineinkommt. Aber erst möchte ich euch alle vorstellen. Lord Peter – das hier ist

Hezekiah Lavendel, der seit sechzig Jahren unsere Baßglocke läutet und sie, so Gott will, auch noch in den nächsten zwanzig Jahren läuten wird. Nicht wahr, Hezekiah?«
Der kleine, verhutzelte Greis öffnete seinen zahnlosen Mund zu einem Grinsen und streckte Wimsey seine schwielige Hand entgegen. »Es ist mir eine Ehre, Mylord. Jawohl, ich läute Tailor Paul nun schon so manches liebe Jahr. Die alte Glocke und ich, wir sind gute Freunde, und ich werd' sie wohl läuten, bis sie mich zu Grabe läuten wird.«
»Na, bis dahin hat es hoffentlich noch gute Zeit, Herr Lavendel.«
»Ezra Wilderspin«, stellte der Pastor weiter vor. »Unser stärkster Mann, er läutet die kleinste Glocke. Aber das ist manchmal so im Leben. Wilderspin ist unser Schmied. Übrigens hat er versprochen, Ihren Wagen morgen früh in Ordnung zu bringen.«
Der Schmied lachte verlegen, umschloß Wimseys Finger mit seiner riesigen Pranke und ließ sich dann linkisch auf seinen Stuhl nieder.
»Jack Godfrey«, fuhr der Pastor fort. »Nummer sieben. Na, wie steht's mit Batty Thomas jetzt, Jack?«
»Schönen Dank, Herr Pastor. Geht großartig, seit die neuen Bolzen drin sind.«
»Auf Jack ist die Ehre gefallen, unsere älteste Glocke zu läuten«, fügte der Pastor erklärend hinzu. »Batty Thomas ist 1338 von Thomas Belleyetere aus Lynn gegossen worden, aber ihren Namen hat sie vom Abt Thomas, der sie 1380 neu gießen ließ. Stimmt doch, Jack?«
»Freilich, Herr Pastor«, nickte Mr. Godfrey.
»Mr. Donnington, Inhaber der Gastwirtschaft zur ›Roten Kuh‹, unser Kirchenvorsteher«, stellte der Pastor einen großen, hageren Mann vor, der auf einem Auge schielte. »In Ansehung seiner Würde hätte ich ihn eigentlich zuerst vorstellen sollen, aber wenn er auch ein hervorragendes Amt bekleidet, so ist doch seine Glocke nicht so ehrwürdig wie Tailor Paul oder Batty Thomas. Er betreut Nummer sechs, Dimity geheißen – verhältnismäßig neu in der jetzigen Gestalt, aber auch aus altem Metall.«
»Und im Klang die feinste von allen«, versicherte Donnington mit Überzeugung. »Sehr erfreut, Ihre Bekanntschaft zu machen, Mylord.«

»Joe Hinkins, mein Gärtner. Den kennen Sie ja schon. Er läutet Nummer fünf. Harry Gotobed, Nummer vier, unser Küster. Und schließlich Walter Pratt, unser jüngster Rekrut, der Nummer drei läuten wird, und zwar erstklassig. Da wären wir also – und Sie, Lord Peter, bekommen nun die Glocke unseres armen William Thoday, Nummer zwei, Sabaoth. Nummer zwei und Nummer acht sind in demselben Jahr wie Dimity neu gegossen worden, im Jubiläumsjahr unserer alten Königin. Nun aber angefangen! Hier ist Ihre Handglocke, Sie setzen sich am besten neben Walter Pratt. Unser alter Freund Hezekiah führt an. Er singt immer noch laut und rein wie eine Glocke, trotz seiner fünfundsiebzig Jahre – was, Großvater?«

»Klar«, entgegnete der Alte vergnügt. »Also dann los, Jungens! Fertig? Dann fangt mal mit 'nem kurzen Satz an, damit der Herr erst mal wieder hineinkommt. Sabaoth geht voran, Mylord –«

»Zu Befehl!« erwiderte Wimsey.

Der Alte nickte und wandte sich an Wimseys Nachbar. »Und du, Wally Pratt, daß du mir die Ohren spitzt und nicht nachhinkst. Ich hab's dir nun ja oft genug gesagt. Fertig alle? Los!«

Die Kunst des Wechselläutens ist ein spezifisch englischer Brauch, der, wie die meisten englischen Eigentümlichkeiten, der übrigen Welt völlig unzugänglich ist. Für einen musikalischen Belgier zum Beispiel wird ein sorgfältig abgestimmter Glockensatz einzig und allein dazu dienen, eine Melodie darauf ertönen zu lassen. Der englische Glockenfachmann dagegen hält das Läuten von Melodien für ein kindisches Spiel. Für ihn sind Glocken dazu da, um mathematische Spielereien und Kombinationen zu vollführen. Wenn er von Glockenmusik spricht, so denkt er nicht an die Kunst des Musikers – und noch viel weniger an das, was der Mann von der Straße unter Musik versteht. Für den Durchschnittshörer stellt Glockenläuten meist ein eintöniges Geräusch dar, noch dazu ein störendes, das nur aus der Entfernung oder in Verbindung mit irgendwelchen Stimmungsassoziationen erträglich ist. Anders der wahre Glockenliebhaber. Er weiß genau, daß nur bei der englischen kunstvollen Art des Läutens jede einzelne Glocke wirklich ihr Bestes hergibt, das heißt, ihre volle Tonschönheit zu entfalten vermag. Seine Leidenschaft – und das ist es – findet ihre Befriedigung in der mathematischen und mechanischen Vollkommenheit, und wenn seine Glocke im Takte ertönt, die Führung übernimmt, allmählich zurückgleitet und schließlich ihren Lauf wiederum von vorne beginnt, so erfüllt ihn das mit einem fast erhabenen Rausch, als vollzöge er fehlerlos einen schwierigen religiösen Ritus. Hätte ein unbefangener Zuschauer zufällig einen Blick auf die probenden Männer geworfen, so wären ihm diese acht völlig in sich versunkenen Gesichter zweifellos reichlich sonderbar vorgekommen – diese acht gespannten Körper, die, wie in einem magischen Zirkel, auf den Kanten der acht Stühle saßen, und die acht erhobenen rechten Hände, die gleichmäßig die Handglocken hin und her schwangen.

»Ausgezeichnet!« lobte der Pastor nach den ersten fehlerlos verlaufenen Versuchen. »Sie sehen, es geht glänzend.«
»Ja, bis jetzt«, meinte Wimsey vorsichtig.
»Oh, der Herr versteht seine Sache«, versicherte Lavendel.
Der Pastor schlug einen weiteren, etwas schwierigeren Probesatz vor.
»Also, Jungens, alle fertig?« fragte Lavendel, hielt es aber doch für nötig, dem jungen Pratt abermals eine Belehrung zu erteilen. »Mach deine Augen auf, Wally, und halt deine Ohren steif! Wenn du nachhinkst, bringst du alles durcheinander.«
Der unglückselige Pratt wischte sich den Schweiß von der Stirn, wand seine Füße fest um die Stuhlbeine und packte seine Glocke fester. Ob nun aus nervöser Angst oder aus sonst irgendeinem Grund, jedenfalls versagte er schon nach wenigen Runden, so daß er sich und seine Partner völlig aus dem Takt brachte. Der Schweiß floß ihm in Strömen von der Stirn.
»Halt!« rief der alte Lavendel grollend. »Wenn du mit so wenig Eifer dabei bist, dann können wir ja die Sache gleich aufstecken. Du könntest nun allmählich wissen, wann du einzusetzen hast. Wirklich!«
»Ruhig, ruhig«, besänftigte der Pastor. »Nur nicht aufgeregt, Wally. Versuch's noch einmal. Deinen Einsatz vergessen, was?«
»Jawohl, Herr Pastor.«

»Vergessen!« ereiferte sich Lavendel, mit vor Erregung zitterndem Bart. »Soll sich ein Beispiel an Seiner Lordschaft nehmen. Seine Lordschaft haben den Einsatz nicht vergessen, in all den Jahren nicht.«
»Schon gut, schon gut«, beschwichtigte der Pastor. »Du darfst nicht ungerecht gegen Wally sein. Nicht jeder hat sechzig Jahre Praxis hinter sich.«
Lavendel brummte in sich hinein. Dann begannen sie von neuem. Diesmal paßte Pratt scharf auf, und der Versuch ging fehlerlos vonstatten.
»Bravo, bravo!« rief der Pastor. »Unser Rekrut macht sich, was, Hezekiah?«
»Aber diesmal hätte *ich* beinah versagt«, meinte Wimsey lachend, »glücklicherweise nur beinahe!«
»Oh, Sie werden es schon schaffen, Mylord«, versicherte Lavendel. »Aber du, Wally —«
»Ich glaube«, unterbrach ihn der Pastor rasch, »wir gehen jetzt schnell mal hinüber zur Kirche, damit Lord Peter mit seinem Seil Bekanntschaft macht. Ihr könnt ja alle gleich mitkommen und den Gottesdienst einläuten. Ja, und noch eins: Jack, sieh zu, daß Lord Peters Seil die richtigen Maße hat.«
Godfrey grinste. »Wir werden wohl die Knoten ein gehöriges Ende runterlassen müssen für Seine Lordschaft«, meinte er, während er Wimsey mit den Augen maß. »Hat nicht die Größe von William Thoday, lange nicht.«
»Schadet nichts«, bemerkte Wimsey. »Wie das alte Glockenmotto sagt: ob ich auch klein bin, so tauge ich doch recht.«
»Natürlich«, mischte sich der Pastor ein. »Jack hat es auch gar nicht anders gemeint. Will Thoday ist tatsächlich besonders groß. Nun nur noch den Schlüssel zum Turm. Du liebe Zeit, wo ist der nur wieder? Wann habe ich ihn bloß zuletzt gehabt?«
»Nicht nötig, Herr Pastor«, bemerkte Godfrey, »ich habe meine Schlüssel mit.« — »Auch den Schlüssel zur Kirche?« — »Jawohl, Herr Pastor, und den Schlüssel zum Glockenturm.«
»Schön, schön, ausgezeichnet. Lord Peter schaut sicher gern einmal ins Glockenzimmer hinauf. Der Anblick von ein paar wirklich schönen Glocken ist für mich immer — wie meinst du, mein Herz? Hast du etwas gesagt?« — »Ja. Bitte denke daran, daß wir pünktlich essen wollen. Halte den armen Lord Peter nicht unnötig lange auf.«

»Nein, nein, bestimmt nicht. Aber er wird sich doch gewiß gern die Glocken ansehen wollen. Auch unsere Kirche ist wirklich sehenswert, Lord Peter. Wir haben da ein höchst interessantes Taufbecken aus dem zwölften Jahrhundert – ja, ja, mein Herz, wir gehen schon.«

Zur offenen Haustür hinaus traten sie in ein flimmerndes Dunkel. Es schneite noch immer in dichten Flocken, und die Fußstapfen, die die Männer vor kaum einer Stunde hinterlassen hatten, waren so gut wie zugedeckt. Sie trabten hinaus und überquerten die Straße. Vor ihnen tauchte der gewaltige Bau der Kirche dunkel und in riesigen Umrissen auf. Godfrey ging mit seiner altmodischen Laterne voran. Durch eine überdachte Pforte führte er sie auf einem von Grabsteinen umsäumten Pfad zum Südtor der Kirche. Ächzend gab das schwere Schloß nach. Ein starker Geruch schlug ihnen entgegen, gemischt aus altem Holz, vergilbten Lederkissen, Paraffinlampen, Blumen und Kerzen, wohlig verstärkt von der Wärme, die von einem Dauerbrandofen ausging. Seltsam hallten ihre Schritte in dem hohen Gewölbe wider.

»Alles frühromanisch hier«, flüsterte der Pastor, »mit Ausnahme des spätgotischen Fensters am Ende des Nordschiffes, das Sie von hier aus nicht sehen können. Von der alten normannischen Gründung ist nichts mehr erhalten, außer ein paar Säulentrommeln unten an dem Kanzelpfeiler ... ja, Jack, komme schon. Jack Godfrey hat ganz recht, wir dürfen keine Zeit verlieren. Ich lasse mich nur allzu leicht von meiner Begeisterung mitreißen!«

Er führte seinen Gast beim Schein von Godfreys Laterne eine steile, gewundene Treppe empor, deren Stufen völlig ausgetreten waren von Generationen längst dahingegangener Glöckner. Nach kurzem machte die Prozession halt. Schlüssel klirrten, und bald darauf befand sich Wimsey in dem einfachen, ziemlich hohen Gelaß, in dem die Glocken geläutet wurden. Bei Tageslicht mußte dieser Raum recht hell sein, da er von drei Fenstern her Licht empfing. Nur in die Ostwand waren einige vergitterte Öffnungen eingelassen, die den Blick in das Innere der Kirche freigaben und etwas höher als die Kirchenfenster lagen. Jack Godfrey stellte seine Laterne auf den Boden und machte sich daran, eine Öllampe anzuzünden, die an der Wand hing. Im Halbdunkel konnte Wimsey die acht Glockenseile erkennen. Sie hingen nebeneinander, ihre oberen Enden verschwanden geheimnisvoll im Schatten. Dann wurde es mit einem Male hell, und die Wände gewannen Farbe und Gestalt. Auf dem weißen Grund lief ein in gotischen Lettern gemalter Spruch rund unter den Fenstern herum: »Haben sie auch weder Zunge noch Sprache, so hört man ihre Stimme dennoch, und ihr Klang gehet aus in alle Lande.«

»Hier, Mylord.« Jack Godfrey entrollte das Seil der zweiten Glocke in seiner ganzen Länge und reichte es Wimsey. »Wenn Sie die Glocke in Schwung gebracht haben«, sagte er, »werden wir die Knoten richtig anbringen. Oder soll ich sie läuten?«

»Bewahre!« wehrte Wimsey ab. »Ein schlechter Glöckner, der nicht seine eigene Glocke anläuten kann!« Er ergriff das Seil und begann langsam und gleichmäßig zu ziehen. Leise und zitternd hub Sabaoth hoch über ihnen im Turm an zu sprechen. Kurz darauf fielen ihre Schwestern ein. »Tin-tin-tin«, rief Gaude mit silberheller Sopranstimme. »Tan-tan«, antwortete Sabaoth. »Din-din-din«, »dan-dan-dan«, ließen sich John und Jericho vernehmen, indem sie höher klommen. »Bim-bam-bim-bam«, folgten Jubilee und Dimity. »Bom«, antwortete Batty Thomas, bis zuletzt Tailor Paul majestätisch seine bronzene Stimme ertönen ließ und »bum-bum-bum« dröhnte, während die Seile eilig über die Räder liefen.

Kunstgerecht brachte Wimsey seine Glocke in Schwung. Nachdem Godfrey die Knoten angebracht hatte, schlug der Pastor ein paar Proberunden vor, damit Wimsey das richtige Gefühl für seine Glocke bekäme.

»Na, nun könnt ihr Schluß machen, Jungens«, sagte Hezekiah Lavendel befriedigt, nachdem die Probe glücklich verlaufen war, und fügte hinzu: »Daß du mir nicht alles durcheinanderbringst, Wally. Und daß ihr mir alle hier seid, pünktlich ein Viertel vor elf, verstanden? Dann läutet ihr wie immer zum Gottesdienst, und dann, wenn der Herr Pastor mit der Predigt fertig ist, kommt ihr hier herauf, aber leise und anständig. Und wenn sie unten singen, dann läute ich erst mal das alte Jahr aus, verstanden? Und dann geht ihr ran an die Seile und wartet, bis es zwölfe schlägt. Nach 'm letzten Schlag, dann sage ich ›los‹, und daß mir dann keiner von euch nachhinkt. Und wenn der Herr Pastor unten Schluß gemacht hat, will er raufkommen, hat er versprochen, und von Zeit zu Zeit mit Hand ans Seil legen, was wirklich sehr freundlich vom Herrn Pastor ist. Also auf Wiedersehen, Jungens.«

Die Laterne nahm die Führung wieder auf, scharrend und trappelnd folgten ihr die Füße die Treppe hinunter.

»Und jetzt«, begann der Pastor, »werden Sie gewiß gern einen Blick auf unsere Glocken werfen wollen, Lord Peter. Du liebe Zeit«, rief er aus, als sie auf der dunklen Wendeltreppe herumtappten, »wo in aller Welt ist Jack Godfrey! Jack! Er ist mit den andern hinuntergegangen. Natürlich, der arme Kerl möchte nach Hause zum Essen. Na, dann dürfen wir nicht egoistisch sein. Unseligerweise hat er nämlich den Schlüssel zum Glockenraum, und ohne den kommen wir nicht weiter. Aber Sie können das morgen ja viel besser sehen. Bitte seien Sie vorsichtig hier auf diesen Stufen, sie sind schrecklich abgetreten, besonders auf der Innenseite. So, da wären wir wieder angelangt. Nun möchte ich Ihnen nur noch schnell, ehe wir gehen, etwas zeigen.«

Die Turmuhr schlug drei Viertel.

»Um Himmels willen«, rief der Pastor schuldbewußt aus, »um halb sollten wir zum Essen zu Hause sein. Meine Frau – na, dann müssen wir eben bis heute nacht warten. Wenn Sie übrigens dem Gottesdienst beiwohnen, bekommen Sie schon eine ganz gute Vorstellung von der Majestät und Schönheit der Kirche. Allerdings, viele interessante Einzelheiten übersieht der Besucher fast immer, wenn er nicht eigens auf sie aufmerksam gemacht wird. Zum Beispiel hier, das Taufbecken! Jack, einen Augenblick mal die Laterne!«

Doch Jack war aus unerfindlichen Gründen plötzlich taub und rasselte so nachdrücklich mit den Schlüsseln an der Kirchentüre, daß der Pastor mit einem kleinen Seufzer nachgab.

»Ich fürchte, es stimmt«, sagte er sinnend, während sie über den Kirchhof gingen, »daß ich dazu neige, jedes Gefühl für Zeit zu verlieren.«

»Vielleicht«, erwiderte Wimsey höflich, »vielleicht bringt das ständige Leben mit der Kirche Sie in zu nahe Berührung mit der Ewigkeit.«

»Wahr, nur allzu wahr«, stimmte der Pastor zu, »obgleich es hier auch genug Marksteine gibt, die einen an die Vergänglichkeit alles Irdischen mahnen können. Na, da sind wir ja wieder zu Hause. – Hier, mein Herz, sind wir endlich, und auch gar nicht so spät! Bitte herein, herein! Sie müssen tüchtig zu Abend essen, Lord Peter, um sich auf die Anstrengungen der Nacht vorzubereiten.«

Zweites Kapitel

... nach allen Regeln der Kunst

Nach dem Essen setzte die Pastorin ihre ganze Autorität ein und schickte Lord Peter nach oben in sein Zimmer, ohne Rücksicht auf den Pastor, der hilflos vor einem Regal voll ungeordneter Bücher stand, auf der Suche nach einem Standardwerk über die Geschichte der Glocken von Fenchurch St. Paul.
»Ich habe keinen Schimmer, wo der Band sein könnte«, seufzte er. »Ich kann nun einmal keine Ordnung in meine Bücher bringen. Aber vielleicht macht es Ihnen Spaß, einmal hierin zu blättern, ein kleines Erzeugnis meiner eigenen Feder, ein Beitrag zur Kunst des Wechselläutens. Ja, ich weiß, mein Herz, ich darf Lord Peter nicht länger aufhalten.«
»Ja, und du mußt dich selbst auch ausruhen, Theodor.«
»Ja, ja, mein Herz. Sofort. Ich wollte nur noch mal ...«
Wimsey sah ein, daß es nur ein einziges Mittel gab, den Pastor zur Ruhe zu bringen, nämlich ihn schlankweg zu verlassen. So zog er sich denn zurück. Oben auf der Treppe fing ihn sein Diener Bunter ab, der ihn mit einer Wärmflasche ins Bett packte und die Tür hinter ihm schloß.
Im Kamin prasselte ein offenes Feuer. Wimsey zog die Lampe näher zu sich heran, öffnete die kleine Broschüre, die ihm der Pastor überreicht hatte, und vertiefte sich in den Titel, der eine höchst gelehrte mathematische Untersuchung über das Wechselläuten und einige neue Anregungen zum Läuten selbst ankündigte. Der kleine Druck des Bandes wirkte einschläfernd. Dazu das warme Zimmer und der anstrengende Tag, den Wimsey hinter sich hatte. Bald begannen die Zeilen vor seinen Augen zu schwimmen, dann glitt ihm der Band aus der Hand, und er schlief endgültig ein.

Glockengeläute weckte Wimsey wieder auf. Einen Augenblick lang konnte er sich nicht besinnen; dann schlug er die

Decke zurück und richtete sich verstört auf. Vor ihm stand Bunter mit gelassener Miene.

»Mein Gott! Ich habe verschlafen. Warum haben Sie mich nicht geweckt? Sie haben ohne mich angefangen!«

»Frau Pastorin haben befohlen, Sie nicht vor halb zwölf zu wecken, Mylord, und der Herr Pastor haben mir aufgetragen, Ihnen mitzuteilen, daß es genüge, wenn der Gottesdienst mit sechs Glocken eingeläutet wird.«

»Und wie spät ist es jetzt?«

»Fünf Minuten vor elf, Mylord.«

In diesem Augenblick hörte das Läuten auf, und Jubilee allein begann ihr Fünf-Minuten-Geläute.

»Alle Wetter«, rief Wimsey. »Das geht auf keinen Fall. Selbstverständlich muß ich zum Gottesdienst und den alten Herrn predigen hören. Schnell, meine Haarbürste! Schneit's noch?«

»Ärger als je, Mylord.«

Wimsey machte flüchtig Toilette und stürzte hinunter. Bunter folgte ihm gemessenen Schrittes. Sie verließen das Haus, gingen durch den Vorgarten und über die Straße und betraten die Kirche gerade in dem Augenblick, als die letzten rauschenden Orgeltöne erklangen. Der Chor und der Pastor waren schon an ihren Plätzen. Wimsey spähte in dem gelblichen Lampenlicht umher, bis er endlich seine sieben Kameraden entdeckte, die in einer Reihe unter dem Turm saßen. Vorsichtig suchte er über die Kokosmatte seinen Weg zu ihnen hin, während Bunter, der offenbar schon vorher alle nötigen Erkundigungen eingezogen hatte, in unerschütterlicher Ruhe zu einem Kirchenstuhl im nördlichen Seitenschiff schritt und neben Emilie Platz nahm. Der alte Hezekiah Lavendel begrüßte Wimsey mit einem freundlichen Grinsen und hielt ihm sein Gebetbuch unter die Nase, als er zum Gebet niederkniete.

»Meine geliebten Brüder . . .«

Wimsey stand wieder auf und schaute umher. Die edlen Maße der Kirche beeindruckten ihn tief. Die kleine Gemeinde, die trotz der mitternächtigen Stunde im Winter recht zahlreich erschienen war, ging fast verloren in dem großen Raum. Das breite Hauptschiff und die Seitenschiffe, die hohe Wölbung des Chorpfeilers, der nur von dem kunstvoll gearbeiteten Maßwerk und der Bekrönung der Schranke unterbrochen wurde, die intim wirkende, in sich vollendete

Schönheit des Chores selbst mit seinen aufragenden Arkaden, den zierlich gerippten Bögen und den fünf lanzenförmigen Spitzen – das alles fesselte seine Augen und lenkte sie dann auf den im Hintergrund leuchtenden Altar. Schließlich kehrte sein Blick wieder zum Hauptschiff zurück und folgte den starken, schlanken Säulenstämmen, die wie Springbrunnen vom Boden aufstiegen zum Blattwerk des Kapitäls und endlich in die leichten, weiten Bogenpfeiler ausliefen, die das Gebälk trugen. Von hier aus schweiften seine Augen voller Staunen und Entzücken zum Dach hinauf. Hier oben, in unwahrscheinlicher Höhe, verlor sich das Licht in ein schimmerndes Halbdunkel von lichtem Haar und goldenen Flügeln. Engel rankten sich an den Trägern empor, Cherubim und Seraphim, ein ganzer Chor.

»Mein Gott«, murmelte Wimsey ehrfürchtig und zitierte leise vor sich hin: »Er bestieg einen Cherub und flog dahin und schwebte einher auf den Fittichen des Windes.«

Erst als Hezekiah Lavendel seinem neuen Kollegen einen unsanften Rippenstoß versetzte, merkte Wimsey, daß sich die Gemeinde bereits zur Generalbeichte auf die Knie niedergelassen hatte, während er noch ganz allein mit offenem Mund dastand. Eiligst wandte er die Seiten in seinem Gebetbuch um und befleißigte sich, die richtigen Antworten zu geben. Lavendel half ihm den Psalm aufschlagen und plärrte ihm jeden Vers laut ins Ohr.

»Rühmet Ihn . . .« Die schrillen Stimmen der Chorknaben stiegen zum Dach hinan und schienen in den goldenen Mündern der Engel ihr Echo zu finden. »Rühmet Ihn mit hellen Cymbeln, rühmet Ihn mit schallenden Cymbeln! Alles, was Odem hat, rühme den Herrn.«

Mitternacht rückte heran. Der Pastor bestieg die Kanzel und hielt eine einfache, zu Herzen gehende Ansprache, in der er darauf hinwies, daß Gott nicht nur mit Streich- und Blasinstrumenten, sondern ebenso mit den herrlichen Glocken unserer geliebten Kirche würdig gepriesen werde. Er verfehlte auch nicht, in seiner bescheidenen, frommen Art des vorübergehend hier weilenden Fremden Erwähnung zu tun, des Fremden, den, »wie die Menschen es nennen, der Zufall uns gesandt hat, um uns in unserem frommen Werk zu unterstützen«. Lord Peter errötete; der Pastor erteilte den Schlußsegen. Während die Orgel die einleitenden

Klänge zu einem Kirchenlied spielte, gab Hezekiah Lavendel ein Zeichen: »Los, Jungens!« Leises, unterdrücktes Scharren, und die Männer erhoben sich von ihren Stühlen. Im Turmzimmer angelangt, entledigten sie sich ihrer Überröcke und hängten sie an die Wand.
Die acht Männer begaben sich auf ihre Plätze. Hezekiah zog seine Uhr: »Zeit«, sagte er, spuckte in die Hände und griff nach seinem Seil. »Toll-toll-toll«, ertönte Tailor Paul. Dann eine Pause. »Toll-toll-toll«, wieder eine Pause – »toll-toll-toll«. Die neun Schläge, die jedesmal ertönen, wenn einer im Dorf gestorben ist. Das alte Jahr ist tot, läutet es zu Grabe! Noch zwölf Schläge, für jeden Monat einen Schlag. Dann Schweigen, bis zart und lieblich aus dem Schlagwerk der Turmuhr oben Mitternacht erklang. Die Männer packten die Seile an. »Los!«
Und nun erhoben die Glocken ihre Stimmen: Gaude, Sabaoth, John, Jericho, Jubilee, Dimity, Batty Thomas und Tailor Paul. Jubelnd brachen sie los, hoch oben in dem dunklen Turm, öffneten und senkten ihre weiten Münder, riefen laut mit ihren metallenen Zungen, während die riesigen Räder sich zum Tanz der Seile drehten. Tin tan, din dan, bim bam, bom bum – tan tin, din dan, bam bim, bum bom – tin tan, dan din, bim bam, bom bum – tan tin, dan din, bam bim, bum bom – tan dan, tin bam, din bum, bim bom –, so sang jede einzelne Glocke, bald an der Spitze des Chores, bald an seinem Ende, ruhelos auf und ab eilend, ausweichend, im Sprung überholend und wieder zurückfallend, um schließlich erneut die Führung im Tanz zu übernehmen. Aus den schneeverstopften Schallfenstern des Turmes drang der Gesang der Glocken, vom Sturm in heftigen Stößen nach Süden und Westen getragen, über die schlafenden Lande, über die weiten, weißen Flächen des Moores, über die dunklen, schnurgeraden Gräben und die vom Wind geschüttelten Pappelbäume. Es sangen die kleine Gaude, die silberne Sabaoth, John und Jericho, die beiden ernsten, die klangfrohe Jubilee, die süße Dimity und die ehrwürdige Batty Thomas, und in ihrer Mitte, brüllend und weit ausholend wie ein Riese, Tailor Paul. Auf und ab tanzten die Schatten der arbeitenden Männer an den Wänden, auf und ab hüpften die roten Griffe an den Seilen, auf und ab, in emsiger Jagd, gingen die Glocken von Fenchurch St. Paul.

Wimsey, die Augen unverwandt auf die Seile gerichtet und sein Ohr auf den hellen Leitton gespitzt, achtete kaum auf seine Umgebung. Neben ihm bewegte sich der alte Hezekiah gleichmäßig wie eine Maschine auf und ab und beugte seinen greisen Rücken jedesmal ein wenig tiefer, wenn er seine wuchtige Baßglocke zu neuem Schlag antrieb; auf der anderen Seite schwitzte Wally Pratt, mit ängstlichem Gesicht und die Lippen bewegend, um den schwierigen Takt einzuhalten.

Die Gemeinde strömte aus dem Portal. Die Laternen und Lämpchen verloren sich in dem Schneesturm. Der Pastor, der Stola und Chorhemd abgelegt hatte, erschien in seinem schwarzen Rock bei den Läutenden und ließ sich auf die Bank nieder, bereit, wenn nötig, mit Rat und Tat einzuspringen. Leise drangen die Schläge der Turmuhr von Zeit zu Zeit durch das Geläute. Nach einer Stunde löste der Pastor den aufgeregten Wally für eine kurze Ruhepause ab.

Als Wimsey am Ende der dritten Stunde zum erstenmal abgelöst wurde, fand er die Pastorin auf der Bank zwischen den Zinnbechern sitzen. In respektvollem Abstand von ihr saß sein Diener Bunter. »Hoffentlich strengt es Sie nicht so sehr an«, meinte Mrs. Venables.

»Nicht im geringsten, nur meine Kehle ist ausgetrocknet«, erwiderte Wimsey und griff nach einem Becher, um dem Übel schleunigst abzuhelfen. Dann fragte er, wie sich das Läuten anhöre.

»Wundervoll«, entgegnete sie. In Wirklichkeit lag ihr gar nichts an Glockenmusik, auch war sie entsetzlich müde. Doch der Pastor hätte es ihr sehr verdacht, wenn sie fortgeblieben wäre.

Da Wimsey seine Glocke für die nächste Viertelstunde bei dem Pastor in treuen Händen wußte, gab er der Versuchung nach, hinunterzugehen, um sich das Läuten auch von draußen anzuhören. Als er durch das Südtor in die Nacht hinaustrat, traf der Lärm der Glocken sein Ohr wie Schläge. Es schneite nicht mehr so heftig wie zuvor. Eingedenk des alten Aberglaubens, nach dem man niemals von links her um eine Kirche gehen soll, wandte sich Wimsey nach rechts und folgte dem Pfad, der dicht an der Mauer entlang zum Westtor führte. Dort steckte er sich, im Schutz des steinernen Bauwerks, höchst frevlerisch eine Zigarette an und setzte also erfrischt seinen Rundgang fort. Auf der anderen Seite des Turms hörte der Pfad auf, und Wimsey mußte sich daher mühsam seinen Weg zwischen Grabsteinen suchen, an der Mauer des Seitenschiffs entlang, das auf dieser Seite bis zum Ende der Kirche reichte. Zwischen den beiden letzten Strebepfeilern stieß er auf einen Pfad, der zu einer kleinen Tür führte. Er fand sie verschlossen und ging daher weiter. Als er um die Ecke bog, schlug ihm der Wind mit voller Wucht entgegen. Er hielt einen Augenblick an, um Atem zu schöpfen, und sah aufs Moor hinaus. Tiefes Dunkel, nur ein einziges Licht blinkte in einiger Entfernung, vielleicht aus dem Fenster einer Hütte. Wimsey rechnete sich aus, daß sie irgendwo an der einsamen Straße liegen müsse, auf der sie am Nachmittag gekommen waren. Er überlegte, wer da wohl zu so nachtschlafener Zeit noch wachte. Aber es war eisig kalt, und er mußte wieder zurück in die Kirche. Der Pastor gab ihm das Seil, nicht ohne ihn vor den nächsten schwierigen Takten gewarnt zu haben.

Um sechs Uhr morgens waren die Männer alle noch in bester Verfassung. Wally Pratt schwitzte zwar mächtig, und seine Stirnlocke hing ihm wüst in die Augen, doch hielt er brav aus. Der Schmied, vollkommen frisch und in guter Stimmung, sah aus, als könnte er bis nächste Weihnachten fortläuten. Der Wirt arbeitete grimmig, aber mit eiserner Entschlossenheit. Am ruhigsten von allen war der greise Hezekiah, der sich bewegte, als wäre er ganz und gar mit seinem Seil verwachsen. Mit fester, klarer Stimme rief er die einzelnen Runden aus. Ein Viertel vor acht verließ der Pastor sie, um sich für den Frühgottesdienst vorzubereiten. Durch das Fenster im Süden drang schwach und bläulich schimmernd das erste Licht des neuen Tages.

Zehn Minuten nach neun war der Pastor wieder zurück. Er stand, die Uhr in der Hand, mit strahlendem Gesicht da und zählte die Minuten. Neun Uhr dreizehn erklang der vielstimmige Chor noch einmal: tin tan, din dan, bim bam, bom bum. Ohne Fehler führten die Glocken die letzte Runde zu Ende. Die Männer richteten sich auf.

»Großartig, Jungens, großartig!« rief der Pastor aus. »Ihr habt es geschafft, und besser hättet ihr es gar nicht machen können!«

»Ja«, gab Lavendel zu, »schlecht war es nicht.« Er grinste

über das ganze Gesicht. »Wir haben's geschafft. Und wie hat sich's denn von unten angehört, Herr Pastor?«
»Prachtvoll«, versicherte der Pastor. »Ein schöneres Geläut hab' ich nie gehört. Aber jetzt werdet ihr erst mal tüchtig frühstücken wollen. Es ist alles bereit für euch im Pfarrhaus. Na, Wally, jetzt kannst du dich stolz einen ausgelernten Glöckner nennen, was? Du hast dich tapfer gehalten – nicht wahr, Hezekiah?«
»Na ja, es ging gerade«, gab Lavendel ungern zu. »Du gibst dich zu sehr aus, Wally, das ist es. Das ist in keiner Weise notwendig, daß du so schwitzt. Gepatzt hast du ja nicht, das ist wenigstens was. Aber wenn man dich so lispeln und zählen hört, wozu bloß? Ich hab's dir hundertmal gesagt, paß auf die Stelle auf, dann brauchst du nicht . . .«
»Schon gut, schon gut«, besänftigte der Pastor. »Laß nur, Wally, hast deine Sache großartig gemacht. Wo ist Lord Peter? Ah, hier. Wir sind Ihnen wirklich zu großem Dank verpflichtet. Sie sind hoffentlich nicht zu müde?«
»Nein, danke«, entgegnete Wimsey, während er die Glückwünsche seiner Gefährten entgegennahm. In Wirklichkeit fühlte er sich völlig am Rande seiner Kräfte. Seit Jahren hatte er nicht mehrere Stunden hintereinander geläutet, und so verlangte ihn jetzt nach nichts anderem, als sich in eine Ecke zu legen und schlafen zu dürfen. »Ich . . . mir . . . ich fühle mich tadellos.« Er torkelte und wäre die steile Treppe kopfüber hinuntergestürzt, hätte ihn nicht der Schmied mit starkem Arm festgehalten.
»Wir alle haben erst mal ein herzhaftes Frühstück nötig«, meinte der Pastor teilnahmsvoll. »Heißen Kaffee, das stärkt. Oh, es hat aufgehört zu schneien! Prachtvoll sieht alles aus, so weiß; wenn nur das Tauwetter nicht nachfolgen wollte. All das viele Wasser, das dann den Kanal herunterkommt. Nun aber rasch! Da ist ja meine Frau! Wir kommen schon, mein Herz! Nanu, Johnson, was ist denn los?«
Er wandte sich an einen jungen Mann in Chauffeursuniform, der neben der Pastorin stand. Doch ehe der Angeredete antworten konnte, fiel die Pastorin ein: »Mein lieber Theodor, ich habe ihm schon gesagt, daß du nicht gleich mit ihm gehen kannst. Du mußt erst eine Kleinigkeit essen.«
Der Pastor wehrte mit einer an ihm ungewohnten Energie ab. »Bitte, Agnes, Zu wem soll ich kommen, Johnson?«

»Sir Henry schickt mich, Herr Pastor. Der gnädigen Frau geht es sehr schlecht heute morgen, es scheint zu Ende zu gehen. Die gnädige Frau hat dringend um das Abendmahl gebeten. Wenn Sie also –«
»Himmel«, rief der Pastor aus. »Steht es so schlecht mit ihr? Das tut mir aber entsetzlich leid. Natürlich komme ich sofort. Ich hatte keine Ahnung –«
»Keiner von uns hätte das geglaubt, Herr Pastor. Alles diese tückische Influenza! Wirklich, wer hätte gestern nachmittag noch gedacht –«
»O du liebe Zeit, du liebe Zeit! Hoffentlich ist es doch nicht so schlimm, wie Sie fürchten. Aber ich muß mich eilen. Sie können mir dann unterwegs alles Weitere erzählen. Ich bin sofort wieder zurück. Agnes, liebes Herz, bitte sorge dafür, daß die Leute ihr Frühstück bekommen, und erkläre ihnen mein Fernbleiben. Lord Peter, Sie müssen mich entschuldigen, wir sehen uns nachher. – Traurig, traurig, die arme Lady Thorpe! Eine wahre Geißel, diese Influenza!«
Eilig trottete er in die Kirche zurück. Die Pastorin, zwischen Sorge und Bestürzung hin und her gerissen, schien den Tränen nahe. »Der arme Theodor! Nachdem er die ganze Nacht aufgewesen ist. Aber natürlich muß er hingehen, wir dürfen nicht an uns denken. Der ärmste Sir Henry! Dabei ist er selber immer krank. Ein trauriger Neujahrsmorgen! Johnson, sagen Sie bitte Miss Hilary, wie leid es mir tut, und fragen Sie, ob ich Mrs. Gates irgendwie behilflich sein kann. Das ist nämlich die Haushälterin, eine reizende Person; wirklich schwer für sie, gerade jetzt, wo die Köchin auf Urlaub ist. Ein Unglück kommt selten allein! Aber es ist höchste Zeit! Sie müssen ja ausgehungert sein. Kommen Sie, kommen Sie! Theodor, bist du auch warm angezogen?«
Der Pastor, der die Abendmahlsgeräte in einem Holzkasten mit sich trug, versicherte ihr, daß er sich ganz warm fühle. Johnson packte ihn in das bereitstehende Auto, dann fuhren sie in westlicher Richtung dem Dorfe zu.
Obwohl der unerwünschte Zwischenfall einen Schatten auf die Tafelrunde warf, ließ sich Wimsey, der sich ganz elend vor Hunger fühlte, Eier, Schinken und Kaffee gut schmekken, während die Pastorin mit etwas geteilter Aufmerksamkeit die Schüsseln in Umlauf setzte und ihre gastfreund-

lichen Aufforderungen abwechselnd durch teilnehmende Worte über die Thorpes und durch Äußerungen der Sorge um ihren Mann unterbrach.

»Als ob die Thorpes nicht schon genug Aufregungen gehabt hätten«, bemerkte sie. »Diese schreckliche Geschichte damals mit dem alten Sir Charles: das Verschwinden des Halsbands. Und dann das arme Mädel. Ein Glück nur, daß der Kerl gestorben ist, nachdem er auch noch einen Wärter umgebracht hatte. Eine furchtbare Sache war das seinerzeit für die ganze Familie. – Na, Hezekiah, schmeckt's? Noch etwas Schinken, Mr. Donnington? Hinkins, reichen Sie Godfrey den gekochten Schinken herüber. Ach, ich hoffe bloß, daß mein Mann nicht zu spät zum Frühstück kommt. Noch etwas Kaffee, Lord Peter?«

Wimsey dankte und fragte, was das denn für eine Geschichte mit dem alten Sir Charles und dem Halsband wäre.

»Aber natürlich, woher sollten Sie das auch wissen! Wenn man hier draußen in der Einsamkeit lebt, bildet man sich ein, wunder wie wichtig die kleinen Ereignisse in diesem Dorfe sind. Es ist eine ziemlich lange Geschichte. Ich hätte sie auch mit keiner Silbe erwähnt« – hier senkte die Pastorin ihre Stimme etwas –, »wenn William Thoday mit uns am Tische säße. Ich erzähle sie Ihnen nachher. Oder fragen Sie Hinkins, der kennt sie ganz genau. – Übrigens, ich wüßte gern, wie es William Thoday heute morgen geht. Hat irgend jemand etwas gehört?«

»Es steht ziemlich schlimm mit ihm«, griff Mr. Donnington die Frage auf. »Ich habe nach dem Gottesdienst kurz mit meiner Frau gesprochen, und sie hat mir erzählt, daß sie von Joe Mullins gehört hat, William hätte die ganze Nacht phantasiert. Sie hätten ihn kaum im Bett halten können. Er wollte immer aufstehn und zum Läuten gehn.«

»Du meine Güte! Ein Glück für Mary, daß James gerade zu Haus ist.«

Mr. Donnington nickte beifällig. »So ein Matrose ist Goldes wert im Haus, legt überall mit Hand an. Bloß ist sein Urlaub morgen oder übermorgen schon zu Ende, aber bis dahin ist William hoffentlich über den Berg.«

Die Pastorin nickte mütterlich.

»Da schlägt's schon zehn Uhr, und der Pastor ist noch nicht

zurück. Ist wohl auch noch nicht möglich – ah, da höre ich den Wagen kommen. Wally, würden Sie bitte mal klingeln? Bitte, Emilie, frische Eier und Schinken für den Herrn Pastor. Und hier, wärmen Sie den Kaffee noch einmal auf.«
Emilie nahm die Kanne, kehrte aber sofort wieder damit zurück.
»Verzeihung, Frau Pastor, aber der Herr Pastor lassen entschuldigen. Herr Pastor möchten lieber im Arbeitszimmer frühstücken. Und – Verzeihung, Frau Pastor, Lady Thorpe ist soeben gestorben, und wenn Mr. Lavendel mit Frühstücken fertig ist, möchte er gleich in die Kirche hinübergehen und die Sterbeglocke läuten.«
»Gestorben –« rief die Pastorin aus, »aber das ist ja entsetzlich!«
»Ja, Frau Pastor. Mr. Johnson sagt, es ist ganz plötzlich zu Ende gegangen. Kaum waren der Herr Pastor aus dem Krankenzimmer heraus, da war es schon vorüber. Sie wissen nun gar nicht, wie sie es Sir Henry sagen sollen.«
Lavendel schob seinen Stuhl zurück und richtete sich auf seinen wackligen Beinen auf. »Mitten im Leben vom Tode umfangen«, zitierte er feierlich. »Grausam, aber wahr. Na, dann bitte ich um Entschuldigung, Frau Pastor, und meinen besten Dank auch. Guten Morgen allerseits! Denn will ich mal wieder ran an Tailor Paul.«
Er schlurfte hinaus, und schon fünf Minuten später erklang die tiefe und melancholische Stimme der Sterbeglocke: zuerst sechs Schläge, die anzeigten, daß eine Frau gestorben war, und dann die rasch aufeinanderfolgenden Schläge, die das Alter der Verstorbenen verkündeten. Wimsey zählte mit: siebenunddreißig. Zuletzt ertönte, in Abständen von je einer halben Minute, langsam und schwer das eigentliche Sterbeläuten.
Kurz darauf brach die Gesellschaft leise auf. Wilderspin zog Wimsey zur Seite und berichtete ihm noch rasch, daß er bereits Mr. Ashton veranlaßt habe, mit einem Pferdegespann und einem starken Seil den Wagen aus dem Graben herauszuholen. Wenn also Seine Lordschaft so freundlich wären, in etwa einer halben Stunde in der Schmiede vorzusprechen, dann könnten sie sich gleich über die nötigen Reparaturen einig werden.

Die Pastorin hatte sich inzwischen in das Arbeitszimmer begeben, um nach ihrem Mann zu sehen und mit ihm zu überlegen, was sie ihrerseits zur Linderung des tragischen Verlustes, der die Gemeinde betroffen, beitragen könne. Wimsey, der wußte, daß seine persönliche Anwesenheit bei Frog's Bridge in keiner Weise nützen könne, ja vielleicht nur hinderlich sein würde, bat seine Gastgeberin, sich nicht durch ihn stören zu lassen, und ging in den Garten. Hinter dem Haus fand er Hinkins, der den alten Wagen des Pastors putzte. Dankend nahm Joe die angebotene Zigarette an, machte ein paar beiläufige Bemerkungen über das nächtliche Läuten und kam dann auf die Thorpes zu sprechen.

»Sie wohnen in dem großen roten Backsteinbau, auf der andern Seite des Dorfes. Waren früher mal reiche Leute, die Thorpes. Sollen ihren Grundbesitz dadurch erworben haben, daß sie Geld in die Drainage gesteckt haben. Das ist jetzt lange her. Auf jeden Fall sind die Thorpes eine alte Familie. Der alte Sir Charles war ein wirklich vornehmer Mann, und er hat viel Gutes getan, obwohl er eigentlich nicht reich war. Das ganze Dorf hat getrauert, als er gestorben ist, damals nach dem Diebstahl.«

»Diebstahl?«

»Ja, das war eben die Geschichte mit dem Halsband, von der Frau Pastor vorhin gesprochen hat. Damals, als der junge Herr, Sir Henry, geheiratet hat, ist es passiert. Im gleichen Jahr, in welchem der Weltkrieg ausbrach, im April 1914 war es. Ich war damals noch ein junger Bursche. Bei der Hochzeit hab' ich zum erstenmal mitgeläutet. Es war ein schönes langes Wechselläuten; in der Kirche drüben ist später eine Tafel angebracht worden. Die junge Braut war eine Waise, und weil Sir Henry Majoratserbe war, hat die Hochzeit hier stattgefunden. Kurz und gut, da war auch eine Dame zu Besuch gekommen, die hatte ein ganz kostbares Halsband aus Smaragden, Tausende wert, sage ich Ihnen. Und in der Nacht nach der Hochzeit, gerade nachdem Sir Henry und seine junge Frau auf die Hochzeitsreise gegangen waren, ist das Halsband gestohlen worden...«

»Großer Gott«, rief Wimsey aus, ließ sich auf dem Trittbrett des Wagens nieder und sah den Erzähler erwartungsvoll an.

»Eine tolle Sache«, fuhr Hinkins fort, höchst befriedigt über

die Wirkung, die seine Erzählung offenbar bei dem Hörer auslöste. »Herrjeh, war das eine Aufregung im Dorf! Das schlimmste war, daß einer von Sir Charles' eigenen Leuten in die Geschichte verwickelt war. Sir Charles hat sich nie mehr davon erholt. Als sie dann schließlich den Kerl, den Deacon, festgenommen hatten und es herauskam, was er getan hatte –«
»Deacon war –?«
»Deacon, das war der Butler im Haus. War schon sechs Jahre dort in Stellung gewesen und hatte das Hausmädchen geheiratet. Dieselbe Mary Russell, die heute mit Will Thoday verheiratet ist. Ja, das ist der, der Nummer zwei hätte läuten sollen und der jetzt mit Influenza liegt.«
»Aha«, sagte Wimsey, »dann ist dieser Deacon jetzt also tot.«
»Ja, Mylord. Das wollte ich gerade erzählen. Also das ist so gekommen: Mrs. Wilbraham ist mitten in der Nacht aufgewacht und hat in ihrem Schlafzimmer einen Mann am Fenster stehen sehen. Darauf hat sie laut geschrien und geklingelt und hat Lärm geschlagen, bis alle gekommen sind, um nachzusehen, was lost ist. Sir Charles ist natürlich auch gekommen mit ein paar Herren, die auf Besuch waren. Einer von ihnen hatte ein Gewehr mit. Als sie nun nach unten kamen, da rannte dieser Deacon zur Hintertür hinaus, vollkommen angezogen, in Mantel und Hosen. Der Diener hatte nur Pyjamas an. Und der Chauffeur, der über der Garage schlief, kam auch heraus. Denn Sir Charles hatte als erstes die Hausglocke gezogen, die eigentlich für den Gärtner da war. Der Gärtner ist natürlich auch gekommen und ich, ich war damals Gärtnerbursche. Ich wäre auch niemals von Sir Charles fortgegangen, wenn er nicht nachher sein Personal hätte einsparen müssen, wegen des Krieges und weil er Mrs. Wilbraham das Halsband bezahlt hat.«
»Das Halsband bezahlt?«
»Ja, Mylord. Das war es ja gerade. Es war nämlich nicht versichert, und obwohl niemand Sir Charles hätte verantwortlich machen können, hat er geglaubt, er müßte es Mrs. Wilbraham ersetzen. Na, ich sage immer, was wirklich eine feine Dame ist, die hätte das nie von ihm angenommen. – Also wir sind alle herausgekommen, und da hat mit einem Mal einer von den Herren den Kerl übern Rasen rennen se-

hen, und Mr. Stanley hat sogar auf ihn geschossen und ihn auch getroffen. Aber der Kerl ist doch noch über die Mauer entwischt. Auf der andern Seite hat einer mit einem Auto auf ihn gewartet und ist mit ihm davongefahren. Und in all dem Durcheinander ist plötzlich Mrs. Wilbraham herausgekommen mit ihrem Mädchen und hat angefangen zu schreien, ihr Halsband wäre weg.«
»Ja, haben sie denn den Kerl nicht gleich geschnappt?«
»Keine Spur, Mylord. Der Chauffeur ist sofort mit dem Wagen hinter ihnen her, aber die waren längst über alle Berge. Sie sind die Straße raufgefahren, an der Kirche vorbei. Aber niemand wußte natürlich, ob sie durchs Dorf gefahren sind oder vielleicht in der Richtung nach Dykesey oder Walea oder Walbeach oder über den Kanal nach Leamholt oder Holport rüber. Der Chauffeur hat dann gleich die Polizeistation alarmiert in Leamholt.«
»Aha«, die Pastorin steckte plötzlich ihren Kopf zur Garagentür herein, »Sie lassen sich gerade von Joe die Geschichte von dem Diebstahl erzählen. Ja, er weiß besser darüber Bescheid als ich. – Aber frieren Sie sich hier nicht zu Tode?«
Wimsey versicherte ihr, daß er sich ganz warm fühle, und daß er hoffe, der Pastor habe sich inzwischen von den Anstrengungen etwas erholt.
»O ja«, erwiderte die Pastorin, »aber die Sache geht ihm natürlich nahe. Sie bleiben doch zum Essen? Nein, es macht wirklich keine Mühe.«
Geschäftig eilte sie wieder fort. Nachdenklich fuhr Hinkins mit dem Lederlappen über eine der Blendlaternen.
»Weiter, weiter«, drängte Wimsey.
»Ja, also, die Polizei kam dann auch und hat den ganzen Platz abgesucht. Wir haben vielleicht geflucht, als sie auf unsern Blumenbeeten herumtrampelten und nach Fingerabdrücken suchten und dabei die ganzen Tulpen zerstampft haben. Na, das ist ja gleich, schließlich sind sie dem Wagen auf die Spur gekommen und haben auch den Kerl erwischt, der damals den Schuß ins Bein gekriegt hat. Ein langgesuchter Juwelendieb aus London. Aber dann hieß es, es müßte noch einer aus dem Haus an der Sache beteiligt gewesen sein. Sie hatten inzwischen nämlich herausbekommen, daß es nicht der Kerl aus London gewesen sein konnte, der aus dem Fenster gesprungen war. Schließlich sind sie

ihm auf die Spur gekommen, und da war es der Deacon, der Butler. Scheint, daß der Kerl aus London ein Auge auf das Halsband geworfen und sich dann an den Deacon herangemacht und ihn darauf gehetzt hatte, damit der es stehlen und ihm durchs Fenster zuwerfen sollte. Na, jedenfalls war die Polizei ihrer Sache ganz sicher und hat den Deacon verhaftet. Ich kann mich noch gut erinnern, es war an einem Sonntagvormittag, und er kam gerade aus der Kirche heraus. Verdammt schwer hat er's ihnen gemacht, beinah hätte er den Gendarm aus dem Ort umgebracht. Donnerstag nacht war der Einbruch verübt worden. Also hat es keine drei Tage gedauert, bis sie ihn gefaßt hatten.«
»So so. Wie hatte denn aber Deacon herausbekommen, wo der Schmuck lag?«
»Das ist es ja gerade. Mrs. Wilbraham hatte ein Mädchen und die war dumm genug, der Mary Russell gegenüber etwas fallenzulassen, und die hat es, ohne sich dabei etwas zu denken, dann ihrem Mann, dem Deacon, weitererzählt. Natürlich sind die beiden Frauen auch vernommen worden. Das war vielleicht eine Aufregung im Dorf, weil doch die Mary ein anständiges und achtbares Mädchen war; ihr Vater war mit im Kirchenvorstand. Die Russells sind eine der angesehensten Familien hier in der Gegend. Der Kerl, der Deacon, stammte nicht von hier – der war irgendwo in Kent zu Haus. Sir Charles hatte ihn in London aufgegabelt und mit herausgebracht. Aber freibekommen hat er ihn doch nicht, weil nämlich der Londoner Mann – Cranton nannte er sich, aber er ging unter verschiedenen Namen – schließlich den Deacon verpfiffen hat.«
»So ein Lump!«
»Na, ich weiß nicht, er hat nämlich behauptet, der Deacon hätte ihn zuerst im Stich gelassen, er hätte bloß den leeren Schmuckkasten zum Fenster herausgeworfen und das Halsband für sich behalten. Wie ein Berserker hat er vor Gericht getobt und versucht, es dem Deacon richtig einzutränken. Aber der hat natürlich einen Meineïd nach dem andern geschworen und fest und steif behauptet, daß er plötzlich in der Nacht ein Geräusch gehört hätte und daraufhin aufgestanden wäre, und daß er gerade hinter Cranton hergewesen sei, als Mrs. Wilbraham ihn in ihrem Schlafzimmer gesehen hätte. Er konnte es ja nicht gut abstreiten, daß er in

dem Zimmer gewesen war, wegen der Fingerabdrücke, wissen Sie. Aber es war natürlich verdächtig, daß er zuerst eine ganz andere Geschichte erzählt hatte. Nämlich, daß er zur Hintertür herausgegangen wäre, weil er jemanden im Garten gehört hätte. Die Mary hat diese Aussage bestätigt. Und auch der Diener hat angegeben, die Türe wäre nicht verschlossen gewesen, als er herauskam. Freilich, der Rechtsanwalt hat gemeint, daß Deacon die Tür vorher selber aufgeschlossen haben könne, um sich einen Rückweg ins Haus zu sichern. Aber die Hauptsache, nämlich was mit dem Halsband geschehen ist, das haben sie nie herausbekommen. Es ist niemals gefunden worden. Ob es Cranton nun gehabt hat oder ob Deacon es irgendwo versteckt hatte, das weiß bis heute niemand. Es ist nicht mehr zum Vorschein gekommen. Auch das Geld nicht, das Cranton angeblich dem Deacon gegeben haben will. Das Ende war dann, daß die beiden Frauen freigekommen sind. Na ja, sie haben ja auch eigentlich nichts verbrochen, nur dumm geklatscht. Dem Cranton und Deacon aber haben sie tüchtige Gefängnisstrafen aufgebrummt. Dem alten Russell ist das so nahegegangen, daß er bald darauf seinen Besitz verkauft hat und mit seiner Tochter, der Mary, fortgezogen ist. Aber als der Deacon dann gestorben war —«

»Wieso denn das?«

»Na, der ist eines Tages aus dem Gefängnis ausgebrochen, nachdem er einen Wärter umgebracht hatte. Ein ganz gemeingefährlicher Bursche, dieser Deacon. Das war 1918. Aber er hatte kein Glück. In einem Steinbruch ist er bald darauf verendet. Zwei Jahre später haben sie seinen Leichnam gefunden, noch in den Gefängniskleidern. Als der junge Thoday das erfuhr, hat er sich gleich die Mary geholt, er war schon immer hinter ihr her gewesen, und hat sie geheiratet. Es hat ja niemand die Mary für mitschuldig gehalten. Das ist jetzt zehn Jahre her. Heute haben die beiden zwei Kinder und leben gut miteinander. Der andere, der Cranton, hat, kaum daß er frei war, wieder dunkle Geschäfte gemacht. Na, und da haben sie ihn eben wieder eingelocht. Aber es heißt, er soll jetzt frei sein. Jack Priest, das ist unser Gendarm hier, der meint, vielleicht hören wir noch mal was von dem Halsband. Kann ja sein; aber Cranton weiß vielleicht gar nicht, wo es steckt.«

»Ich verstehe. So hat also Sir Charles dieser Mrs. Wilbraham den Verlust ersetzt?«

»Nein, Mylord, nicht Sir Charles, das war Sir Henry. Der junge Herr ist natürlich sofort von seiner Hochzeitsreise zurückgekommen, und da war Sir Charles schon schwer erkrankt. Schlaganfall, wissen Sie, von dem Schrecken. Er hat sich nun mal verantwortlich gefühlt, er war damals schon hoch in den Siebzigern. Na, und als dann das Urteil verkündet worden ist, hat der junge Herr seinem Vater versprochen, er würde die Sache wieder in Ordnung bringen. Dann kam der Krieg, und Sir Charles bekam wieder einen Schlaganfall; an dem ist er dann gestorben. Der junge Herr hat sein Versprechen gehalten; als die Polizei erklärte, sie müßte die Sache als aussichtslos aufgeben, hat er die ganze Summe gezahlt. Aber für die Familie war das ein harter Schlag. Sir Henry ist außerdem noch im Kriege schwer verwundet worden und ist seitdem ein kranker Mann. Und daß jetzt seine Frau so plötzlich gestorben ist, das wird ihm wohl arg zusetzen. Eine gute Frau ist sie gewesen, jeder hatte sie gern.«

»Und sind da sonst noch Angehörige?«

»O ja, Mylord, eine Tochter, Miss Hilary. Wird diesen Monat fünfzehn. Ist gerade in den Schulferien zu Hause. Traurige Ferien für das arme Ding.«

»Ja, wirklich«, erwiderte Lord Peter. »Das ist eine höchst interessante Geschichte, die Sie mir da erzählt haben, Hinkins. Bin neugierig, ob ich noch einmal etwas über diesen Schmuck zu hören bekomme. – Ah, da ist ja unser Freund Wilderspin. Nehme an, daß sie den Wagen herausgeholt haben.«

Wimseys Vermutung erwies sich als richtig. Draußen vor dem Pfarrhaus stand der große Daimler an einen Leiterwagen angeseilt. Wilderspin sah den Fall hoffnungsvoll an. Eine sachverständige Behandlung der Vorderachse, die unsanft auf einen im Schnee verborgenen Meilenstein gestoßen war, würde, wie er meinte, Wunder wirken. Im Notfall könnte man aber immer noch zu Mr. Brownlow, dem Garagenbesitzer in Fenchurch St. Peter, schicken, um das Auto mit einem Abschleppwagen dorthin zu bringen.

Wimsey betrachtete kopfschüttelnd die Vorderachse seines Wagens und meinte, es sei doch wohl besser, Mr. Brownlow zu Rate zu ziehen. Nachdem Wimsey den Sitz hinter den breiten Pferderücken erklommen hatte, nahm die Prozession langsam ihren Weg ins Dorf.

Wie das häufig im dortigen Fenmoor-Gebiet der Fall ist, stehen Kirche und Pfarrhaus von Fenchurch St. Paul etwas abseits vom Ort. Das Dorf selbst gruppiert sich um einen Kreuzweg, dessen einer Arm in südwestlicher Richtung nach Fenchurch St. Stephen führt, während er nach Nordosten zu in die Straße mündet, die nach Fenchurch St. Peter führt. Und zwar mündet der Arm etwas südlich vom Kanal. Der andere Arm dagegen, der von der Kirche herkommt, verläuft am nordwestlichen Ende des Dorfes in einen schlammigen Weg, auf dem man auch die Straße am Kanal bei Frog's Bridge erreichen kann. So bilden die drei Orte ein förmliches Dreieck: St. Paul im Norden, St. Peter im Süden und St. Stephen im Westen. Die Eisenbahn verbindet St. Peter mit St. Stephen und überquert dann auf ihrem Weg nach Leamholt den Kanal beim Dykesey-Viadukt. Von den drei Orten ist Fenchurch St. Peter der größte und wichtigste. Er verfügt über eine Eisenbahnhaltestelle, außerdem führen zwei Brücken dort über den Fluß. Fenchurch St. Stephen ist ebenfalls Bahnstation, wenn auch nur durch Zufall, weil es an der Strecke liegt. Fenchurch St. Paul ist von den dreien der kleinste Ort. Er ist weder an einem Fluß noch an der Bahn gelegen. Trotzdem ist er am ältesten, und seine Kirche ist weitaus die größte und schönste, von ihren unvergleichlichen Glocken ganz zu schweigen. St. Paul war ursprünglich eine Abtei. Die Reste der ersten normannischen Kirche und einige Steine, die die Lage des alten Klosters erkennen lassen, sind noch heute östlich und südlich der Kanzel zu sehen. Die Kirche selbst und das sie umgebende Stückchen Land liegen etwa zehn oder zwölf Fuß höher als das Dorf, eine in dem flachen Moorland beträchtliche Bodenerhebung, die genügte, um in alten Zeiten Kirche und Abtei vor den winterlichen Überschwemmungen zu bewahren. Auch seiner bevorzugten Lage am Fluß kann sich Fenchurch St. Peter eigentlich nicht zu Recht rühmen, da das Flüßchen Wale früher direkt bei der Kirche von St. Paul vorbeifloß, bis das Wasser dann zur Zeit König James' I. durch Anlage eines kürzeren und direkten Kanals,

Potter's Lode genannt, abgeleitet wurde. Wenn man auf dem Kirchturm von St. Paul steht, kann man noch ganz deutlich das alte Flußbett erkennen, das sich in Windungen durch Wiesen und Ackerland zieht, und man kann sehen, wie der schnurgerade grüne Deich von Potter's Lode die Sehne zu dem Bogen des Flußbettes bildet. Rings um diese drei Orte steigt das Land leicht an, kreuz und quer von Abzugsgräben durchzogen, die in die Wale führen.

Nachdem Wimsey beschlossen hatte, die Vorderachse seines Daimlers den erprobten Händen von Mr. Brownlow und Mr. Wilderspin zu überlassen, begab er sich aufs Postamt und telegraphierte seinen Freunden, die ihn in Walbeach erwarteten. Daraufhin schaute er nach einer neuen Beschäftigung aus. Da das Dorf nichts Sehenswertes bot, entschloß er sich zu einer Besichtigung der Kirche. Die Sterbeglocke hatte zu läuten aufgehört, und Hezekiah war nach Hause gegangen. Wimsey trat durch das Südtor in die Kirche ein und fand dort Mrs. Venables, die dabei war, frisches Wasser in die Vasen vorm Altar zu füllen. Als er gerade das prachtvolle Eichenschnitzwerk der Chorschranke bewunderte, entdeckte sie ihn.

»Wunderbar, nicht wahr? Theodor ist so stolz auf seine Kirche. Und er hat auch schon viel für sie getan, seit wir hier sind. Glücklicherweise war sein Vorgänger sehr gewissenhaft in bezug auf Reparaturen, aber er hatte keinerlei Geschmack und hat die Kirche stellenweise direkt verschandelt. Zum Beispiel hat er hier die Kapelle als Vorratsraum für Heizmaterial benützt. Wirklich, kaum zu glauben! Wir haben den Raum natürlich sofort säubern lassen. Am liebsten hätte Theodor hier einen Marienaltar, aber die Gemeinde würde das gleich für papistisch halten. – Früher war da auch noch eine kleine Kapelle auf der Nordseite, dieser hier gegenüber: die Kapelle des Abtes Thomas, wie sie hieß. Und hier ist sein Grabstein. Batty Thomas ist nach ihm genannt: Batty ist nur eine entstellte Form von ›Abt‹. Im neunzehnten Jahrhundert hat dann irgendein Vandale die Chorschränke hinter den Chorstühlen heruntergerissen, um die Orgel einzubauen. Ein greuliches Ding, nicht wahr? Vor einigen Jahren haben wir neue Pfeifen einsetzen lassen, und nun brauchen wir einen größeren Blasebalg. Der arme Rappel Pick kommt mit dem alten Blasebalg nicht mehr mit,

wenn Miss Snoot die Orgel in vollen Klängen erbrausen läßt. Sie nennen ihn alle Rappel, aber er ist nicht wirklich rappelig, nur nicht ganz richtig im Oberstübchen.
Unser großes Prunkstück ist natürlich das Dach mit den Engeln. Vor zwölf Jahren haben wir es an einigen Stellen ein wenig auffrischen lassen, aber ohne etwas hinzuzufügen. Zehn Jahre hat es gedauert, bis wir die Mitglieder des Kirchenvorstandes davon überzeugen konnten, daß ein bißchen mehr Gold auf den Engeln noch keine Konzession an Rom bedeute. Na, und heute sind sie selber stolz darauf. Das Ostfenster ist Theodors wundester Punkt. Gräßlich ordinäres Glas, so um 1840 herum gemacht, in der schlimmsten Zeit, wie Theodor immer sagt. Die alten Fensterscheiben im Kirchenschiff selbst sind natürlich alle verschwunden. Da haben Cromwells Leute ganze Arbeit geleistet; glücklicherweise haben sie wenigstens einen Teil des Daches unversehrt gelassen, wahrscheinlich, weil es ziemlich schwierig war, da hinauf zu gelangen. Dann lief da oben auf beiden Seiten eine häßliche Galerie entlang, welche die Kirchenfenster völlig verdeckte und den Blick auf die Säulen verdarb. Diese Galerie haben wir damals auch gleich herunterreißen lassen. Aber hier, die Chorstühle sind echt. Ist die Schnitzerei nicht entzückend? Da ist übrigens auch noch eine Piscine auf dem Altar, allerdings nichts Außergewöhnliches.«
Wimsey gestand, daß er sich nicht besonders für Piscinen erwärmen könne.
»Die Abendmahlsbank ist auch nicht besonders schön, viktorianisches Greuel natürlich. Wir möchten sie gern durch etwas Besseres ersetzen, sobald wir das Geld dafür aufbringen können. Schade, daß ich den Schlüssel zum Turm nicht habe. Sie würden sicher gern einmal hinaufschauen. Wundervolle Aussicht oben, aber freilich eine Leiter nach der andern. Mir wird immer ganz schwindlig, besonders wenn man oberhalb der Glocken geht. Mir sind überhaupt Glocken irgendwie unheimlich. Aber hier ist noch das Taufbecken. Das müssen Sie sich ansehen. Das Relief soll einzigartig sein. Ich habe dummerweise vergessen, was daran so besonders ist. Sie müssen es sich von Theodor zeigen lassen. Leider ist er vorhin schon wieder abgerufen worden. Er soll eine Frau ins Krankenhaus bringen, auf der andern Seite vom Kanal. Kaum daß er zu Ende frühstücken konnte!«

›Und da heißt es immer‹, dachte Wimsey bei sich, ›daß die Geistlichen der Church of England nichts für ihr Geld tun!‹

»Vielleicht möchten Sie noch etwas hierbleiben und sich umsehen? Würden Sie dann bitte nachher die Tür abschließen und den Schlüssel zurückbringen? Es ist Mr. Godfreys Schlüssel. Ich kann mir gar nicht denken, wo Theodor sein Schlüsselbund wieder einmal gelassen hat. Eigentlich ist es ein Unrecht, eine Kirche verschlossen zu halten; aber was soll man an einem so einsamen Platz machen? Vom Pfarrhaus aus können wir nicht aufpassen wegen des Gebüschs davor. Diese Landstreicher sehen oft zu unheimlich aus. Erst neulich ist wieder so ein schrecklicher Bursche hier vorbeigekommen, und vor nicht allzulanger Zeit ist sogar die Almosenbüchse aufgebrochen worden. Es war zwar nicht viel drin, aber sie haben dann aus reiner Wut und aus Mutwillen bös am Altar gehaust. Und das geht doch wirklich nicht!«

Wimsey gab zu, daß das wirklich nicht ginge und daß er sich sehr gern noch etwas in der Kirche umschauen würde. Ja, und an den Schlüssel würde er auch denken. Nachdem die würdige Dame ihn verlassen hatte, ließ er zuerst einmal eine angemessene Spende in die Almosenbüchse gleiten, dann betrachtete er eingehend das Taufbecken, dessen Reliefdarstellungen sehr merkwürdig waren. Ein seltsames Gemisch christlicher und heidnischer Symbolik. Ferner entdeckte er unter dem Turm eine schwere, alte Truhe, die aber außer einer Anzahl abgenützter Glockenseile nichts Ehrwürdiges enthielt.

Beim Weitergehen in das nördliche Schiff sah er, daß die Kragsteine, auf denen das Engelsgebälk hauptsächlich ruhte, passend mit Cherubsköpfen verziert waren. Dann stand er eine Weile sinnend vor dem Grab des in Bischofsgewand und Mitra gekleideten Abtes Thomas. Ein düsterer alter Herr, dachte er, dieser Kirchenmann aus dem vierzehnten Jahrhundert. Mit seinem strengen, harten Gesicht mehr einem Herrscher als einem Hirten seiner Herde ähnlich! Relieftafeln, auf denen verschiedene Szenen aus der Geschichte der Abtei dargestellt waren, schmückten die Seiten des Grabes. Unter anderem war auch der Guß einer Glocke abgebildet, unzweifelhaft der Batty Thomas. Der

Abt war offenbar ganz besonders stolz auf seine Glocke, da sie noch einmal als Fußstütze auftauchte, anstelle des üblichen Kissens. Einfache Zierstreifen und Inschriften liefen rundherum. Oben: ›Noli Esse Incredulus Sed Fidelis‹. Unten: ›Abbat Thomas brachte mich herein und hieß mich läuten laut und rein – 1380‹. Um die Mitte: ›O Sancte Thoma‹ und darüber eine Abts-Mitra, so daß es ungewiß blieb, ob die Heiligkeit dem Apostel oder dem Kirchenfürsten zugeschrieben wurde. Glücklicherweise war dieser Abt Thomas gestorben, lange bevor sein Haus unter König Heinrich ausgeplündert wurde. Thomas hätte sich bestimmt nicht kampflos ergeben, und seine Kirche hätte nur darunter zu leiden gehabt. Sein Nachfolger hatte in die friedliche Puritanisierung durch die Reformatoren eingewilligt und zugesehen, wie die Abtei allmählich in Verfall geriet. Dies und noch mehr erfuhr Wimsey vom Pastor beim Essen.

Nur sehr ungern ließ das Ehepaar kurz darauf seinen Gast ziehen. Aber Mr. Brownlows und Mr. Wilderspins vereintem Eifer war es gelungen, den Wagen schon um zwei Uhr startbereit zu liefern, und Wimsey lag daran, noch vor Einbruch der Dunkelheit in Walbeach zu sein. So fuhr er los, nach vielem Händeschütteln und wiederholten Aufforderungen, doch ja wiederzukommen und beim Läuten zu helfen. Als der Wagen am rechten Ufer des Kanals entlangfuhr, bemerkte Wimsey, daß sich der Wind gedreht hatte. Es wehte von Süden her, und obwohl noch eine weiße Schneedecke auf dem Moor lag, war die Luft lind.

»Werden wohl Tauwetter bekommen, Bunter.«

»Gewiß, Mylord.«

»Schon mal hier im Moor gewesen, wenn es überflutet ist?«

»Nein, Mylord.«

»Sieht trostlos aus. Meilenweit nichts als Wasser. Höchstens da und dort mal ein Damm oder eine Reihe von Weiden. Aber hier scheint's nicht so schlimm zu werden, sie haben hier gründlicher drainiert. Sehen Sie, dort drüben, das muß Van Leyden's Schleuse sein, von der aus die Flut in den Kanal gelenkt wird. Geben Sie mal die Karte her. Ja, stimmt. Hier mündet der Kanal in den Fluß. Der Kanal liegt viel höher. Wenn die Schleuse hier nicht wäre, würde

das ganze Wasser wieder in den Fluß zurückströmen, und dann gäbe es die schönste Überschwemmung. Schlechte Ingenieurarbeit, aber was sollten die armen Ingenieure im siebzehnten Jahrhundert machen! Da ist der Fluß, kommt von Fenchurch St. Peter durch Potter's Lode. Ich möchte hier nicht geschenkt Schleusenwärter sein. Gottverlassener Platz hier draußen.«
Sie warfen einen Blick zu dem häßlichen kleinen Haus aus Backsteinen hinüber, das, als ob es die Ohren spitzte, keck zwischen beiden Schleusen hervorlugte. Auf der einen Seite überspannte ein Wehr mit einer kleinen Schleuse den Kanal dort, wo er, sechs Fuß über dem Flußbett, in den Fluß mündete. Auf der andern Seite spannte sich eine fünftorige Schleuse quer über den Oberlauf der Wale; sie verhinderte, daß das Wasser wieder flußaufwärts strömte.
»Nicht ein einziges Haus hier in der Nähe. Doch, da drüben eines, zwei Meilen weiter aufwärts! Buh, wirklich, um sich in der eigenen Schleuse zu ersäufen! Nanu, wo geht denn hier der Weg weiter? Ach so, ich sehe schon – auf die Brücke über den Kanal und dann rechts ab, am Fluß entlang. Wenn bloß die Kurven hier nicht alle so scharf wären. Hoppla – drüben wären wir. Da kommt auch schon der Schleusenwärter heraus; wir sind wahrscheinlich das große Tagesereignis für ihn. Wollen ihm freundlich zuwinken. Hallo, hallo! So Gott will, komme ich kein zweites Mal hierher. – Nanu, was will denn der Kerl da vor uns?«
Auf der kahlen, weißen Landstraße stand eine einsame Gestalt, die mit den Armen ein Zeichen gab. Wimsey brachte seinen Daimler zum Stehen.
»Verzeihung, daß ich Sie aufhalte«, sagte der Mann höflich, »können Sie mir bitte sagen, ob dies der Weg nach Fenchurch St. Paul ist?«
»Ja. Dort über die Brücke und dann weiter am Kanal entlang bis zum ersten Wegweiser. Sie können gar nicht fehlgehen.«
»Danke sehr. Und wie weit ist es ungefähr noch?«
»Etwa fünfeinhalb Meilen bis zum Wegweiser und von da aus noch eine halbe Meile bis ins Dorf.«
»Schönsten Dank.«
»Bißchen kalt zum Spazierengehen?«
»Ja, keine schöne Gegend. Na, ich werd's wohl trotzdem

schaffen, eh' es dunkel wird, und das ist wenigstens ein Trost.«

Er sprach ziemlich leise und mit einem leichten Londoner Akzent. Sein grauer Mantel war zwar etwas schäbig, aber nicht schlecht geschnitten. Er trug einen kurzen, dunklen Spitzbart und schien um die Fünfzig herum zu sein. Sein Gesicht hielt er beim Sprechen gesenkt, als wollte er vermeiden, genau betrachtet zu werden.

»Zigarette?«

»Sehr freundlich.«

Wimsey entnahm seinem Etui ein paar Zigaretten und gab sie ihm. Die Hand des Fremden war auf der Innenseite schwielig, wie von irgendwelcher Schwerarbeit, doch sah der Mann nicht wie ein Landarbeiter aus.

»Sie sind nicht von hier?«

»Nein.«

»Auf Arbeitssuche?«

»Jawohl.«

»Landarbeiter?«

»Nein – Mechaniker.«

»Aha. Na, dann viel Glück.«

»Danke sehr. Und guten Tag.«

»Guten Tag.«

Wimsey fuhr schweigend weiter. Dann sagte er plötzlich: »Mechaniker, schon möglich, aber sicher nicht zuletzt. Ich tippe mehr auf Arbeit im Steinbruch. Einen alten Sträfling kann man immer erkennen – an den Augen. Gar nicht so dumm, hier draußen ein neues Leben anfangen zu wollen. Ich hoffe bloß, er spielt unserem guten Pastor keinen Streich.«

DAS TREIBEN

Drittes Kapitel
Ein Toter zuviel

Frühling und Ostern kamen in diesem Jahr spät nach Fenchurch St. Paul. Die Fluten auf den Wiesen begannen sich zu verlaufen. Die zartgrünen Spitzen des Getreides wagten sich aus der dunkeln Erde hervor; die struppigen Dornsträucher sproßten entlang den Gräben; die gelben Blüten der Weiden tanzten wie die kleinen Wöllchen an einem Glockenseil auf und ab, und die sammetweichen, silbrigen Kätzchen boten sich den Kindern für ihren Kirchgang am Palmsonntag an.
Im Pfarrgarten standen die Narzissen in voller Blüte, unbarmherzig gezaust vom Wind, der ohne Unterlaß von Osten herstürmte. »Meine armen Narzissen«, jammerte Mrs. Venables, wenn sie sehen mußte, wie die langen, schmalen Blätter sich wie eine Flutwelle über die Beete ergossen und die goldenen Glocken die Erde küßten. »Dieser gräßliche Wind! Mich wundert nur, wie sie es aushalten.« – Voller Stolz, doch nicht ohne Gewissensbisse, schnitt sie die Blüten ab, um damit die Altarvasen und die hohen, bemalten Zinnkübel zu füllen, die am Ostersonntag beide Seiten der Altarschranke zierten.
Sie kniete vor dem Altar nieder auf einem länglichen roten Kissen, das sie aus einem der Kirchenstühle entnommen hatte, um ihre ›alten Knochen‹ vor dem kalten Steinboden zu schützen. Die vier metallenen Altarvasen standen vor ihr, daneben ein Trog mit Blumen und eine Gießkanne. »Widerspenstige Dinger«, murmelte sie, als die Narzissen sich immer wieder zur Seite neigten oder gar in den Krug hineinglitten. Dann setzte sie sich auf ihre Fersen und betrachtete ihr Werk. Ein plötzliches Geräusch ließ sie sich umwenden.
Ein rothaariges fünfzehnjähriges Mädchen in Schwarz war

hereingekommen, im Arm ein riesiges Bündel weißer Narzissen.
»Können Sie diese hier noch brauchen, Frau Pastor? Johnson wollte auch die Blattpflanzen in seinem Karren herüberbringen, aber der Wind ist zu stark, es ist wohl das beste, er bringt sie nachher im Wagen.«
»Wie lieb von dir, Hilary! Natürlich, weiße Blumen kann ich immer brauchen, so viel wie möglich. Die sind ja prachtvoll. Und wie sie duften. Eigentlich wollte ich noch ein paar von unsern grünen Pflanzen hier vorm Abt Thomas aufstellen und dazwischen hohe Vasen. Aber auf keinen Fall will ich diesmal« – ihre Stimme drückte unbeugsame Entschlossenheit aus –, »auf keinen Fall will ich Taufbecken und Kanzel mit Grün schmücken. Das ist ja ganz schön zu Weihnachten und zum Erntedankfest, aber zu Ostern hat das einfach keinen Sinn.«
»Ich kann Erntedankfeste nicht ausstehen. Ein Jammer, die ganze schöne Schnitzerei immer mit den stachligen Getreidehalmen, mit Gurken und solchem Zeug zu verdecken.«
»Ja, aber die Leute im Dorf haben das nun einmal gern. Erntefest, das ist *ihr* Fest, wie Theodor immer sagt. Vielleicht ist es Unrecht, daß sie mehr daran hängen als an den Kirchenfesten, aber es ist ganz natürlich. Früher war das noch viel schlimmer, als wir herkamen – lange vor deiner Zeit. Und zu Weihnachten haben sie alle möglichen Spruchbänder aufgehängt an der gräßlichen, alten Galerie entlang. In Baumwolle gestickt auf rotem Flanell. Unbeschreiblich häßlich! Aber das hat der Herr Pastor ein für allemal abgeschafft.«
»Mit dem Erfolg, daß die halbe Gemeinde zu den Methodisten übergegangen ist – ja?«
»O nein, nur zwei Familien, von denen sogar eine inzwischen wieder zurückgekommen ist. Die Wallaces, weil sie irgendeine Differenz mit ihrem Geistlichen hatten. Ich weiß nicht mehr genau, was es eigentlich war. Willst du mal etwas zurücktreten und mir bitte sagen, ob die beiden Seiten gleich aussehen?«
»Nein, hier fehlen noch ein paar Narzissen, Frau Pastor.«
»Hier? Ist es jetzt besser? So, ich glaube, das genügt. Uff! Meine armen alten Knochen! Ah, da ist Hinkins mit den Blattpflanzen. Sie sind so schön grün das ganze Jahr hin-

durch und machen sich immer gut als Hintergrund. Ja, hierher, Hinkins, sechs vor dieses Grab und sechs auf die andere Seite. Ach, bitte, füllen Sie mir die Gießkanne neu.« – Und zu dem jungen Mädchen gewandt, sagte sie: »Wie geht es denn deinem Vater heute, Hilary? Hoffentlich besser?«
»Leider nicht, Frau Pastor. Dr. Baines befürchtet das Schlimmste. Der arme Papa!«
»Du meine Güte! Das tut mir aber schrecklich leid! Du hast es wirklich schwer. Der plötzliche Tod deiner Mutter war wahrscheinlich zuviel für deinen Vater.« – Das Mädchen nickte.
»Laß uns hoffen und beten, daß es nicht so schlimm steht, wie Dr. Baines fürchtet. Dr. Baines ist ja immer pessimistisch. Deshalb hat er's wahrscheinlich auch nie über den Landarzt hinausgebracht. Dabei ist er ein so kluger Mann. Aber Patienten mögen nun mal lieber einen Arzt, der optimistisch und heiter ist. Warum zieht ihr denn keinen zweiten Doktor zu Rate?«
»Das wollen wir ja. Dienstag kommt er, ein Dr. Hordell. Dr. Baines hat versucht, ihn schon heute zu erreichen, aber er ist über Ostern fort.«
»Ärzte dürften eben nicht fortgehen«, meinte Mrs. Venables ungnädig. Da der Pastor kaum je auf Urlaub ging, bestimmt aber nie an Festtagen, sah sie nicht recht ein, warum andere Leute Ferien machen sollten.
Hilary Thorpe lächelte bekümmert. »Ja, das habe ich auch schon gedacht. Aber der Mann soll eine Autorität sein, und wir hoffen, daß es nicht auf die paar Tage ankommt.«
»Gott behüte, ich hoffe doch nicht! Kommt da Johnson mit den Pflanzen? Ach nein, es ist Jack Godfrey. Er will wohl die Glocken oben einölen.«
»Ja? Oh, da würde ich gern zusehen. Darf ich mit hinaufgehen, Frau Pastor?«
»Natürlich, liebes Kind. Aber bitte, sei vorsichtig. Auf diesen hohen, steilen Leitern ist man nie ganz sicher.«
»Oh, ich habe keine Angst. Und ich sehe mir die Glocken so gern an.« Schon eilte Hilary davon. Sie holte Jack Godfrey gerade ein, als er von der Wendeltreppe in das Läutezimmer trat.
»Ich möchte gern zusehen, wie Sie die Glocken besorgen, Mr. Godfrey. Oder stört Sie das?«

»Gar nicht, Miss Hilary, ganz im Gegenteil. Aber Sie gehen besser voraus, falls Sie ausgleiten.«
»Oh, ich gleite nicht aus«, entgegnete Hilary entrüstet. Energisch kletterte sie auf den dicken, alten Sprossen empor und gelangte in den Raum im zweiten Stockwerk des Turms. Er war leer, mit Ausnahme des Schrankkastens, in dem sich das Schlagwerk der Turmuhr befand und die acht Glockenseile, die durch den Fußboden kamen, um oben in der Decke wieder zu verschwinden. Jack Godfrey, mit Ölflasche und Putzlappen in der Hand, folgte dem Mädchen vorsichtig.
Hilary liebte diesen kahlen, sonnendurchfluteten Raum, dessen vier Wände aus vier Fenstern bestanden. Man fühlte sich wie in einem gläsernen Palast hoch in der Luft. Die Schatten des prachtvollen Maßwerkes im Südfenster zeichneten sich am Fußboden ab wie das Muster eines gußeisernen Tores. Und wenn sie durch die staubigen Scheiben hinunterblickte, sah sie das grüne Moor sich meilenweit in die Ferne erstrecken.
»Ich würde so gern noch auf die Spitze des Turms steigen, Mr. Godfrey!«
»Schön, schön, Miss Hilary. Ich gehe nachher mit Ihnen hinauf, wenn ich fertig bin mit den Glocken.«
Die Falltür, die zu dem eigentlichen Glockenraum führte, war verschlossen. Eine Kette lief von ihr in ein Holzkästchen an der Wand. Godfrey suchte in seinem Schlüsselbund und schloß das Kästchen auf, das ein Gewicht enthielt. Dann zog er das Gewicht herunter und die Tür flog auf.
»Warum ist die Tür hier zugeschlossen, Mr. Godfrey?«
»Weil sie immer wieder offen gelassen worden ist und der Herr Pastor meint, das sei gefährlich. Könnte doch sein, daß Rappel Pick mal hier herumsteigt oder sonstwer Unfug mit den Glocken macht. Na, und da hat der Herr Pastor eben zur Vorsicht ein Schloß anbringen lassen.«
Hilary kletterte die zweite Leiter empor. Im Gegensatz zu der Helligkeit unten wirkte der Glockenraum düster, ja fast drohend. Die hohen Fenster waren stark abgedunkelt. Nur oben durch das zart gearbeitete Maßwerk über den schrägen Schallfenstern tropfte das Sonnenlicht sparsam herein und warf auf die schweren Balken des Glockengestells blaßgoldene Streifen und Flecken und zeichnete ein seltsam

phantastisches Muster auf die Speichen und Felgen der Räder. Die Glocken hockten, ihre stummen, schwarzen Münder nach unten gerichtet, brütend da.

Mr. Godfrey betrachtete sie mit einer aus jahrelangem Umgang erwachsenen Vertraulichkeit. Dann holte er eine leichte Leiter, die an die Wand gelehnt stand, und setzte sie sorgfältig gegen einen der Querbalken, um sie zu besteigen.

»Lassen Sie mich zuerst hinauf, sonst kann ich ja nicht sehen, was Sie tun.«

Mr. Godfrey überlegte und kratzte sich am Kopf. Er fand das etwas gefährlich.

»Oh, mir passiert nichts. Ich kann gut auf dem Balken sitzen. Mir macht die Höhe absolut nichts aus. Ich habe ›sehr gut‹ im Turnen.«

Sir Henrys Tochter war gewöhnt, ihren eigenen Willen zu haben, und so setzte sie ihn auch hier durch, allerdings unter der Bedingung, daß sie sich ganz fest an dem Holzbalken halten und nicht hin und her schaukeln solle. Sie versprach es und schwang sich auf ihren luftigen Sitz. Mr. Godfrey ordnete nun sein Material säuberlich um sich her und begann dann, eine muntre Weise zwischen den Zähnen pfeifend, mit seiner Arbeit. Zuerst schmierte er Bolzen und Zapfen ein, dann goß er einen Tropfen Öl auf die Zugrolle, prüfte die Beweglichkeit des Schiebers und ebenso das Seil an den Stellen, wo es über Rad und Zugrolle lief.

»Ich habe Tailor Paul noch nie so aus der Nähe gesehen. Eine riesige Glocke, nicht wahr?«

»Mächtig groß«, meinte Jack Godfrey anerkennend und gab der Glocke einen freundlichen Klaps auf ihre bronzene Schulter. Ein Sonnenstrahl traf den unteren Rand und beleuchtete ein paar Buchstaben der Hilary wohlbekannten Inschrift:

NINE † TAYLERS † MAKE † A † MANNE † IN † CHRIST
HIS † DETH † ATT † END † IN † ADAM † YAT † BEGANNE
1614
NEUN † SCHNEIDER † MACHEN † EINEN † MANN † IN † CHRIST
SEIN † TOD † AM † END † IN † ADAM † SCHON
BEGONNEN † IST
1614

»Ja, sie hat ihre Dienste geleistet, die alte Glocke. Manches Prachtgeläute haben wir mit ihr vollbracht, gar nicht zu reden von all den Beerdigungen und dem Sterbeläuten. Der Herr Pastor hat neulich gesagt, wir müßten ihr nun bald den Abschied geben, aber ich weiß nicht, nein. Sie schafft's wohl noch ein paar Jahre. Klingt noch ganz rein, mein' ich immer.«
»Die Sterbeglocke wird doch für jeden in der Gemeinde, der stirbt, geläutet, ganz gleich, wer's ist?«
»Ja, für Ungläubige und Gläubige. Das hat damals der alte Sir Martin Thorpe, Ihr Ururgroßvater, so bestimmt, als er das Geld für den Glockenfonds hinterlassen hat. ›Für jede christliche Seele‹, steht in seinem letzten Willen. So, Miss Hilary, da wären wir fertig mit Tailor Paul. Jetzt geben Sie mir Ihre Hand, damit ich Ihnen herunterhelfen kann.«
Gaude, Sabaoth, John, Jericho, Jubilee und Dimity, eine jede von ihnen wurde nun besichtigt und eingesalbt. Als aber zu guter Letzt Batty Thomas an die Reihe kommen sollte, machte Mr. Godfrey ernsthafte Schwierigkeiten.
»Hier dürfen Sie aber nicht mit hinauf, Miss Hilary. Die hier, das ist eine Unglücksglocke. Sie hat ihre Mucken, das ist mir zu riskant!«
»Wieso, was meinen Sie damit?«
Mr. Godfrey wußte nicht recht, wie er das, was er meinte, genauer erklären sollte. »Batty Thomas ist meine Glocke. Ich läute sie nun bald fünfzehn Jahre lang und besorge sie an die zehn Jahre, seit Hezekiah zu alt ist, um hier heraufzuklettern. Die Glocke und ich, wir kennen uns ganz genau und haben uns auch immer gut vertragen. Aber komische Launen hat sie manchmal, wie der alte Mann, der sie gestiftet hat. Als damals die Mönche vertrieben worden sind, heißt es, hat Batty Thomas eine ganze Nacht hindurch geläutet, ohne daß jemand das Seil angerührt hat. Und als Cromwells Leute hierhergekommen sind, um die Bilder und alles kurz und klein zu schlagen, da ist einer von den Soldaten auch hier herauf in die Glockenstube gestiegen. Warum, weiß ich nicht, vielleicht wollte er die Glocken ruinieren. Und dann haben die andern, die nicht wußten, daß er hier oben war, an den Seilen gezogen, so, daß die Glocken oben geblieben sind. Als dann der Soldat oben näher rangegangen ist, um sich die Glocken anzusehen, ist

Batty Thomas mit einem Mal heruntergekommen und hat ihn erschlagen. Der Herr Pastor sagt immer, daß Batty Thomas damals die Kirche gerettet hat, weil die Soldaten es mit der Angst bekommen haben. Auf und davon sind sie. Sie haben es wohl für ein Gottesurteil gehalten. Und dann, das zweite Mal, das war in der Zeit vom alten Herrn Pastor, da hat ein junger Bursche, der erst Läuten gelernt hat, versucht, Batty Thomas anzuläuten, und sich dabei selber im Seil erhängt. Sie hätten ihn eben niemals allein ans Seil lassen dürfen. Unser Herr Pastor würde so was nie dulden. Zwei Männer hat Batty Thomas also auf dem Gewissen, ich möcht's doch lieber nicht riskieren, Miss Hilary.«

Mit diesen Worten schwang sich Mr. Godfrey allein zu Batty Thomas hinauf, um ihre Zapfen einzufetten. Hilary Thorpe war enttäuscht, sah aber ein, daß Widerstand nichts nützen würde. So schlenderte sie in der Glockenstube umher, stöberte mit ihren derben Schulstiefeln den Staub auf und studierte die Namen, die von den ungelenken Fingern längst dahingegangener Dorfbewohner auf die Wände gekritzelt worden waren. Plötzlich sah sie in einer Ecke etwas Weißes in einem Sonnenstrahl aufblitzen. Sie hob es auf: ein einfaches, engliniiertes Blatt Papier, das sie irgendwie an die Briefe erinnerte, die sie zuweilen von einer früheren französischen Erzieherin erhielt. Ja, es war auch mit Schriftzügen bedeckt in derselben rötlich-violetten Tinte, wie sie ›Mademoiselle‹ immer benützte. Nur die Handschrift war typisch englisch, aber nicht die eines gebildeten Menschen. Das Blatt war vierfach gefaltet und ganz rein, mit Ausnahme der Seite, die auf dem staubigen Boden gelegen hatte.

»Mr. Godfrey!«

Hilarys Stimme klang so scharf und erregt, daß Jack Godfrey aufhorchte.

»Was ist denn los, Miss Hilary?«

»Ich habe hier etwas Komisches gefunden. Bitte sehen Sie doch mal her.«

»Augenblick, Miss Hilary.«

Er beendete seine Arbeit und kam herunter. Hilary stand, von einem hell hereinflutenden Sonnenstrahl, der den bronzenen Mund Tailor Pauls berührte, umflutet, wie Danae im Goldregen. Sie ließ das Licht auf das Papier fallen. »Das habe ich auf dem Boden gefunden. Sehen Sie bloß, was für ein kompletter Unsinn. Glauben Sie, daß Rappel Pick das geschrieben hat?«

Mr. Godfrey schüttelte den Kopf.

»Ich weiß nicht, Miss Hilary, aber ich glaube nicht. Er ist ja nicht ganz richtig im Kopf, und er ist auch früher manchmal hier heraufgekommen, ehe der Pastor das Schloß an der Falltür hat anbringen lassen. Aber das sieht nicht nach ihm aus.«

»Na, jedenfalls kann das bloß ein Verrückter geschrieben haben. Lesen Sie mal: völlig verdreht.«

Mr. Godfrey legte sein Putzzeug sorgfältig neben sich, kratzte sich am Kopf und las dann, mit seinem schmierigen Zeigefinger Wort für Wort buchstabierend, das Dokument laut vor:

»Ich wähnte, die Elfen auf den Matten zu schauen, doch was ich erblickte, waren arglistige Elephanten mit schwarzen Rücken. Weh, wie ihr Anblick mich schreckte! Dennoch tanzten die Elfen ihren Reigen, ich vernahm deutlich ihr Lispeln. Wie ich mich mühte, sie zu erkennen, die dunkle Wolke zu scheuchen – aber dem Auge des Sterblichen war nicht vergönnt, sie zu sehen. Da kamen Boten mit goldenen Posaunen, mit Harfen und Pauken. Laut erklang ihr Spiel neben mir, den Zauber zu bannen. Der Traum schwand, ich dankte dem Himmel. Tränen vergoß ich, ehe der Mond aufging, schmal wie eine Sichel aus Stroh. Mag doch, der den Zauber wirkte, mit den Zähnen knirschen, er muß wiederkommen, wie der Lenz wiederkehrt. Der elende, böse Mensch! Die Hölle gähnt, das Tor des Erebus steht offen. Der Rachen des Todes wartet Dein.«

»Komisches Zeug«, meinte er dann, »klingt wie der schwachsinnige Rappel, aber dann auch wieder nicht. Rappel kennt keine Fremdwörter. Und hier steht ›Erebus‹. Was heißt das eigentlich?«

»Ach, das ist ein alter Name für Hölle«, erklärte Hilary.

»Aha, das ist damit gemeint. Na, dem Burschen, der das geschrieben hat, scheint all so was im Kopf herumgegangen zu sein, Hölle und Elefanten. Ich kenne mich da nicht aus. Ist vielleicht auch nur so ein Hokuspokus. Oder«, hier kam ihm eine Erleuchtung, »oder jemand hat das aus einem alten Buch abgeschrieben. Kommt mir fast so vor. Aber

sonderbar, wie das hierherkommt. Wissen Sie was, ich würde es dem Herrn Pastor zeigen, Miss Hilary. Der kennt sich in Büchern aus und weiß vielleicht, wo das herstammt.«
»Guter Gedanke, das will ich tun. Klingt schrecklich geheimnisvoll – direkt zum Gruseln. Gehen wir jetzt auf den Turm hinauf, Mr. Godfrey?«
Mr. Godfrey war bereit, und so kletterten sie zusammen die letzte lange Leiter empor, die weit über die Glocken hinaufreichte und sie in einen kleinen, überdachten Gang brachte, der bis zu dem bleigedeckten Dach des Turmes führte. Ein kräftiger Wind wehte; man konnte sich gegen ihn wie gegen eine Mauer stemmen. Hilary nahm ihren Hut ab und ließ ihr dichtes, kurzgeschnittenes Haar fliegen, so daß sie wie einer der schwebenden, singenden Engel in der Kirche unten aussah. Solche Vergleiche lagen natürlich Mr. Godfrey fern; er beschränkte sich darauf, ihr einzuschärfen, sich fest an den eisernen Stützen des Wetterhahnes zu halten. Hilary kehrte sich nicht an seinen Rat, sondern näherte sich dem Geländer und beugte sich weit vor, um zwischen den Zinnen nach Süden übers Moor Ausschau zu halten. Tief unter ihr lag der Friedhof, ihr Herz krampfte sich zusammen. Hier, an der Nordostecke der Kirche, lag ihre Mutter. Das Grab war noch frisch aufgeschüttet, und fast sah es so aus, als sollte die Erde schon wieder geöffnet werden, um die Ehegatten zu vereinen. »Lieber Gott«, betete Hilary verzweifelt, »laß Pa nicht sterben, Du kannst das nicht zulassen.« Jenseits der Kirchhofsmauer erstreckte sich ein grünes Feld, in dessen Mitte sich eine leichte Einsenkung befand. Hilary kannte diese Vertiefung sehr wohl: sie war nun dreihundert Jahre alt und mit der Zeit natürlich flacher geworden. Aber noch konnte man die Stelle deutlich erkennen, wo sie einst die große Grube zum Guß von Tailor Paul gegraben hatten.
Plötzlich vernahm sie Godfreys Stimme dicht neben sich. »Zeit, daß ich umkehre, Miss Hilary.«
»Natürlich, ich habe ganz vergessen. Läuten Sie morgen mit?«
»Freilich, Miss Hilary. Wir wollen morgen mal einen Stedman probieren. Ein bißchen schwierig, aber schöne Musik, wenn man's erst mal heraus hat. Drei Stunden dauert's im ganzen. Ist ein Glück, daß Will Thoday wieder munter

ist, denn Wally Pratt, der ist ganz untauglich. Einen Augenblick noch, Miss Hilary, ich muß bloß noch meinen Kram zusammenpacken. Wie gesagt, wenn Sie mich fragen, ist Stedman viel interessanter als alle andern Methoden, aber freilich, man muß dabei seine fünf Sinne zusammenhalten. Wir haben damit erst angefangen, als der Herr Pastor hergekommen ist, und es hat lang gedauert, bis wir endlich soweit waren. – Geben Sie acht auf die Treppe, Miss Hilary, sie ist mächtig ausgetreten. – Na, schließlich haben wir aber den Stedman doch geschafft, und meiner unmaßgeblichen Meinung nach ist es ein Prachtgeläute. Also dann wünsch' ich guten Morgen, Miss Hilary!«
Am Morgen des Ostersonntags ertönte auch wirklich das Stedman-Läuten. Hilary Thorpe, die neben dem großen alten Bett mit den vier Pfosten saß, hörte es vom ›Roten Hause‹ aus, wie sie das feierliche Geläute am Neujahrsmorgen gehört hatte. Damals waren die Glockenklänge voll und klar zu ihr herübergekommen. Heute drangen nur einzelne, entfernte Stöße zu ihr, wenn der Wind einen Augenblick nachließ oder sich etwas nach Süden drehte, ehe er die Töne nach Osten entführte.
»Hilary!«
»Ja, Pa?«
»Ich fürchte, wenn es mit mir wirklich zu Ende gehen sollte, lasse ich dich arm wie eine Kirchenmaus zurück, liebes Kind.«
»Aber das ist mir doch ganz egal, Väterchen. Nicht, daß du von mir gehst, meine ich. Aber selbst wenn, um *mich* brauchst du dir keine Sorgen zu machen.«
»So viel wird auf jeden Fall noch da sein, daß du nach Oxford gehen kannst. Bei euch Mädels kostet das ja nicht so viel, dafür sorgt dein Onkel bestimmt.«
»Hm, ein Stipendium schaffe ich auf jeden Fall. Also brauche ich kein Geld. Ich verdiene es mir lieber selber. Miss Bowler sagt immer, eine Frau, die sich nicht selbständig machen kann, taugt in ihren Augen nichts.« – Miss Bowler, die englische Lehrerin, war Hilarys augenblicklicher Schwarm. – »Ich will Schriftstellerin werden, Pa. Miss Bowler meint auch, ich hätte vielleicht das Zeug dazu.«
»Wirklich? Was willst du denn schreiben? Gedichte?«
»Kann sein, aber mit denen verdient man nichts. Ich will

vor allem Romane schreiben. Bestseller. Weißt du, solche Bücher, für die alle Menschen schwärmen.«
»Bis du aber soweit bist, mußt du noch viel Erfahrung sammeln, Kind.«
»Unsinn, Pa. Dafür braucht man keine Erfahrung. So was schreiben die Leute, wenn sie in Oxford sind; einfach über ihre Erlebnisse in der Schule, wie gräßlich da alles war. Und so was geht dann wie warme Semmeln. Kann ich auch.«
»Na, hoffen wir's Beste. Aber trotzdem bedrückt es mich, dich so ohne Mittel zurückzulassen. Wenn bloß dieses ververwünschte Halsband wieder zum Vorschein gekommen wäre! Ich war ein Narr, der alten Wilbraham das Geld dafür zu geben, aber sie hatte doch mehr oder weniger deutlich den alten Herrn für mitschuldig erklärt; was sollte ich also machen?«
»Bitte, Pa, bitte, reg dich nicht wieder über das dumme Halsband auf! Natürlich hättest du nicht anders handeln können. Und ich will das ekelhafte Geld gar nicht. Aber du wirst mir nicht auf und davon gehen.«
Doch der Spezialist, der am Dienstag kam, machte ein ernstes Gesicht, nahm Dr. Baines zur Seite und meinte freundlich: »Sie haben getan, was menschenmöglich war. Auch wenn Sie mich früher gerufen hätten, ich hätte nicht mehr helfen können.« Dann wandte er sich zu Hilary und erklärte ihr in demselben freundlichen Ton: »Wir dürfen niemals die Hoffnung aufgeben, Miss Thorpe. Ich kann es Ihnen natürlich nicht verhehlen, daß der Zustand Ihres Vaters sehr ernst ist, aber die Natur vollbringt oft wahre Wunder.«
Was in der Sprache des Arztes soviel heißt, daß man, wenn nicht ein Wunder geschieht, den Sarg ebensogut gleich bestellen kann.
Als der Pastor am nächsten Montag nachmittag gerade im Begriff war, die Hütte einer alten krebskranken Klatschbase, die am äußersten Ende des Dorfes wohnte, zu verlassen, schlug ein tiefer, dröhnender Klang von fern an sein Ohr. Er blieb, die Hand an der Zauntür, stehen. »Das ist Tailor Paul«, sagte er zu sich selbst. Drei feierliche Töne, dann eine Pause. »Mann oder Frau?« Wieder drei Töne, und noch einmal drei Töne. »Ein Mann.« Der Pastor lauschte. ›Vielleicht ist es endlich mit dem armen, alten Merrywea-

ther zu Ende gegangen. Wenn es nur nicht der Junge von Hensmans ist.‹ Er zählte die Schläge und wartete. Aber die Glocke tönte weiter. Der Pastor atmete auf. Gott sei Dank, der Junge war es nicht. Rasch durchging der Pastor im Geiste die Schwachen und Kranken seiner Gemeinde. Zwanzig Schläge, dreißig, also ein ausgewachsener Mann. ›Der Himmel verhüte‹, dachte er, ›daß es Sir Henry ist. Es schien ihm besser zu gehen, als ich zuletzt bei ihm war.‹ Vierzig Schläge, einundvierzig, zweiundvierzig. ›Sicher ist es der alte Merryweather. Eine Erlösung für den armen, alten Mann.‹ Dreiundvierzig, vierundvierzig, fünfundvierzig, sechsundvierzig, weiter, weiter, es konnte, durfte noch nicht zu Ende sein. Der alte Merryweather war vierundachtzig. Der Pastor horchte angestrengt. Wahrscheinlich hatte er den nächsten Schlag überhört; es wehte ein starker Wind, und sein Gehör war auch nicht mehr so gut wie früher. Aber er mußte volle dreißig Sekunden warten, ehe Tailor Paul wieder sprach; und danach trat wieder eine Pause von dreißig Sekunden ein.

Inzwischen war die alte Frau, darüber verwundert, daß der Pastor so lange barhäuptig an ihrer Zauntüre stand, angehumpelt gekommen und fragte, was denn los sei.

»Die Sterbeglocke«, belehrte sie der Pastor, »neunmal und sechsundvierzigmal, ich fürchte, es ist für Sir Henry.«

»Herrje!« rief die Alte aus, »das ist ja schlimm.« In einem Ton bissigen Mitleids fuhr sie dann fort: »Und was soll aus Miss Hilary werden? Elternlose Waise und erst fünfzehn Jahre alt! Nein, die Eltern von solchen jungen Dingern sollten nicht einfach so wegsterben.«

»Wir sind nicht berufen, uns gegen die Vorsehung aufzulehnen«, wandte der Pastor ein.

»Vorsehung?« eiferte die alte Frau. »Bleiben Sie mir mit der Vorsehung vom Leibe! Ich hab' wahrhaftig genug von ihr. Erst hat sie mir meinen Mann und dann meine Kinder genommen. Aber das eine weiß ich: dort oben lebt Einer, der wird ihr das Handwerk legen, wenn sie's so weitertreibt!«

Der Pastor war zu bekümmert, um dieses absonderliche Stück Theologie der Alten zu widerlegen. »Wir können nur auf Gott vertrauen, Mrs. Giddings«, sagte er und öffnete dann die Tür mit einem Ruck.

Sir Henrys Begräbnis war für Freitag nachmittag angesetzt worden. Die Vorbereitungen zu diesem traurigen Ereignis lagen auf den Schultern von nicht weniger als vier Personen. Da stand an erster Stelle Mr. Russell, der Begräbnis-Unternehmer, ein Vetter der Mary Russell, der Frau von William Thoday. Mr. Russell hatte sich vorgenommen, sich in Eiche und Metallbeschlägen selbst zu übertreffen, und so hallten unermüdlich die melancholischen Klänge von Hammer und Hobel durchs Dorf. Ihm fiel ferner die heikle Aufgabe zu, sechs Träger auszusuchen, die einander in Größe und Schritt entsprachen. Hezekiah Lavendel und Jack Godfrey berieten sich über das gedämpfte Wechselgeläute, mit dem sie den Verstorbenen zu ehren beabsichtigten, wobei es Mr. Godfrey oblag, die Glockenklöppel mit den ledernen Schalldämpfern zu versehen, während Mr. Lavendel das Läuten zu dirigieren hatte. Mr. Gotobed, dem Küster, waren die Sorge für das Grab und die Zeremonien am Grabe anvertraut. Er nahm sie so ernst, daß er es sogar ablehnte, an dem Geläut mitzuwirken, obwohl sein Sohn Dick, der ihm beim Graben half, gut hätte allein fertig werden können, zumal es in diesem Falle sehr einfach war. Sir Henry hatte nämlich den Wunsch ausgesprochen, in dem Grab seiner Frau beigesetzt zu werden. Sie mußten nur die Erde, die nach den regenreichen letzten drei Monaten noch nicht einmal fest geworden war, auswerfen, alles sauber und ordentlich machen und das Grab mit frischem Grün umsäumen. Da Mr. Gotobed es liebte, mit seiner Arbeit beizeiten fertig zu sein, begann er bereits Donnerstag nachmittag damit.

Der Pastor war eben von seiner Besuchsrunde zurückgekehrt und im Begriff, sich zum Tee niederzulassen, als Emilie in der Tür des Wohnzimmers erschien.
»Herr Pastor, könnte Harry Gotobed Sie wohl mal einen Augenblick sprechen?«
»Ja, natürlich. Wo ist er?«
»An der Hintertür. Er wollte nicht hereinkommen, wegen seiner schmutzigen Schuhe.«
Der Pastor begab sich zur Hintertür, wo Mr. Gotobed auf der Treppe stand und verlegen seine Mütze in den Händen hin und her drehte.
»Was gibt's denn, Harry?«

»Es ist wegen dem Grab, Herr Pastor. Ich dachte, es ist besser, ich komme gleich herüber und sage es Ihnen, weil es doch eine Kirchensache ist. Also wie ich und Dick das Grab aufmachten, haben wir einen Leichnam darin gefunden; und da meinte Dick –«
»Einen Leichnam – wieso? Natürlich, Lady Thorpe. Sie haben sie doch selbst dort begraben.«
»Ja – nein, nicht der Leichnam von Lady Thorpe. Der Leichnam eines Mannes, und der gehört nicht hinein. Und da sage ich zu Dick –«
»Der Leichnam eines Mannes? In einem Sarg?«
»Nein, Herr Pastor, bloß in einem gewöhnlichen Anzug, und sieht aus, als hätte er schon eine ganze Weile da gelegen. Na, und Dick hat zu mir gesagt: ›Vater, das ist kriminell. Das ist was für die Polizei.‹ – ›Nein‹, sage ich, ›das gehört hier der Kirche. Das muß erst der Herr Pastor wissen. Deck was drüber, bis ich den Herrn Pastor geholt habe, und gib acht, daß keiner von den Bengels in den Friedhof reinkommt.‹ Na, und da bin ich denn hergekommen und möchte fragen, was wir da machen sollen.«
»Aber das ist ja unglaublich, Harry«, rief der Pastor hilflos aus. »Ich weiß wirklich nicht. Nein, wer ist denn der Mann? Kennen Sie ihn?«
»Nach meinem Dafürhalten, Herr Pastor, würde ihn seine eigene Mutter nicht wiedererkennen. Aber vielleicht kommen Sie selber einmal herüber und schauen ihn sich an?«
»Ja, natürlich, das wird wohl das beste sein. Du liebe Zeit, du liebe Zeit! Nicht zu glauben. Los, Harry. Und, Emilie, bitte sagen Sie der Frau Pastor, daß ich unerwartet aufgehalten worden bin; sie möchte nicht mit dem Tee auf mich warten. Ja, Harry, da bin ich schon.«
Dick Gotobed hatte das halbgeöffnete Grab mit einer Zeltbahn überdeckt, die er nun in die Höhe hob, als sich der Pastor näherte. Der ehrwürdige Geistliche warf einen Blick hinein, wandte jedoch seine Augen hastig ab, während Dick die Zeltbahn wieder senkte.
»Das ist ja grauenhaft«, äußerte der Pastor schließlich. Er hatte, aus Achtung für das furchtbare Etwas unter der Zeltbahn, seinen Hut abgenommen und stand nun einigermaßen ratlos da, während der Wind seine dünnen grauen Haare zauste. »Natürlich müssen wir die Polizei holen und ...«,

hier hellte sich sein Gesicht etwas auf, »und selbstverständlich auch Dr. Baines. Ja, Dr. Baines, das ist der richtige Mann. Ja, und dann, Harry, ich habe mal gelesen, daß es in solchen Fällen besser ist, alles möglichst unverändert zu lassen. Hm, ich möchte wohl wissen, wer der Bursche ist. Sicher niemand aus dem Ort hier, denn wenn jemand vermißt worden wäre, hätten wir das bestimmt gehört. Ich kann es mir einfach nicht vorstellen, wie er hier hereingekommen ist...«
»Das ist es ja, was ich sage, Herr Pastor. Sieht aus, als wäre es einer von auswärts. Verzeihung, Herr Pastor, aber sollten wir nicht auch den Leichenbeschauer in Kenntnis setzen?«
»Ja, das sollten wir wohl. Natürlich wird es wohl auch eine gerichtliche Untersuchung geben. Was für eine schauderhafte Sache! Und das arme Kind, Miss Thorpe! Wenn sie das erfährt! Das Grab ihrer Eltern in so entsetzlicher Weise entweiht. Aber wir können die Sache natürlich nicht vertuschen. Jetzt heißt's genau überlegen: es ist wohl am besten, Dick, Sie laufen erst mal schnell zur Post hinüber und rufen Dr. Baines an, er soll sofort kommen. Und dann telefonieren Sie nach St. Peter, jemand soll den Gendarm Jack Priest benachrichtigen. Und Sie, Harry, bleiben besser hier und passen auf das Grab auf. Inzwischen will ich selber ins ›Rote Haus‹ gehen und Miss Thorpe die schreckliche Nachricht überbringen, damit sie es ja nicht unvorbereitet erfährt. Oder, vielleicht wäre es doch richtiger, wenn meine Frau es ihr sagt. Ich muß das mal mit ihr überlegen. Nun aber los, Dick, und nur nichts darüber verlauten lassen, ehe die Polizei kommt.«
Obgleich Dick zweifellos sein möglichstes getan hatte, um der letzten Weisung des Pastors nachzukommen, konnte die Nachricht kaum vertraulich behandelt werden, da das Telefon in dem gleichen Raum stand, in dem die Posthalterin saß. Als daher der Distriktsgendarm Jack Priest heftig schnaufend auf seinem Zweirad ankam, hatte sich bereits eine kleine Ansammlung von Männern und Frauen im und um den Friedhof gebildet.
»Platz da!« rief der Gendarm, während er sein Fahrzeug mitten in die Kinderschar lenkte, die sich um die Kirchhofspforte drängte, und sich vom Rad schwang. »Platz da! Was soll das heißen? Marsch, nach Hause mit euch, verstanden?

Und daß sich keins von euch mehr blicken läßt! Guten Tag, Herr Pastor. Na, was gibt's denn hier?«
»Hier auf dem Friedhof ist ein Leichnam gefunden worden –«, begann der Pastor.
»Ein Leichnam? Na, da gehört er ja auch hin, oder nicht? Was haben Sie denn damit gemacht? Aha, Sie haben ihn gelassen, wo Sie ihn gefunden haben. Sehr richtig, Herr Pastor. Und wer ist es denn? Aha, ich verstehe. Na, dann wollen wir ihn uns mal näher besehen. Oh, das da?! Was haben Sie denn mit dem da gemacht, Harry? Begraben wollen?«
Der Pastor begann zu erklären, doch der Gendarm unterbrach ihn sofort mit aufgehobener Hand. »Augenblick mal, Herr Pastor. Immer korrekt und der Reihe nach. Erst muß ich mal mein Notizbuch haben. So. Also: Anruf erhalten: 5.15 Uhr nachmittags. Zum Kirchhof gefahren. Angekommen: 5.30 Uhr nachmittags. So, und wer hat nun den Leichnam gefunden?«
»Dick und ich.«
»Name?« forschte der Gendarm.
»Mach keine Faxen. Du kennst mich ja.«
»Das ist ganz gleich. Das muß alles seine Ordnung haben. Name?«
»Harry Gotobed.«
»Beruf?«
»Küster.«
»So, Harry, jetzt erzähl mal!«
»Ja, also wir waren dabei, das Grab hier aufzumachen. Es ist das Grab von Lady Thorpe, die an Neujahr verstorben ist, und morgen sollte die Beerdigung von ihrem Ehemann sein. Wie wir nun angefangen haben die Erde wegzuschaufeln, und vielleicht einen Fuß unter der Erde waren, da treibt Dick seinen Spaten hinein und sagt plötzlich zu mir: ›Vater, da ist was drin.‹ Da sage ich zu ihm: ›Hier drin?‹ Und wie ich dann meinen Spaten hineinsteche, spür' ich auch etwas, nicht weich und nicht hart. Und da sage ich: ›Dick, da muß was Komisches drin sein. Sei bloß vorsichtig, Junge.‹ Na, und da haben wir dann die Erde ganz vorsichtig weggeschaufelt, und nach einer Weile, da kommt auch richtig was zum Vorschein, das wie die Spitze von einem Schuh ausgesehen hat. ›Dick‹, sage ich, ›das hier ist ein Schuh. Wir haben mit dem da wohl am falschen Ende an-

gefangen.‹ – ›Ja‹, sagt er, ›aber jetzt sind wir schon einmal so weit, nun sehen wir ihn uns besser ganz an.‹ Na, und dann schaufelten wir ebenso sachte weiter, und nach einer Weile kommt auch so etwas heraus wie Haare. Da sage ich zu Dick: ›Weg mit der Schaufel, es ist wohl besser, du machst mit den Händen weiter, sonst geht er uns noch kaputt.‹ Da sagt Dick zu mir: ›Nein, mach' ich nicht.‹ Aber ich sage zu ihm: ›Ach was, stell dich nicht so dumm an. Du kannst dir ja nachher deine Hände wieder waschen, wenn du fertig bist.‹ Na, und da haben wir dann die Erde mit den Händen weggeräumt, bis er ganz frei dalag. Und da sage ich zu Dick: ›Dick, ich kenn' den Mann nicht. Ich weiß nicht, wie der da herkommt, aber er gehört hier nicht herein.‹ Und Dick sagt zu mir: ›Soll ich Jack Priest holen?‹ Und ich sage: ›Nein. Das gehört hier zur Kirche. Erst muß es der Herr Pastor wissen.‹ So ist es gewesen.«

»Und ich hielt es dann für das beste«, fiel der Pastor ein, »sofort Sie und Dr. Baines holen zu lassen. Ah, da ist er ja auch schon!«

Dr. Baines, ein energisch aussehender, kleiner Mann mit einem klugen schottischen Gesicht, kam schnellen Schrittes herein.

»Guten Tag, Herr Pastor. Was ist denn hier passiert? Ich war gerade fort, als Ihr Anruf kam – großer Gott!«

Er ließ sich kurz über den Tatbestand unterrichten und kniete dann neben dem Grab nieder. »Der ist ja grauenhaft verstümmelt. Gerade, als hätte ihm jemand sein Gesicht eingeschlagen. Wie lange liegt er denn schon hier?«

»Das wollen wir ja gerade von Ihnen erfahren, Herr Doktor.«

»Augenblick mal, Augenblick«, unterbrach der Gendarm. »Wann hast du Lady Thorpe beerdigt, wann war das, Harry?«

»Am 4. Januar«, erwiderte Mr. Gotobed nach kurzer Überlegung.

»Und war da der Leichnam schon in dem Grab?«

»Frag doch nicht so dumm, Jack Priest«, gab Mr. Gotobed zur Antwort. »Wie stellst du dir vor, daß wir ein Grab schaufeln können, wenn so ein Leichnam drin liegt! Das ist doch nichts, was einer so mir nichts, dir nichts hineinschaffen kann, ohne daß es ein andrer merkt.«

»Das ist keine ordnungsgemäße Antwort auf meine Frage, Harry. Vorschrift ist Vorschrift.«
»Na ja, natürlich war da kein Leichnam in dem Grab, wie ich es zugeschaufelt habe am 4. Januar. Nur der von Lady Thorpe, der war drin und der ist auch noch drin. Wenn nicht derselbe, der den Leichnam hier eingegraben hat, den andern mitgenommen hat, mitsamt dem Sarg und allem.«
»Auf jeden Fall«, meinte der Arzt, »kann er nicht länger als drei Monate hier gelegen haben, und, soweit ich es bis jetzt beurteilen kann, auch nicht viel kürzer. Das kann ich aber erst sehen, wenn Sie ihn hier herausgeholt haben.«
»Drei Monate?« Hezekiah Lavendel schob sich vor. »Das könnte stimmen. Drei Monate ist es gerade her, seit der zugewanderte Handwerksbursche plötzlich verschwunden ist, der Mechaniker, der bei Ezra Wilderspin nach Arbeit gefragt hat. Einen Bart hat er auch gehabt, soviel ich mich erinnern kann.«
»Ja, das ist richtig«, fiel Mr. Gotobed ein. »Natürlich, das ist er! So was, so was! Mir hat der Kerl gleich nicht gefallen. Aber wer, meinst du, könnte den so übel zugerichtet haben?«
»Sehen Sie zu, daß Sie ihn hier herauskriegen, sobald Jack Priest mit seinem Verhör fertig ist«, fiel der Arzt nun ein. »Aber wohin mit ihm? Hier draußen können wir ihn doch schlecht lassen.«
»Mr. Ashton hat einen kleinen, luftigen Verschlag, Herr Doktor. Wenn wir ihn fragen, nimmt er sicher seine Pflüge so lange heraus. Der Verschlag hat ein ziemlich großes Fenster und auch eine Tür zum Abschließen.«
»Schön. – Dick, laufen Sie mal schnell hinüber zu Mr. Ashton und bitten Sie ihn, er soll uns einen Karren und eine Trage leihen.«
»Gut. Kann die Arbeit nun weitergehen. Jack?«
Der Gendarm gab seine Einwilligung, und das Graben nahm seinen Fortgang. Inzwischen schien sich die gesamte Dorfbewohnerschaft auf dem Friedhof versammelt zu haben. Nur mit größter Mühe gelang es, die Kinder davor zu bewahren, sich um das Grab zu drängen, da die Erwachsenen selbst sich nicht die geringste Zurückhaltung auferlegten. Der Pastor war eben im Begriff, sie so streng, wie es seine sanfte Natur erlaubte, zu tadeln, als Mr. Lavendel sich an-

ihn wandte. »Verzeihung, Herr Pastor, aber wie ist das denn nun in diesem Falle? Soll ich Tailor Paul läuten?«

»Tailor Paul? Ja, ich weiß eigentlich nicht recht, Hezekiah.«

»In der Bestimmung heißt es, daß wir sie für jede christliche Seele, die hier in der Gemeinde verstorben ist, läuten sollen – so heißt es in der Bestimmung. Und der Mann hier ist in unserer Gemeinde verstorben. Warum sollte ihn sonst jemand hier begraben haben!«

»Das ist richtig, Hezekiah.«

»Ob er aber ein Christenmensch war, dafür kann keiner bürgen«, fuhr Mr. Lavendel hartnäckig fort.

»Das kann ich natürlich auch nicht wissen, Hezekiah.«

»Daß wir im Rückstand sind mit ihm«, fuhr der Alte fort, »das ist unser Verschulden nicht. Wir haben es nicht früher gewußt, daß ein Mann hier gestorben ist, und so konnten wir nicht früher für ihn läuten. Aber ob dieser Mann ein Christenmensch war, das steht nicht fest.«

»Es ist wohl besser, ihm im Zweifelsfalle den Vorzug eines christlichen Geläutes zu geben.«

Der Alte sah bedenklich drein, wandte sich aber nach einigem Kopfschütteln an den Arzt.

»Wie alt?« wiederholte dieser und sah überrascht auf. »Wieso? Ich weiß nicht. Das ist schwer zu sagen. Ich schätze so zwischen vierzig und fünfzig. Warum wollen Sie das wissen? Ach so, wegen der Glocke. Na, sagen wir fünfzig.«

Bald darauf ließ Tailor Paul ihre wuchtige Stimme für den geheimnisvollen Fremden ertönen, während bei Alf Donnington in der ›Roten Kuh‹ und bei Tom Tebbutt in der ›Goldenen Garbe‹ Hochbetrieb einsetzte und der Pastor in seinem stillen Arbeitszimmer einen Brief schrieb.

Viertes Kapitel

Jagd auf Smaragde

»Mein lieber Lord Peter«, so begann der Pastor seinen Brief, »seit Ihrem so erfreulichen Besuch im Januar habe ich mich oft ein wenig beschämt gefragt, was Sie wohl von uns gedacht haben müssen, da wir uns in keiner Weise der Ehre bewußt waren, in Ihnen einen so hervorragenden Nachfolger der Methoden Sherlock Holmes' unter unserem Dache zu beherbergen. Wenn man, so wie wir, abseits von der Welt lebt – nur auf die Lektüre der ›Times‹ und des ›Spectators‹ angewiesen –, dann verengert sich, fürchte ich, nur allzu leicht der Horizont. So haben wir denn erst, als meine Frau an ihre Kusine, Mrs. Smith, schrieb (Sie kennen sie vielleicht, da sie auch in Kensington lebt) und ihr von Ihrem Besuch erzählte, aus Mrs. Smiths Antwort erfahren, wer eigentlich unser Gast war.

In der Hoffnung, daß Sie uns unsere bedauerliche Unwissenheit nachsehen, wage ich heute, an Sie zu schreiben und Sie um einen Rat aus dem reichen Schatz Ihrer Erfahrungen zu bitten. Wir sind heute nachmittag durch ein höchst rätselhaftes und entsetzliches Ereignis jäh aus dem gleichmäßigen Fluß unserer Tage gerissen worden. Als das Grab der verstorbenen Lady Thorpe geöffnet wurde, um die sterblichen Reste ihres Gatten aufzunehmen, von dessen betrüblichem Hinscheiden Sie gewiß aus den Tageszeitungen erfahren haben, entdeckte unser Küster darin zu seinem Schrekken den Leichnam eines Unbekannten, der offensichtlich einer verbrecherischen Gewalttat zum Opfer gefallen ist. Sein Gesicht ist aufs grauenhafteste verstümmelt, und, was fast noch entsetzlicher ist, seine Hände sind direkt an den Handgelenken abgeschnitten. Natürlich hat unsere Ortspolizei den Fall sofort in die Hand genommen. Aber mir liegt die Klärung der traurigen Angelegenheit ganz be-

sonders am Herzen, fühle ich mich doch mit unserer Dorfkirche sozusagen verwachsen, wenn ich auch absolut nicht weiß, wie ich persönlich zur Lösung des Rätsels beitragen könnte. Meine Frau hat nun mit der ihr eigenen praktischen Umsicht vorgeschlagen, Sie um Rat und Hilfe zu bitten, und Herr Oberinspektor Blundell aus Leamholt, mit dem ich soeben eine Unterredung hatte, hat sich liebenswürdigerweise bereit erklärt, Ihnen eine Untersuchung des Falles, wenn Sie zu einer solchen persönlich bereit wären, in jeder Weise zu erleichtern. Ich wage es natürlich nicht, Ihnen als einem so vielbeschäftigten Manne den Vorschlag zu machen, tatsächlich hierherzukommen und Ihre Untersuchungen an Ort und Stelle durchzuführen, aber sollten Sie etwa die Absicht dazu haben, so brauche ich Ihnen wohl kaum zu versichern, wie herzlich willkommen Sie im Pfarrhaus wären. Darf ich noch hinzufügen, daß sich unsere Glockenläuter gern und dankbar Ihrer Mitwirkung an unserem prächtigen Wechselgeläute erinnern und daß sie bestimmt den Wunsch haben, sich Ihnen angelegentlichst empfehlen zu dürfen.
Mit den verbindlichsten Grüßen von meiner Frau und mir
       Ihr Ihnen sehr ergebener
       Theodor Venables
PS. Meine Frau erinnert mich eben daran, Ihnen doch noch zu sagen, daß die gerichtliche Untersuchung auf nächsten Sonnabend um zwei Uhr angesetzt ist.«
Dieser Brief, der am Freitagmorgen abging, erreichte Lord Peter am Sonnabend mit der ersten Post. Er telegraphierte, daß er sofort nach Fenchurch St. Paul kommen werde, sagte mit der größten Begeisterung eine Anzahl gesellschaftlicher Verpflichtungen ab und saß pünktlich um zwei Uhr im Gemeindesaal, inmitten einer Menschenmenge, wie sie sich seit der Zerstörung der Abtei an diesem Ort kaum je wieder so zahlreich unter einem Dach versammelt hatte.
Der Kommissar, ein Landrichter von blühender Gesichtsfarbe, der mit jedem einzelnen der Anwesenden persönlich bekannt zu sein schien, gab sich das Ansehen eines ungeheuer beschäftigten Mannes, dem jede Minute unendlich kostbar war.
»Rasch, rasch, meine Herren. – Keine Unterhaltung mehr da drüben, wenn ich bitten darf. – Die Geschworenen bitte hierher. – Sparkes, bitte, verteilen Sie die Bibeln an die Ge-

schworenen. – Ich bitte, einen Obmann zu wählen. – Ah, Sie haben bereits Mr. Donnington gewählt – gut. Also hierher, Alf, nimm die Bibel in deine rechte Hand ... sorgsam erforschen ... Seine Majestät der König ... gegen Unbekannt ... Leib und Seele ... nach bestem Wissen und Gewissen ... so wahr mir Gott helfe ... küsse die Bibel ... setz dich – dort auf den Tisch. So, jetzt die übrigen ... nehmen Sie die Bibel in Ihre rechte Hand – in Ihre *rechte* Hand, Mr. Pratt – kannst du deine rechte Hand nicht von deiner linken unterscheiden, Wally? – Bitte, kein Gelächter – wir haben keine Zeit zu verlieren – denselben Eid, den Ihr Vordermann ... bitte jeder einzeln ... Gott helfe ... küssen Sie die Bibel ... auf die Bank zu Alf Donnington. – Sie wissen ja, weshalb wir hier zusammengetreten sind, um zu untersuchen, auf welche Weise dieser Mann den Tod gefunden hat ... Zeugen zur Identifizierung? ... keine Zeugen vorhanden. – Ja, Herr Oberinspektor? – Verstehe ... warum haben Sie denn das nicht gleich gesagt? Gut. Hier herum, bitte. – Wie bitte, mein Herr? Lord Peter, würden Sie bitte einmal wiederholen ... ohne ›h‹? ... einfach W-i-m-s-e-y? Beruf? Wie? – Nein, schreiben Sie besser ›Herr‹. Also Sie sagen, Mylord, daß Sie einen Beweis zur Identifizierung antreten können?«
»Nein, nicht direkt einen Beweis. Aber ich glaube ...«
»Einen Augenblick bitte. Nehmen Sie die Bibel – in Ihre rechte Hand – Beweis – Untersuchung – die volle Wahrheit – küssen Sie die Bibel – ja – Name, Adresse, Beruf haben wir schon. – Wenn Sie dahinten Ihr Kind nicht zum Schweigen bringen können, müssen Sie es hinausschaffen, Mrs. Leach. – Ja?«
»Ich habe mir den Leichnam angesehen, und danach halte ich es für möglich, daß ich diesen Mann am 1. Januar gesehen habe. Ich weiß nicht, wer er war, aber wenn es derselbe Mann sein sollte, dann hat er meinen Wagen etwa eine halbe Meile jenseits der Brücke bei der Schleuse angehalten und nach dem Weg nach Fenchurch St. Paul gefragt. Ich habe ihn niemals wiedergesehen und ihn meines Wissens auch niemals vorher gesehen.«
»Wieso kommen Sie darauf, anzunehmen, daß es derselbe Mann sein könnte?«
»Weil er dunkel ist und einen Vollbart trägt und weil der

Mann, den ich gesehen habe, wahrscheinlich einen ähnlichen blauen Anzug anhatte wie der Verstorbene hier. Ich sage ausdrücklich ›wahrscheinlich‹, weil er einen Mantel trug, so daß ich nur seine Hosenbeine sehen konnte. Er schien ungefähr fünfzig Jahre alt zu sein, sprach leise und mit Londoner Akzent, und sein Auftreten war ziemlich gewandt. Er erzählte mir, daß er Automechaniker sei und Arbeit suche. Aber meiner Meinung nach...«
»Einen Augenblick. Sie sagen, daß Sie Bart und Anzug wiedererkennen. Können Sie beschwören?«
»Nein, ich könnte keinen Eid darauf ablegen, daß ich sie wiedererkenne. Ich sage nur, daß der Mann, den ich sah, dem Verstorbenen in diesen Punkten ähnlich war.«
»Sie können nicht etwa seine Gesichtszüge identifizieren?«
»Nein, dazu sind sie zu stark verstümmelt.«
»Gut. Danke sehr. Noch mehr Zeugen, um einen Identifizierungsbeweis anzutreten?«
Der Schmied erhob sich linkisch.
»Bitte, hierher nach vorn. Nehmen Sie die Bibel... Wahrheit... volle Wahrheit... Name: Ezra Wilderspin. – Also Ezra, was hast du zur Sache zu sagen?«
»Also, Herr Kommissar, wenn ich sagen sollte, daß ich den Toten wiedererkenne, müßte ich lügen. Aber Tatsache ist, daß er einem Mann gar nicht so unähnlich sieht, der an Neujahr bei mir um Arbeit vorgesprochen hat – wird wohl derselbe sein, den Seine Lordschaft gesehen hat. Dieser Mann hat damals behauptet, er wäre ein arbeitsloser Mechaniker. Na, und da ich gerade einen, der mit Motoren Bescheid weiß, brauchte, hab' ich ihn dabehalten, zur Probe. Er hat auch soweit ganz ordentlich gearbeitet, drei Tage lang; dann ist er plötzlich mitten in der Nacht auf und davon und hat sich nie mehr blicken lassen.«
»In welcher Nacht?«
»Am selben Tag, an dem sie Lady Thorpe beerdigt haben.«
Hier fiel ein Chor von Stimmen ein: »Am 4. Januar war das, Ezra!«
»Ja, stimmt – das war am 4. Januar.«
»Und der Name dieses Mannes?«
»Stephen Driver, hat er angegeben. Aber das hat ja nicht viel zu sagen. Und dann, daß er schon eine ganze Zeit auf der Walze gewesen sei, auf Arbeitssuche. Behauptete, er

wäre vorher beim Militär gewesen und hätte seitdem keine feste Arbeit mehr bekommen.«

»Hat er dir denn irgendwelche Referenzen angegeben?«

»Referenzen, Herr Kommissar? Doch ja, den Namen einer Garage in London, wo er gearbeitet hat, die aber Pleite gemacht hätte. Wenn ich an den Chef schreiben wollte, sagte er, dann möchte er auch etwas beilegen.«

»Hast du den Namen und die Adresse, die er dir gegeben hat, noch?«

»Ja, Herr Kommissar. Soviel ich weiß, hat meine Frau sie an den Spiegel gesteckt.«

»Hast du denn die Referenz damals eingeholt?«

»Nein, Herr Kommissar. Eigentlich hatte ich es vor. Aber, wissen Sie, ich bin nicht groß im Schreiben, und da wollte ich bis Sonntag warten, bis ich mehr Zeit hätte. Na, und bis dahin war er dann getürmt, und nachher lag mir nichts mehr dran. Er hat nichts zurückgelassen außer einer alten Zahnbürste. Als er ankam, haben wir ihm sogar ein Hemd leihen müssen.«

»Sieh zu, daß du die Adresse wiederfindest.«

»Jawohl, Herr Kommissar.« – Und im Befehlston zu seiner Frau: »Liese, du gehst sofort nach Hause und schaffst den Zettel her, den der Driver mir gegeben hat.«

Eine Stimme aus dem Hintergrund ertönte: »Ich hab' ihn ja mit!« Es entstand eine allgemeine Unruhe, als nun die robuste Frau des Schmieds sich ihren Weg nach vorn bahnte.

»Danke, Liese«, sagte der Kommissar und las: »Mr. Tasker, 103 Little James St., London W. C. – Hier, Herr Oberinspektor, Sie nehmen das wohl zu Ihren Akten. Hast du uns sonst noch etwas über diesen Driver zu berichten, Ezra?«

Mr. Wilderspin rieb mit seinem dicken Zeigefinger seine Bartstoppeln. »Nein, sonst wüßte ich nichts.«

»Aber Ezra, hör mal, kannst du dich denn gar nicht mehr auf die komischen Fragen besinnen, die der Driver gestellt hat?«

»Ach so«, entgegnete der Schmied. »Da hat meine Frau recht. Komisches Zeug hat der mich gefragt. Er wäre noch nie hier im Dorf gewesen, sagte er, aber ein Freund von ihm, der mal hiergewesen wäre, der hätte ihm gesagt, er sollte einen Mr. Thomas ausfindig machen. ›Einen Mr. Thomas‹, sage ich zu ihm, ›den gibt's hier im Ort nicht, und es hat auch, soviel ich weiß, nie einen hier gegeben.‹ ›Das ist ja sonderbar‹, sagt er, ›aber vielleicht hat er noch einen andern Namen. Soweit mir bekannt ist‹, sagt er, ›soll dieser Thomas nicht ganz richtig im Kopf sein. Mein Freund sagt, er spinnt ein bißchen.‹ ›Sie meinen doch nicht Rappel Pick‹, sage ich, ›weil der ja mit seinem christlichen Namen Robert heißt.‹ ›Nein‹, sagt er, ›Thomas – Batty Thomas. Und dann hat mein Freund mir noch einen andern Namen genannt – Paul, Tailor Paul –, der ganz dicht neben ihm wohnen soll.‹ ›Na‹, sage ich, ›dann hat Ihr Freund sich aber einen Spaß mit Ihnen erlaubt. So heißt hier niemand; das sind nämlich die Namen von unsern Glocken.‹ ›Von den Glocken?‹ sagt er. ›Ja, von den Kirchenglocken, die heißen so.‹ Damit hat er sich aber nicht abgefunden, sondern hat immer wieder von den Glocken angefangen und komische Fragen gestellt; bis ich ihm schließlich gesagt habe, er soll zum Herrn Pastor gehen, wenn er was über Batty Thomas und Tailor Paul erfahren will, weil doch der Herr Pastor über die alten Glocken gut Bescheid weiß. Ich weiß nicht, ob er bei ihm gewesen ist, aber eines Tages, am Freitag war es, ist er gekommen und hat erzählt, er wäre in der Kirche gewesen und hätte eine Glocke auf dem Grab vom alten Batty Thomas abgebildet gesehen, und dann fragte er mich, wie die Inschrift darauf heißt. Und ich sagte ihm wieder, er soll Herrn Pastor danach fragen. Dann hat er noch gefragt, ob auf allen Glocken etwas daraufsteht, und ich sagte ›meistens‹, und danach ist er endlich still gewesen.«

Da niemand aus Mr. Wilderspins Enthüllungen recht klug werden konnte, wurde der Pastor nunmehr aufgerufen. Dieser sagte aus, er habe den sogenannten Stephen Driver nur ein einziges Mal gesehen, und zwar als er das Gemeindeblättchen in die Schmiede gebracht habe. Aber weder damals noch später habe Driver ihn auf die Glocken hin angesprochen. Nachdem er noch berichtet, wie er den Leichnam gefunden und die Polizei benachrichtigt hatte, wurde er entlassen, und der Küster kam an die Reihe.

Mr. Gotobed, der Küster, wiederholte redselig und mit größter Ausführlichkeit alle Einzelheiten, vor allem das zwischen ihm und Dick geführte Gespräch, das er bereits beim Polizeiverhör zu Protokoll gegeben hatte. Ferner setzte er aueinander, daß das Grab von Lady Thorpe am dritten Januar gegraben und am vierten, unmittelbar nach der Begräbnisfeier, zugeschüttet worden war.

»Wo bewahrst du denn dein Handwerkszeug auf, Harry?«

»Im Kohlenkeller, Herr Kommissar.«

»Und wo ist der?«

»Unter der Kirche, Herr Kommissar. Wo die alte Krypta gewesen sein soll, wie der Herr Pastor sagt.«

»Ist die Tür immer zugeschlossen?«

»Jawohl, immer. Es ist die kleine Tür unter der Orgel. Ohne den Schlüssel kann da keiner hinein, und den Schlüssel zum Westtor braucht man auch noch oder einen von den andern Kirchenschlüsseln, wenn Sie verstehn, was ich meine, Herr Kommissar. Ich habe den Schlüssel zum Westtor, weil es für mich näher ist.«

»Wo hebst du denn diese Schlüssel auf?«

»Die hängen in unserer Küche, Herr Kommissar.«

»Hat sonst noch jemand einen Schlüssel zum Kohlenkeller?«

»Jawohl, Herr Kommissar, der Herr Pastor hat sämtliche Schlüssel.«

»Aber sonst niemand?«

»Nicht daß ich wüßte, Herr Kommissar. Mr. Godfrey hat alle, außer dem Schlüssel zum Kohlenkeller.«

»So. Wenn die Schlüssel in eurer Küche hängen, da kann wohl jeder an sie heran?«

»Ja, wenn Sie so wollen, Herr Kommissar. Aber Sie werden doch wohl nicht sagen wollen, daß ich oder meine Frau oder Dick oder gar die Kinder ... Ich bin seit zwanzig Jahren Küster hier am Ort, seit ich das Amt von Hezekiah übernommen habe, und keiner von uns ist jemals verdächtigt worden, daß er einem Fremden den Schädel eingeschlagen und ihn dann eingescharrt hätte. Aber dieser Driver, das fällt mir jetzt ein, der ist einmal mit einem Auftrag zu mir herübergekommen; woher soll ich wissen, was er dann getan hat? Freilich, wenn er die Schlüssel genommen hätte, das hätte ich sofort gemerkt, aber vielleicht ...«

»Red' doch keinen Unsinn, Harry! Du wirst doch wohl nicht glauben, daß der Kerl sich sein Grab geschaufelt und dann selber begraben hat! Wir unterhalten uns doch hier nicht zum Zeitvertreib!«

Riesengelächter und Rufe aus dem Hintergrund: »Das war mal ein guter Witz, Harry!«
»Ruhe, wenn ich bitten darf. Es fällt keinem Menschen ein, dich zu beschuldigen. Aber sag mal, hast du irgendwann deine Schlüssel vermißt?«
»Nein, Herr Kommissar«, antwortete er beleidigt.
»Oder bemerkt, daß mit deinem Handwerkszeug irgendwas nicht in Ordnung war?«
»Nein, Herr Kommissar.«
»Hast du es denn saubergemacht nach der Beerdigung von Lady Thorpe?«
»Selbstverständlich, mach' ich immer.«
»Und wann hast du's dann wieder benützt?«
Die Frage machte den Küster einen Augenblick stutzig, aber schon kam ihm die Stimme Dicks zu Hilfe: »Masseys Baby, Vater.«
»Bitte den Zeugen nicht zu beeinflussen!«
»Stimmt«, erwiderte der Küster Gotobed. »Masseys Baby. Steht ja auch im Register. Und das war ungefähr eine Woche später, ja.«
»Du hast also dein Handwerkszeug sauber und am üblichen Platz vorgefunden, als du das Grab für Mrs. Masseys Baby schaufeln wolltest?«
»Mir ist nichts Gegenteiliges aufgefallen.«
»Und auch nicht zu einer andern Zeit?«
»Nein, Herr Kommissar.«
»Gut, das genügt. Bitte Gendarm Priest.«
Nachdem der Gendarm mit fester Stimme seinen Eid abgelegt hatte, berichtete er, wie er zum Tatort gerufen worden sei, sich dann mit Oberinspektor Blundell ins Vernehmen gesetzt und die Wegschaffung des Leichnams sowie die Durchsuchung der Kleidung des Toten überwacht habe. Nach ihm kam der Oberinspektor an die Reihe, der des Gendarms Aussagen bestätigte und eine kurze Liste folgender bei dem Toten gefundener Sachen verlas: ein dunkelblauer Cheviot-Anzug von minderer Qualität, der durch das Liegen unter der Erde auch noch stark gelitten hatte, jedoch vor nicht allzu langer Zeit in einem bekannten Herren-Engros-Geschäft erworben worden war. Ein Khakihemd von englischem Militärschnitt, Unterjacke und Unterhosen, beide sehr abgetragen. Erstaunlicherweise mit dem

Namen einer französischen Firma versehen. Ein paar Arbeitsschuhe, beinah neu. Ein billiger, gemusterter Schlips. In seinen Taschen hatte man ein weißes baumwollenes Taschentuch gefunden, eine Schachtel Zigaretten, fünfundzwanzig Schilling und acht Pennies in bar, einen Taschenkamm, ein Zehn-Centimes-Stück und ein kurzes Stück festen Drahtes, das auf einer Seite in einem Haken endete. Der Tote hatte keinen Mantel an.

Das französische Geld, die Unterwäsche und der Draht waren die einzigen Gegenstände, die vielleicht zu einer Lösung des Rätsels führen konnten. Ezra Wilderspin wurde noch einmal aufgerufen, konnte sich aber nicht erinnern, daß Driver irgend etwas über Frankreich geäußert hätte, außer daß er im Krieg gewesen sei. Als der Oberinspektor dann gefragt wurde, ob der Draht so etwas wie ein Dietrich sein könne, schüttelte er den Kopf und verneinte.

Als nächster Zeuge trat Dr. Baines auf. Seine Aussage bildete die einzige wirkliche Sensation des Tages. »Ich habe den Leichnam des Toten untersucht und seziert. Danach war der Mann fünfundvierzig bis fünfzig Jahre alt, gut ernährt und von gesunder Konstitution. In Anbetracht der Beschaffenheit des Erdbodens, der den Zersetzungsprozeß stets aufzuhalten pflegt, und der Lage des Leichnams, etwa zwei Fuß unter der Erdaufschüttung, möchte ich aus dem Zustand des Leichnams schließen, daß der Tote etwa drei bis vier Monate in dem Grab gelegen hat. Die Verwesung schreitet bei einem Leichnam, der begraben liegt, viel langsamer vor als bei einem der Luft ausgesetzten, und bei einem bekleideten Körper langsamer als bei einem nackten. So waren in diesem Falle die inneren Organe und die weichen Gewebeteile alle noch deutlich zu unterscheiden und ziemlich gut erhalten. Ich stellte eine sorgfältige Untersuchung an, konnte jedoch keinerlei Anzeichen einer äußeren Verletzung an irgendeinem Körperteil entdecken, außer an Kopf, Armen, Hand- und Fußgelenken. Das Gesicht ist offensichtlich mit einem stumpfen Gegenstand eingeschlagen worden, so daß die ganze vordere Partie des Schädels völlig zersplittert ist. Es war mir nicht möglich, die genaue Anzahl von Schlägen festzustellen. Jedenfalls müssen sie zahlreich und schwer gewesen sein. Beim Öffnen des Unterleibs –«

»Einen Augenblick, Herr Doktor. So dürfen wir also annehmen, daß der Tote an den Folgen eines oder mehrerer Schläge auf den Schädel gestorben ist?«
»Nein, ich glaube nicht, daß diese Schläge die Todesursache waren.«
Nach dieser Äußerung ging ein aufgeregtes Gemurmel durch den Raum, und man konnte deutlich sehen, wie Lord Peter Wimsey mit einem befriedigten Lächeln seine Fingerspitzen leicht aneinanderrieb.
»Wie kommen Sie darauf, Dr. Baines?«
»Weil, soweit ich es beurteilen kann, all diese Schläge erst *nach* Eintritt des Todes verabfolgt worden sind. Auch die Hände sind erst *nach* dem Tod abgeschnitten worden, offenbar mit einem kurzen, schweren Klappmesser, wie Matrosen es zu haben pflegen.«
Erneute Sensation. Man hörte Lord Peter Wimsey deutlich bemerken: »Ausgezeichnet.«
Dr. Baines fügte für seine Meinung noch eine Anzahl medizinischer Gründe an, wobei er allerdings betonte, daß er kein Facharzt sei und daher seine Meinung nur mit entsprechendem Vorbehalt äußern könne.
»Aber warum sollte jemand so barbarische Verstümmelungen an einem Leichnam vornehmen wollen?«
»Darüber steht mir kein Urteil zu«, erwiderte der Arzt trocken. »Ich bin weder Spezialist für Irrsinn noch für Neurose.«
»Gewiß. Also schön. Was war denn aber dann nach Ihrer Meinung die Todesursache?«
»Das weiß ich nicht. Als ich den Unterleib öffnete, fand ich Magen, Eingeweide, Leber und Milz schon stark verwest, jedoch Nieren, Bauchspeicheldrüse und Speiseröhre noch ziemlich gut erhalten.« Der Arzt ging dann auf medizinische Einzelheiten ein. »Ich konnte«, sagte er zusammenfassend, »keinerlei Anzeichen finden, die auf eine Krankheit oder Vergiftung hindeuten. Trotzdem habe ich aber einzelne Organe«, er zählte sie auf, »herausgenommen und in Spiritus gelegt« – hier folgten wieder medizinische Einzelheiten. »Ich schlage vor, sie Sir James Lubbock zur fachärztlichen Untersuchung zu übersenden. Ich denke, daß ich seinen Bericht in etwa vierzehn Tagen haben kann, vielleicht auch schon früher.«

Der Kommissar erklärte sich mit diesem Vorschlag einverstanden und fuhr dann fort: »Sie erwähnten da vorhin Verletzungen an den Arm- und Fußgelenken, Herr Doktor. Welcher Art waren sie denn?«

»Die Haut an den Fußgelenken war anscheinend stark abgeschürft, so, als ob die Gelenke mit einer Schnur oder einem Seil, das durch die Socken geschnitten hatte, festgebunden gewesen wären. Die Arme zeigten oberhalb der Ellbogen auch deutliche Seilspuren. Diese Verletzungen sind dem Körper zweifellos *vor* dem Tod zugefügt worden.«

»Sie vermuten also, daß jemand den Toten mit einem Seil festgebunden und ihn dann auf irgendeine Weise umgebracht hat?«

»Ich glaube jedenfalls, daß der Tote gebunden war, ob das nun ein andrer getan hat oder er selbst. Sie werden sich vielleicht noch an den Fall erinnern, in dem ein junger Student unter Umständen gestorben ist, die darauf schließen ließen, daß er sich selbst an Armen und Handgelenken festgebunden hatte.«

»Damals war die Todesursache, soweit ich mich besinne, Erstickung?«

»Ich glaube, ja. Doch nehme ich das hier nicht an. Jedenfalls habe ich nichts gefunden, das darauf hindeutet.«

»Ich darf aber wohl annehmen, daß Sie nicht vermuten, der Tote habe sich etwa selbst begraben?«

»Nein, das glaube ich nicht.«

»Nun, das freut mich«, bemerkte der Kommissar sarkastisch. »Können Sie uns irgendeinen Grund angeben, warum ein Mann, der sich selbst zufällig oder absichtlich durch Festbinden getötet hat —«

»Nein, *nachdem* er sich festgebunden hat; das Festbinden der Arme und Fußgelenke selbst würde kaum den Tod zur Folge haben.«

»Also, nachdem er sich festgebunden hat, warum sollte dann ein andrer kommen, sein Gesicht einschlagen und ihn heimlich begraben?«

»Oh, dafür könnte ich eine Menge Gründe anführen. Aber das würde meine Kompetenz überschreiten.«

»Sie nehmen es sehr genau, Herr Doktor.«

Dr. Baines verbeugte sich leicht.

»Er könnte zum Beispiel verhungert sein, wenn er sich selbst festgebunden und sich dann nicht mehr hätte befreien können?«

»Zweifellos. Darüber wird uns der Bericht Sir James Lubbocks aufklären.«

»Haben *Sie* uns noch irgend etwas zu berichten?«

»Nur noch, daß ich, um die Identifizierung zu erleichtern, Zahl und Beschaffenheit der Zähne des Toten notiert habe, so sorgfältig das bei der Verstümmelung der Kinnbacken möglich war, sowie die verschiedenen zahnärztlichen Reparaturen, die an ihnen vorgenommen worden sind. Meine Notizen darüber habe ich Herrn Oberinspektor Blundell zur weiteren Verwendung übergeben.«

»Danke sehr, Herr Doktor. Ihre Notizen werden auf jeden Fall nützlich sein.«

Der Kommissar sah seine Papiere durch und wandte sich dann an den Oberinspektor: »Unter diesen Umständen scheint es mir ratsam, die weitere Untersuchung zu vertagen, bis Sie Ihre Nachforschungen abgeschlossen haben. Sollen wir sagen auf vierzehn Tage?«

»Das wird wohl das beste sein, Mr. Compline.«

»Gut. Also, meine Herren, die Sitzung ist auf heute in vierzehn Tagen verlegt.«

Die Geschworenen, ein wenig enttäuscht und erstaunt, daß man sie überhaupt nicht um ihre Meinung befragt hatte, erhoben sich langsam und verließen der Reihe nach den langen Tisch, hinter dem sie gesessen hatten.

»Ein großartiger Fall«, bemerkte Lord Peter begeistert zu Mrs. Venables. »Einfach hinreißend. Ich bin Ihnen außerordentlich dankbar, daß Sie meine Aufmerksamkeit darauf gelenkt haben. Ich möchte ihn nicht um die Welt verpaßt haben. Übrigens, Ihr Herr Doktor gefällt mir.«

»Auch wir schätzen ihn sehr.«

»Sie müssen mich mit ihm bekannt machen. Ich habe das Gefühl, als ob wir uns gut verstehen würden. Ah, da ist ja mein alter Freund Hezekiah! Na, wie geht's, Mr. Lavendel? Was macht Tailor Paul?«

Eine allgemeine Begrüßung folgte. Der Pastor hielt einen hochgewachsenen, hageren Mann, der an der kleinen Gruppe vorbeieilen wollte, am Arm fest. »Einen Augenblick, Will! Ich möchte Sie Lord Peter Wimsey vorstellen.

Lord Peter, das hier ist Will Thoday, dessen Glocke Sie bei Ihrem letzten Besuch geläutet haben.«

Händeschütteln. »Hat mir sehr leid getan, daß ich das Läuten damals versäumen mußte«, versicherte Thoday. »Aber ich war bös dran, Herr Pastor, was?«

»Ja, wirklich. Sie sehen auch jetzt so aus, als hätten Sie's noch nicht ganz überwunden.«

»Oh, ich bin wieder ganz in Ordnung, Herr Pastor. Ein bißchen Husten, das ist alles. Aber das wird schon von selber weggehn, wenn's jetzt Frühling wird.«

»Jedenfalls müssen Sie sich noch in acht nehmen. Und wie geht's Mary?«

»Danke gut, Herr Pastor. Sie wollte eigentlich auch zu der Untersuchung kommen, aber ich habe gesagt, das ist nichts für Weibsleute. Und ich bin froh, daß sie zu Hause geblieben ist.«

»Sehr richtig. Was der Doktor gesagt hat, war nicht gerade für zarte Ohren bestimmt. Und was machen die Kinder? – Ah, da ist Dr. Baines! Herr Doktor! Lord Peter Wimsey möchte gern Ihre Bekanntschaft machen. Kommen Sie doch bitte mit und trinken Sie einen Schluck Tee mit uns im Pfarrhaus. – Auf Wiedersehen, Will, auf Wiedersehen! – Der Mann gefällt mir nicht«, bemerkte der Pastor, als sie sich auf den Weg zum Pfarrhaus begaben. »Was sagen Sie, Herr Doktor?«

»Er sieht heute etwas blaß und nervös aus. Vorige Woche schien es ihm viel besser zu gehen, aber dann hatte er einen Rückfall. Ein recht nervöser Mensch. Sie sind wohl erstaunt, Lord Peter, daß Landarbeiter Nerven haben? Aber sie sind auch Menschen wie wir.«

»Und Thoday ist ein besonders netter Mensch«, fiel der Pastor ein. »Ehe die Zeiten so schlecht wurden, hatte er sein eigenes Stück Land. Jetzt arbeitet er für Sir Henry, das heißt, bis jetzt hat er es getan. Was nun werden soll, da nur noch das arme Kind im ›Roten Haus‹ übriggeblieben ist, weiß ich nicht. Wahrscheinlich wird der Vormundschaftsrat den Besitz vermieten oder einen Pächter einsetzen. Es wird nur nicht viel einbringen in diesen Zeiten, fürchte ich.«

Ein Wagen überholte sie von rückwärts und hielt vor ihnen. Oberinspektor Blundell und seine Assistenten saßen darin. Der Pastor entschuldigte sich umständlich für sein Ver-

säumnis, die Herren nicht früher miteinander bekannt gemacht zu haben.
»Sehr erfreut, Ihre Bekanntschaft zu machen, Mylord. Ich habe bereits durch meinen alten Freund, Inspektor Sugg, von Ihnen gehört. Er erzählte mir, daß Sie ihn manchmal bös verulkt haben. Eine widerwärtige Geschichte das hier, was? Übrigens, im Vertrauen, was wollten Sie noch sagen, als der Kommissar Sie unterbrach, irgend etwas, daß dieser Driver kein Motorenmechaniker gewesen ist . . .?«
»Ich wollte sagen, daß ich den Eindruck gewann, als hätte dieser Mann hauptsächlich in Princetown oder sonst an einem ›geschlossenen‹ Arbeitsplatz seine Schwerarbeit abgeleistet.«
»Aha«, erwiderte der Oberinspektor nachdenklich, »von daher weht der Wind. Und wieso sind *Sie* darauf gekommen?«
»Augen, Stimme, die ganze Haltung sind irgendwie charakteristisch, verstehen Sie?«
»Aha! Übrigens, haben Sie jemals etwas von den Wilbraham-Juwelen gehört, Mylord?«
»Ja.«
»Sie wissen, daß Nobby Cranton wieder auf freiem Fuß ist? Und anscheinend hat er sich in letzter Zeit nirgends gemeldet. Zuletzt vor sechs Monaten in London. Sie suchen ihn. Vielleicht haben wir ihn hier gefunden. Jedenfalls würde ich mich nicht wundern, wenn wir über kurz oder lang wieder etwas von dem Schmuck hörten.«
»Bravo!« rief Wimsey aus. »Los, auf die Jagd nach dem verlorenen Schatz! Die Sache ist natürlich streng vertraulich?«
»Ja, wenn ich darum bitten darf. Denn sehen Sie, wenn es sich für jemand gelohnt hat, Cranton zu töten, ihm den Schädel einzuschlagen, ihn zu begraben und ihm außerdem noch seine Hände abzuhacken, das heißt, seine Fingerabdrücke zu vernichten, dann ist da jemand im Dorf, der etwas weiß. Für je ahnungsloser uns aber die Leute halten, desto ungenierter werden sie reden und sich bewegen. Und das ist auch der Grund, Mylord, weshalb ich über den Vorschlag des Herrn Pastors, Sie hierherkommen zu lassen, so froh war. Die Leute reden mit Ihnen unbefangener als mit mir – verstehen Sie?«
»Vollkommen. Ich weiß, ich bin ganz groß im Herum-

bummeln und im Ausfragen der Leute. Und ich kann im Interesse einer guten Sache eine Menge Bier vertragen.«
Der Oberinspektor schmunzelte und versicherte Wimsey, daß er ihm zu jeder Zeit zur Verfügung stünde. Darauf kletterte er in seinen Wagen und fuhr davon.
Die große Schwierigkeit bei jeder detektivischen Untersuchung ist, zu wissen, von welchem Punkt man ausgehen soll. Nach einigem Nachdenken stellte Lord Peter eine Liste mit folgenden Fragen auf:

A. Betrifft Identifizierung des Leichnams:
1. War es Cranton? Bericht über Zähne und Polizeibericht abwarten.
2. Zu beachten: das Zehn-Centimes-Stück und die französische Unterwäsche. Ist Cranton jemals in Frankreich gewesen? Wann? Wenn nicht, weiß man von jemandem im Dorf, der in Frankreich gewesen ist, irgendwann nach dem Krieg?
3. Die Zerstörung der Hände und der Gesichtszüge nach dem Tod legt die Vermutung nahe, daß der Mörder ein Interesse daran hatte, den Toten unkenntlich zu machen. Sollte der Tote Cranton sein, wer hat Cranton gekannt: a) von Ansehen, b) persönlich?
Anmerkung: Deacon kannte ihn, aber Deacon ist tot. Kannte Mary Thoday ihn? Viele Leute müssen ihn bei der Gerichtsverhandlung gesehen haben.

B. Betrifft den Wilbraham-Schmuck:
1. War Frau Mary Thoday, vorm. Frau Mary Deacon, geb. Russell, wirklich an dem Diebstahl beteiligt?
2. Wer war tatsächlich im Besitz des Schmuckes, Deacon oder Cranton?
3. Wo befindet sich der Schmuck jetzt? Ist Cranton, wenn es Cranton gewesen ist, nach Fenchurch St. Paul gekommen, um nach ihm zu suchen?
4. Wenn die Antwort auf Nummer drei ›Ja‹ lautet, warum hat Cranton bis jetzt gewartet, um danach zu suchen? Weil er vielleicht kürzlich eine neue Nachricht darüber erhalten hat? Oder nur, weil er die ganze Zeit im Gefängnis war? Den Oberinspektor danach fragen.
5. Was hat ›Drivers‹ Interesse an Batty Thomas und Tailor Paul zu bedeuten? Hat es irgendwelchen Wert, die Glocken und, bzw. oder, ihre Inschriften zu untersuchen?

C. Betrifft das Verbrechen:
1. Woran ist der Tote gestorben? Bericht des medizinischen Spezialisten abwarten.
2. Wer hat ihn begraben (und mutmaßlich auch getötet)?
3. Kann die Zeit, *wann* das Begraben stattgefunden hat, durch Nachschlagen der Wetterberichte erschlossen werden? Schnee? Regen? Fußspuren?
4. *Wo* hat der Mord stattgefunden? Im Kirchhof? In der Kirche? Irgendwo im Dorf?
5. Wenn das Handwerkszeug des Küsters benützt worden ist, wer hatte Zugang dazu? Driver offenbar, aber wer sonst noch?

Eine ganze Menge Fragen, dachte Seine Lordschaft, und mehrere davon nicht beantwortbar, ehe die von außerhalb erwarteten Berichte einliefen. Dagegen konnte er sich mit den Glockeninschriften sofort näher befassen. Er suchte den Pastor auf und fragte, ob dieser ihm wohl ohne allzu große Mühe Woollcotts ›Geschichte der Glocken von Fenchurch St. Paul‹ verschaffen könnte, die er früher einmal erwähnt hatte. Der Pastor meinte, das könne er wohl. Nachdem er in sämtlichen Regalen in seinem Arbeitszimmer Jagd danach gemacht und sowohl Mrs. Venables als Emilie zu Hilfe gerufen hatte, wurde der Band tatsächlich in einem kleinen Raum gefunden, in dem sonst der Nähklub seine Tätigkeit zu entfalten pflegte. »Wie er ausgerechnet dorthin geraten sein kann, ist mir völlig schleierhaft«, sagte der Pastor. Aus diesem Band nun machte sich Wimsey einzelne Auszüge, die vor allem Alter und Gewicht der Glocken sowie ihre Tonqualitäten und Inschriften betrafen. Diese Auszüge waren zwar vom Standpunkt des Archäologen aus höchst interessant, schienen aber in keinem noch so losen Zusammenhang mit den Problemen zu stehen, die Wimsey beschäftigten. Er zerbrach sich ziemlich lange den Kopf, doch ohne jeden Erfolg. Die Daten, die Gewichtsangaben, die Inschriften: verbarg sich hinter ihnen irgend etwas, das zu dem verschwundenen Schatz führen könnte? Batty Thomas und Tailor Paul waren besonders erwähnt worden, aber so sehr er sich auch mühte, für ihn blieben sie stumm. Nach einiger Zeit gab er seine Überlegungen auf. Vielleicht war es etwas an den Glocken selbst, das Mr. Woollcott in seinem Buche

nicht erwähnt hatte, etwas, das auf dem Holzgestell geschrieben oder eingraviert stand. Jedenfalls mußte er gelegentlich hinaufgehen und selber nachsehen.
Es war Sonntagmorgen. Als Wimsey von seiner Arbeit aufsah, begannen die Glocken zum Vormittagsgottesdienst zu läuten. Eilig begab er sich in die Kirche.

Der Kirchenstuhl erwies sich als sehr günstig für Beobachtungen. Die Pastorin konnte von ihm aus sowohl das Südtor übersehen, durch das die Gemeinde eintrat, als auch ein wachsames Auge auf die Schuljugend werfen, die das nördliche Seitenschiff innehatte, und mit Stirnrunzeln diejenigen verwarnen, die sich umdrehten, um zu gaffen oder Grimassen zu schneiden. Lord Peter, der sich durch die neugierigen Blicke der Gemeinde in keiner Weise aus seiner Ruhe bringen ließ, beobachtete gleichfalls das Südtor. Er war auf der Suche nach einem bestimmten Gesicht. Gleich darauf entdeckte er es auch. William Thoday kam herein und mit ihm, begleitet von zwei kleinen Mädchen, eine schlanke, unauffällig gekleidete Frau. Er schätzte sie auf etwa vierzig, obgleich sie, wie das so oft bei Landfrauen vorkommt, fast alle ihre Vorderzähne verloren hatte und älter wirkte. Aber man konnte immer noch erkennen, daß sie früher einmal, vor sechzehn Jahren, ein adrettes und hübsches Stubenmädchen gewesen sein mußte. Auf Wimsey machte ihr Gesicht einen ehrlichen Eindruck, obwohl es bekümmert, ja fast ängstlich aussah: das Gesicht einer Frau, die schon viele Aufregungen hinter sich hatte und die nun mit nervöser Angst bereits auf die nächste Katastrophe wartet. Vielleicht sorgte sie sich um ihren Mann, überlegte Wimsey. Er sah tatsächlich nicht gut aus, außerdem verrieten Blick und Haltung eine gespannte Abwehr. Unruhig wanderten seine Augen in der Kirche umher und kehrten dann, mit einem aus Sorge und Vorsicht gemischten Ausdruck, wieder zu seiner Frau zurück. Beide saßen fast unmittelbar gegenüber dem Kirchenstuhl des Pfarrhauses, so daß Wimsey sie von seinem Ecksitz aus unauffällig beobachten konnte. Doch hatte er bald das Gefühl, daß Thoday seine forschenden Blicke spürte und sich darüber ärgerte. So wandte er seine Augen von ihnen ab und richtete sie hinauf zu dem Wunder des Engelgebälks, das lieblicher denn je wirkte in dem sanften Licht des Frühlingssonnenscheins, der durch das prächtige Rot und Blau der Dachfenster hereinströmte.

In dem Kirchenstuhl der Familie Thorpe saß nur ein hochgewachsener Herr in mittleren Jahren, Hilary Thorpes Onkel aus London, wie die Pastorin Wimsey im Flüsterton mitteilte. Die Haushälterin, Mrs. Gates, und die Dienstboten des ›Roten Hauses‹ hatten ihre Plätze im Südschiff. Im Kirchenstuhl unmittelbar vor Wimsey saß ein untersetzter, kleiner Mann in einem tadellosen schwarzen Anzug; Mr. Russell, der Leichenbestatter, wie die Pastorin Wimsey belehrte, ein Vetter von Mary Thoday. Die Posthalterin Mrs. West traf mit ihrer Tochter ein und grüßte Wimsey, an den sie sich von seinem letzten Besuch her noch erinnerte, lächelnd. Unmittelbar danach hörten die Glocken auf zu läuten, mit Ausnahme der Fünf-Minuten-Glocke, und die Läuter begaben sich geräuschvoll auf ihre Plätze. Die Lehrerin ließ ein Vorspiel aufrauschen, die Chorknaben kamen auf ihren genagelten Schuhen herein. Als letzter betrat endlich der Pastor die Kirche.

Der Gottesdienst verlief ohne Zwischenfall, abgesehen davon, daß der Pastor in seiner Predigt eine feierliche kleine Anspielung auf den unglücklichen Fremden machte, dessen Begräbnis am nächsten Morgen stattfinden werde, wozu Mr. Russell gewichtig und billigend nickte. Nach Beendigung des Gottesdienstes stand Wimsey an der Seite von Mrs. Venables vor dem Kirchentor, wo ein lebhaftes Händeschütteln und Fragen einsetzte.

Mr. Russell und Mr. Gotobed kamen zusammen heraus, in ein Gespräch vertieft. Der erste wurde Lord Peter vorgestellt.

»Wo soll er denn beerdigt werden, Harry?« fragte Mr. Russell, der Leichenbestatter, der bereits alle frommen Gedanken verabschiedet hatte und wieder ganz Geschäftsmann war.

»Drüben auf der Nordseite, neben der alten Susanne Edwards«, belehrte ihn der Küster. »Gestern abend haben wir's noch fix und fertig gemacht. Vielleicht sieht Seine Lordschaft es sich auch gern einmal an?«

Wimsey bekundete höflich sein Interesse, und so begaben sie sich auf die andere Seite der Kirche.

»Von uns bekommt er einen schönen Sarg aus Eschenholz«, berichtete Mr. Russell mit Befriedigung, nachdem das kunstvoll ausgehobene Grab gebührend bewundert worden war. »Von Rechts wegen hätte er ja auf den Armenfriedhof gehört, aber das wollte der Herr Pastor nicht. ›Armer Kerl‹, hat er gesagt, ›wollen ihn nett und anständig unter die Erde bringen, ich bezahle es.‹ Sechs Träger stellen wir ihm, jawohl, ich will nicht, daß es nachher heißt, wir hätten es an Respekt für den Toten fehlen lassen, ganz gleich, wie er ums Leben gekommen ist. ›Nein, Herr Pastor‹, sage ich, ›nicht mit dem alten Handkarren; sechs Träger, als wenn's einer von unsern Leuten wäre.‹ Und der Herr Pastor war auch ganz meiner Meinung.«

»Richtig, richtig«, lobte der Küster.

»Und einen Kranz stiftet der Herr Pastor«, erzählte Mr. Russell weiter, »und einen schickt Miss Thorpe. Von den Schulkindern bekommen wir eine schöne Blumenspende. Meine Frau ist sofort im Dorf sammeln gegangen, als wir von der Beerdigung erfahren haben.«

»Ja, Ihre Frau ist tüchtig«, äußerte der Küster bewundernd.

»Und die Frau Pastor«, fuhr Mr. Russell ungerührt fort, »hat dann noch ein bißchen nach oben abgerundet, so daß es eine ganz nette Summe geworden ist. Der Kranz kann sich jedenfalls sehen lassen. Zu einem anständigen Begräbnis gehören Blumen, sage ich immer, und nicht zu knapp. Das gibt der Sache erst die richtige Weihe.«

»Wird gesungen?«

»Na, nicht gerade ein Chorgesang, nur ein Kirchenlied am offenen Grab. ›Keines, wo soviel von Abschiednehmen von den Lieben die Rede ist‹, meinte der Herr Pastor. Wir wissen ja nicht, was der für Freunde gehabt hat. Da hab' ich dann vorgeschlagen: ›Ich sterbe täglich, und mein Leben fällt immerfort zum Grabe hin‹; das ist ein feierlicher und passender Trauergesang und jeder kennt die Melodie. Wenn einer unvorbereitet ins Grab gefallen ist, dann ist es dieser Tote da.«

»Richtig, richtig, Bob Russell«, ließ sich Mr. Lavendels Stimme auf einmal vernehmen. »Als ich jung war, gab's solche Sachen noch nicht. Da war noch alles klipp und klar.«

»Na ja, Hezekiah«, meinte der Küster nachdenklich. »Ich

sage immer, angefangen hat das alles mit der leidigen Sache im ›Roten Haus‹ damals, mit dem Deacon. Sie hätten gar keinen Fremden hier in den Ort hereinlassen sollen, das ist es. Danach hat's nicht lange gedauert und der Krieg ist ausgebrochen; und seitdem sind wir nicht mehr aus dem Schlamassel herausgekommen.«

»Krieg«, warf Mr. Russell ein, »Krieg hätt's auf jeden Fall gegeben, mit oder ohne den Deacon. Aber sonst hast du nicht so unrecht. Ein übler Patron ist er gewesen, wenn auch die Mary das heut' noch nicht wahrhaben will.«

»So sind eben die Weiber«, bemerkte Mr. Lavendel in saurem Ton. »Je schlimmer es einer treibt, desto mehr laufen sie hinter ihm her. Ein richtiger Leisetreter, dieser Deacon! Ich hab' noch niemals einem getraut, der aus London gekommen ist – nichts für ungut, Mylord.«

»Oh, bitte sehr.«

»Na, na, Hezekiah«, protestierte Mr. Russell, »eine Zeitlang hast du selber mächtig viel auf den Deacon gehalten und hast immer wieder gesagt, daß dir noch nie jemand vorgekommen ist, der das Läuten so rasch kapiert hat wie der.«

»Das ist ganz etwas anderes«, verteidigte sich Mr. Lavendel. »Ein heller Kopf, ja, und erstklassig am Seil, das kann keiner leugnen. Aber Fixigkeit hat nichts mit dem Herzen da drinnen zu tun. Es laufen genug Lumpen in der Welt herum, die fix wie die Affen sind.«

»Jeff Deacon wird den Lohn finden, den er verdient«, bemerkte der Küster, »ebenso wie dieser hier. ›Richtet nicht, auf daß ihr nicht gerichtet werdet‹, so steht es in der Heiligen Schrift geschrieben, und darum sage ich auch: begrabt ihn anständig, wer weiß, wann wir drankommen.«

»Wahr, wahr, Harry! Vielleicht wird schon morgen dir oder mir der Schädel eingeschlagen, wenn's mir auch nicht in den Kopf will, wer hier so etwas getan haben sollte. – Nanu, Rappel, was willst du denn hier?«

»Nichts, gar nichts, Bob«, antwortete der Schwachsinnige. »Wollte bloß mal sehen, wo ihr den begrabt. Alles eine Sauce, was? Alles ein Matsch, pitsch, patsch! Au, hätt' ich gern gesehn –«

»Verschwind!« rief Mr. Russell energisch. »Ekelhaftes Gequatsche, ekelhaft, hörst du, Rappel! Halt du deinen Mund, sonst rede ich mal mit dem Herrn Pastor ein Wörtchen über

dich, und dann ist's ein für allemal aus mit dem Blasebalg am Sonntag. Verstanden? – Noch was?«
»Nee, Bob, nichts.«
»Dein Glück!«
Mit unbehaglichen Gefühlen sah Mr. Russell dem Schwachsinnigen nach, der seinen großen Kopf willenlos hin und her rollen und seine Hände lose schlenkern ließ, während er davonschlurfte. »Rappel wird immer verrückter«, bemerkte er dann. »Hoffentlich wird er nicht gefährlich. Von Rechts wegen gehört er in eine Anstalt.«
»Ach wo«, meinte der Küster. »Rappel tut keinem was. Ich halte nichts von diesen Anstalten.«
In diesem Augenblick trat die Pastorin heran, um ihren Gast mit Beschlag zu belegen. »Die arme Hilary Thorpe war nicht in der Kirche. Ein reizendes Kind! Ich hätte sie so gern mit Ihnen bekannt gemacht. Aber wie mir Mrs. Gates erzählt hat, ist sie natürlich schrecklich angegriffen. Und Sie wissen ja, wie die Leute im Dorf einen gleich anstarren, wenn mal was los ist, und dann wollen sie alle mit einem reden und kondolieren. Sie meinen es selbstverständlich herzlich gut, aber für den Betroffenen ist es eine Qual. Ich nehme Sie einfach einmal mit ins ›Rote Haus‹ hinüber. Aber jetzt schnell nach Hause. Sie sind gewiß hungrig.«

Fünftes Kapitel

Fährtensucher

Lord Peter beobachtete, wie der Sarg herangetragen wurde. ›Hier kommt mein Problem‹, dachte er bei sich selbst, ›auf den Schultern von sechs starken Männern. Und geht nun unter die Erde, diesmal hoffentlich endgültig, zwar ohne daß ich es enträtselt habe. Was für eine Versammlung von ortsansässigen Größen! Und wie sie das Ganze genießen! Außer dem guten, alten Pastor, der ist wirklich ehrlich betrübt. Dieses nicht enden wollende Läuten geht einem durch Mark und Bein: Tailor Paul, Tailor Paul – zwei Zentner dröhnendes Metall – ›Ich bin die Auferstehung und das Leben . . .‹ Das sind beruhigende Worte. Die erste Auferstehung dieses Burschen war, weiß Gott, schauderhaft – na, hoffentlich folgt keine zweite mehr vor dem Jüngsten Gericht. Bringt doch bloß diese fürchterliche Glocke zum Schweigen. Tailor Paul – allerdings auch das könnte passieren, wenn Lubbock noch etwas Verdächtiges finden sollte. – Wie verstört dieser Thoday aussieht, da ist irgend etwas nicht in Ordnung, sollte mich nicht wundern. Tailor Paul – ›Denn wir haben nichts in die Welt gebracht; darum werden wir auch nichts hinausbringen‹ – außer unseren Geheimnissen, alter Patriarch; die nehmen wir nämlich wieder mit uns.‹

Das tiefe Schattendunkel des Kirchenportals verschlang nunmehr den Pastor, den Sarg und die Träger. Während Wimsey mit der Pastorin folgte, kam ihm zum Bewußtsein, wie merkwürdig es war, daß sie und er als einziges und unerwartetes Trauergefolge diesem fremden Leichnam folgten. ›Die Leute können über die Gottesdienste der Church of England sagen, was sie wollen‹, dachte er weiter, ›aber die Auswahl der Psalmen ist einfach großartig.‹ – ›Damit ich wissen möge, wie lange ich noch zu leben habe . . .‹ –

Was für eine erschütternde Bitte! Mein Gott, laß mich niemals so etwas vorher wissen ... – ›Du hast unsere Missetaten vor Augen‹; sehr wahrscheinlich, warum soll also ich, Peter Wimsey, mich damit abgeben, sie auszugraben? Ich habe absolut keinen Grund, mich sonderlich zu brüsten. – ›In Ewigkeit. Amen.‹ – Jetzt kommt die Lesung. Da müssen wir uns wohl hinsetzen. Ich bin wirklich nicht besonders beschlagen in der Bibel. Ja, bei dieser Stelle fangen die Verwandten und Freunde meistens an zu weinen; hier ist keiner zum Weinen da, kein Freund, niemand ... aber woher soll ich das wissen? Wo mag der Mann sein, wo die Frau, die das Gesicht wiedererkannt hätten, wenn es der Mörder nicht mit Bedacht entstellt hätte! Das rothaarige Mädchen dort drüben ist sicher Hilary Thorpe. Nett von ihr zu kommen, interessanter Typ, in fünf Jahren wird sie allerhand Aufsehen erregen. – Haben die alten Knaben, die dieses wunderbare Dach gemacht haben, wirklich geglaubt? Oder haben sie diese weiten Flügel und betenden Hände nur aus Lust am kunstgerechten Werk geschaffen? – Was nun? Ach so, wieder zum Grab hinaus. Gesangbuchlied Nr. 373. Hat der gute Mr. Russell wirklich passend ausgesucht. ›Der Du die Geheimnisse unseres Herzens kennst, o Herr!‹ – Ich wußte es! Ich wußte es! Will Thoday wird gleich in Ohnmacht fallen. Nein, schon hat er sich wieder in der Gewalt. Ich werde mich bald mit diesem Herrn unterhalten müssen. – ›Unser lieber, dahingegangener Bruder ...‹ – Bruder? Wir sind alle geliebt, wenn wir dahingegangen sind, sogar wenn uns jemand vorher so gehaßt hat, daß er uns gebunden und – Himmel! Was ist aus dem Seil geworden?‹ Die Frage nach dem Seil, die er vorher unbegreiflicherweise übersehen hatte, bemächtigte sich Wimseys mit solcher Gewalt, daß er vergaß, das Vaterunser mitzusprechen.

Wimsey war ganz betroffen. Warum hatte er nicht schon eher an das Seil als an einen möglichen Schlüssel zu dem Labyrinth gedacht? An das Seil knüpften sich so viele Fragen: Woher stammte es? Wieso kam es, daß es zur Hand war, als es gebraucht wurde, und wo hatte das Binden stattgefunden? Man kann wohl einen Mann im Jähzorn umbringen, aber man band ihn doch nicht vorher. Einen gebundenen Mann ermorden, hieß soviel wie ein gebundenes Schaf zur Schlachtbank führen. Das setzte eine kalte Be-

rechnung der Tat voraus. Das Seil war vor dem Eingraben des Leichnams wieder abgenommen worden, mit einem Grausen erregenden Sparsamkeitssinn! Hier unterbrach Wimsey seinen Gedankengang. Es bedurfte wirklich keiner ausschweifenden Phantasie, um zu vermuten, aus welchem Grund das Seil beseitigt wurde. Möglicherweise war es vor der Ermordung abgenommen und dorthin gebracht worden, wo es herstammte, damit sein Fehlen keinen Verdacht erregen sollte. Also aus demselben Grund, aus dem das Gesicht verstümmelt worden war, nämlich, damit niemand den Leichnam erkennen könnte. Oder das Seil war beseitigt worden, weil der Körper vorher damit an etwas gebunden war. Ja, das war wohl am wahrscheinlichsten. Denn der Körper mußte von irgendwoher hierher geschafft worden sein. Aber wie? Per Auto, Lastwagen, Karren, Lore, Schubkarren?
»Wirklich, sehr schön, wie Sie das alles arrangiert haben«, wandte sich die Pastorin an Mr. Russell.
»Freut mich, freut mich! Wir haben unser möglichstes getan, Frau Pastor.«
»Ich bin überzeugt«, versicherte Mrs. Venables, »daß selbst seine eigenen Angehörigen keine würdigere Feier hätten veranstalten können.«
»Sicher nicht«, stimmte Mr. Russell geschmeichelt zu. »Ein Jammer, daß sie nicht zugegen sein konnten. Ich sage immer, eine erhebende Begräbnisfeier ist ein wahrhafter Trost für die Hinterbliebenen. Aber ich darf mich wohl jetzt verabschieden, Mylord, hier möchte Sie noch jemand sprechen.«
»Nein«, sagte Wimsey in bestimmtem Ton zu einem Jüngling in einem abgetragenen Anzug, der sich ihm zielsicher genähert hatte. »Ich habe keine Sensationsgeschichte, weder für das ›Morgenblatt‹ noch für sonst eine Zeitung. Und damit basta! Ich habe Wichtigeres zu tun.«
»Wirklich«, fügte die Pastorin hinzu, die den Reporter wie ein unartiges Kind behandelte. »Gehen Sie nur! Der Herr ist beschäftigt. – Wie aufdringlich diese Zeitungsleute sind! Bitte kommen Sie, ich möchte Sie gern mit Hilary Thorpe bekannt machen. – Hilary, liebes Kind, wie geht es dir? Zu nett von dir, daß du gekommen bist! So anstrengend für dich. Wie geht es deinem Onkel? Dies hier ist Lord Peter Wimsey.«

»Ich freue mich riesig, Sie kennenzulernen, Lord Peter. Pa hat immer über alle Ihre Fälle gelesen, und er hätte sich bestimmt gern einmal mit Ihnen unterhalten. Manchmal denke ich, er würde seinen Spaß daran gehabt haben, daß er nun selber in einen solchen Fall verwickelt worden ist. Wenn es nur nicht gerade mit Mutters Grab zu tun hätte. Ich bin heilfroh, daß er das nicht mehr erlebt hat. Eine schrecklich geheimnisvolle Sache, nicht wahr? Und er war doch – er schwärmte so für alles, was geheimnisvoll war.«
»Wirklich? Man sollte glauben, er hätte genug davon gehabt!«
»Sie meinen wegen des Halsbands? Natürlich, das war auch schrecklich für ihn. Das alles ist ja lange vor meiner Geburt passiert, aber er hat oft davon erzählt. Und er war immer der Meinung, daß der Deacon der schlimmere Verbrecher von den beiden war und daß Großvater ihn nie hätte ins Haus bringen dürfen. Komisch, ich glaube, der andere Mann gefiel ihm direkt, der Dieb aus London. Er hat ihn natürlich nur bei der Gerichtsverhandlung gesehen, aber er hat immer gesagt, das sei ein komischer Kerl gewesen und hätte nach seiner Meinung auch die Wahrheit gesagt.«
»Das ist ja sehr interessant«, antwortete Lord Peter und wandte sich dann plötzlich, mit wütendem Ruck an den jungen Mann vom ›Morgenblatt‹, der sich immer noch in ihrer Nähe herumdrückte. »Hören Sie mal, junger Mann, wenn Sie jetzt nicht schleunigst verduften, dann werde ich mit Ihrem Chefredakteur ein Wörtchen reden. Ich wünsche nicht, daß Sie diese junge Dame belästigen. Verstanden?«
»Ist das ein aufdringlicher Bursche«, meinte Miss Thorpe. »Er hat schon heute morgen meinen Onkel halb verrückt gemacht. Der dort drüben mit dem Pastor spricht, ist mein Onkel. Er ist Beamter und kann die Presse nicht leiden. Und alles, was irgendwie mysteriös ist, natürlich auch nicht. Schrecklich für ihn.«
»Dann wird er mich wahrscheinlich auch nicht leiden können.«
»Nein. Er findet, daß Ihre Liebhaberei Ihrer sozialen Stellung nicht entspricht. Und darum möchte er es auch vermeiden, Ihnen vorgestellt zu werden. Onkel ist nun mal ein komischer alter Kauz, aber sonst ist er wirklich kein Snob

und ist richtig anständig. Bloß nicht die geringste Ähnlichkeit mit Pa. Sie und Pa würden sich großartig verstanden haben. Übrigens, kennen Sie das Grab meiner Eltern, ja? Wahrscheinlich waren Sie da zuerst.«
»Allerdings, aber ich würde es gern noch einmal sehen. Ich möchte wirklich wissen, wie der – der –«
»Wie der Leichnam da hineingeraten ist? Das habe ich mir schon gedacht. Mir geht es auch immer durch den Kopf. Onkel findet es natürlich furchtbar unpassend, daß ich überhaupt über solche Dinge nachdenke. Aber ich finde, daß sich die Dinge viel leichter ertragen lassen, wenn man ihnen nachgeht. Ich meine, wenn man über etwas nachdenkt, dann erscheint es einem plötzlich weniger wirklich – ich kann mich nicht so richtig ausdrücken.«
»Sie meinen, weniger persönlich?«
»Ja, das ist das richtige Wort. Sobald man anfängt, sich genau auszumalen, wie etwas geschehen ist, kommt es einem allmählich vor wie etwas, das man sich selbst ausgedacht hat.«
»Hm, wenn Sie die Dinge so betrachten, dann werden Sie einmal als Schriftstellerin enden!«
»Glauben Sie wirklich? Komisch, das möchte ich nämlich werden. Aber wieso meinen Sie?«
»Weil Sie schöpferische Phantasie besitzen, die so lange in Ihnen arbeitet, bis Sie endlich außerhalb Ihrer persönlichen Erfahrung stehen und diese Erfahrung wie etwas, das Sie selber geschaffen haben, wie etwas von Ihnen völlig Unabhängiges betrachten. Sie sind glücklich zu preisen.«
»Meinen Sie das im Ernst?« Hilary sah ganz aufgeregt aus.
»Ja, aber Sie werden dieses Glück mehr am Ende Ihres Lebens als am Anfang genießen können, weil die andern Menschen kein Verständnis für Ihre Art aufbringen werden. Erst werden sie Sie für verträumt und romantisch halten und nachher wundern sie sich darüber, daß Sie in Wirklichkeit hart und herzlos sind. Natürlich irren sie sich in beiden Fällen, aber das wissen weder die andern noch Sie selber, und das wird Ihnen noch viel Kummer machen.«
»Genauso reden die Mädchen in der Schule von mir. Woher wissen Sie das? Obgleich die alle Idioten sind, oder fast alle.«

»Die meisten Menschen sind es«, stellte Wimsey ernst fest, »aber es ist nicht sehr liebenswürdig, ihnen das ins Gesicht zu sagen. Und ich fürchte, Sie machen keinen Hehl aus Ihrer Überzeugung. Seien Sie ein bißchen nachsichtiger, gütiger; sie können ja nichts dafür. Ah, hier ist das Grab. Es liegt ziemlich abseits. Das Haus da drüben liegt am nächsten. Wem gehört es?«
»Will Thoday.«
»Ach? So, so. Und weiter drüben, da ist nur noch die ›Goldene Garbe‹ und ein Hof. Wem gehört der Hof?«
»Mr. Ashton, einem ziemlich wohlhabenden Mann. Er ist mit im Kirchenvorstand.«
»Ja, ich erinnere mich jetzt. Er hat damals meinen Wagen aus dem Graben geholt. Eigentlich müßte ich mal bei ihm vorbeigehen und ihm persönlich danken.«
»Das heißt, daß Sie ihn ausfragen wollen.«
»Wenn Sie schon durch andere Leute hindurchgucken, so dürfen Sie es ihnen nicht so roh zeigen!«
»Ich weiß, Onkel nennt das unweiblichen Mangel an Takt. Er behauptet immer, das kommt von der Schule und vom Hockey-Spielen.«
»Vielleicht hat er recht. Aber warum sich das zu Herzen nehmen?«
»Ach, das bekümmert mich auch nicht. Nur, wissen Sie, Onkel Edward ist jetzt mein Vormund, und er findet es ganz falsch, daß ich nach Oxford zum Studieren gehen will. – Was überlegen Sie? Wie weit die Entfernung vom Südeingang ist?«
»Sie beunruhigend scharfsinnige Dame! Ja. Man könnte zum Beispiel den Leichnam in einem Auto herbringen und ihn dann ohne Schwierigkeiten tragen. Was ist denn das hier, an der Nordmauer? Ein Brunnen?«
»Ja. Aus diesem Brunnen holt Gotobed immer das Wasser, das er zum Aufscheuern der Kirchenpforte und der Kanzel und sonst braucht. Ich glaube, er ist ziemlich tief. Früher war da auch eine Pumpe, und die Leute haben hier ihr Trinkwasser geholt, wenn der Brunnen im Dorf versiegte. Aber der Herr Pastor hat das nicht erlaubt. Weil es unhygienisch sei, Trinkwasser von einem Kirchhof zu benützen. Er hat also die Pumpe beseitigt und dann auf seine Kosten den Brunnen im Dorf tiefer graben und in Ordnung bringen

lassen. Natürlich muß Gotobed jetzt das Wasser, das er braucht, jedesmal mit einem Eimer hochziehen. Er schimpft immer fürchterlich darüber. Warum interessiert Sie der Brunnen?«
»Ich wollte wissen, ob er noch in Gebrauch ist oder nicht. Da er ja aber noch benützt wird, kommt wohl kaum jemand auf den Gedanken, etwas Großes in ihm zu verstecken.«
»Sie meinen den Leichnam? Nein, das wäre nicht gegangen.«
»Na, wie dem auch sei. Verzeihen Sie eine andere Frage: Wenn nun Ihr Vater *nicht* gestorben wäre, was für eine Art Grabstein hätte er dann auf das Grab Ihrer Mutter setzen lassen? Wissen Sie das vielleicht zufällig?«
»Leider nicht. Er konnte Grabsteine nicht ausstehen und lehnte daher jede Unterhaltung darüber ab. Ein schrecklicher Gedanke, daß er nun selber einen bekommen soll.«
»Ja. So hätte er also vielleicht nur einen flachen Stein legen lassen oder einen von diesen Grabsteinen mit Marmoreinfassung?«
»Die so aussehen wie Kaminaufsätze? O nein, niemals!«
»Aha. Aber kannte denn der Mörder diese Abneigung Ihres Vaters?«
»Wieso? Ich weiß jetzt nicht, worauf Sie hinauswollen?«
»Meine Schuld. Ich bin immer so sprunghaft. Ich meine, es gibt doch hier so viele gute Plätze, wo man einen Leichnam verstecken könnte. Gräben, Kanäle und ähnliches. Warum sollte dann einer Risiko und Mühe auf sich nehmen, ihn ausgerechnet hierher zu schaffen, wo er ganz leicht wieder von den Steinmetzen hätte ausgegraben werden können. Der Leichnam war zwar gut zwei Fuß unter der Erde. Aber ich glaube, man muß ziemlich tief graben, um einen Grabstein einzusetzen. Das Ganze macht einen so sinnlosen und unüberlegten Eindruck. Auf der andern Seite sehe ich natürlich auch das Verlockende an der Idee. Niemand vermutet so leicht ausgerechnet in einem Grab einen fremden Leichnam. Und es war doch reiner Zufall, daß es schon so bald wieder geöffnet werden mußte. Aber so oder so, wenn man bedenkt, was dazu gehört, ihn hierher zu schaffen und ihn dann heimlich nachts einzugraben –! Und doch, es kann ja eigentlich nur so vor sich gegangen sein. Die Seilspuren zeigen ganz deutlich, daß der Mann vorher irgendwo

festgebunden war. Alles deutet darauf hin, daß das Ganze mit Bedacht nach einem wohlüberlegten Plan ausgeführt worden ist.«

»Dann kann aber der Mörder nicht *vor* Neujahr seinen Plan gefaßt haben, nicht ehe Mutter gestorben war. Denn er konnte doch nicht in jedem Fall mit einem frischen Grab auf dem Friedhof rechnen.«

»Natürlich nicht, aber danach kann es jederzeit geschehen sein.«

»Jederzeit? Höchstens innerhalb der nächsten Woche nach Mutters Tod.«

»Warum?« fragte Wimsey rasch.

»Weil der alte Küster Gotobed es bestimmt gemerkt hätte, wenn jemand an seinem Grab gegraben hätte, nachdem die Erde festgeklopft worden war. Glauben Sie nicht, daß es sehr bald danach passiert sein muß? Wahrscheinlich noch, solange die Kränze auf dem Grab waren? Die haben da eine Woche lang gelegen, bis sie so verwelkt und scheußlich aussahen, daß ich Gotobed gebeten habe, sie wegzuwerfen.«

»Das ist eine Idee«, bemerkte Wimsey. »Daran habe ich nicht gedacht. Ich habe nicht viel Erfahrung mit Gräbern. Ich muß den Küster mal danach fragen. Können Sie sich übrigens noch daran erinnern, wie lange der Schnee nach dem Tod Ihrer Mutter gelegen hat?«

»Mal überlegen. Also am Neujahrstag hat es aufgehört zu schneien, und da haben sie den Weg zum Südtor gefegt. Aber getaut hat es erst, warten Sie mal, ich weiß jetzt, in der Nacht vom Zweiten auf den Dritten, obwohl es an den beiden Tagen vorher schon wärmer geworden war. Der Schnee war ganz feucht. Ich erinnere mich jetzt genau: Am Dritten wurde das Grab gegraben. Alles war ein einziger Matsch. Und am Tag der Beerdigung hat's Bindfaden geregnet, einfach furchtbar! Das werde ich nie vergessen!«

»Und der Regen hat natürlich den ganzen Schnee weggewaschen?«

»Ja.«

»So daß also jeder leicht zu dem Grab gelangen konnte, ohne Fußspuren zu hinterlassen. Ja. Ich nehme an, daß Sie selbst niemals bemerkt haben, daß die Kränze irgendwie anders gelegen haben oder sonst etwas verändert war?«

»Nein, aufrichtig gesagt, ich bin nicht oft hergekommen. Pa war so krank, daß ich immer bei ihm sein mußte. Und dann, ich habe mir nie vorstellen können, daß Mutter hier draußen wäre. Sie verstehen, wie ich es meine, Lord Peter? Ich finde all das Getue mit den Gräbern Unsinn, Sie nicht auch? Übrigens, die einzige Person, die etwas auf dem Grab bemerkt haben könnte, ist Mrs. Gates, unsere Haushälterin. Die ist jeden Tag hergekommen, eine richtige Gräberhyäne. Sie ist sonst sehr nett, aber sie hätte lieber zur Zeit der Königin Viktoria leben sollen, als die Leute noch Crêpe-Schleier trugen und Tränen in ihre Teetassen vergossen. – Ach, du meine Güte! Da ist Onkel Edward und sucht mich, ganz empört! Ich werde ihn Ihnen vorstellen. Bloß um ihn zu ärgern. – Onkel Edward! Dies hier ist Lord Peter Wimsey. Er meinte auch, ich hätte schöpferische Phantasie und sollte Schriftstellerin werden.«

»Ah, sehr erfreut«, murmelte Mr. Edward Thorpe, ein äußerst korrekt und formell wirkender Herr von vierundvierzig Jahren, dessen glatte Beamtenmiene in starkem Gegensatz zu Wimseys ausdrucksvollem Gesicht stand. »Ich glaube, ich habe Ihren Herrn Bruder einmal getroffen, den Herzog von Denver. Ich hoffe, er befindet sich wohl. Sehr liebenswürdig von Ihnen, sich für die Pläne meiner ehrgeizigen jungen Nichte zu interessieren. Diese jungen Damen wollen immer alle ein bißchen hoch hinaus, nicht wahr. Unangenehme Affäre dies hier, was? Bedaure es außerordentlich, daß sie mit hineingezogen wird, aber natürlich, in ihrer Stellung, die Leute im Dorf erwarten von ihr, daß sie sich ihnen – daß sie teilnimmt an ihren – hem . . .«

»Amüsements?« ergänzte Wimsey fragend, während es ihm mit Schrecken zum Bewußtsein kam, daß Onkel Edward nicht viel älter als er selbst sein konnte. Trotzdem begegnete er ihm mit der ängstlichen Vorsicht, die man einem altmodischen, zerbrechlichen Gegenstand gegenüber empfindet.

»An allem, was sie bewegt«, ergänzte Mr. Thorpe; obwohl er das Verhalten seiner Nichte aufs entschiedenste mißbilligte, versuchte er sie doch gegen die Kritik Dritter zu verteidigen. »Aber ich nehme sie erst mal zu mir, damit sie ein wenig zur Ruhe kommt«, fuhr er fort. »Ihre Tante war bedauerlicherweise nicht in der Lage, nach Fenchurch zu kommen. Sie hat sehr unter rheumatischen Beschwerden zu leiden. Doch freut sie sich schon darauf, Hilary bei sich zu sehen.«

Wimsey warf einen Blick auf Hilary, deren verstocktes Gesicht bereits Anzeichen heftigen Widerstandes erkennen ließ. Er konnte sich die Frau, die Onkel Edward geheiratet hatte, ganz genau vorstellen.

»Wir reisen bereits morgen ab«, bemerkte Mr. Thorpe weiter. »Es tut mir außerordentlich leid, Sie daher nicht bitten zu können, einen Abend mit uns zu verbringen, aber Sie verstehen wohl, daß es sich unter diesen Umständen kaum einrichten läßt.«

»Ich verstehe vollkommen«, erwiderte Wimsey.

»So muß es, fürchte ich, bei dieser flüchtigen Begegnung bleiben«, schloß Mr. Thorpe in bestimmtem Ton. »Sehr erfreut, Ihre Bekanntschaft gemacht zu haben. Ich hätte nur gewünscht, es wäre unter glücklicheren Umständen erfolgt. Guten Tag. Bitte empfehlen Sie mich Seiner Durchlaucht, Ihrem Herrn Bruder, bestens, wenn Sie ihn sehen.«

›Das war ja deutlich‹, dachte Wimsey, als er sich von Onkel Edward verabschiedet und Hilary Thorpe noch verständnisvoll zugelächelt hatte. ›Und warum? Wegen meines verderblichen Einflusses auf die Jugend? Oder weil mein Eifer, das Familiengeheimnis auszugraben, ihm nicht paßt? Ist Onkel Edward ein dunkler Ehrenmann oder bloß ein Dummkopf? Das wüßte ich gern. War er auf der Hochzeit seines Bruders? Ich muß Blundell mal danach fragen. Wo mag Blundell stecken? Vielleicht ist er heute abend frei.‹

Wimsey beeilte sich, den Oberinspektor, der pflichtgemäß der Beerdigung beigewohnt hatte, noch abzufangen, und verabredete mit ihm ein Zusammensein in Leamholt nach dem Abendessen. Die Versammlung löste sich nach und nach auf. Mr. Gotobed und sein Sohn Dick entledigten sich ihrer schwarzen Röcke und holten ihre Spaten, die an der Mauer neben dem zugedeckten Brunnen standen.

Als die Erde schwer auf den Sargdeckel polterte, schloß sich Wimsey der kleinen Gruppe an, die sich noch über die Begräbnisfeier unterhielt und die Karten an den Kränzen las. Eine Blumenspende fiel ihm besonders auf, ein Prunkstück aus rosa und dunkelroten Treibhausblüten. Neugierig, zu erfahren, wer sich in solche Unkosten für das unbekannte Opfer gestürzt haben könnte, trat er heran und warf einen

Blick auf die Visitenkarte. Ein gelinder Schrecken durchfuhr ihn, als er las: »In aufrichtiger Teilnahme, Lord Peter Wimsey. St. Luke XII, 6.«
»Sehr passend«, stellte Seine Lordschaft fest, nachdem er sich das Zitat ins Gedächtnis zurückgerufen hatte. Denn er hatte eine strikte und fromme Erziehung genossen. »Bunter, Sie sind ein großartiger Mann.«

»Was ich wirklich wissen möchte«, sagte Lord Peter, während er seine Beine vor dem Kamin des Oberinspektors behaglich ausstreckte, »ist, welche Beziehungen zwischen Deacon und Cranton bestanden haben. Wie sind die beiden zusammengekommen? Daran hängt so vieles.«
»Richtig«, stimmte Mr. Blundell zu. »Aber das Schlimme ist, daß wir da nur auf ihre Aussagen angewiesen sind. Und wer von den beiden das größere Lügenmaul war, das weiß Gott allein. Aber soviel steht fest, daß sich beide von London her kannten. Cranton war einer von diesen sanften Gentleman-Verbrechern, die man zuweilen in der Halle zweitklassiger Hotels herumsitzen sieht. Sie kennen ja diesen Typ. Er war schon mal in Konflikt mit dem Gesetz geraten, doch spielte er nachher den Bekehrten und hat dann eine ganz nette Summe mit einem Buch, das er geschrieben hat, verdient. Das heißt, es wird wohl ein anderer für ihn geschrieben haben, und er brauchte nur seinen Namen herzugeben. Nach dem Kriege ist das ja eine Zeitlang Mode gewesen, aber dieser Cranton war tatsächlich ein schlauer Kerl. Seiner Zeit ein bißchen voraus. Im Jahre 1914 war er fünfunddreißig Jahre alt. Natürlich besaß er keinerlei wirkliche Bildung, aber eine gute Portion Mutterwitz, weil er eben immer auf sich selber angewiesen war. Sie verstehen wohl, was ich meine.«
»Völlig.«
»Dieser Deacon war dagegen eine ganz andere Sorte Mensch. Ungewöhnlich begabt und ein großer Büchernarr. Der Gefängnispfarrer hat sogar von ihm behauptet, er wäre in seiner Art fast gebildet zu nennen und hätte dichterische Phantasie. Na, jedenfalls hatte Sir Charles Thorpe einen Narren an dem Burschen gefressen, behandelte ihn besonders freundlich und betraute ihn mit der Verwaltung seiner Bibliothek. Cranton hat nun erzählt, daß Deacon, der immer

hinter Weibern her war, durch ein Mädel erfahren hatte, daß er der Verfasser dieses Buches wäre. Und da hätte sich Deacon gleich an ihn herangemacht und mächtig interessiert getan und immer Anspielungen gemacht, daß er ja eines Tages doch wieder zu seinem alten Leben zurückkehren würde. Soweit Cranton. Deacon hat natürlich gerade das Gegenteil ausgesagt und behauptet, er wäre nur an der literarischen Seite des Geschäfts interessiert gewesen und hätte gemeint, wenn ein Ganove ein Buch schreiben und damit Geld verdienen könne, warum sollte das nicht auch ein Butler können? Nach seiner Aussage wäre Cranton hinter *ihm* her gewesen und hätte ihn immer ausgefragt, wo er denn in Stellung sei und ob man nicht mal ein Ding zusammen drehen könnte, halbpart natürlich. Deacon sollte die Arbeit im Haus übernehmen und Cranton das übrige erledigen, das Fortschaffen und An-den-Mann-Bringen. Ein sauberes Pärchen, die beiden!«

Der Oberinspektor machte eine Pause, um aus einem Zinnkrug einen tiefen Schluck Bier zu nehmen. Dann fuhr er fort: »Das alles haben wir natürlich erst erfahren, nachdem wir sie wegen des Diebstahls festgenommen hatten. Zuerst haben sie versucht, das Blaue vom Himmel herunterzulügen, und geschworen, sie hätten sich nie im Leben vorher gesehen. Aber als sie schließlich merkten, wieviel wir wußten, schlugen sie plötzlich einen anderen Ton an. Und da ist Cranton, als er sah, daß das Spiel aus war, mit dieser Geschichte herausgekommen. Er hat auch daran festgehalten. Ja, er hat sich sogar bei der Verhandlung für schuldig erklärt. Er schien nur noch den einzigen Wunsch zu haben, es dem Deacon gehörig einzutränken, damit der eine schwere Kerkerstrafe aufgebrummt kriegte. Er behauptete nämlich, daß Deacon ihn übers Ohr gehauen hätte. Ob das nun stimmte oder ob er bloß dachte, er würde selber leichter davonkommen, wenn er sich als das arme, unglückliche Opfer hinstellte, oder ob es reine Gemeinheit war, das weiß ich nicht.

Um aber auf die Sache selbst zu kommen, diese Hochzeit sollte also im April 1914 stattfinden. Und alle Leute wußten, daß auch Mrs. Wilbraham mit ihrem Smaragdhalsband hinkommen würde. Jeder Dieb in London wußte ja Bescheid über diese Frau. Sie ist eine entfernte Verwandte von

den Thorpes und schwer reich. Dabei jedoch so geizig wie
fünfzigtausend Schotten zusammen. Heute ist sie hoch in
den Achtzigern und schon ganz kindisch, soviel ich gehört
habe. Aber damals war sie nur fürchterlich exzentrisch. Eine
verschrobene Person, steif wie'n Ladestock und immer alt-
modisch angezogen. In schwarzer Seide und Moiré, und
über und über mit Juwelen und Armbändern behangen. Das
war eine von ihren Marotten, wissen Sie! Und eine andere
war, daß sie weder Versicherungsgesellschaften noch Safes
traute. Sie hatte zwar einen Safe in ihrem Haus stehen, wo
sie ihren ganzen Kram einschloß, aber den hatte ihr Mann
früher mal angeschafft. Sie war sogar zu geizig, um sich eine
eiserne Kassette zu kaufen. Und so verließ sie sich, wenn sie
verreiste, einfach auf ihre eigene Schlauheit. Komplett übergeschnappt muß sie gewesen sein. Natürlich hatte niemand
den Mut, ihr jemals die Wahrheit zu sagen, weil sie eben so
unverschämt reich war und schließlich die alleinige Verfügung über ihr Vermögen besaß. Die Thorpes waren wohl
die einzigen Verwandten, die sie überhaupt hatte. Und so
wurde sie zu Mr. Henrys Hochzeit eingeladen, obwohl kein
Mensch sie ausstehen konnte. Aber wenn sie sie nicht aufgefordert hätten, wäre sie wahrscheinlich beleidigt gewesen.
Und Sie wissen ja, reiche Verwandte darf man nun mal nicht
beleidigen!«
»Unter keinen Umständen«, bemerkte Lord Peter, während
er sich nachdenklich seinen Becher neu füllte.
»Und jetzt kommt der Punkt, wo sich die Aussagen von
Cranton und Deacon entgegenstehen. Deacon behauptete
nämlich, er hätte, sobald der Hochzeitstag festgesetzt war,
einen Brief von Cranton bekommen, in dem dieser vor-
schlug, er sollte sich mit ihm in Leamholt treffen und überlegen, wie man am besten an das Halsband herankäme. Cranton dagegen hat versichert, Deacon hätte ihm zuerst geschrieben. Natürlich konnte keiner von beiden auch nur das
geringste beweisen. Aber es stellte sich heraus, daß sie sich
wirklich in Leamholt getroffen hatten und daß Cranton
noch am selben Tage vorbeigekommen war, um sich über
das Haus zu orientieren.
Nun hatte Mrs. Wilbraham eine Zofe. Wenn die und Mary
Thoday nicht gewesen wären, dann wäre vielleicht gar
nichts passiert. Mary Thoday war damals Zimmermädchen

im ›Roten Haus‹. 1913 hatte Deacon sie geheiratet. Sir Charles war besonders nett zu den jungen Leuten gewesen und hatte ihnen ein schönes Zimmer gegeben, das wie eine eigene kleine Wohnung abseits von den übrigen Dienstbotenstuben lag, über dem Anrichteraum. In der Anrichte wurde das ganze Geschirr und Silber aufbewahrt, das Deacon unter sich hatte.

Nun war diese Zofe von Mrs. Wilbraham, Elsie Bryant hieß sie, ein fixes Mädel, immer lustig und guter Dinge. Na, und die hatte eines Tages herausgekriegt, wo Mrs. Wilbraham ihre Juwelen versteckte, wenn sie nicht zu Hause war. Die Alte wollte wohl überschlau sein, jedenfalls bildete sie sich ein, daß ein Schmuckkasten oder eine Geldkassette kein sicherer Aufbewahrungsort für Schmucksachen wären, weil sich Räuber immer darauf zuerst stürzten, und daß sie sich irgendein Versteck ausdenken müßte, auf das niemand käme. Und wissen Sie, was für einen Ort sie sich schließlich ausersehen hatte: das bekannte Gerät unterm Bett. Ja, Sie lachen. Das ganze Gericht hat gebrüllt vor Lachen, außer dem Richter. Und der hat einen solchen Hustenanfall bekommen, daß er sein Gesicht hinter einem Taschentuch verbergen mußte. Die Elsie war natürlich neugierig wie alle Mädchen, und da hat sie eben eines Tages, kurz vor der Hochzeit, durchs Schlüsselloch geschaut, und zwar gerade in dem Augenblick, als die Alte ihren Kram verstaute. Das konnte das Mädel nun unmöglich bei sich behalten. Kaum war sie also mit ihrer Dame nach Fenchurch St. Paul gekommen, als sie gleich dicke Freundschaft mit der Mary schloß. Meiner Meinung nach bloß, um ihr dieses Geheimnis unter dem bekannten Siegel der Verschwiegenheit mitteilen zu können. Na, und Mary hat, wie es sich für ein treues Eheweib gehört, die Geschichte sofort brühwarm ihrem Mann weitererzählt.

Die Verteidigung hat natürlich an diesem Punkt eingehakt, und so ist es tatsächlich nur dieses Gerät gewesen, dem die beiden Mädels den Freispruch zu verdanken hatten. ›Meine Herren‹, sagte damals der Verteidiger in seiner Rede, ›wie ich sehe, kann keiner von Ihnen sich eines Lächelns über Mrs. Wilbrahams phantasievoll erdachtes Wertsachen-Depot erwehren. Und da Sie selbst so reagiert haben, werden Sie sich leicht in die Gefühle meiner Mandantinnen, Mrs.

Deacon und ihrer Freundin, hineinversetzen können und verstehen, wie dieses Geheimnis in aller Unschuld demjenigen Manne anvertraut wurde, dessen unverbrüchliches Stillschweigen außer Zweifel stehen mußte.‹ Ein riesig geschickter Verteidiger.

Für das Weitere waren wir dann wieder nur auf Vermutungen angewiesen. Wir konnten nachweisen, daß aus Leamholt ein Telegramm an Cranton abgegangen war. Cranton behauptete, es stammte von Deacon, während Deacon sagte, es könnte nur Elsie Bryant abgeschickt haben. Sie und Deacon waren nämlich an dem betreffenden Nachmittag in Leamholt gewesen. Aber das Fräulein auf dem Postamt erkannte sie beide nicht wieder, und auch das Telegramm führte zu nichts, weil es in Blockbuchstaben abgefaßt war. Meiner Meinung nach läßt das eher auf Deacon schließen. Ich glaube nicht, daß das Mädel auf so etwas gekommen wäre.

Was dann in der Nacht vorgefallen ist, das wissen Sie ja bereits. Sie interessierte es nun natürlich, wie Cranton und Deacon den Hergang erzählt haben. Nach Cranton hatte Deacon den ganzen Plan ausgearbeitet. Cranton sollte im Wagen kommen und zu der in dem Telegramm angegebenen Zeit unter dem Fenster der Wilbraham sein. Deacon wollte ihm dann das Smaragdhalsband zuwerfen, und Cranton sollte sofort damit nach London fahren, es in Stücke aufteilen und verkaufen. Den Erlös wollten sie teilen, halb und halb, abzüglich der fünfzig Pfund, die Deacon bereits als Anzahlung erhalten hatte. In Wirklichkeit wäre aber nur der Schmuckkasten zum Fenster heruntergekommen, ohne die Smaragde. Nach Crantons Aussage hätte Deacon den Schmuck zuerst an sich genommen und dann das Haus alarmiert, um den Verdacht auf ihn, auf Cranton, zu lenken. Gar nicht so dumm, wenn das tatsächlich Deacons Plan war. Da er auf diese Weise außer dem Raub auch noch den Ruhm eingeheimst hätte.

Das Schlimmste für ihn war nur, daß er erst einige Zeit nach Cranton verhaftet wurde und so nicht wußte, was für eine Geschichte Cranton der Polizei erzählt hatte. Er versuchte es also erst aufs Geratewohl mit einem ganz einfachen, klaren Bericht, dessen einziger Fehler war, daß er eben offensichtlich mit der Wahrheit nicht übereinstimmte. Er gab an, er wäre in der Nacht von einem Geräusch im Garten aufgewacht und hätte sofort zu seiner Frau gesagt: ›Ich glaube, da ist jemand am Silber unten!‹ Darauf wäre er nach unten gegangen, hätte die Hintertüre geöffnet und hinausgeschaut und eine Gestalt auf der Terrasse unter Mrs. Wilbrahams Fenster gesehen. Da sei er sogleich wieder hinein- und hinaufgestürzt, um gerade eben noch zu sehen, wie der Kerl durch Mrs. Wilbrahams Fenster verschwand.«

»Hatte denn Mrs. Wilbraham ihre Tür nicht abgeschlossen?«

»Nein, das tat sie nie, aus Prinzip. Angst vor Feuer oder sonst was. Er sagte, daraufhin hätte er sofort laut gerufen, um das Haus zu alarmieren, und davon wäre dann die Alte aufgewacht und hätte ihn am Fenster gesehen. In der Zwischenzeit wäre jedoch der Dieb am Efeu hinuntergeklettert und auf und davon gewesen. Darauf er sofort wieder hinunter zur Hintertür, als gerade der Diener auch herauskam. Was die Hintertür anging, so verwickelte sich Deacon da zuerst in einige Widersprüche. Er hatte nämlich überhaupt nicht erklärt, wieso er in Mrs. Wilbrahams Zimmer gekommen war. Na, kurz und gut, schließlich redete er so lange hin und her, bis die beiden verschiedenen Berichte zusammenpaßten, und behauptete dann, er wäre entweder zu aufgeregt gewesen, um sich klar auszudrücken, oder die andern wären zu aufgeregt gewesen, um ihn zu verstehen. Das war auch ganz schön, bis die Tatsache seiner Begegnung mit Cranton in Leamholt und das Telegramm herauskamen. Und als dann auch noch Cranton mit seiner vollständigen Aussage kam, da war es für Deacon ziemlich schwierig. Er konnte ja nicht einfach alles ableugnen. So gab er zu, daß er Cranton kannte, behauptete jedoch, daß Cranton ihn, das Unschuldslamm, dazu verleitet hätte, den Schmuck zu stehlen. Er leugnete auch, das Telegramm abgesandt und jemals fünfzig Pfund Anzahlung bekommen zu haben. Man hat ihm übrigens auch niemals den Besitz des Geldes nachweisen können.

Natürlich haben sie ihn gehörig ins Kreuzverhör genommen. Sie wollten wissen, warum er Sir Charles nicht vor Cranton gewarnt und warum er zuerst eine andere Geschichte erzählt hätte. Woraufhin er erklärte, er habe gedacht, Cranton hätte seinen Plan wieder aufgegeben. Warum sollte

er dann Sir Charles unnötig aufregen? Als er aber das Geräusch im Garten gehört, da hätte er sofort gewußt, was los sei. Seine Bekanntschaft mit Cranton hätte er nur deshalb verschwiegen, damit er nicht etwa der Mittäterschaft verdächtigt würde. Natürlich glaubten weder der Richter noch die Geschworenen diese fadenscheinigen Ausreden. Acht Jahre Zwangsarbeit hat man ihm gegeben. Cranton, der ein alter Ganove war, hätte eigentlich verhältnismäßig viel schwerer bestraft werden müssen. Aber der Richter wollte ihm ungern mehr als Deacon aufbrummen, und so gab er ihm nur zehn Jahre. Cranton kam nach Dartmoor und saß dort seine Zeit als alter, ordentlicher Strafgefangener ab, ohne irgendwelche Schwierigkeiten zu machen. Deacon, der ja noch nicht vorbestraft war, kam nach Maidstone, wo er zuerst seinen Ehrgeiz darein setzte, ein Mustersträfling zu werden. Sie kennen ja diese gefährliche Sorte, auf die man besonders scharf aufpassen muß, weil sie immer irgend etwas im Schilde führt. Richtig, nach vier Jahren, Anfang 1918 war es, da machte dieser reizende, bescheidene, manierliche Sträfling plötzlich einen brutalen Angriff auf einen Wärter und brach aus. Der Wärter starb. Selbstverständlich hat man die ganze Gegend nach Deacon abgesucht. Aber ohne Erfolg. Es war eben damals Krieg, und sie hatten wohl nicht mehr genug Leute, um wirklich gründlich nach ihm zu suchen. Jedenfalls haben sie ihn nicht gefaßt. Bis dann eines Tages seine Reste in einem Steinbruch in Kent gefunden wurden. Er trug noch seine Gefängniskleidung, und sein Schädel war eingeschlagen. Wahrscheinlich ist er nachts da hineingestürzt, ein oder zwei Tage nach seiner Flucht. Das war also sein Ende.«
»Seine Schuld stand doch wohl unzweifelhaft fest?«
»Unzweifelhaft. Er log wie gedruckt, und noch dazu plump. Zum Beispiel zeigte der Efeustamm an der Mauer vom ›Roten Hause‹ auch nicht die leisesten Spuren davon, daß jemand an ihm heruntergeklettert sein könnte. Seine letzte Geschichte war jedenfalls von A bis Z erlogen. Na, und Cranton, der benahm sich zuerst nach seiner Entlassung sehr anständig. Dann machte er wieder irgendwelche Geschichten, verschob Diebesgut oder so was Ähnliches, kurz, er wanderte bald wieder ins Kittchen. Im Juni vorigen Jahres ist er wieder herausgekommen. Bis Anfang September

stand er unter Beobachtung. Dann verschwand er plötzlich, und seitdem suchen sie ihn. Ist zuletzt in London gesehen worden. Mich sollte es nicht wundern, wenn wir ihn heute zum letztenmal gesehen hätten. Ich war immer der Überzeugung und bin es auch heute noch, daß Deacon das Halsband hatte. Aber was er damit gemacht hat, das ahne ich nicht.«
»Ja, wo, meinen Sie denn aber, daß Cranton zwischen September und Januar gesteckt hat . . .?«
»Das wissen die Götter. Wenn dies sein Leichnam gewesen ist, dann vielleicht in Frankreich. Er war mit der ganzen Londoner Unterwelt bekannt, so daß es für ihn eine Kleinigkeit gewesen wäre, sich hinten herum einen gefälschten Paß zu besorgen.«
»Besitzen Sie eine Photographie von Cranton?«
»Ja, Mylord. Ich habe sie mir gerade kommen lassen.«
Der Oberinspektor brachte von einem Schreibtisch, der mit säuberlich angeordneten Akten bepackt war, die Photographie. Wimsey betrachtete sie genau. »Wann ist die Aufnahme gemacht worden?«
»Vor etwa vier Jahren, Mylord, als er seine letzte Strafe antrat. Es ist die letzte, die wir haben.«
»Damals hatte er keinen Bart. Trug er einen im September?«
»Nein, Mylord. Aber vier Monate sind eine lange Zeit. Da konnte er sich einen wachsen lassen.«
»Vielleicht ist er deshalb nach Frankreich gegangen.«
»Sehr wahrscheinlich, Mylord.«
»Hm, ich kann natürlich nicht schwören, doch bin ich ziemlich sicher, daß er der Mann ist, den ich zu Neujahr gesehen habe.«
»Das ist ja interessant.«
»Haben Sie die Photographie schon irgend jemandem im Dorf gezeigt?«
Der Oberinspektor lächelte resigniert. »Ja, heute nachmittag den Wilderspins.«
»Was war das Resultat?«
»Frau Wilderspin behauptete, ›ja, das war er‹ – und Ezra sagte das Gegenteil. Und selbstverständlich war eine Menge lieber Nachbarn gern bereit, beiden Teilen recht zu geben. Ich will jetzt mal einen Bart auf das Bild hinpinseln und dann versuch' ich's noch einmal. Nicht *ein* Mensch unter

hundert ist imstande, eine Ähnlichkeit zwischen einem bärtigen und einem glattrasierten Gesicht zu beschwören.«
»Stimmt. Und Fingerabdrücke konnten Sie natürlich auch nicht abnehmen, da der Tote ja keine Hände mehr hatte.«
»Nein, aber gerade das spricht bis zu einem gewissen Grade dafür, daß es Cranton sein könnte.«
»Wenn es tatsächlich Cranton ist, so ist er hierhergekommen, um nach dem Halsband Ausschau zu halten. Und einen Bart hat er sich wachsen lassen, um von den Leuten, die ihn damals vor Gericht gesehen haben, nicht erkannt zu werden.«
»Sehr wahrscheinlich, Mylord.«
»Und er ist nicht früher hergekommen aus dem einfachen Grunde, weil er sich erst mal einen Bart wachsen lassen mußte. Vielleicht hatte er kürzlich irgendeine Nachricht über den Schmuck erhalten. Was ich nur nicht verstehen kann, ist all dieser Unsinn über Batty Thomas und Tailor Paul. Ich habe zwar versucht, irgendeinen Sinn aus den Inschriften auf den Glocken herauszulesen, aber vergebens. Übrigens, wissen Sie, ob Mr. Edward Thorpe auf der Hochzeit seines Bruders war?«
»O ja, Mylord. Und er hat auch nach dem Diebstahl Mrs. Wilbraham einen fürchterlichen Auftritt gemacht, zum großen Verdruß seines Vaters. Mr. Edward hat der alten Dame ganz offen ins Gesicht gesagt, daß sie selber dran schuld sei, und daß *er* nichts auf Deacon kommen ließe. Er war nämlich davon überzeugt, daß das Ganze zwischen Cranton und Elsie ausgeheckt worden war. Und ich glaube, daß Mrs. Wilbraham niemals so hartnäckig gewesen wäre, wenn ihr Mr. Edward damals nicht seine Meinung so offen gesagt hätte. Sie war eben eine eigensinnige alte Person, und je mehr er schwor, Elsie sei es gewesen, desto mehr beschuldigte sie Deacon. Sie müssen nämlich wissen, daß Mr. Edward den Deacon seinem Vater empfohlen hatte.«
»Ach, wirklich?«
»Ja, sicher. Mr. Edward lebte damals in London. Er war dreiundzwanzig Jahre alt, noch ganz jung. Und als er erfahren hatte, daß Sir Charles einen Butler brauchte, schickte er ihm diesen Deacon.«
»Was wußte er denn von ihm?«
»Nur, daß er ordentlich arbeitete und gut aussah. Deacon

war Kellner in irgendeinem Klub, in dem Mr. Edward verkehrte. Und da er den Burschen empfohlen hatte, stellte er sich natürlich auch vor ihn. Ich weiß nicht, ob Sie Mr. Edward Thorpe kennen, Mylord? Ja? Na, dann können Sie sich ja vorstellen, daß alles, was ihn angeht, immer höchste Perfektion ist. Er war einfach unfehlbar, und so konnte er sich auch unmöglich in diesem Deacon geirrt haben ...«

»Was Sie sagen! Ja, genauso sieht er aus! Widerwärtiger Patron! Manchmal ganz praktisch, so zu sein. Und leicht zu erreichen. Nur jeden Tag fünf Minuten Übung vor dem Spiegel, bis man diesen faden Ausdruck im Gesicht heraus hat. Aber genug von Onkel Edward und zurück zu unserm Toten. Denn, mein lieber Blundell, selbst wenn der Tote mit Cranton identisch ist, der auf der Suche nach dem Halsband war, *wer* hat ihn getötet und warum?«

»Warum?« erwiderte der Hüter des Gesetzes. »Nehmen wir einmal an, er hatte die Smaragde tatsächlich gefunden und dann hat ihm jemand eins drauf gegeben und ihm den Schmuck abgenommen. Was spricht dagegen?«

»Daß er eben keins auf den Kopf gekriegt hat.«

»Das behauptet Dr. Baines. Aber woher wissen wir, daß er recht hat?«

»Das wissen wir selbstverständlich nicht. Aber irgendwie umgebracht worden ist dieser Mann. Doch warum ihn umbringen, wenn man ihn festgebunden hat, ihm also die Smaragde fortnehmen kann, ohne ihn zu töten?«

»Na, um zu verhindern, daß er plaudert. – Halt! Ich weiß genau, was Sie sagen wollen: Cranton konnte gar nicht plaudern. – Doch, er konnte: für den Diebstahl hatte er nämlich seine Strafe schon weg, dafür konnte ihm keiner mehr an den Kragen. Er brauchte also nur zu kommen und uns zu erzählen, wo das Zeug steckte, um sich eine gute Nummer bei uns zu holen. Er hätte nur die arme, gekränkte Unschuld zu spielen brauchen: ›Ich habe euch ja immer gesagt, daß Deacon das Zeug hat. Und weil ich das wußte, bin ich nach Fenchurch St. Paul gegangen, um es zu finden. Ich habe es auch gefunden und wollte es selbstredend wie ein braver Junge sofort zur Polizei bringen, als sich plötzlich dieser Tom, Dick oder Harry auf mich stürzte und es mir wieder abnahm. Ihr braucht jetzt also nur den Tom, Dick oder Harry festzunehmen. Und wenn ihr das Stück wiederhabt, dann denkt bitte daran, daß ich euch den Tip gegeben habe.‹ – Das einzige, was wir ihm zum Vorwurf hätten machen können, wäre gewesen, daß er polizeilich nicht gemeldet war – na, und da wäre ihm nicht viel passiert. Nein, jeder, der auf die Smaragde scharf war, mußte dafür sorgen, daß er Cranton los wurde. Aber natürlich, *wer* nun derjenige war, das ist eine andere Frage.«

»Und wieso wußte der Betreffende, daß Cranton das Versteck kannte? Und weiter, wie hat er es überhaupt erfahren? Wenn er nicht doch vielleicht den Schmuck gehabt und irgendwo in Fenchurch versteckt hatte, anstatt ihn mit nach London zu nehmen. Danach sieht es ja fast so aus, als wäre Cranton das schwarze Schaf.«

»Richtig. Aber wie hat er es erfahren? Er kann den Tip ja nicht gut von jemandem aus dem Ort bekommen haben. Denn wenn jemand den Schmuck hier verborgen hätte, dann brauchte er nicht auf Cranton zu warten, sondern wäre damit längst auf und davon gegangen. Aber warum sollte Cranton das Zeug überhaupt zurückgelassen haben?«

»Hat's vielleicht plötzlich mit der Angst gekriegt. Wollte nicht damit erwischt werden und hatte es irgendwo versteckt, ehe er abfuhr. Und hatte geplant, später wiederzukommen und es sich zu holen. Aber je länger ich mir dieses Photo ansehe, desto mehr bin ich davon überzeugt, daß es Cranton war, den ich damals getroffen habe. Die offizielle Beschreibung stimmt auch dazu, Augenfarbe und alles. Wenn nun der Tote nicht Cranton ist, wo ist dann Cranton geblieben?«

»Das ist es ja«, seufzte Mr. Blundell. »Soviel ich sehe, können wir nicht viel unternehmen, ehe wir die Berichte aus London bekommen. Wir könnten uns höchstens mal mit dem Grab beschäftigen. Vielleicht ist wirklich etwas an dem, was Miss Thorpe über die Kränze gesagt hat. Wollen Sie sich mit dieser Mrs. Gates unterhalten, oder soll ich es tun? Sie reden wohl besser mit Mr. Ashton. Sie haben eine gute Ausrede, ihn aufzusuchen. Wenn ich offiziell zu ihm gehe, macht das vielleicht jemanden stutzig. Es ist übrigens ungünstig, daß der Kirchhof so weit entfernt vom Dorf liegt. Nicht einmal vom Pfarrhaus aus kann man ihn richtig übersehen wegen der Büsche.«

»Daran hat der Mörder sicher auch gedacht. Sie dürfen Ihren

Beruf nicht schlecht machen, Oberinspektor! Ohne Schwierigkeiten kein Spaß!«

»Spaß?!« entgegnete der Oberinspektor. »Nicht jeder ist so glücklich veranlagt wie Sie, Mylord. Und wie ist es nun mit dieser Mrs. Gates?«

»Ich glaube, es ist besser, Sie gehen zu ihr. Miss Thorpe fährt morgen ab, und da sieht es etwas komisch aus, wenn ich gleich schnüffeln komme. Außerdem schätzt mich Mr. Thorpe nicht. Ich wette, daß er den Befehl ausgegeben hat: Keinerlei Auskünfte! Aber Sie, Sie können ja mit dem Gesetz drohen!«

»Ach, damit ist es nicht weit her. Aber ich will's versuchen. Und dann ist da noch –«

»Will Thoday.«

»Nach Miss Thorpes Meinung scheidet er völlig aus, weil er von Silvester bis zum 14. Januar fest im Bett gelegen hat. Das stimmt auch. Doch hat vielleicht irgend jemand in seinem Haus etwas Verdächtiges bemerkt. Es wird allerdings schwerfallen, auch nur das geringste aus ihnen herauszubekommen. Leute, die einmal mit dem Gericht in Berührung waren ... Sie werden's gleich mit der Angst zu tun bekommen, sobald sie mich nur sehen.«

»Darüber brauchen Sie sich keine grauen Haare wachsen zu lassen. Sie können ihnen nicht noch mehr Ängste einjagen, als sie sowieso schon haben. Gehen Sie nur zu ihnen und lesen Sie ihnen die Begräbnislitanei vor, und beobachten Sie dabei, wie sie darauf reagieren.«

»Bedaure«, erwiderte der Oberinspektor. »Religion liegt mir nicht, außer an Sonntagen. – Also schön, dann übernehme ich das auch noch. Wenn ich nur nichts von diesem verwünschten Halsband sage, aber mein Kopf ist voll davon, daß es nur Glückssache ist, wenn mir nichts darüber entfährt.«

Sechstes Kapitel

Ein Fund

»Ja also, gnädige Frau...«, begann Oberinspektor Blundell.
»Bitte, Herr Wachtmeister«, erwiderte Mrs. Gates.
Der Oberinspektor dachte bei sich, es wird immer behauptet, daß der gewöhnliche Schutzmann die Anrede ›Herr Wachtmeister‹ für höflicher hält als ›Herr Gendarm‹. Wenn aber eine sich vornehm gebärdende Dame in grauer Seide und mit kühlen Augen einen Oberinspektor in Zivil mit ›Herr Wachtmeister‹ anredet, so ist das nicht gerade schmeichelhaft für den Betreffenden und soll es auch nicht sein.
»Wir wären Ihnen sehr verbunden, gnädige Frau«, fuhr er aber fort, »wenn Sie uns in dieser kleinen Angelegenheit behilflich sein wollten.«
»Kleine Angelegenheit?!« entgegnete Mrs. Gates. »Seit wann betrachtet die Polizei in Leamholt Mord und Grabfrevel als ›kleine‹ Angelegenheiten? Meiner Meinung nach sollten Sie Scotland Yard zu Hilfe rufen. Aber ich nehme an, daß Sie sich, soweit Sie von der hohen Aristokratie protegiert werden, selbst für kompetent genug halten, um ein Verbrechen zu untersuchen.«
»Es ist nicht meine Aufgabe, gnädige Frau, mich an Scotland Yard zu wenden. Das ist Sache des Polizeidirektors.«
»Ach?« fuhr Mrs. Gates unbeirrt fort. »Warum befaßt sich dann der Polizeidirektor nicht selbst mit der Angelegenheit? Ich würde es vorziehen, mit ihm zu verhandeln.«
Der Oberinspektor erklärte geduldig, daß die Vernehmung von Zeugen nicht gerade die Aufgabe des Polizeidirektors sei.
»Und warum soll ausgerechnet *ich* Zeuge sein? Ich habe mit dem ganzen unerhörten Vorfall nichts zu tun.«

»Gewiß nicht, gnädige Frau. Aber wir brauchen eine kleine Auskunft, die das Grab der verstorbenen Lady Thorpe betrifft. Und so dachten wir, daß eine Dame von so scharfer Beobachtungsgabe wie Sie uns vielleicht behilflich sein könnte.«

»Inwiefern?«

»Nach einer uns zugegangenen Meldung scheint das Verbrechen nicht lange nach der Beerdigung Lady Thorpes geschehen zu sein. Sie sollen nun das Grab nach dem beklagenswerten Ereignis häufig aufgesucht haben.«

»Ach? Und von wem wissen Sie das?«

»Es ist uns eine diesbezügliche Meldung zugegangen, gnädige Frau.«

»Ich verstehe. Aber von wem?«

»Nun, ich darf wohl annehmen, daß das richtig ist?« wich Mr. Blundell aus. Er hatte das dunkle Gefühl, daß eine Erwähnung Hilarys die Situation nur verschlechtern würde.

»Warum nicht? Es wird wohl auch in unseren Tagen noch erlaubt sein, den Verstorbenen die gebührende Ehre zu erweisen.«

»Gewiß, gewiß, gnädige Frau. Können Sie mir nun sagen, ob bei einem dieser Besuche die Lage der Kränze irgendwie verändert oder die Erde etwas verrütscht war, oder ob Ihnen sonst irgend etwas Besonderes aufgefallen ist?«

»Nein«, erwiderte Mrs. Gates. »Es sei denn, Sie meinen das ordinäre Benehmen von Mrs. Coppins. Man sollte wirklich meinen, sie als Nonkonformistin besäße so viel Takt, überhaupt nicht auf unseren Kirchhof zu kommen. Und dann dieser geschmacklose Kranz! Sie konnte einen schicken, wenn sie unbedingt wollte; sie und die ihren haben ja stets viele und große Wohltaten von der Familie Sir Charles' empfangen. Aber einen so riesigen und protzigen Kranz zu senden! Diese rosa Treibhauslilien im Januar waren völlig fehl am Platz. Für eine Frau in ihrer sozialen Stellung hätte ein einfacher Strauß von Chrysanthemen genügt.«

»Sicherlich«, meinte der Oberinspektor.

»Wenn ich mich hier auch in abhängiger Stellung befinde«, fuhr Mrs. Gates fort, »so heißt das doch nicht, daß ich mir nicht eine ebenso üppige und teure Blumenspende wie Mrs. Coppins hätte leisten können. Aber obwohl Sir Charles und seine Frau, und ebenso Sir Henry und Lady Thorpe, stets so

gütig waren, mich wie eine Freundin des Hauses zu behandeln, so weiß ich doch, was mir in meiner Stellung zukommt. Nicht im Traum hätte ich daran gedacht, mit meiner bescheidenen Gabe einen Vergleich mit den Spenden der Familie selbst herauszufordern.«
»Sicher nicht, gnädige Frau«, stimmte der Oberinspektor ihr herzlich zu.
»Ich weiß nicht, was Sie mit ›sicher nicht‹ meinen«, entgegnete Mrs. Gates scharf. »Die Familie selbst hätte jedenfalls nichts dagegen einzuwenden gehabt, da ich wohl sagen darf, daß sie mich stets als eine der ihren angesehen hat.«
»Sehr begreiflich, gnädige Frau. Ich meinte nur, daß eine Dame wie Sie natürlich darauf Wert legt, in bezug auf Geschmack und Benehmen mit gutem Beispiel voranzugehen. Meine Frau«, log Mr. Blundell munter drauflos, indem er einen Brustton tiefster Überzeugung anschlug, »meine Frau pflegt unsern beiden Mädels immer zu sagen, daß sie sich, was feines Benehmen angeht, kein besseres Beispiel aussuchen könnten als Mrs. Gates im ›Roten Haus‹ in Fenchurch. Es ist immer gut für junge Menschen, wenn sie etwas nach oben, über ihren eigenen Stand hinaus, sehen. Und so sagt meine Frau auch immer, wenn sie sich nur nach unserer Königin oder, da sie nicht viel Gelegenheit haben, mit dem Betragen Ihrer Königlichen Majestät bekannt zu werden, nach Mrs. Gates im ›Roten Haus‹ richten, dann werden sie einmal ihren Eltern Ehre machen.«
Hier hustete Mr. Blundell. Er fand, daß er ganz gut aus dem Stegreif gesprochen hatte. Auch Lord Peter würde bestimmt seinen Spaß daran haben. Netter Mensch, Seine Lordschaft, verstand Spaß.
»Ja also, dieser Kranz, gnädige Frau?« begann er wieder.
»Ich kann Ihnen alles ganz genau erzählen. Ich war empört, einfach empört, Herr Wachtmeister, als ich entdeckte, daß Mrs. Coppins die Unverschämtheit gehabt hatte, meinen Kranz zu entfernen und ihren eigenen an seine Stelle zu legen. Es waren natürlich eine Menge Kränze auf der Beerdigung von Lady Thorpe, und darunter besonders schöne, so daß ich völlig zufrieden gewesen wäre, wenn meine bescheidene Spende auf das Dach des Wagens gelegt worden wäre, zu den Gaben der Leute aus dem Dorf. Aber Miss Thorpe wollte davon nichts hören. Sie ist immer sehr feinfühlig.«

»Ja, eine reizende junge Dame«, bemerkte Mr. Blundell.
»Sie ist eben eine Thorpe, und die Thorpes nehmen immer Rücksicht auf die Gefühle ihrer Mitmenschen, wie wirkliche Aristokraten.
Mein Kranz wurde also auf den Sarg gelegt«, fuhr sie fort, »zu den Kränzen der Familie. Es war ziemlich schwierig, sie alle auf dem Sarg zu plazieren. So wurde der Kranz von Mrs. Wilbraham an das Kopfende des Sargs gelehnt, die Kränze von Sir Henry, Miss Thorpe und Mr. Edward kamen auf den Sarg und meiner an das Fußende, was ebensoviel bedeutete, als wenn er auf dem Sarg gelegen hätte. Und die übrigen Blumen kamen dann auf das Dach des Wagens.«
»Sehr korrekt, gnädige Frau.«
»Und natürlich, nach der Beerdigung, nachdem das Grab aufgeschüttet worden war, achtete Harry Gotobed besonders darauf, daß die Kränze der Familie, also auch der meinige, in geziemender Weise auf dem Grab verteilt wurden. Ich gab damals dem Chauffeur Johnson Anweisung, sich persönlich davon zu überzeugen, daß es geschehe. Ich habe ihn stets als einen nüchternen und verantwortungsbewußten Mann kennengelernt, der die Wahrheit spricht. Er hat mir damals genau beschrieben, wo er jeden einzelnen Kranz hingelegt hat. Trotzdem habe ich, um mich zu vergewissern, am nächsten Tag auch Gotobed noch einmal gefragt, und er hat mir dasselbe gesagt.«
Mr. Blundell verbeugte sich nur schweigend.
»Sie können sich daher mein Erstaunen vorstellen«, fuhr Mrs. Gates fort, »als ich am nächsten Tag nach dem Morgengottesdienst zum Grab ging, um nachzusehen, ob alles in Ordnung sei, und dort Mrs. Coppins' Kranz fand. Nicht an der Seite, wo er hingehörte, sondern *auf* dem Grab, als wenn sie jemand Besonderes wäre. Und meinen Kranz an eine verborgene Stelle geschoben und nach unten gedreht, so daß man nicht einmal die Karte sehen konnte. Sie können sich denken, wie erbost ich war.«
»Das war also dann am 5. Januar?«
»Ja, am Vormittag nach der Beerdigung. Ich habe diese Person auch nicht etwa beschuldigt, ohne einen Beweis zu haben. Ich hatte vorher noch ein zweites Mal mit Johnson gesprochen und mir ganz genaue Auskunft von dem Küster Gotobed geben lassen.«

»Aber könnten sich nicht vielleicht ein paar von den Schulkindern am Grab herumgetrieben haben, gnädige Frau?«
»Ich traue ihnen zwar das Schlimmste zu«, entgegnete Mrs. Gates, »weil sie sich immer schlecht aufführen. Ich habe mich schon oft bei Mrs. Snoot über sie beklagen müssen, aber die Beleidigung von dieser ordinären Person war doch zu offensichtlich und zu unmißverständlich auf mich gezielt. Wieso die Frau eines Kleinbauern sich so aufspielt, ist mir unerklärlich. Als ich ein junges Mädchen war, wußten die Leute im Dorf noch, wo sie hingehörten, und richteten sich auch danach.«
»Ganz sicher«, erwiderte Mr. Blundell, »und damals waren wir alle bestimmt glücklicher. Außer diesem einen Fall haben Sie aber keinerlei Unordnung mehr bemerkt?«
»Ich sollte meinen, dieses eine Mal genügte vollkommen. Danach habe ich selbstverständlich scharf aufgepaßt. Wenn etwas Derartiges noch ein zweites Mal vorgekommen wäre, ich hätte mich bei der Polizei beschwert.«
»Sie sehen«, bemerkte Mr. Blundell, als er sich erhob, »daß die Nachricht schließlich auch so zu uns gekommen ist. Na, ich will mal mit Mrs. Coppins sprechen, gnädige Frau. Am besten, ich gehe gleich zu ihr.«
Mrs. Coppins, eine kleine, schlau aussehende Frau mit hellem Haar und lebhaften Augen, war nicht schwer zu finden.
»Ja«, sagte sie, »Mrs. Gates hatte die Frechheit zu behaupten, *ich* wäre es gewesen. Nicht mit der Mistgabel hätte ich ihren kleinen, schofeln Kranz anrühren mögen! Und so was hält sich selbst für eine Dame! Als ob 'ne richtige Dame darüber nachdenken würde, wo ihr Kranz liegt oder wo nicht. Und dann mit mir reden, als wenn ich ein Stück Dreck wäre! Warum sollten wir Lady Thorpe nicht den schönsten Kranz geben dürfen, den wir kriegen konnten? Eine so liebe, gute Frau. Und eine wirkliche Dame! Sie und Sir Henry haben uns so freundlich ausgeholfen, als wir ein bißchen knapp waren, damals als wir den Hof übernommen haben. Sehen Sie, ohne Kapital hätten wir ihn nie bekommen können. Und da ist eben Sir Henry eingesprungen. Selbstverständlich ist alles zurückbezahlt worden, bis auf den letzten Pfennig und mit Zinsen. Sir Henry wollte damals nichts von Zinsen wissen, aber mein Mann ist nun mal so, der mag das nicht. Ja, am 5. Januar wäre das gewesen.

Nein, von unsern Kindern war's bestimmt keines, ich hab' sie alle gefragt. Und es ist richtig, daß ihr Kranz dort gelegen hat, nach der Beerdigung. Ich hab' mit meinen eigenen Augen gesehen, wie Harry Gotobed und der Chauffeur ihn hingelegt haben. Die werden Ihnen dasselbe sagen können.«
Beide taten das in aller Ausführlichkeit. Danach sah der Oberinspektor nur noch eine einzige Möglichkeit: die Schulkinder. Er wandte sich also an die Lehrerin, Miss Snoot. Glücklicherweise konnte Miss Snoot ihm eine wertvolle und unerwartete Angabe über die Zeit machen, innerhalb welcher das Vergehen verübt worden sein müßte. »Wir hatten eine Chorübung am gleichen Abend, und als sie vorüber war, so um halb acht Uhr, hatte es aufgehört zu regnen. So beschloß ich, rasch noch einmal einen Blick auf die Ruhestätte der lieben Lady Thorpe zu werfen. Ich ging also mit meiner Taschenlampe hin, und ich kann mich genau erinnern, Mrs. Coppins' Kranz *neben* dem Grab liegen gesehen zu haben. Denn ich dachte noch, was für ein Jammer es wäre, daß der schöne Kranz durch den Regen so verdorben würde.«
Der Oberinspektor war höchst befriedigt. Er konnte sich wirklich nicht vorstellen, daß Mrs. Coppins oder sonst jemand an einem dunklen und nassen Abend auf den Kirchhof gegangen sein sollte, um den Kranz von Mrs. Gates zu entfernen. Es war viel wahrscheinlicher, daß das Eingraben des Leichnams jene Veränderung verursacht hatte. Und zwar mußte dann das Verbrechen irgendwann zwischen 7.30 Uhr am Sonnabend abend und etwa 8.30 Uhr am Sonntag morgen verübt worden sein. Er dankte Miss Snoot verbindlichst, sah auf seine Uhr und stellte fest, daß er gerade noch Zeit hatte, um bei den Thodays vorzusprechen. Mary war jetzt gewiß zu Hause und, falls er Glück hatte, konnte er vielleicht auch noch Thoday erwischen, wenn er zum Essen nach Hause kam. Sein Weg führte ihn am Kirchhof vorbei. Er fuhr langsam und warf einen Blick über die Mauer auf den Friedhof, wo er Lord Peter in nachdenklicher Haltung zwischen den Grabsteinen sitzen sah.
»Morgen«, rief der Oberinspektor vergnügt, »guten Morgen, Mylord.«
»Hallo«, antwortete Seine Lordschaft. »Einen Augenblick bitte! Sie sind der Mann, den ich gerade brauche!«

Mr. Blundell stoppte seinen Wagen vor der Pforte, kletterte stöhnend heraus, denn er begann in letzter Zeit ziemlich stark zu werden, und begab sich auf den Kirchhof. Er fand Wimsey auf einem riesigen, flachen Grabstein sitzend. Und, was ihn reichlich erstaunte, in seinen Händen eine lange Angelschnur haltend, an der er mit dem Geschick des erfahrenen Anglers drei starke Haken befestigte.
»Hallo!« rief Mr. Blundell aus. »Etwas rauhes Gelände zum Angeln hier!«
»Sehr rauh! Doch hören Sie: Während Sie Ihr Interview mit Mrs. Gates hatten, wo, glauben Sie, daß ich war? In der Garage, um unsern Freund Johnson zu überreden, einen Diebstahl in Sir Henrys Arbeitszimmer zu begehen. Pst – kein Wort!«
»Lange her, seit der arme Mann zum Angeln gegangen ist«, äußerte Mr. Blundell teilnahmsvoll.
»Aber sein Angelzeug hat er tadellos in Ordnung gehalten«, bemerkte Wimsey, während er einen komplizierten Knoten machte und mit seinen Zähnen festzog. »Sind Sie sehr beschäftigt, oder haben Sie Zeit, sich etwas anzusehen?«
»Ich wollte zu den Thodays gehen. Aber das eilt nicht. Übrigens, ich habe eine kleine Neuigkeit.«
Wimsey ließ sich die Geschichte von dem Kranz erzählen.
»Klingt wahrscheinlich«, meinte er dann und holte aus seiner Tasche eine Handvoll Bleigewichte, von denen er einige an seiner Schnur befestigte.
»Was in aller Welt wollen Sie bloß angeln?« fragte Mr. Blundell. »Einen Wal?«
»Aale«, erwiderte Seine Lordschaft. Er wog die Schnur in seiner Hand und machte noch ein Bleistück daran fest. Mr. Blundell sah mit diskretem Stillschweigen zu.
»So, das genügt«, stellte Wimsey fest, »tiefer schwimmen Aale wohl nicht. Kommen Sie, ich habe mir die Kirchenschlüssel vom Pastor entliehen.«
Er ging voran zu der Truhe unterm Turm und öffnete sie.
»Ich habe mich mal ein bißchen mit unserm Freund Jack Godfrey unterhalten. Netter Kerl. Und der hat mir erzählt, daß die Seile der sämtlichen Glocken im vorigen Dezember erneuert worden sind. Ein oder zwei waren sowieso etwas brüchig, und da haben sie, um bei ihrem Neujahrsgeläute

sicherzugehen, gleich alle ersetzt. Die alten werden hier aufbewahrt, um im Notfall zur Hand zu sein. Schön ordentlich aufgerollt und verstaut. Diese Mordsschlange hier gehört zu Tailor Paul – nehmen Sie sie ja vorsichtig heraus, ein Seil von achtzig Fuß Länge kann gefährlich werden, wenn man es lose in der Weltgeschichte herumschlingern läßt! Und hier Batty Thomas, Dimity, Jubilee, John, Jericho, Sabaoth. Aber wo ist die kleine Gaude? Eins, zwei, drei, vier, fünf, sechs, sieben – wo ist Gaude denn geblieben? Nein, da ist nichts mehr in der Truhe außer den ledernen Schalldämpfern und ein paar alten Lappen und Ölkannen. Kein Seil für Gaude. Das Geheimnis des verschwundenen Glockenseils.«

Der Oberinspektor kratzte sich am Kopf und sah sich suchend in der Kirche um.

»Nein, nicht im Ofen«, belehrte ihn Wimsey. »Das war natürlich auch mein erster Gedanke. Wenn das Eingraben des Leichnams im Lauf des Sonnabends geschehen wäre, dann hätte der Ofen noch gebrannt. Aber er war am Sonnabend abend abgestellt worden, und es wäre verdammt peinlich gewesen, wenn der gute Mr. Gotobed am Sonntag früh irgend etwas Ungewöhnliches mit seinem kleinen Feuerhaken herausgeholt hätte. Ich glaube also nicht, daß das Seil diesen Weg gegangen ist. Ich hoffe jedenfalls nicht. Ich glaube eher, daß der Mörder das Seil gebraucht hat, um den Leichnam zu befördern, und daß er es nicht abgenommen hat, bevor er zu dem Grab gekommen ist. Und daher meine Angelhaken.«

»Im Brunnen, meinen Sie?« fragte Mr. Blundell in einer plötzlichen Erleuchtung.

»Im Brunnen. Wollen wir ein bißchen fischen gehen?«

»Ein Versuch kann nichts schaden.«

»In der Sakristei steht eine Leiter. Fassen Sie doch bitte mit an. Ja, hier durch die Tür. Also los, den Deckel ab! Ich denke, wir opfern erst mal den Wassergottheiten einen halben Ziegelstein. Plumps! Ist gar nicht so tief. Wenn wir die Leiter quer über den Brunnen legen, können wir die Schnur senkrecht hinunterlassen.«

Wimsey legte sich bäuchlings auf die Leiter, nahm die Schnur in seine linke Hand und begann sie vorsichtig hinabzulassen, während der Oberinspektor mit seiner Taschen-

lampe hinunterleuchtete. Langsam sanken Haken und Schnur hinab, bis eine kleine Brechung im Wasserspiegel anzeigte, daß sie die Oberfläche erreicht hatten.
Eine Pause. Dann das Geräusch, mit dem Wimsey die Schnur wieder aufwand. »Tiefer als ich dachte. Wo sind die Bleistückchen? Versuchen wir's noch einmal.«
Wieder eine Pause. Dann: »Angebissen! Angebissen! Wetten, daß es ein alter Schuh ist? Es ist nicht schwer genug für ein Seil. Macht nichts. – Hallo, was ist denn das? Kein Schuh, aber ein andres Kleidungsstück. Ein Hut! – Hier, Kollege Blundell. Haben Sie die Kopfmaße des Toten? Ja? Schön, dann brauchen wir ihn wenigstens nicht noch mal auszugraben, um nachzusehen, ob ihm der Hut paßt. Nehmen Sie den Fischhaken zu Hilfe, schon haben wir ihn. Weicher Filz – nicht gerade sehr strapazierfähig. Engrosware. Londoner Firma. Legen Sie ihn dorthin zum Trocknen. Und nun weiter. Noch mal was. Sieht aus wie 'ne Mettwurst. Nein, nein, nein. Ist der Handgriff von einem Seil. Na, dann kann das Seil ja auch nicht mehr weit sein. Hoppla, jetzt hab' ich's. Es hat sich irgendwo festgehakt. Halt, nicht zu stark ziehen, sonst geht der Angelhaken hops. Ganz langsam. Halten Sie mal. Zu blöd! Weg ist es. Jetzt hab' ich's wieder. Da, sehen Sie, das ist Ihr Aal, alles ein Gewirr. Festhalten! Hurra!!«
»Das ist aber noch nicht alles«, stellte der Oberinspektor fest, als die glitschige Masse über den Brunnenrand befördert wurde.
»Wahrscheinlich nicht, aber eins von den Stücken, die zum Binden benötigt worden sind. Er hat es einfach durchgeschnitten und die Knoten dringelassen.«
»Ja, am besten, wir machen nichts an den Knoten, Mylord. Vielleicht können sie darüber Aufschluß geben, von wem sie geknüpft worden sind!«
Nach kurzer Zeit lag das Seil in seiner ganzen Länge, in vier Einzelstücken, vor ihnen.
»Arme und Fußgelenke sind also gesondert gefesselt worden. Und dann ist der Körper an irgend etwas angebunden und das Seilende abgeschnitten worden. Den wollenen Seilgriff hat er entfernt, weil er ihm beim Knoten im Weg war. Hm, nicht gerade fachmännische Arbeit«, stellte Mr. Blundell fest, »hat aber ihren Zweck erfüllt. Sehr interessant,

was Sie da entdeckt haben, Mylord. Aber, wenn ich so sagen darf, doch ein Schlag ins Gesicht; läßt das Verbrechen mit einem Mal in andrem Licht erscheinen, nicht wahr?«

»Sie haben recht, aber man muß den Dingen eben mutig ins Gesicht – hallo, was zum . . .«

Ein Gesicht ohne Körper war mit einem Mal über dem Rand der Kirchhofsmauer erschienen, jedoch sofort wieder verschwunden, als Wimsey sich umwandte, um aber gleich darauf wieder aufzutauchen.

»Was zum Henker willst du denn hier, Rappel?« fuhr der Oberinspektor los.

»Nichts, rein gar nichts«, erwiderte der schwachsinnige Rappel. »Wen, wen wollen Sie denn hier mit dem Ding da hängen? Das da is' ja ein Seil. Achte hängen schon droben im Turm«, fügte er vertraulich hinzu. »Der Herr Pastor läßt mich nicht mehr da hinauf. Sie – sie wollen nicht, daß es jemand weiß. Keiner soll's wissen, aber ich weiß doch. Eins, zwei, drei, vier, fünf, sechs, sieben, acht – acht hängen schon droben. Knick-knack, der alte Paul ist der größte – neun sollen es sein. Rappel weiß es. Ich zähl' sie jeden Tag, an meinen Fingern zähl' ich – eins, zwei – sieben, acht. Und eins ist neun. Und eins ist zehn. Aber ich sage nicht, wie er heißt. Nein – er wartet schon auf den nächsten. Eins, zwei . . .«

»Jetzt aber marsch mit dir, sonst –«, brüllte der Oberinspektor wütend. »Und wehe, wenn ich dich noch einmal hier erwische, wehe, wenn du noch einmal hier herumhängst.«

»Wer hängt ihn? Hihihi! Hören Sie, was ich Ihnen sage: Nummer neun wird gehängt. Mit dem Seil da. Achte sind da schon, und das ist Nummer neun. Rappel weiß es, Rappel weiß, wer. Aber Rappel sagt nichts. Pst – keiner darf wissen, wer . . .« Sein Gesicht nahm plötzlich wieder den üblichen, leeren Ausdruck an. Mit einem Griff an seine Mütze verabschiedete er sich. »Guten Morgen, Herr Inspektor. Guten Morgen, Mylord. Ich gehe, Schweine füttern – meine Schweine. Morgen, Morgen.«

Torkelnd ging er übers Feld, einigen kleinen, abseits gelegenen Stallgebäuden zu.

»Da haben wir's nun«, sagte der Oberinspektor ärgerlich. »Jetzt geht er hin und erzählt allen Leuten von dem Seil. Das Hängen ist seine fixe Idee, seit er als Kind seine Mutter im Kuhstall erhängt aufgefunden hat. Das ist nun bald dreißig Jahre her. Na, nicht zu ändern. Ich will jedenfalls dies ganze Zeug hier gleich mit auf die Polizei nehmen und dann später zu den Thodays gehen. Essenszeit ist ja jetzt sowieso vorüber.«

»Wirklich, Mrs. Thoday«, sagte Mr. Blundell im freundlichsten Ton, »wenn jemand uns in dieser unangenehmen Angelegenheit behilflich sein kann, dann sind Sie es.«
Mary Thoday schüttelte den Kopf. »Ich würde es ja gern tun, aber ich weiß wirklich nicht, wie. Ich kann nicht mehr sagen, als daß ich die ganze Nacht an Wills Bett gesessen habe. Ich bin beinahe eine ganze Woche nicht aus meinen Kleidern gekommen, weil es ihm so schlecht ging. Und in der Nacht nach der Beerdigung von Lady Thorpe stand es gerade am schlimmsten. Da bekam er Lungenentzündung. Und wir wußten nicht, wie wir ihn durchbringen sollten. Diese Nacht und den Tag danach werd' ich nie vergessen. Wie ich hier saß und das Sterbeläuten gehört habe und dachte, wer weiß, vielleicht läuten sie noch für ihn, ehe es Abend wird.«
»Na, na –«, unterbrach hier ihr Mann etwas verlegen. »Das ist ja nun vorbei. Wozu also noch darüber reden.«
»Gewiß«, meinte der Oberinspektor, »aber es hat Sie doch auch wirklich arg gepackt damals. Tag und Nacht diese Fieberphantasien. Na, ich danke schön! Ich weiß, was Lungenentzündung heißt. Keine leichte Pflege!«
»Das kann ich wohl sagen«, gab Mrs. Thoday zu. »Kaum zu halten war er im Bett. Wollte immerzu raus und zur Kirche. Es ließ und ließ ihm keine Ruhe, daß sie ohne ihn läuten müßten, obwohl ich ihm immer wieder sagte, daß schon Neujahr wäre und das Läuten längst vorbei. War wirklich schwer, und dabei keinen Menschen, der mir half. Solang Jim im Haus war, ging's ja noch. Der hat überall mit angefaßt, aber er mußte doch wieder zurück zu seinem Schiff. Er ist so lange geblieben, wie er konnte, aber er ist ja nicht Herr über seine Zeit.«
»Klar! Er ist doch auf einem Handelsschiff, ja? Was macht er denn jetzt? Haben Sie schon etwas von ihm gehört?«
»Vorige Woche. Eine Karte aus Hongkong, aber es stand nicht viel drin. Nur, daß es ihm gut ginge. Bis jetzt hat er

nur Karten geschickt. Er muß furchtbar zu tun haben. Sonst hat er immer lange Briefe geschrieben.«

»Vielleicht sind sie diesmal knapp an Leuten«, meinte Will. »Es ist nicht viel los zur Zeit. Wenig Ladung und scharfe Konkurrenz. Das ganze Geschäft liegt darnieder.«

»Ja. Verstehe. Wann erwarten Sie ihn denn wieder zurück?«

»Vorläufig nicht«, erwiderte Will. Der Oberinspektor sah ihn scharf an, denn er glaubte einen befriedigten Ton herausgehört zu haben. »Nicht, wenn das Geschäft gut geht. Sein Schiff macht keine regelmäßigen Touren. Sie richten sich eben nach der Ladung, die sie bekommen können, und versuchen's von Hafen zu Hafen.«

»Aha, ganz recht. Wie heißt doch sein Schiff gleich?«

»Hanna Brown. Gehört der Reederei Lampson & Blake in Hull. Jim soll sich sehr gut machen, und sie sollen viel auf ihn halten. Wenn Kapitän Woods mal was passieren sollte, werden sie ihm wohl das Schiff geben. Meinst du nicht auch, Will?«

»Sagt er«, antwortete Thoday unlustig. »Heutzutage kann man sich auf nichts verlassen.«

Der Widerspruch zwischen Marys Begeisterung und ihres Mannes Gleichgültigkeit war so offensichtlich, daß Mr. Blundell nicht umhinkonnte, daraus seine eigenen Schlüsse zu ziehen. ›So hat also Jim irgendwie Unfrieden zwischen ihnen gestiftet‹, dachte er bei sich. ›Das würde manches klären. Aber es hilft uns nicht viel weiter. Wohl besser, ich wechsle das Gesprächsthema.‹

»Dann haben Sie also nichts Auffälliges in der Nähe der Kirche bemerkt?« fragte er. »Keinen Lichtschein oder so was Ähnliches?«

»Ich bin die ganze Nacht nicht von Wills Bett fortgekommen«, antwortete Mrs. Thoday mit einem zögernden Blick auf ihren Mann. »Er war ja so krank, daß er sofort versucht hätte aufzustehen, wenn ich ihn nur eine Minute alleingelassen hätte. Und wenn's nicht das Läuten war, über das er sich aufgeregt hat, dann war es diese alte Sache. Sie wissen ja . . .«

»Der Wilbraham-Prozeß, meinen Sie?«

»Ja. Er war ganz konfus und brachte alles durcheinander und bildete sich ein, er wäre auf dem Gericht, um mir zu helfen.«

»Jetzt wird's mir aber zu dumm!« rief Thoday plötzlich aus und schob seinen Teller so heftig von sich, daß Messer und Gabel klappernd auf den Tisch fielen. »Ich will nicht, daß du dich über diese alte Geschichte grämst. Die ist ein für allemal begraben. Daß es über mich kommt, wenn ich nicht bei mir bin, dafür kann ich nichts. Der Herrgott weiß, daß ich der letzte bin, immer wieder davon anzufangen. Das solltest du allmählich wissen.«
»Ich sage ja auch nicht, daß du schuld hast, Will!«
»Und ich will nun einmal in meinem Haus nichts mehr davon hören. Meine Frau hat Ihnen gesagt, daß sie nichts über den Menschen weiß, der da eingegraben worden ist, und damit basta. Was ich gesagt oder getan habe, als ich krank war, geht keinen was an.«
»Absolut nicht«, gab der Oberinspektor zu. »Glauben Sie mir, es tut mir wirklich leid, daß eine Anspielung darauf gefallen ist. Dann will ich Sie aber auch nicht länger aufhalten. Sie können mir nicht helfen. Da ist nichts zu machen. Übrigens, wo haben Sie denn Ihren Papagei gelassen?«
»Den haben wir ins andere Zimmer hinübergestellt«, sagte Will verärgert. »Sein Geschrei war nicht mehr zum Aushalten.«
»Ja, das ist das Schlimme bei diesen Vögeln. Aber ein gelehriger Plapperer ist er. Der klügste, den ich kenne.« Er verabschiedete sich heiter und ging hinaus. Die beiden Thodayschen Kinder, die während der für ihr Alter ungeeigneten Unterhaltung in den Holzschuppen verbannt worden waren, rannten, um ihm die Zauntür zu öffnen.
»Tag, Rosi«, sagte Mr. Blundell, der niemals einen Namen vergaß. »Tag, Evi. Seid ihr auch brav in der Schule?« Da sie im selben Augenblick von ihrer Mutter zum Tee hereingerufen wurden, erhielt der Oberinspektor nur eine kurze Antwort auf seine Frage.

Mr. Ashton war ein Landwirt der guten alten Schule. Er konnte ebensogut fünfzig, sechzig oder siebzig Jahre alt sein, das Alter spielte keine Rolle bei ihm. Seine Äußerungen bestanden meist nur in kurzen, bellenden Tönen. Er hielt sich kerzengerade. Mr. Ashtons Frau war bedeutend jünger als er, außerdem im Gegensatz zu seiner Einsilbigkeit heiter und gesprächig. Beide hießen Seine Lordschaft

herzlich willkommen und boten ihm ein Glas selbstgemachten Obstweines an. »Schmeckt ausgezeichnet«, bemerkte Wimsey. »Da bin ich Ihnen also schon wieder zu Dank verpflichtet.« Er betonte nochmals, wie dankbar er für die Hilfe war, die sein Wagen im Januar erfahren hatte.
»Gern geschehen«, versicherte Mr. Ashton.
»Ich habe schon öfters Mr. Ashtons Lob singen hören«, fuhr Seine Lordschaft fort, »er war ja auch der gute Samariter, der den armen Will Thoday nach Hause gebracht hat, als er damals krank geworden ist.«
»Hm –«, gab Mr. Ashton zu. »Ein Glück, daß wir ihn gesehen haben. Schlechtes Wetter für einen kranken Mann. Gefährlich, so eine Influenza.«
»Schrecklich«, pflichtete seine Frau ihm bei. »Der arme Mensch! Er schlotterte nur so, als er aus der Bank herauskam. Da sagte ich gleich zu meinem Mann: ›Der arme Will sieht ja ganz fürchterlich aus; der kann doch nicht allein nach Hause fahren.‹ Und richtig, wir waren noch keine zwei Meilen aus der Stadt heraus, da sahen wir sein Auto am Straßenrand stehen, und er selber lag ganz hilflos darin. Und das viele Geld, das er bei sich hatte. Wenn das alles verloren gewesen wäre! Er war schon nicht mehr recht bei Besinnung. Er versuchte immer wieder, das Geld zu zählen, und ließ dabei die Banknoten fallen. Ich sagte ihm: ›Hier, steck die Noten in deine Rocktasche und halt dich ganz ruhig. Wir fahren dich nach Hause. Um den Wagen brauchst du dir keine Gedanken zu machen. Turner bringt ihn dann rüber, wenn er wieder nach Fenchurch kommt.‹ Da hat Will dann endlich nachgegeben, und wir haben ihn in unserem Wagen nach Hause gebracht. Eine schlimme Zeit hat er durchgemacht, zwei Wochen lang ist jeden Tag für ihn in der Kirche gebetet worden.«
»Hm«, bestätigte Mr. Ashton die Aussagen seiner Frau.
»Was er bei solchem Wetter in der Stadt zu suchen hatte, begreife ich nicht«, fuhr Mrs. Ashton fort. »Es war nämlich kein Markttag. Wir selber wären auch nicht hingefahren. Aber mein Mann mußte zum Notar, und wenn Will uns gefragt hätte, hätten wir gern etwas für ihn mit erledigt, ob das nun zweihundert oder zweitausend Pfund gewesen wären. Aber Will Thoday hat nie jemanden in seine Geldsachen eingeweiht.«

»Was du wieder daherredest«, warf Mr. Ashton ein. »War vielleicht ein Auftrag von Sir Henry. Ganz in Ordnung, wenn Will über anderer Leute Geldsachen den Mund hält.«

»Und seit wann hat Sir Henry's Familie ihr Geld in London und in Walbeach?« entgegnete Mrs. Ashton unbeirrt. »Und glaubst du vielleicht, daß ein so vernünftiger Mann wie Sir Henry einen Kranken mit einem Auftrag fortschickt? Ich habe dir damals schon gesagt, ich glaube nicht, daß die zweihundert Pfund etwas mit Sir Henry zu tun haben. Und du wirst sehr bald sehen, daß ich recht habe wie immer.«

»Hm«, brummte Mr. Ashton. »Du redest viel von morgens bis abends. Und manchmal hast du auch recht. Aber Wills Geldsachen gehen dich absolut nichts an. Die mußt du schon ihm überlassen.«

»Das weiß ich ja«, lenkte Mrs. Ashton ein. »Manchmal geht eben meine Zunge ein bißchen mit mir durch. Seine Lordschaft müssen schon entschuldigen.«

»O bitte! Wenn man an einem so abgelegenen Ort wohnt, worüber soll man denn reden, wenn nicht über die lieben Nachbarn! Und sind nicht die Thodays noch dazu Ihre einzigen Nachbarn? Jedenfalls zu ihrem Glück; ich wette, daß Sie bei der Pflege mitgeholfen haben, als Will krank lag.«

»Ach, damit war es nicht so weit her«, entgegnete Mrs. Ashton. »Meine Tochter wurde damals auch krank. Sie wissen ja, das halbe Dorf lag darnieder. So habe ich nicht viel mehr tun können, als von Zeit zu Zeit mal reinschauen. Das war ja selbstverständlich. Ja, und unser Mädchen hat Mary beim Kochen geholfen. Aber mit all den Nachtwachen . . .«

Hier konnte Wimsey endlich einhaken. Mit Hilfe einiger taktvoller Fragen steuerte er die Unterhaltung auf die Lichter auf dem Kirchhof.

»Nein, so was!« rief Mrs. Ashton aus. »Ich habe schon damals immer gedacht, daß etwas an dieser Geschichte sein könnte, die Rosi Thoday unserer Polly erzählt hat. Aber Kinder haben ja manchmal so komische Phantasien, wissen Sie.«

»Was für eine Geschichte ist denn das?« fragte Wimsey.

»Hm, lauter Unsinn, lauter Unsinn!« bemerkte Mr. Ashton.

»Geister und was nicht alles.«

»Das ist freilich Unsinn«, erwiderte Mrs. Ashton. »Aber du weißt genau, daß doch etwas Wahres daran sein kann. Das Ganze kam nämlich so: Meine Polly, die ist jetzt sechzehn. Nächsten Herbst soll sie in Dienst gehen. Denn, wissen Sie, ich bleibe dabei, es gibt keine bessere Lehre für ein Mädchen, das einmal heiraten soll, als eine Stellung in einem guten Hause. Den ganzen Tag hinterm Ladentisch stehen und seidne Bändchen verkaufen –, was hat so'n Mädchen schließlich davon? Keine Ahnung vom Kartoffelkochen, aber Senkfüße und Krampfadern.«

Lord Peter lobte Mrs. Ashtons vernünftige Anschauungen und erinnerte daran, daß sie im Begriff gewesen wäre, zu erzählen, daß Polly ...

»Ja, natürlich. Also Polly ist wirklich ein braves Mädchen, und Rosi Thoday war ihr Liebling von je. Ende Januar war's wohl, und so um sechs Uhr abends herum, da geht also unsere Polly zu Thodays und findet Rosi und Evi vorm Haus heulend unterm Gebüsch sitzen. ›Was hast du denn, Rosi?‹ fragt Polly. Rosi sagt: ›Nichts‹ und fragt gleich, ob Polly wohl mit ihnen zum Pfarrhaus gehen würde, weil sie dem Herrn Pfarrer etwas von ihrem Vater ausrichten sollten. Natürlich geht Polly mit ihnen. Auf dem Weg fragt sie die Kinder wieder, warum sie denn geweint haben. Na, und schließlich kommt es heraus, daß sie sich fürchteten, im Dunkeln am Kirchhof vorbeizugehen. Unsere Polly redet ihnen natürlich gut zu und sagt, daß sie keine Angst zu haben brauchten, weil die Toten nicht aus ihren Gräbern kommen können und auch niemandem etwas zuleide tun. Aber Rosi läßt sich nicht beruhigen, und endlich bekommt Polly heraus, daß Rosi glaubt, sie hätte den Geist von Lady Thorpe auf ihrem Grab hin und her schweben sehen, und zwar in der Nacht nach ihrer Beerdigung.«

»Du meine Güte!« fiel Wimsey ein. »Und was war es, was sie gesehen hat?«

»Nur ein Licht, soviel Polly verstanden hat. Es war in einer der Nächte, in denen es Will Thoday so schlecht ging und Rosi auf war, um ihrer Mutter zu helfen. Und als sie zufällig einmal aus dem Fenster schaute, hat sie ein Licht sich bewegen sehen, gerade an der Stelle, wo das Grab war.«

»Hat sie denn ihren Eltern etwas davon erzählt?«

»O bewahre! Das hätte sie nie getan. Als ihr Vater sie an dem Abend zum Pfarrhaus schicken wollte, hat sie es zuerst mit allen möglichen Ausreden versucht. Bis er wütend wurde und ihr mit dem Stock drohte. Er hat's wohl nicht so bös gemeint«, schob Mrs. Ashton erklärend ein, »denn er ist sonst immer freundlich, aber er war eben noch nicht ganz gesund und brauste daher leicht auf. Als dann Rosi schließlich mit der Sprache herausrückte und erzählte, was sie gesehen hätten, wurde er noch zorniger und befahl ihr, sofort zu gehen und ihm nie wieder mit solchem Unsinn zu kommen. Unsere Polly hat selbstverständlich Rosi wieder beruhigt und ihr gesagt, das wäre niemals Lady Thorpes Geist gewesen, der ruhe im Grabe. Rosi hätte ganz gewiß die Laterne von Harry Gotobed gesehen. Das kann freilich nicht gut möglich gewesen sein, nachts um ein Uhr. Herrje, wenn ich damals gewußt hätte, was ich heute weiß, dann hätte ich der Sache mehr Bedeutung beigelegt.«

Oberinspektor Blundell war nicht gerade entzückt, als ihm diese Unterhaltung wiederholt wurde. »Thoday und seine Frau sollen sich in acht nehmen!«

»Aber sie haben Ihnen die volle Wahrheit gesagt«, meinte Wimsey.

»Das ist es ja eben«, entgegnete Mr. Blundell. »Mir sind Zeugen, die die volle Wahrheit sagen, stets verdächtig. Man kommt ihnen schwer bei. Ich wollte gerade mit der kleinen Rosi sprechen. Sie hätten mal sehen sollen, wie schnell sie ihre Mutter da abgerufen hat. Natürlich! Obwohl ich sehr ungern Kinder über ihre Eltern ausfrage. Ich muß dann immer an meine eigenen denken.«

Siebentes Kapitel

Was weiß Tailor Paul?

Lord Peter Wimsey saß im Schulzimmer des Pfarrhauses, schweigsam über einer Unterjacke und Unterhose brütend. Der Raum war eigentlich längst, seit zwanzig Jahren, kein Schulzimmer mehr. Seinen Namen trug er noch aus der Zeit, bevor die Pfarrerstöchter in ein Internat geschickt worden waren. Heute diente er Gemeindezwecken. Auf dem Bücherbord standen abgenützte Schulbücher, und an der Wand hing eine ausgeblichene Karte von England. Dieser Raum war Lord Peter zur freien Verfügung überlassen worden, außer »an den Abenden des Nähklubs, da müssen wir Sie leider vertreiben«, wie die Pastorin erklärt hatte.
Unterjacke und Hose lagen ausgebreitet auf dem Tisch, als ob der Nähklub verlorenes Strandgut zurückgelassen hätte. Obwohl sie gewaschen worden waren, wiesen sie noch immer schwache Verfärbungen auf. An einigen Stellen war das Gewebe zerstört, wie das bei Leichengewändern ist, wenn sie einmal im Grab gelegen haben.
Wimsey pfiff leise vor sich hin, als er das Unterzeug prüfte, das mit peinlicher Genauigkeit ausgebessert worden war. Es erstaunte ihn, daß Cranton, noch im September in London gesichtet, französische Unterwäsche besessen haben sollte, die so abgetragen und ausgebessert war. Sein Hemd und seine übrigen Kleidungsstücke lagen, jetzt gereinigt und zusammengefaltet, auf einem Stuhl. Sie waren auch ziemlich abgenützt, aber englischer Herkunft. Warum sollte Cranton alte Unterwäsche aus Frankreich getragen haben?
Wimsey wußte, daß es aussichtslos war, die Herkunft der Stücke etwa mit Hilfe der Herstellungsfirma ausfindig machen zu wollen. Zu Hunderttausenden wurde Unterzeug mit dieser Firmenmarke und von dieser Qualität in Paris und überall in der Provinz verkauft. Es trug keinerlei Zei-

chen einer Wäscherei. Zweifellos hatte die Hausfrau selbst oder ein Mädchen es regelmäßig gewaschen. Kleine Löcher waren sorgfältig gestopft und unter den Armen sogar Stücke von anderem Stoff eingesetzt. Auch die Ärmelbündchen waren ausgebessert und einige Knöpfe an der Unterhose ersetzt worden. Warum auch nicht? Man mußte sparen, wo man konnte. Doch in keinem Fall würden sie irgend jemanden zum Kauf angelockt haben, nicht einmal bei einem Altwarenhändler.

Lord Peter fuhr sich mit den Fingern durch das Haar, bis das weiche, gelbe Gelock fast aufrecht stand. ›Der Ärmste‹, dachte Mrs. Venables, die ihn durchs Fenster sah. Sie begann eine warme, mütterliche Zuneigung für ihren Gast zu hegen.

»Möchten Sie vielleicht ein Glas Milch oder einen Whisky mit Soda oder eine Tasse Kraftbrühe?« schlug sie gastfreundlich vor. Wimsey lachte und verneinte dankend.

»Ich hoffe nur, Sie holen sich nicht etwas von diesen gräßlichen alten Kleidern«, meinte sie bekümmert, »sie sind bestimmt ungesund.«

»Höchstens eine Gehirnentzündung«, erwiderte er, fügte aber, als er ihren erschreckten Blick sah, hinzu, »ich weiß wirklich nicht, was ich mit diesem Unterzeug anfangen soll. Vielleicht können Sie mir helfen.«

Die Pastorin kam herein, und Wimsey machte sie mit seinem Problem vertraut.

»Ich fürchte«, sagte Mrs. Venables, während sie die Stücke zimperlich prüfte, »ich eigne mich nicht zum Sherlock Holmes. Das einzige, was ich sagen kann, ist, daß dieser Mann eine sehr tüchtige, fleißige Frau gehabt haben muß.«

»Ja, aber das erklärt nicht, warum er sich seine Sachen in Frankreich beschafft haben sollte. Zumal alles andere englisch ist.«

Mrs. Venables, die im Garten gearbeitet hatte und daher ziemlich erhitzt war, setzte sich hin, um die Frage zu überlegen. »Das einzige, was ich mir denken kann, ist, daß er den englischen Anzug als Verkleidung gebraucht hat. Haben Sie nicht gesagt, daß er verkleidet hierhergekommen ist? Und vielleicht hat er das Unterzeug nicht gewechselt, weil es ja doch niemand sehen konnte.«

»Das würde heißen, daß er aus Frankreich gekommen ist.«

»Vielleicht ist er das. Vielleicht war er ein Franzose. Und die tragen doch oft Bärte, oder nicht?«
»Ja, aber der Mann, den ich getroffen habe, war kein Franzose.«
»Aber Sie wissen ja auch nicht, ob er der Mann war, den Sie getroffen haben. Vielleicht war er ganz jemand anders.«
»Möglich«, entgegnete Wimsey skeptisch.
»Andere Kleidungsstücke hat er wohl nicht mitgebracht?«
»Nein, nichts. Er war einfach ein Arbeitsloser auf der Walze. Das hat er jedenfalls behauptet. Alles, was er bei sich trug, war ein alter englischer Regenmantel und eine Zahnbürste, die er zurückgelassen hat. Aber wie sollen wir daraus Beweismaterial schöpfen? Und wenn er identisch mit dem Leichnam war, wo ist sein Mantel geblieben? Denn der Tote hatte keinen Mantel.«
»Ich kann mir das alles auch nicht erklären«, seufzte Mrs. Venables. »Wie gräßlich das alles ist. Sie machen sich ganz kaputt mit Grübeln. Sie dürfen es wirklich nicht übertreiben.«
Die Pastorin eilte geschäftig fort, Wimsey legte das Unterzeug beiseite, stopfte sich eine Pfeife und ging in den Garten, gefolgt von Mrs. Venables, die ihm einen alten Leinenhut, der dem Pastor gehörte, nachbrachte. Obwohl der Hut viel zu klein für ihn war, setzte er ihn doch sofort mit Dankesbezeigungen auf. Bunter war schockiert, als sein Herr plötzlich mit diesem seltsamen Kopfputz erschien und ihm befahl, den Wagen zu holen und ihn auf eine kurze Fahrt zu begleiten.
»Sehr wohl, Mylord. Hm, ein frischer Wind kommt auf, Mylord.«
»Um so besser.«
»Gewiß, Mylord. Darf ich mir die Bemerkung erlauben, daß vielleicht die Sportmütze oder der graue Filzhut der Temperatur angemessener sein dürfte?«
»Ach? Aber Sie haben vielleicht recht, Bunter. Bitte befördern Sie also diese prächtige Kopfbedeckung wieder an ihren angestammten Platz zurück und versichern Sie die Frau Pastorin, wenn Sie sie sehen sollten, meines aufrichtigsten Dankes dafür. Der Hut hätte mir unschätzbare Dienste geleistet.«

»Sehr wohl, Mylord.«
Als Bunter mit dem grauen Filzhut zurückkehrte, saß Seine Lordschaft bereits am Steuer des Wagens.
»Wir wollen mal einen kühnen Wurf wagen, Bunter, und zwar fangen wir in Leamholt an.«
»Sehr wohl, Mylord.«
Sie verließen das Dorf, fuhren am Kanal entlang, überquerten Frog's Bridge ohne Mißgeschick und legten die zwölf oder dreizehn Meilen bis zu der kleinen Stadt Leamholt rasch zurück. Es war Markttag. Die Post befand sich auf dem Marktplatz.
»Gehen Sie bitte hinein, Bunter, und fragen Sie, ob ein postlagernder Brief für Mr. Stephen Driver da ist.«
Lord Peter wartete einige Zeit. Auf Postämtern in der Provinz pflegt es ja immer etwas länger zu dauern. Schweine stießen unsanft an seinen Wagen, und Ochsen bliesen ihm ihren warmen Atem in den Nacken. Bunter kam zurück. Doch hatten weder die eifrigen Nachforschungen der drei Postfräuleins noch die Bemühungen des Postamtsleiters selbst Erfolg gehabt.
»Schadet nichts!« meinte Wimsey. »Da Leamholt die nächste Stadt ist, dachte ich, wir fangen damit an. Aber da sind ja noch Holport und Walbeach. Holport ist ziemlich weit entfernt, also unwahrscheinlich. Probieren wir es erst einmal mit Walbeach. Es führt eine direkte Straße dorthin, soweit man hier im Moor von direkten Straßen sprechen kann.«
Sie rasten die ebene Straße entlang, Meile für Meile. Hier eine Windmühle, da ein einsames Bauernhaus, dort einige Pappeln auf einem schilfumsäumten Damm. Korn, Kartoffeln, Rüben, Senf, und wieder Korn, Weideland, Kartoffeln, Luzerne, Rüben und Senf. Eine lange Dorfstraße mit einem grauen, alten Kirchturm. Eine Kapelle aus rotem Backstein und, wie eine Oase, ein Pfarrhaus unter Ulmen und Roßkastanien. Je weiter sie kamen, desto flacher wurde das Land und desto zahlreicher die Windmühlen. Zur Rechten blitzte der silberne Streifen des Flüßchens Wale auf. In buchtenreichen Windungen zog es sich hin. Dann tauchten plötzlich am fernen Horizont einige Türme und Dächer auf, dahinter ein Gewirr schlanker Schiffsmasten. Noch ein paar Brücken, und sie fuhren in Walbeach ein, das, ehemals eine große Hafenstadt, nun weit im Lande lag, seitdem das

Marschland verschlammt und die Strömung der Wale reguliert worden war.

Lord Peter wartete vor dem Postamt auf dem kleinen Platz, wo eine wohltuende Stille herrschte. Bunter blieb ziemlich lange fort. Als er wieder auftauchte, schien er ein wenig aus der ihm eigenen Fassung gebracht. Auch war sein sonst farbloses Gesicht leicht gerötet.

»Was erreicht?« forschte Wimsey.

Zu seiner Überraschung antwortete Bunter nur mit einer hastigen Bewegung, die zu Schweigen und Vorsicht mahnte. Wimsey wartete, bis Bunter im Wagen saß, dann fragte er: »Was ist los?«

»Erst einmal schnell fort von hier, Mylord! Denn wenn mein Manöver auch von gewissem Erfolg begleitet war, so ist es doch möglich, daß ich einen Raub an Seiner Königlichen Majestät Postanstalt verübt habe, indem ich eine Sendung unter Vorspiegelung falscher Tatsachen an mich genommen habe.« Noch ehe Bunter seine Satzschlange zu ihrem sensationellen Ende gebracht hatte, glitt der Daimler bereits durch eine stille Seitenstraße hinter der Kirche.

»Was haben Sie denn gemacht, Bunter?«

»Ich habe, meinem Auftrag folgend, nach einem postlagernden Brief für Mr. Stephen Driver gefragt, der vielleicht schon längere Zeit hier läge. Und als das Fräulein sagte, wie lange, antwortete ich ihr, gemäß unserer Abmachung, daß ich schon vor einigen Wochen die Absicht gehabt hätte, nach Walbeach zu kommen, jedoch verhindert gewesen wäre und daß der Brief nach einer mir zugegangenen Nachricht versehentlich doch an diese Adresse abgegangen sei.«

»Ausgezeichnet.«

»Daraufhin öffnete das Fräulein einen Safe, suchte darin und kam dann nach Ablauf einer geraumen Zeitspanne wieder, mit einem Brief in der Hand, und fragte, was für einen Namen ich gesagt hätte.«

»Diese Mädchen haben alle Vogelhirne! Es hätte mich mehr erstaunt, wenn sie nicht noch einmal gefragt hätte.«

»Sehr richtig, Mylord. Ich wiederholte also den Namen, Stephen oder Steve Driver. Gleichzeitig bemerkte ich aber, daß der Brief in ihrer Hand eine blaue Briefmarke trug. Zwischen uns war nur der Schaltertisch und Mylord wissen ja, daß mir ein scharfes Auge verliehen ist.«

»Wir sollten dem Himmel stets für verliehene Gaben dankbar sein.«
»Ich darf wohl auch behaupten, daß ich es bin, Mylord. Nachdem ich also die blaue Marke gesehen hatte, fügte ich – in Erinnerung an die einzelnen Umstände des Falles – noch rasch hinzu, daß der Brief in Frankreich abgesandt worden wäre.«
»Wirklich ausgezeichnet!« Wimsey nickte anerkennend.
»Meine Bemerkung schien die junge Dame stutzig zu machen, und sie äußerte in etwas unsicherem Ton, daß zwar seit drei Wochen ein Brief aus Frankreich hier läge, daß er jedoch an eine andere Person adressiert sei.«
»Zum Teufel –«, fiel Wimsey ein.
»Jawohl, Mylord, das war auch mein erster Gedanke. Dann fragte ich sie: ›Haben Sie sich auch bestimmt nicht verlesen, Fräulein?‹ Ich möchte es als einen ungewöhnlichen Glückszufall bezeichnen, Mylord, daß die junge Person, jung und unerfahren zugleich, tatsächlich auf diesen etwas plumpen Trick hereinfiel. Sie antwortete nämlich sofort: ›O nein, es ist ganz deutlich geschrieben: M. Paul Taylor.‹ – In diesem Augenblick wußte ich . . .«
»Paul Taylor?!« rief Wimsey ganz aufgeregt aus, »das ist ja der Name . . .«
»Sehr wohl, Mylord. Und wie ich gerade sagen wollte, in diesem Augenblick wußte ich, daß es jetzt rasch handeln hieß. Ich antwortete also prompt: ›Paul Taylor? Das ist ja der Name meines Chauffeurs.‹ Sie werden gütigst verzeihen, Mylord, wenn dieser Bemerkung ein etwas respektloser Charakter anzuhaften scheint. Aber da Sie gerade am Steuer saßen, also sehr wohl für die von mir erwähnte Person gehalten werden konnten – jedenfalls war es mir in der augenblicklichen erregten Geistesverfassung nicht möglich, so rasch oder so klar zu denken, wie ich gewünscht hätte, Mylord.«
»Bunter«, entgegnete Seine Lordschaft, »ich warne Sie! Ich kann gefährlich werden! Wollen Sie mir jetzt endlich sagen, ob Sie diesen Brief bekommen haben – ja oder nein?«
»Ja, Mylord. Ich sagte natürlich, daß ich dann den Brief für meinen Chauffeur gleich mitnehmen könnte, und fügte noch einige scherzhafte Bemerkungen hinzu.«
»Ausgezeichnet. Natürlich verstößt das alles gegen Recht

und Gesetz. Aber ich will Blundell bitten, die Sache wieder für uns in Ordnung zu bringen. Eigentlich hätte ich sie ihm überlassen sollen, aber es war ja ein gewagtes Stück, so daß ich dachte, er riskiert es vielleicht nicht. Ich selber war mir, weiß Gott, nicht sicher! Bitte, jetzt keinerlei Entschuldigungen mehr. Sie haben Ihre Sache großartig gemacht. Ich platze direkt vor Stolz! Nanu? Sollte es vielleicht nicht der richtige Brief sein? Doch, es ist der richtige. Es *muß* einfach der richtige sein. So, und jetzt gehen wir direkt in die ›Najade‹, wo es einen ausgezeichneten Portwein und einen nicht zu verachtenden Rotwein gibt, um unsere finsteren Heldentaten zu feiern.«

Wenig später befanden sich Wimsey und sein Begleiter in einer dunklen Gasthausstube, die nicht auf den Platz, sondern auf den massigen viereckigen Kirchturm hinausschaute. Wimsey bestellte Hammelkeule und eine Flasche von dem nicht zu verachtenden Rotwein. Bald war er in ein Gespräch mit dem Kellner vertieft, der ihm bestätigte, daß es hier am Ort sehr ruhig sei.

»Aber doch nicht mehr so ruhig wie früher. Seit draußen am neuen Ostkanal gearbeitet wird, ist es anders. O ja, der Ostkanal ist beinahe fertig; im Juni soll er eröffnet werden. Das ganze Drainagesystem wird durch den Kanal verbessert, heißt es. Der Fluß soll zehn Fuß breiter werden und die Flut wieder bis zum Fenchurch-Kanal hinauftragen, so wie es früher war. Ich selber bin erst seit zwanzig Jahren hier am Ort, aber der Oberingenieur sagt so. Sie haben den Kanal bis hier herauf geführt, bis eine Meile vor der Stadt. Und im Juni soll er mit einer großen Feier und mit einem Cricketmatch und Sportspielen eröffnet werden. Es heißt, der Herzog von Denver sei zur Eröffnungsfeier eingeladen, aber bis jetzt haben wir noch nichts gehört, ob er auch kommt.«

»Er wird ganz bestimmt kommen«, erwiderte Wimsey, »dafür sorge ich. Er hat sowieso nichts Besseres zu tun.«

»Meinen Sie das im Ernst?« fragte der Kellner etwas skeptisch. Er konnte sich Wimseys absolute Sicherheit nicht recht erklären, wollte ihn aber nicht kränken.

»Bestimmt«, entgegnete Wimsey. »Ich werde den alten Denver ein bißchen auf den Trab bringen. Wir werden alle vollzählig erscheinen!«

»Das wird«, bemerkte der Kellner tiefernst, »eine große Ehre für uns sein.«
Erst als der Portwein aufgetragen wurde, zog Wimsey den Brief aus der Tasche und weidete sich an seinem Anblick. Er war in ausländischer Handschrift adressiert an: ›M. Paul Taylor. Poste restante. Walbeach. Lincolnshire. Angleterre.‹ »Die Marke auf dem Brief ist nur zur Hälfte zu entziffern. Soviel ich sehen kann«, stellte Wimsey fest, »ist es irgendein Ort, der auf y endet, im Marne- oder Seine-Marne-Distrikt. So manchem teuer durch Erinnerungen an Dreck, Blut, Granatlöcher und Schützengräben. Der Umschlag ist noch minderwertiger als die Qualität als der Durchschnitt der französischen Umschläge. Es sieht aus, als wäre das Schreiben mit Feder und Tinte auf dem Postamt besorgt worden, und zwar von einer schreibungewohnten Hand. Allerdings besagen Tinte und Feder wenig, aber die Handschrift ist aufschlußreich. Das Datum ist unleserlich, aber wir können den Zeitpunkt des Absenders erraten, da wir ja die Ankunftszeit kennen. Läßt sich sonst noch etwas aus dem Umschlag schließen?«
»Wenn ich mir die Bemerkung erlauben darf, so ist es vielleicht etwas auffällig, daß Name und Adresse des Absenders nicht auf der Rückseite vermerkt sind.«
»Eine richtige Beobachtung. Bravo, Bunter! Die Franzosen pflegen, wie Sie vielleicht wissen, ihre Briefe nur selten so zu adressieren wie wir in England. Obwohl sie gelegentlich eine nutzlose Angabe wie ›Paris‹ oder ›Lyon‹ machen, ohne Hausnummer oder Straße hinzuzufügen. Doch setzen sie in der Regel die notwendigen Angaben auf die Umschlagklappe. Die Tatsache nun, daß dieser Brief hier keinen Absendervermerk trägt, läßt vermuten, daß dem Schreiber nichts daran lag, das Interesse der Öffentlichkeit zu erregen. Und ich möchte zehn zu eins wetten, daß innen auch keine Adresse angegeben ist. Na, tut nichts zur Sache.«
Sie fuhren direkt nach Fenchurch zurück, immer am Flußufer entlang. »Wenn diese Gegend hier nach einem einheitlichen Plan und gleichzeitig drainiert worden wäre«, bemerkte Wimsey, »indem man die Kanäle in die Flüsse geleitet hätte, statt umgekehrt, dann könnte Walbeach heute noch Hafen sein. Die Anlagen erfüllen zwar ihren Zweck, aber wieviel besser hätte das Ganze gemacht werden kön-

nen! Hier ist die Stelle, wo wir damals Cranton getroffen haben. Wenn es Cranton war. Übrigens, ich wüßte gern, ob der Schleusenwärter ihn gesehen hat. Wollen stoppen und ihn mal fragen. Ich schlendre außerdem zu gern zwischen den Schleusen herum.«

Wimsey lenkte den Wagen über die Brücke und brachte ihn dicht bei dem Häuschen des Wärters zum Stehen. Der Mann kam heraus, und schon nach kurzem war eine oberflächliche Unterhaltung im Gange, die mit dem Wetter begann und dann den Ostkanal und die Gezeiten des Meeres und den Fluß berührte. Bald stand Wimsey auf einer schmalen Holzbrücke, die über die Schleuse lief, und starrte gedankenvoll in das grüne Wasser hinab.

»Sehr hübsch und malerisch«, äußerte er. »Kommen hier manchmal Künstler und andere Leute her, um zu malen?«

Der Schleusenwärter hatte nichts derartiges bemerkt.

»Hier an den Wehren würden ein paar neue Steine und Mörtel nichts schaden«, fuhr Wimsey fort. »Und die Schleusen sehen auch schon recht mitgenommen aus.«

»Das will ich meinen«, entgegnete der Wärter und spuckte in den Fluß. »Seit zwanzig Jahren und noch länger müßten sie repariert werden.«

»Warum wird es denn nicht gemacht?«

»Ach was«, erwiderte der Wärter nur und versank für einige Minuten in düsteres Sinnen. Wimsey unterbrach ihn nicht. Dann endlich hub der Alte zu sprechen an. »Es weiß eben niemand, wer für die Schleuse hier zuständig ist. Die Vereinigung für Moor-Drainage behauptet, die Fluß-Kommission sei zuständig. Und die wiederum behaupten, es wäre Sache der Vereinigung. Und jetzt sind sie übereingekommen, die Angelegenheit der Ostenglischen Kanalbehörde zu überweisen. Aber bis auf den heutigen Tag haben sie das Gesuch noch nicht aufgesetzt.« Er spuckte wieder und versank in Schweigen.

»Wenn aber nun«, wandte Wimsey ein, »einmal eine Menge Wasser hier heraufkommen sollte, kann denn dann die Schleuse den Druck aushalten?«

»Vielleicht, vielleicht auch nicht«, erwiderte der Wärter. »Aber wir bekommen jetzt nicht mehr viel Wasser hier herauf.«

»Wenn nun aber der neue Ostkanal fertig ist?«
»Ja, dann weiß ich nicht. Manche behaupten, es wird gar keinen Unterschied machen, und andere wieder sagen, daß das ganze Land um Walbeach herum unter Wasser stehen wird.«
»Wer ist denn für den Ostkanal verantwortlich? Die Vereinigung für Moor-Drainage?«
»Nein, die Fluß-Kommission.«
»Na, die sollten doch bemerkt haben, daß dies einen Unterschied für die Schleuse hier bedeutet. Warum lassen sie denn nicht gleich alles auf einmal machen?«
Der Wärter starrte Wimsey mit einem unverhohlenen Ausdruck des Mitleids an. »Ich hab' Ihnen doch schon gesagt, daß sie nicht wissen, wer für die Kosten zuständig ist, die Moor-Drainage-Vereinigung oder die Fluß-Kommission. Fünf Prozesse«, fuhr er mit vernehmlichem Stolz fort, »fünf Prozesse hat es wegen der Schleuse hier schon gegeben. Und einer davon ist bis vors Parlament gekommen. Hat eine Stange Geld gekostet, sage ich Ihnen.«
»Aber das ist doch lächerlich«, meinte Wimsey. »Und noch dazu, wo es so viele Arbeitslose gibt. Übrigens, kommen hier viele von diesen arbeitslosen Wanderburschen vorbei?«
»Zuweilen ja, zuweilen nicht.«
»Ich erinnere mich nämlich, daß ich einen getroffen habe, als ich zuletzt hier war, zu Neujahr. Sah ein bißchen faul aus.«
»O der, ja. Der bei Ezra Wilderspin gearbeitet hat und dann bald wieder auf und davon ist? Arbeitsscheu. Sind die meisten. Wollte bei mir was zu trinken haben, aber ich hab' ihm Dampf gemacht. Der wollte nichts zu trinken. Ich kenne die Sorte.«
»Kam wahrscheinlich aus Walbeach.«
»Wahrscheinlich. Jedenfalls hat er's behauptet. Erzählte, er hätte versucht, am Ostkanal Arbeit zu bekommen.«
»So. Mir hat er erzählt, er wäre Auto-Mechaniker.«
Der Wärter spuckte wieder in das langsam fließende Wasser. »Die erzählen viel.«
»Er sah aus, als wäre er ein Schwerarbeiter gewesen. Und ich meine, warum sollten sie solche Männer am Kanalbau nicht brauchen?«

»Das ist leicht gesagt. Aber wo so viele gelernte Facharbeiter heutzutage ohne Beschäftigung sind, haben sie's nicht nötig, jeden Dahergelaufenen zu nehmen.«

»Trotzdem bleibe ich dabei«, beharrte Wimsey, »daß die Moor-Drainage-Vereinigung, die Fluß-Kommission und die Ostenglische Kanalbehörde einige von diesen Leuten herschicken sollten, um Ihnen ein neues Schleusentor einzusetzen. Na, mich geht's ja nichts an. Ich muß sehen, daß ich jetzt weiterkomme.«

»Ein neues Schleusentor, haben Sie gesagt, ein neues Schleusentor!« Wieder spuckte der Wärter, über dem Geländer hängend, besinnlich ins Wasser, während Wimsey und Bunter den Wagen bestiegen. Dann humpelte er ihnen mit einem Mal nach. »Wissen Sie was –«, begann er und lehnte sich dabei so weit zum Wagenfenster herein, daß Wimsey instinktiv, die übliche Explosion fürchtend, rasch seine Füße zurückzog, »wissen Sie was, warum bringen sie die Sache nicht in Genf vor? Beim Völkerbund! Vielleicht wird sie dann beschlossen, gleichzeitig mit der allgemeinen Abrüstung – verstehen Sie?«

»Hahahaha«, lachte Wimsey, der mit Recht annahm, daß das ein Witz sein sollte, »ausgezeichnet! Das muß ich meinen Freunden erzählen. Guter Witz! Warum bringen sie das nicht in Genf vor?! Hahahaha!«

»Jawohl, warum bringen sie das nicht in Genf vor!« wiederholte der Wärter noch einmal, damit ja die Pointe seines Witzes nicht verlorengehen sollte.

»Herrlich! Das vergesse ich bestimmt nicht, hahahaha!«
Dann ließ er seinen Motor anlaufen. Als der Wagen schon fuhr, wandte er sich noch einmal um und sah, wie der Schleusenwärter sich immer noch vor Lachen schüttelte, in Erinnerung an seinen Witz.

Lord Peters Befürchtungen in bezug auf den Brief bestätigten sich. Er legte ihn uneröffnet dem Oberinspektor Blundell vor, sobald dieser von der Gerichtssitzung zurückgekehrt war. Zuerst zeigte sich Blundell etwas bestürzt über Wimseys gesetzwidrigen Überfall auf das Postamt. Aber seine Befriedigung über die von Wimsey geübte Zurückhaltung gewann bald die Oberhand. Gemeinsam öffneten sie den Umschlag. Der Bogen, der keine Adresse trug, bestand aus demselben dünnen und schlechten Papier wie der Umschlag. Der Brief begann: »Mon cher mari –«

»Halt«, warf Mr. Blundell ein, »was heißt das? Mit meinem Französisch ist es nicht weit her. Aber heißt ›mari‹ nicht Ehemann?«

»Ja, ›mein lieber Mann‹, so fängt es an.«

»Ich hatte keine Ahnung, daß Cranton – verflixt nochmal«, rief Mr. Blundell aus. »Was hat das mit Cranton zu tun? Mir ist nichts bekannt davon, daß er verheiratet war, und noch dazu mit einer Französin.«

»Wir wissen ja auch gar nicht, ob sich das auf Cranton bezieht. Er kam nur nach St. Paul und fragte nach einem Mr. Paul Taylor. Und dieser Brief ist wahrscheinlich an diesen Mr. Taylor gerichtet, nach welchem er gefragt hatte.«

»Aber Paul Taylor soll doch eine Glocke sein.«

»Tailor Paul ist eine Glocke. Paul Taylor dagegen ist vielleicht eine Person.«

»Wer ist er dann?«

»Das weiß Gott allein. Irgendwer mit einer Frau in Frankreich.«

»Und der andere, Batty Sowieso, ist der vielleicht auch eine Person?«

»Nein, das ist eine Glocke. Aber es kann natürlich außerdem noch eine Person sein.«

»Sie können doch nicht *beide* Personen sein!« empörte sich Mr. Blundell. »Das ist doch Unsinn. Und wo ist dieser Paul Taylor?«

»Vielleicht war er der Tote.«

»Und wo ist dann Cranton? Sie können unmöglich beide mit dem Toten identisch sein.«

»Vielleicht hat Cranton den einen Namen Wilderspin und den anderen seinem Korrespondenten gegeben.«

»Warum hat er dann in St. Paul nach Paul Taylor gefragt?«

»Vielleicht meinte er wirklich die Glocke.«

»Wissen Sie«, bemerkte Mr. Blundell, »ich halte das alles für Unsinn. Dieser Paul Taylor oder Tailor Paul kann doch nicht beides sein, eine Glocke und eine Person. Oder jedenfalls nicht zur gleichen Zeit. Das kommt mir höchst spanisch vor.«

»Warum? Tailor Paul ist eine Glocke. Und Paul Taylor ist

eine Person, weil sie Briefe bekommt. Sie können keine Briefe an eine Glocke schreiben.«

»Aber was ich immer noch nicht verstehe«, wandte Mr. Blundell hartnäckig ein, »Stephen Driver ist doch auch eine Person. Oder wollen Sie vielleicht behaupten, daß er auch eine Glocke ist? Was ich wissen möchte ist, wer von den dreien ist nun Cranton? Wenn er es tatsächlich ist, und er hat sich inzwischen in Frankreich eine Frau zugelegt – doch wir sehen uns wohl besser erst mal den Brief an. Vielleicht übersetzen Sie ihn gleich, mit meinem Französisch hapert's nämlich.«

»Mein lieber Mann«, las Wimsey vor, »Du hast mir verboten, Dir zu schreiben, außer, wenn es sehr dringend ist, aber drei Monate sind nun vergangen, und ich habe nichts von Dir gehört. Ich habe große Angst um Dich. Vielleicht hat Dich die Militärbehörde doch festgenommen. Du hast immer zu mir gesagt, daß sie Dich jetzt nicht mehr erschießen können, weil der Krieg doch schon so lange her ist. Aber es heißt immer, daß sie in England alles sehr genau nehmen. Ich bitte Dich, schreibe mir nur kurz, damit ich weiß, daß Du in Sicherheit bist. Es wird immer schwerer, die Arbeit allein zu schaffen. Wir haben allerhand Unannehmlichkeiten bei der Frühjahrsbestellung gehabt. Die rote Kuh ist auch gestorben. Und ich muß das Geflügel immer selber zum Markt tragen, weil Jean zuviel verlangt und die Preise doch so niedrig sind. Unser kleiner Pierre hilft, wo er kann, aber mit seinen neun Jahren kann er noch nicht viel schaffen. Mariechen hat Keuchhusten gehabt, und das Kleine auch. Sei nicht bös, daß ich geschrieben habe, aber ich habe solche Angst um Dich. Pierre und Marie schicken ihrem Papa viele Küsse. Deine Dich liebende Frau Suzanne.«

Oberinspektor Blundell hörte entgeistert zu. Dann riß er Wimsey das Blatt aus der Hand, als ob er seiner Übersetzung nicht traute und durch bloßes Starren aufs Papier einen besseren Sinn herauslesen könnte. »Unser kleiner Pierre, mit seinen neun Jahren – schicken ihrem Papa viele Küsse – die rote Kuh ist auch gestorben.« Mr. Blundell zählte etwas an seinen Fingern ab. »Vor neun Jahren saß Cranton im Kittchen.«

»Stiefvater vielleicht«, schlug Wimsey vor.

Mr. Blundell hörte nicht hin. »Frühjahrsbestellung – seit wann ist Cranton unter die Landleute gegangen? Und was heißt das mit der Militärbehörde? Und mit dem Krieg? Cranton war niemals im Krieg. Ich kann mir aus dem Ganzen keinen Vers machen. Nein, Mylord, das kann nicht Cranton sein. Einfach Blödsinn.«

»Ja, sieht fast so aus«, stimmte Wimsey zu. »Aber ich bleibe immer noch dabei, daß es Cranton war, den ich zu Neujahr getroffen habe.«

»Ich glaube, ich telephoniere doch lieber nach London«, beschloß Mr. Blundell plötzlich. »Dann muß ich mich wohl mit dem Polizeidirektor in Verbindung setzen. Auf jeden Fall müssen wir der Sache nachgehen. Allerdings Frankreich. Wie wir diese Suzanne ausfindig machen sollen, weiß ich nicht. Wird jedenfalls einen Haufen Geld kosten.«

Achtes Kapitel

Intermezzo in Frankreich

Es gibt Schwierigeres für einen Detektiv, als einige französische Departements nach einem Dorf abzusuchen, das auf y endigt und das eine Bauersfrau beherbergt, deren Vorname ›Suzanne‹ ist, die drei Kinder hat, und zwar Pierre, neun Jahre alt, Marie und ein Baby, und die mit einem Engländer verheiratet ist. Zwar endigen fast alle Dörfer in der Marne-Gegend auf y, auch die Namen Pierre und Marie finden sich nur allzu häufig, aber ein ausländischer Ehemann ist schon etwas Selteneres. Es dürfte also an und für sich nicht so schwer sein, einem Manne namens Paul Taylor auf die Spur zu kommen. Aber sowohl Oberinspektor Blundell als Lord Peter waren sich darüber einig, daß ›Paul Taylor‹ sich nur als Deckname entpuppen würde.

Etwa Mitte Mai traf endlich ein französischer Polizeibericht ein, der mehr enthielt als die vorausgegangenen. Er war von der französischen Sicherheitspolizei eingesandt worden und von Monsieur le commissaire Rozier aus Château-Thierry im Marne-Departement abgefaßt.

Dieser Bericht klang so vielversprechend, daß sogar der Polizeidirektor, ein vergrämt aussehender Herr mit einer Neigung zur Sparsamkeit, eine Untersuchung an Ort und Stelle befürwortete. »Aber ich weiß nicht, wen ich hinüberschicken könnte«, seufzte er. »Kostspielige Angelegenheit. Und dann die fremde Sprache. Sprechen Sie Französisch, Blundell?«

Der Oberinspektor lächelte verlegen. »Sprechen, das ist zuviel gesagt. Natürlich könnte ich mir in einem Restaurant etwas zu essen bestellen und den garçon anschnauzen. Aber Zeugen befragen, das ist doch etwas anderes.«

»Ich selbst kann nicht gehen«, sagte der Polizeidirektor scharf und hastig, als wollte er einem Vorschlag zuvorkommen, den zu machen keiner den Mut gehabt hatte. »Das kommt nicht in Frage. Sie haben getan, was Sie konnten, Blundell, aber wir übergeben den Fall am besten, so wie er ist, Scotland Yard. Vielleicht hätten wir das schon früher tun sollen.«

Mr. Blundell machte ein saures Gesicht. Lord Peter Wimsey, der ihn begleitet hatte, angeblich, um nötigenfalls den Brief des französischen Kommissars zu übersetzen, in Wirklichkeit aber, weil er die Sache nicht aus den Augen lassen wollte, hüstelte. »Wenn Sie mir die Angelegenheit anvertrauen wollen, Herr Direktor«, murmelte er, »könnte ich schnell mal hinüberfahren. Auf meine Kosten natürlich«, fügte er vorsichtshalber hinzu.

»Tut mir leid, doch das würde gegen unsere Bestimmungen verstoßen«, erwiderte der Polizeidirektor, setzte jedoch eine Miene auf, die durchblicken ließ, daß er vielleicht durch Überredung zu gewinnen wäre.

»Ich bin tatsächlich viel zuverlässiger, als ich aussehe«, entgegnete Wimsey. »Und Französisch ist meine starke Seite. Könnte ich nicht irgendwie als Sondergendarm vereidigt werden? Oder gehört es nicht zu den Obliegenheiten eines Gendarmen, Zeugen zu vernehmen?«

»Das nicht«, antwortete der Polizeidirektor. »Aber vielleicht kann ich hier einmal eine Ausnahme machen. Außerdem hab' ich den Eindruck«, dabei sah er Wimsey scharf an, »als ob Sie in jedem Fall hinübergingen.«

»Nichts kann mich daran hindern, eine private Tour zum Besuch der Schlachtfelder zu machen. Wenn ich bei dieser Gelegenheit einen von meinen alten Kollegen von Scotland Yard treffe, dann schließe ich mich ihm vielleicht an. Aber Scherz beiseite. Meinen Sie nicht auch, daß wir in diesen schweren Zeiten die Staatskasse schonen sollten?«

Der Polizeidirektor dachte nach. In Wirklichkeit hatte er keine Lust, Scotland Yard heranzuziehen. So willigte er in Wimseys Vorschlag ein.

Schon zwei Tage später wurde Wimsey von Monsieur le commissaire Rozier herzlich empfangen. Ein Herr, der intime Konnexionen zur Pariser Sicherheitspolizei hatte und ein perfektes Französisch sprach, durfte eines herzlichen Empfanges bei einem Polizeikommissar in der Provinz sicher sein. M. Rozier tischte eine Flasche ausgezeichneten Weines auf, bat seinen Besucher, es sich behaglich zu machen, und begann mit seiner Erzählung.

»Ich bin in keiner Weise erstaunt, Mylord, eine Anfrage nach dem Ehemann der Suzanne Legros zu erhalten. Es war mir von Anfang an klar, daß sich hier ein schreckliches Geheimnis verbirgt. Seit zehn Jahren sage ich mir, ›Aristide Rozier, der Tag wird kommen, an dem deine Ahnungen, diesen sogenannten Jean Legros betreffend, gerechtfertigt sein werden.‹«

»Ganz augenscheinlich verfügen M. le commissaire über großen Scharfsinn.«

»Um Ihnen die Sache klarzulegen, muß ich bis zum Sommer 1918 zurückgreifen. Haben Sie in der englischen Armee gedient, Mylord? Ja? Nun, dann werden Mylord sich an den Rückzug über die Marne im Juli erinnern. Quelle histoire sanglante! Bei dieser Gelegenheit wurden die weichenden Armeen im Tohuwabohu zurückgetrieben und kamen auch durch das kleine Dorf C–y, das auf dem linken Flußufer liegt. Das Dorf selbst blieb von dem heftigen Artilleriebeschuß verschont, da es sich hinter der Frontlinie befand. In diesem Dorf lebten der hochbetagte Pierre Legros und seine Enkelin Suzanne. Der alte achtzigjährige Mann weigerte sich, sein Heim zu verlassen. Seine Enkelin, damals ein starkes und fleißiges Mädchen im Alter von siebenundzwanzig Jahren, bewirtschaftete den Hof während der Kriegsjahre ganz allein. Ihr Vater, Bruder und ihr Bräutigam waren gefallen.

Zehn Tage nun nach dem Rückzug hieß es, daß Suzanne Legros und ihr Großvater einen Besucher auf ihrem Hof hätten. Ich war damals noch nicht hier, ich diente seinerzeit. Aber mein Vorgänger, M. Dubois, unternahm Schritte zur Untersuchung des Falles. Es stellte sich heraus, daß ein kranker und verwundeter Mann auf dem Hofe beherbergt wurde. Dieser Mann hatte einen schweren Schlag auf den Kopf und andere Verwundungen erhalten. Suzanne Legros und ihr Großvater erzählten auf Befragen folgende merkwürdige Geschichte:

Suzanne berichtete, daß sie in der zweiten Nacht nach dem Rückzug zu einem etwas entfernt liegenden Schuppen gegangen sei und dort diesen Mann gefunden habe, krank und in hohem Fieber, nur im Unterzeug, und den Kopf notdürftig verbunden. Er war verschmutzt und blutbespritzt und seine Kleidung mit Schlamm und Tang bedeckt, als ob er im Wasser gewesen wäre. Es gelang ihr nun, ihn mit des Alten Hilfe ins Haus zu befördern, wo sie seine Wunden auswusch und ihn pflegte, so gut sie konnte. Der Hof ist einige Kilometer vom Dorf entfernt. Sie hatte niemanden, den sie um Hilfe hätte fortschicken können. Zuerst, sagte sie, hätte der Mann über seine Erlebnisse in der Schlacht phantasiert, und zwar auf französisch. Dann aber wäre er in einen schweren Betäubungszustand gesunken, aus dem sie ihn nicht hätte wecken können. Als der Geistliche und der Kommissar ihn daraufhin ansahen, lag er schwer atmend und bewußtlos da, ohne sich zu rühren.

Sie zeigte ihnen die Kleidungsstücke, in denen sie ihn gefunden hatte, eine Unterjacke und Unterhose, Socken und ein Militärhemd, das zerrissen und beschmutzt war. Keine Uniform, keine Schuhe, keine Erkennungsmarke, keinerlei Papiere. Offenbar hatte er sich auf dem Rückzug befunden und war gezwungen worden, den Fluß zu überschwimmen. Er schien fünfunddreißig oder vierzig Jahre alt zu sein und trug, als ihn die Behörden zuerst sahen, einen dunklen Bart, der etwa eine Woche alt sein mochte.«

»Dann war er also glattrasiert gewesen?«

»Es scheint so, Mylord. Ein Arzt aus der Stadt wurde hinzugezogen, doch konnte er nur feststellen, daß es anscheinend ein schwerer Fall von Gehirnverletzung war, durch eine Kopfwunde hervorgerufen.

Man dachte zuerst, daß der Mann allmählich wieder zu sich kommen und sich darauf besinnen würde, wer er sei. Doch als er nach drei weiteren Wochen langsam zum Bewußtsein erwachte, stellte sich heraus, daß er sein Gedächtnis und zeitweilig auch seine Sprache verloren hatte. Allmählich gewann er zwar seine Sprache wieder, konnte sich aber nur undeutlich und stockend und unter vielen Hemmungen ausdrücken. Es hatte den Anschein, als wären die Sprachnerven im Gehirn irgendwie verletzt worden. Als er endlich soweit war, um zu verstehen und sich selbst verständlich zu machen, wurde er vernommen. Seine Antworten liefen jedoch alle auf dasselbe hinaus: Er konnte sich auf nichts aus seiner Vergangenheit besinnen, auf absolut nichts. Er wußte weder seinen Namen noch seinen Geburtsort, noch erinnerte er sich an den Krieg. Für ihn begann das Leben erst in dem Bauernhof in C–y.« M. Rozier machte eine eindrucksvolle Pause, während welcher Wimsey seine Verwunderung aussprach.

»Sie werden verstehen, Mylord, daß wir diesen Fall sofort den Militärbehörden anzeigten. Er wurde einer Anzahl von Offizieren vorgeführt, doch keiner erkannte ihn. Sein Bild und seine Personalbeschreibung zirkulierten ohne jeden Erfolg. Man vermutete zuerst, daß er vielleicht ein Engländer oder gar ein Deutscher sein könnte. Das letztere wäre nicht gerade angenehm gewesen. Allerdings hatte Suzanne angegeben, daß er französisch gestammelt hätte, als sie ihn gefunden hatte. Auch sein Unterzeug war zweifellos französisch. Trotzdem wurde der englischen Militärverwaltung eine Beschreibung übermittelt, jedoch ohne Erfolg. Nach Unterzeichnung des Waffenstillstandes wurde auch eine Anfrage nach Deutschland gesandt. Die Beantwortung zog sich ziemlich lange hin, da in Deutschland die Revolution ausgebrochen war und ein furchtbares Durcheinander herrschte. Der Mann mußte aber in der Zwischenzeit irgendwo leben. Man schleppte ihn von Hospital zu Hospital, er wurde von Nervenärzten untersucht, doch blieb er ihnen ein Rätsel. Sie versuchten es auf alle Weise, ihm Fallen zu stellen. So riefen sie ihm ganz plötzlich englische, französische und deutsche Kommandoworte zu, in der Hoffnung, er würde vielleicht automatisch darauf reagieren. Aber es nützte alles nichts; er schien den Krieg vergessen zu haben.«

»Beneidenswerter Mann«, äußerte Wimsey mit Überzeugung.

»Je suis de votre avis. Immerhin, eine Reaktion irgendwelcher Art wäre in diesem Fall wünschenswert gewesen. Die Zeit verstrich, doch sein Zustand besserte sich nicht. Sie sandten ihn uns also wieder zurück. Nun wissen Sie ja, Mylord, daß es unmöglich ist, einen Mann ohne Nationalität zu repatriieren. Kein Land will ihn. Niemand wollte diesen unglückseligen Menschen außer Suzanne Legros und ihrem Großvater. Sie brauchten einen Mann für ihren Hof, und dieser Bursche hatte, obwohl er sein Gedächtnis verloren, seine Körperkraft wiedererlangt und war für die Landarbeit gut zu gebrauchen. Überdies hatte das Mädchen eine Neigung zu ihm gefaßt. Sie wissen ja, wie Frauen sind. Wenn sie einen Mann gepflegt haben, betrachten sie ihn, als wäre er ihr Kind. So kam denn der alte Pierre Legros darum ein, diesen Mann als seinen Sohn adoptieren zu dürfen. Natürlich war das etwas schwierig – mais, que voulez vous? Und da schließlich und endlich irgend etwas mit dem Mann geschehen mußte und er sich ruhig und ordentlich aufführte, wurde die Einwilligung erteilt. Er wurde unter dem Namen Jean Legros adoptiert und erhielt entsprechende Ausweispapiere. Einige Jahre später hieß es, daß Suzanne ihn heiraten wollte. Der alte Geistliche war gegen den Bund; er meinte, es wäre ja nicht sicher, ob Jean nicht schon verheiratet wäre. Aber der Geistliche starb bald darauf, und der neue kannte die Verhältnisse nicht. Die Zivilbehörden wuschen ihre Hände in Unschuld. Es war besser, die Verbindung zu legitimieren. So heiratete Suzanne diesen Jean. Ihr ältester Sohn ist heute neun Jahre alt. Seitdem hat es keinerlei Unannehmlichkeiten gegeben. Nur kann sich Jean noch immer nicht auf die Vergangenheit besinnen.«

»Sie sagten in Ihrem Brief, daß Jean jetzt verschwunden ist.«

»Seit fünf Monaten, Mylord. Es heißt, er soll in Belgien sein, um Schweine und Geflügel zu kaufen. Aber er hat noch nicht geschrieben, und seine Frau sorgt sich um ihn. Sie glauben, daß Sie etwas über ihn wissen?«

»Wir haben einen Leichnam und einen Namen. Das ist alles. Aber wenn dieser Jean Legros sich so verhalten hat, wie Sie eben erzählt haben, dann ist das nicht sein Name, höchstens vielleicht sein Leichnam. Denn der Mann, dessen Namen wir besitzen, war 1918 und noch ein paar Jahre darüber hinaus im Gefängnis.«

»Dann haben Sie also kein weiteres Interesse an Jean Legros?«

»Im Gegenteil, das allergrößte. Wir haben ja noch den Leichnam.«

»Ein Leichnam ist immerhin etwas. Haben Sie eine Photographie? Körpermaße? Oder sonstiges Material zur Identifizierung?«

»Die Photographie wird kaum von Wert sein, da der Leichnam bereits vier Monate alt war, als er gefunden wurde. Das Gesicht war sehr zerstört. Außerdem waren seine

Hände abgehackt. Doch haben wir die Körpermaße und zwei ärztliche Gutachten. Aus dem letzteren, das von einem Londoner Spezialisten stammt, geht hervor, daß der Schädel die Narbe einer alten Wunde trägt, außer denen, die ihm erst kürzlich zugefügt worden waren.«

»Das wäre vielleicht ein Anhaltspunkt. So ist Ihr Unbekannter also durch Schläge auf den Kopf getötet worden?«

»Nein«, erwiderte Wimsey. »Die Kopfverletzungen wurden ihm nach seinem Tode zugefügt.«

»Woran ist er denn dann gestorben?«

»Das ist ja gerade das Geheimnis. Es ist nichts gefunden worden, das auf eine tödliche Wunde, auf Gift, Erdrosselung oder gar auf eine Krankheit hinweist. Sein Herz war gesund. Die Eingeweide bewiesen, daß er nicht verhungert ist; er war im Gegenteil gut ernährt und hatte noch wenige Stunden vor seinem Tode gegessen!«

»Tiens! Also Schlaganfall!«

»Schon möglich. Das Gehirn war bereits in Verwesung. So läßt es sich nicht mit Sicherheit feststellen, obwohl gewisse Anzeichen dafür sprechen, daß ein Bluterguß stattgefunden hat. Aber Sie werden zugeben, selbst wenn ein plötzlicher Schlaganfall den Mann getötet hat, so war das kein Grund, ihn heimlich einzuscharren.«

»Da haben Sie natürlich recht. – Dann also los, zum Hof des Jean Legros.«

Der Hof war nur klein. Er schien in etwas verwahrlostem Zustand zu sein. Zerbrochene Zäune, halb eingefallene Stallungen und unkrautbewachsene Felder waren beredte Zeichen dafür, daß es an Mitteln und Arbeitskräften mangelte. Die Frau des Hauses empfing sie, eine derbe, kräftig gebaute Person im Alter von etwa vierzig Jahren. Auf ihrem Arm trug sie ein neun Monate altes Kind. Beim Anblick des Kommissars und des ihn begleitenden Gendarmen nahmen ihre Augen einen unverhohlen bestürzten Ausdruck an, der aber sofort jenem störrischen Eigensinn wich, mit dem sich bekanntlich der französische Bauer so gut zu wappnen versteht.

»Monsieur le commissaire Rozier?«

»Der bin ich, Madame. Dieser Herr hier ist Mylord Vainsée, der aus England gekommen ist, um gewisse Erkundigungen einzuziehen. Dürfen wir eintreten?«

Die Frage wurde bejaht, doch hatten beide Herren wohl bemerkt, daß der Ausdruck der Bestürzung bei dem Wort ›England‹ wiedergekommen war.

»Ihr Mann, Madame Legros«, steuerte der Kommissar sofort auf sein Ziel los, »ist von Hause abwesend. Wie lange schon?«

»Seit Dezember, Herr Kommissar.«

»Wo ist er?«

»In Belgien.«

»Wo in Belgien?«

»Ich glaube, in Dixmuiden, Herr Kommissar.«

»So, glauben Sie. – Sie wissen es also nicht. Sie haben nichts von ihm gehört?«

»Nein, Herr Kommissar.«

»Das ist ja merkwürdig. Was hat ihn denn nach Dixmuiden geführt?«

»Er glaubte, daß vielleicht seine Familie in Dixmuiden lebt. Sie wissen ja, Herr Kommissar, daß er sein Gedächtnis verloren hat. Eh bien, im Dezember, da sagte er eines Tages zu mir: ›Leg eine Platte auf, Suzanne.‹ Ich zog also das Grammophon auf und legte eine Platte auf, ein Musikstück ›Le Carillon‹. C'est un morceau très impressionant. – Und in dem Augenblick, wo die Glockenspiele aufgezählt werden, eins nach dem andern, ruft mein Mann plötzlich ganz aufgeregt: ›Dixmuiden! Gibt es wirklich eine Stadt in Belgien, die so heißt?‹ – ›Natürlich‹, antwortete ich ihm. ›Der Name kommt mir so seltsam bekannt vor‹, sagte er dann. ›Ich glaube ganz bestimmt, daß meine teure Mutter in Dixmuiden lebt. Ich habe keine Ruhe, ehe ich nicht nach Belgien gehen kann, um nach meiner lieben Mutter zu forschen.‹ – Von da an wollte er auf nichts mehr hören, Herr Kommissar. Er ist fortgegangen und hat alle unsere Ersparnisse mit sich genommen. Seitdem haben wir nichts mehr von ihm gehört.«

»Histoire très touchante!« meinte der Kommissar trocken. »Ich bedaure Sie außerordentlich, Madame. Aber ich verstehe nicht, warum Ihr Mann ein Belgier sein soll. An der dritten Marne-Schlacht haben keine belgischen Truppen teilgenommen.«

»Vielleicht war sein Vater mit einer Belgierin verheiratet. Er hat vielleicht Verwandte in Belgien.«

»C'est vrai. Er hat Ihnen keinerlei Adresse hinterlassen?«
»Nein, Herr Kommissar. Er hat gesagt, er würde mir bei seiner Ankunft schreiben.«
»Aha. Und wie ist er abgefahren? Mit der Bahn?«
»Ja, Herr Kommissar.«
»Und Sie haben bisher keine Erkundigungen eingezogen – zum Beispiel beim Bürgermeister von Dixmuiden angefragt?«
»Sie können sich denken, wie ich mich gesorgt habe, Herr Kommissar. Aber ich wußte nicht, wie ich das anfangen sollte!«
»Und Sie wußten auch nicht, daß wir für solche Fälle zuständig sind? Warum haben Sie sich nicht an uns gewandt?«
»Nein, ich wußte wirklich nicht. Herr Kommissar – ich konnte mir nicht vorstellen... Jeden Tag habe ich gehofft, morgen schreibt er bestimmt. Und dann habe ich immer wieder gewartet bis –«
»Bis? So sind Sie gar nicht auf den Gedanken gekommen, sich selbst zu erkundigen. C'est bien remarquable. Und wie sind Sie auf den Gedanken gekommen, daß Ihr Mann in England ist?«
»In England, Herr Kommissar?«
»In England, Madame. Sie haben ihm unter dem Namen ›Paul Taylor‹ geschrieben, oder nicht? Nach Walbeach in Lincolnshire haben Sie ihm geschrieben unter dem Namen Paul Taylorrr – voyons, madame, voyons. Und da erzählen Sie mir jetzt, daß Sie glauben, er sei die ganze Zeit über in Belgien. Sie werden doch wohl Ihre eigene Handschrift nicht verleugnen? Oder die Namen Ihrer beiden Kinder? Oder daß die rote Kuh gestorben ist? Sie glauben doch wohl nicht, daß Sie die rote Kuh wieder zum Leben erwecken können?«
»Herr Kommissar...«
»Also, Madame? Diese ganzen Jahre hindurch haben Sie die Polizei belogen. Und Sie haben genau gewußt, daß Ihr Mann kein Belgier, sondern ein Engländer war, daß er in Wirklichkeit Paul Taylor geheißen hat; daß er sein Gedächtnis nicht verloren hat. Ich kann Ihnen nur versichern, Madame, daß das ernsthafte Folgen für Sie haben wird. Sie haben gefälschte Papiere, und das ist ein Verbrechen!«

»Herr Kommissar . . .«
»Ist das Ihr Brief?«
»Da Sie ihn gefunden haben, Herr Kommissar, kann ich es nicht ableugnen. Aber . . .«
»Gut, Sie bekennen sich also zu dem Brief. Und dann – was bedeutet das mit den Militärbehörden?«
»Ich weiß nicht, Herr Kommissar. – Mein Mann – Herr Kommissar, ich flehe Sie an, sagen Sie mir, wo ist mein Mann?«
Der Kommissar machte eine Pause und sah Wimsey an, der sich nun an Madame Legros wandte. »Wir haben Grund, Madame, zu der Befürchtung, daß Ihr Mann tot ist.«
»Ah mon Dieu! Je le savais bien! Wenn er noch lebte, hätte er mir geschrieben.«
»Wenn Sie uns helfen wollen, indem Sie uns die Wahrheit über Ihren Mann sagen, können wir ihn vielleicht identifizieren.«
Die Frau sah von einem zum andern. Schließlich wandte sie sich an Wimsey. »Wissen Sie auch ganz sicher, daß mein Mann tot ist? Oder wollen Sie mir nur eine Falle stellen?«
Wimsey entnahm nun der Handtasche, die er bei sich hatte, das Unterzeug, das an dem Toten gefunden worden war. »Madame, wir wissen nicht, ob derjenige, der dies getragen hat, Ihr Mann ist. Aber ich kann Ihnen mein Ehrenwort dafür geben, daß der Mann, der dies getragen hat, tot ist.«
Suzanne Legros betrachtete die Stücke und untersuchte mit ihren verarbeiteten Händen langsam jeden Flicken und jede gestopfte Stelle. Dann, als hätte der Anblick irgend etwas in ihr niedergebrochen, ließ sie sich in einen Stuhl fallen, legte ihren Kopf auf die ausgebesserte Unterjacke und brach in lautes Weinen aus.
»So erkennen Sie also diese Kleidungsstücke wieder?« fragte der Kommissar sogleich, doch in milderem Ton.
»Ja, das sind seine! Ich habe sie selbst ausgebessert. So ist er also tot!«
»In diesem Falle«, äußerte Wimsey, »können Sie ihm auch nicht mehr schaden, wenn Sie die Wahrheit sagen.«
Nachdem Suzanne Legros sich etwas erholt hatte, machte sie ihre Aussage, die der von dem Kommissar herbeizitierte Gendarm stenographisch aufnahm.
»Es ist wahr, daß mein Mann weder ein Franzose noch ein

Belgier war. Er war Engländer. Aber es ist auch wahr, daß er beim Rückzug 1918 verwundet worden ist. Eines Nachts kam er zu unserem Hof. Er hatte viel Blut verloren und war erschöpft. Seine Nerven waren auch zerrüttet, doch ist es nicht wahr, daß er sein Gedächtnis verloren hatte. Er beschwor mich, ihm zu helfen und ihn zu verbergen, da er nicht mehr kämpfen wollte. Ich pflegte ihn, bis er wieder gesund war. Dann verabredeten wir, was wir sagen sollten.«

»Es war schändlich von Ihnen, einen Deserteur zu beherbergen.«

»Ich gebe das zu. Aber bedenken Sie bitte meine Lage, Herr Kommissar. Mein Vater war tot, meine beiden Brüder gefallen, und ich hatte niemanden, der mir auf dem Hof hätte helfen können. Jean-Marie Picard, mein Verlobter, war auch tot. Es waren nicht mehr viel Männer übrig. Der Krieg hatte so lange gedauert. Und dann – ja dann, Herr Kommissar, fing ich auch an, Jean zu lieben. Und er war mit seinen Nerven so herunter. Er war wirklich nicht mehr fähig zu kämpfen.«

»Er hätte ja aber bei seinem Regiment um Krankheitsurlaub einkommen können«, meinte Wimsey.

»Dann hätten sie ihn nach England zurückgeschickt und uns wieder getrennt«, gestand Suzanne freimütig. »Und außerdem sind die Engländer sehr genau. Sie hätten ihn vielleicht für einen Feigling gehalten und ihn erschossen.«

»Wenigstens hat er Sie zu dieser Annahme verleitet«, fiel M. Rozier ein.

»Ja, Herr Kommissar, ich glaubte es und er glaubte es auch. So verabredeten wir also, er sollte so tun, als hätte er sein Gedächtnis verloren. Da seine französische Aussprache nicht gut war, sollte er vorgeben, daß seine Sprache durch seine Verwundung gestört wäre. Seine Uniform und seine Papiere habe ich in der Waschküche verbrannt.«

»Und wer hat die Geschichte erfunden? Sie oder er?«

»Er, Herr Kommissar. Er hat sich alles ausgedacht.«

»Auch den Namen?«

»Ja, auch den Namen.«

»Und wie hieß er in Wirklichkeit?«

Sie zögerte. »Seine Papiere waren verbrannt. Er hat mir nie etwas über sich erzählt.«

»So wissen Sie seinen Namen nicht. Er hieß also nicht Taylor?«

»Nein, Herr Kommissar. Diesen Namen hatte er angenommen, als er nach England zurückging.«

»Aha. Und warum ist er nach England gegangen?«

»Wir waren sehr arm, Herr Kommissar. Jean erzählte mir, daß er Wertbesitz in England habe, für den er eine größere Summe erzielen würde, wenn er seiner nur habhaft werden könnte, ohne selbst erkannt zu werden. Denn sobald er sich drüben zu erkennen gäbe, würde man ihn als Deserteur erschießen.«

»Aber nach dem Kriege ist doch eine allgemeine Amnestie für Deserteure erlassen worden.«

»Nicht in England, Herr Kommissar.«

»Hat er Ihnen das erzählt?« fragte Wimsey.

»Ja, Mylord. Und darum durfte ihn niemand erkennen, wenn er hinüberging, um seinen Besitz zu holen. Außerdem bestanden da aber auch noch Schwierigkeiten mit dem Verkauf des Wertbesitzes, wie er mir sagte. Ich weiß ja nicht, worum es sich handelt. Und dazu brauchte er die Hilfe eines Freundes. So hat er an diesen Freund geschrieben und auch sofort eine Antwort erhalten.«

»Haben Sie den Brief?«

»Nein, Herr Kommissar. Er hat ihn verbrannt, ohne ihn mir zu zeigen. Dieser Freund hat etwas von ihm verlangt. Ich weiß nicht recht was, aber wohl so etwas wie eine Garantie. Jean hat sich dann am nächsten Tag mehrere Stunden in seinem Zimmer eingeschlossen, um eine Antwort zu schreiben. Gezeigt hat er sie mir nicht. Der Freund hat ihm darauf wieder geantwortet und gesagt, er könnte ihm helfen, aber es wäre besser, Jean käme nicht unter seinem eigenen Namen, auch nicht unter seinem französischen herüber. Darauf hat er beschlossen, sich Paul Taylor zu nennen. Er hat furchtbar gelacht über seinen Einfall, sich so zu nennen. Dann hat ihm der Freund Ausweispapiere geschickt, die auf Paul Taylor, britischer Staatsuntertan, ausgestellt waren. Ich habe sie gesehen. Einen Paß mit einer Photographie. Sie sah meinem Mann nicht sehr ähnlich. Aber er sagte, das machte nichts. Nur der Bart war genauso wie seiner.«

»Trug Ihr Mann einen Bart, als Sie ihn zuerst gesehen haben?«

»Nein, er war glattrasiert wie alle Engländer. Er ließ seinen Bart wachsen, als er krank war. Es veränderte ihn stark, weil er nur ein kleines Kinn hatte. – Jean hatte gar kein Gepäck mitgenommen. Er sagte, er würde sich in England Kleider kaufen, damit er wieder wie ein Engländer aussähe.«
»Und Sie wissen nicht, welcher Art dieser Wertbesitz in England war?«
»Nein, Herr Kommissar.«
»Ob es Landbesitz, Wertsachen oder Papiere waren?«
»Nein, Herr Kommissar. Ich habe Jean mehrmals danach gefragt, aber er wollte es mir nicht sagen.«
»Und Sie wollen uns glauben machen, daß Sie Ihres Mannes wirklichen Namen nicht wüßten?«
Wieder zögerte sie, ehe sie antwortete. »Nein, ich weiß ihn nicht. Es ist wahr, daß ich ihn auf den Papieren gesehen habe, aber ich habe sie ja verbrannt, und jetzt kann ich mich nicht mehr erinnern. Ich glaube, er hat mit C angefangen.«
»War er vielleicht Cranton?«
»Nein, ich glaube nicht. Aber ich kann es wirklich nicht sagen. Sobald er wieder sprechen konnte, bat er um seine Papiere. Und als ich ihn fragte, wie er hieße, ich konnte nämlich seinen Namen nicht aussprechen, es war ein schwieriger englischer Name, sagte er mir, ich könnte ihn nennen, wie ich wollte. So nannte ich ihn Jean. Nach meinem Verlobten, der gefallen war.«
»Ich verstehe«, erwiderte Wimsey, durchsuchte seine Brieftasche und legte dann die Photographie Crantons vor sie. »Sah Ihr Mann so aus, als Sie ihn zuerst kennenlernten?«
»Nein, Mylord. Das ist nicht mein Mann. Er sieht ihm nicht im geringsten ähnlich.« – Ihr Gesicht verdunkelte sich. »So haben Sie mich also in die Irre geführt. Er ist gar nicht tot, und ich habe ihn verraten?«
»Er ist tot«, versicherte Wimsey. »Aber dieser Mann ist noch am Leben.«

»So sind wir also der Lösung des Rätsels keinen Schritt näher gekommen«, stellte Wimsey fest.
»Attendez, Mylord. Sie hat uns nicht alles erzählt, was sie weiß. Sie traut uns nicht. Sie verschweigt uns den Namen. Warten Sie nur! Wir werden Mittel und Wege finden, um sie zum Sprechen zu bringen. Sie hält es immer noch für

möglich, daß ihr Mann lebt. Aber wir werden sie vom Gegenteil überzeugen. Wir werden die Spuren dieses Mannes verfolgen. Daß er von hier aus mit der Bahn nach Belgien gefahren ist, habe ich bereits durch Nachforschungen festgestellt. Er ist also zweifellos von Ostende aus nach England gefahren. Es sei denn – über welche Mittel verfügte dieser Mann, Mylord?«

»Wie soll ich das wissen? Doch wir glauben, daß es sich bei diesem geheimnisvollen Besitz um ein Smaragdhalsband handelte, das viele Tausend Pfund wert ist.«

»Ah voilà! So lohnte es sich also, dafür Geld auszugeben. Aber Sie sagten, dieser Mann sei nicht der von Ihnen vermutete. Wenn jedoch der andere der Dieb war, was hat das dann mit diesem hier zu tun?«

»Das ist ja gerade das Problem. Sehen Sie: zwei Männer waren damals in den Diebstahl verwickelt. Der eine ein Londoner Hochstapler, der andere ein Hausangestellter. Wir wissen nun nicht, wer von den beiden die Juwelen hatte. Das ist eine lange Geschichte. Aber wie Sie gehört haben, hat dieser Jean Legros an einen Freund in England geschrieben. Dieser Freund war vielleicht Cranton, der Londoner Einbrecher. Nun kann ja Legros nicht gut dieser Diener gewesen sein, der damals die Juwelen gestohlen hat, weil dieser Diener tot ist. Aber er könnte ja vor seinem Tod das geheime Versteck Legros anvertraut haben, und auch den Namen Crantons. Legros schreibt daraufhin an Cranton und schlägt ihm bei einer gemeinsamen Aktion zur Auffindung des Schmuckes Partnerschaft vor. Cranton mißtraut ihm und verlangt einen Beweis dafür, daß Legros wirklich etwas weiß. Legros schickt ihm also einen Brief, der Cranton zufriedenstellt, und Cranton verschafft die nötigen Papiere für Legros. Legros geht nach England und trifft Cranton. Sie gehen zusammen los und finden die Juwelen. Dann ermordet Cranton seinen Spießgesellen, um den ganzen Raub für sich allein zu haben. Was halten Sie davon, Monsieur? Cranton ist nämlich auch verschwunden.«

»Das klingt sehr wahrscheinlich, Mylord. In diesem Falle befinden sich also sowohl die Edelsteine als der Mörder in England oder wo immer dieser Cranton stecken mag. – So glauben Sie, daß der andere Tote, dieser Diener, das Versteck des Halsbandes jemandem anvertraut hat?«

»Vielleicht einem seiner Mitgefangenen, der nur kurze Zeit gesessen hat.«
»Und warum sollte er das tun?«
»Damit ihm dieser Mitgefangene die Mittel zur Flucht beschaffte. Dieser ist nämlich tatsächlich aus dem Gefängnis ausgebrochen und entkommen. Später wurde dann sein Leichnam in einer Steingrube gefunden, mehrere Meilen vom Gefängnis entfernt.«
»Aha, die Sache fängt an, sich von selbst zu klären. Und wieso wurde dann dieser Diener tot aufgefunden?«
»Man vermutete, er wäre im Dunkeln in die Grube gestürzt. Aber mir scheint es plötzlich wahrscheinlicher, daß er von Legros ermordet worden ist.«
»Zwei Seelen und ein Gedanke, Mylord! Denn sehen Sie, diese Geschichte von Militärbehörden und Desertion ist ja Humbug. Hinter diesem Namenswechsel und der Angst vor der englischen Polizei steckt mehr als eine Fahnenflucht. Wenn dagegen dieser Mann ein alter ehemaliger Gefängnisinsasse war und seinen Partner umgebracht hat, dann versteht sich das alles von selbst. Er hat seinen Namen zweimal geändert, um auch noch seine Spur nach Frankreich zu verwischen, weil er ja unter seinem englischen Namen nach seiner Entlassung aus dem Gefängnis zum Militär gegangen war und nach den Akten der englischen Militärbehörde hätte aufgefunden werden können. Es ist nur seltsam, daß er während seines Militärdienstes die Zeit gefunden haben sollte, einem Spießgesellen zur Flucht aus dem Gefängnis zu verhelfen und einen Mord zu begehen. Nein, da sind immer noch dunkle Punkte, aber in großen Umrissen liegt das Komplott vor uns. Es wird sich noch mehr klären, sobald unsere Nachforschungen weiter gediehen sind. Und wenn wir erst klar zeigen können, welchen Weg Legros von der Tür seines Hauses bis zu seinem Grab in England genommen hat, dann wird gewiß auch Madame Legros etwas mehr aus sich herausgehen. – Jetzt aber, Mylord, darf ich wohl darum bitten, daß Sie uns die Ehre Ihres Besuches zum Abendessen erweisen. Meine Frau kocht ganz vorzüglich, wenn Sie gütigst mit bürgerlicher Küche und einem anständigen vin de Bourgogne vorlieb nehmen wollen. M. Delavigne von der Sicherheitspolizei hat mich zwar davon unterrichtet, daß Sie im Rufe eines Feinschmeckers stehen,

so daß ich Ihnen meinen Vorschlag nur zögernd zu unterbreiten wage, aber Madame Rozier würde sich unendlich glücklich preisen, Ihre Bekanntschaft machen zu dürfen.«
»Herr Kommissar«, erwiderte Lord Peter, »ich bin Ihnen beiden sehr verbunden.«

Neuntes Kapitel

Narrengeschwätz

»Dann müssen wir uns also auf die Suche nach Cranton begeben«, stellte Oberinspektor Blundell fest. »Aber mir kommt das Ganze komisch vor. Nach allem, was ich von ihm weiß, glaube ich nicht, daß Cranton so etwas fertigbringt. Auf mich hat er nie den Eindruck eines Mörders gemacht. Sie wissen ja selbst, Mylord, daß solche berufsmäßigen Einbrecher keine Gewalttaten verüben. Gewiß, er ist damals bei der Verhandlung mächtig gegen Deacon losgegangen, aber das ist mehr in der Hitze des Gefechts geschehen. Doch nehmen wir einmal an, der andere hat Cranton getötet. Er könnte ja nachher die Kleider mit ihm gewechselt haben, um die Identifizierung unmöglich zu machen.«
»Das kann sein. Doch was wird dann aus der alten Narbe auf seinem Schädel? Die läßt doch eher darauf schließen, daß der Tote der sogenannte Jean Legros war. Es sei denn, daß Cranton auch eine Narbe hatte.«
»Bis zum September vorigen Jahres hatte er jedenfalls keine Narbe«, sagte der Oberinspektor nachdenklich. »Nein, Sie haben doch wohl recht, das geht nicht. Außerdem stimmen auch einige Körpermaße nicht überein. Obwohl es natürlich nicht gerade leicht ist, ganz exakt zu sein, wenn man einen lebenden Mann mit einem vier Monate alten Leichnam zu vergleichen hat. So haben wir nicht viel herausbekommen. Nein, wir *müssen* Cranton finden.«
Diese Unterhaltung fand auf dem Friedhof statt, wo Mr. Blundell nochmals gründliche Nachforschungen angestellt hatte. Nachdenklich köpfte er eine Brennessel. »Und dann ist da noch dieser Will Thoday. Ich kann nicht aus ihm klug werden. Ich möchte einen Eid darauf ablegen, daß er etwas weiß, aber was? Es ist ganz sicher, daß er damals krank im Bett gelegen hat, als das alles passierte. Er beruft sich auch

darauf und sagt, er wisse von nichts. Und was können Sie mit einem Mann anfangen, der sagt, er weiß von nichts? Gar nichts. Und seine Frau – na, die kann doch nicht einen Mann festgebunden und eingegraben haben, sie ist gar keine Kraftnatur. Ich habe auch bei den Kindern auf den Busch geklopft, obwohl mir das sehr zuwider war. Die haben beide behauptet, daß die Eltern die ganze Nacht über im Hause waren. Es bleibt noch eine Person, die vielleicht etwas wissen könnte, James Thoday. Ich bin nämlich auf etwas Merkwürdiges gestoßen, Mylord. James Thoday hat Fenchurch St. Paul am 4. Januar morgens verlassen, um zu seinem Schiff zurückzukehren. Er ist auch wirklich fortgefahren. Der Bahnhofsvorsteher hat ihn sogar gesehen. Aber er ist nicht in Hull angekommen. Oder wenigstens nicht am selben Tage. Ich war bei der Reederei Lampson & Blake. Die haben mir erzählt, sie hätten ein Telegramm von ihm erhalten, er könnte nicht rechtzeitig zurückkommen, würde aber am Sonntagabend eintreffen, was er auch getan hat. Er hat ihnen dann erzählt, er wäre plötzlich krank geworden. Sie sagen, er hätte auch danach ausgesehen, als er ankam. Ich habe die Reederei angewiesen, sich so rasch wie möglich mit ihm in Verbindung zu setzen.«
»Von wo war denn das Telegramm abgesandt?«
»London. Von einem Postamt bei Liverpool Street. Ungefähr um die Zeit, als der Zug, den Jim Thoday in Dykesey genommen hat, dort angekommen sein muß. Sieht aus, als wäre ihm unterwegs schlecht geworden.«
»Er könnte sich ja bei seinem Bruder angesteckt haben.«
»Möglich. Aber er ist trotzdem am nächsten Tag mit seinem Schiff losgefahren. Das ist etwas verdächtig, finden Sie nicht auch?«
Wimsey pfiff. »So glauben Sie, daß er mit Will unter einer Decke gesteckt hat? Ich verstehe. Will ist danach im Bunde mit Legros, um die Edelsteine zu ergattern. Das meinen Sie doch wohl? Und dann bekommt er Influenza. Und da er nun die Sache nicht selbst machen kann, kriegt er seinen Bruder heran. Jim trifft sich also mit Legros, bringt ihn um, scharrt ihn ein und dampft mit dem Schmuck nach Hongkong ab. Das wäre wenigstens eine Erklärung dafür, warum diese teuflischen Steine nicht auf dem europäischen Markt aufgetaucht sind. Er konnte sie leicht drüben im Osten an

den Mann bringen. Aber was ich nicht verstehe: wie ist Will Thoday überhaupt mit Legros in Kontakt gekommen? Cranton wäre in der Lage gewesen, mit Hilfe seiner Londoner Spießgesellen dem Legros die gefälschten Papiere und alles andere zu beschaffen. Doch kann ich mir nicht vorstellen, daß Will Thoday falsche Ausweise besorgt und dem Legros die Überfahrt ermöglicht und alles andere eingefädelt haben soll. Woher sollte ein Mann wie Thoday wissen, wie man so etwas anstellt?«

Mr. Blundell schüttelte den Kopf. »Ja, aber da sind noch diese zweihundert Pfund.«

»Gewiß, doch da war Legros ja schon auf dem Weg.«

»Und als er umgebracht worden war, ist das Geld wieder auf der Bank eingezahlt worden.«

»Wirklich?«

»Ja. Ich redete ihn daraufhin an. Er machte keinerlei Schwierigkeiten und erzählte mir, er hätte die Absicht gehabt, ein Stückchen Land zu erwerben und es selber zu bebauen. Aber dann nach seiner Krankheit hätte er den Plan wieder aufgegeben, weil er sich vorläufig doch noch nicht kräftig genug fühlte. Ja, er hat mich sogar seine Bankabrechnungen einsehen lassen. Alles in bester Ordnung – keinerlei verdächtige Geldentnahmen bis auf diese zweihundert Pfund am 31. Dezember. Diese sind im Januar zurückgezahlt worden, sobald er wieder gesund war. Und das mit dem Stück Land stimmt auch. Er hatte tatsächlich die Absicht, es zu kaufen. Aber trotzdem zweihundert Pfund in einzelnen Pfundnoten ...«

Hier brach der Oberinspektor plötzlich ab und verschwand hinter einem hohen Grabstein. Ein erstickter Schrei und ein Handgemenge, dann tauchte Mr. Blundell wieder auf, etwas erhitzt. Mit seiner großen Hand hielt er Rappel Pick fest am Halskragen gepackt. »Jetzt aber marsch!« sagte er dann und gab seinem Gefangenen einen derben, doch nicht unfreundlichen Puff. »Du wirst es noch schwer bereuen, mein Junge, wenn du hier immer im Kirchhof herumlungerst und anderer Leute Unterhaltungen behorchst! Verstanden?«

»Au! Sie brauchen mich deshalb nicht zu würgen! Ich – ich hab' niemandem etwas getan. Wenn Sie wüßten, was Rappel weiß ...«

»Was weißt du denn?«

Rappels Augen nahmen einen schlauen Ausdruck an. »Ich – ich habe ihn gesehen – Nummer neun, wie er mit Will in der Kirche geredet hat. Aber nützt nichts. Tailor Paul war zu stark für ihn. Mit dem Seil hat er ihn erwischt. Wird Sie auch erwischen – Tailor Paul. Rappel weiß alles, Rappel ist immer hier, sieht alles.«
»Wer hat mit Will in der Kirche geredet?«
»Der da.« Er zeigte mit einer Kopfbewegung in die Richtung des Thorpeschen Grabes. »Den sie da gefunden haben. Der mit dem schwarzen Bart. Da sind acht im Turm und einer im Grab, das sind neun. Rappel kann zählen.«
»Hör mal zu, Rappel«, unterbrach Wimsey ihn. »Du bist doch ein kluger Bursche. Wann hast du Will Thoday mit dem Mann mit dem schwarzen Bart reden sehen? Weißt du das noch?«
Rappel grinste ihn an. »Rappel weiß alles«, erwiderte er voller Genugtuung. Dann begann er umständlich an seinen Fingern zu zählen. »Montag abend war es. Montag. Kaltes Schweinefleisch und Bohnen am Montag. Das ißt Rappel gern; Schweinefleisch und Bohnen. Der Herr Pastor hat über Dankbarkeit gepredigt, und daß wir Gott danken sollen für Weihnachten. Rappel ist noch einmal in die Kirche gegangen am Abend, um Gott zu danken. In der Kirche sollen wir danken. Aber die Kirchentür war offen. Da ist Rappel ganz leise hinein – tip, tip, tip. Da war Licht in der Sakristei – hu, Rappel hat Angst gehabt und versteckt sich hinter Batty Thomas. Und dann kommt Will Thoday, und Rappel hört sie reden in der Sakristei. ›Verfluchtes Sündengeld‹, schreit Will und holt ein Seil aus der Truhe. Hu, Rappel hat Angst gehabt – hu, wird einer gehängt, denkt Rappel. Rappel will nicht sehen, wie er hängt, und rennt weg. Und schaut durchs Fenster in die Sakristei. Da liegt der Schwarze mit dem Bart auf dem Boden, und Will hat das Seil in der Hand. Huhu – Rappel hat Angst vor Seilen, sieht immer Seile im Traum – viele Seile. Eins, zwei, drei, vier, fünf, sechs, sieben, acht –, und das war Nummer neun. Rappel hat ihn gesehen, wie er am Seil gehangen hat...«
»Ach was, das hast du wohl geträumt«, unterbrach ihn der Oberinspektor unsanft. »Ich weiß von niemandem, der erhängt worden ist.«
»Ich hab' ihn gesehen, wie er gehangen hat«, wiederholte

Rappel hartnäckig. »Hu, zum Fürchten. Sie glauben es mir nicht. Sie sagen immer, ich träume. Rappel träumt –.« Sein Gesicht veränderte sich plötzlich und wurde stumpf. »Lassen Sie mich gehen, Herr, ich muß meine Schweine füttern.«
»Du lieber Himmel«, stöhnte Mr. Blundell. »Was sollen wir nun daraus machen?«
Wimsey schüttelte den Kopf. »Ich glaube, daß er irgend etwas gesehen hat. Wie sollte er denn sonst etwas von dem Seil aus der Truhe wissen? Alles, was das Hängen betrifft, ist natürlich Blödsinn. Der Mann ist nicht erhängt worden. Was für einen Montagabend hat er aber gemeint?«
»Der 6. Januar kann es nicht gut sein«, entgegnete der Oberinspektor. »Der Leichnam ist, soviel wir feststellen können, am 4. eingegraben worden. Der 30. Dezember kann es aber auch nicht gut sein, weil Legros ja nicht vor dem 1. Januar hierhergekommen ist. Wenn es tatsächlich Legros war, den Sie gesehen haben. Aber an welchem Abend war das nun?«
»An dem Tag, nach welchem der Pastor über Dankbarkeit gepredigt hat«, erwiderte Wimsey. »Über Dankbarkeit für Weihnachten. Das könnte am 30. Dezember gewesen sein. Und warum auch nicht? Wer sagt Ihnen denn, daß Legros nicht schon vor dem 1. Januar hiergewesen ist? Cranton ist am 1. Januar hergekommen.«
»Ich dachte, wir hätten Cranton endgültig ausgeschaltet und Will Thoday an seine Stelle gesetzt?« wandte Mr. Blundell ein.
»Aber wen habe ich denn dann auf der Straße getroffen?«
»Das muß Legros gewesen sein.«
»Das ist möglich, aber ich glaube immer noch, daß es Cranton oder sein Zwillingsbruder war. Doch wenn ich Legros am 1. Januar getroffen haben sollte, dann kann er nicht am 30. Dezember von Will Thoday erhängt worden sein. Überhaupt ist er gar nicht erhängt worden. Wir wissen ja noch nicht einmal«, schloß Wimsey triumphierend, »woran er gestorben ist.«
Der Oberinspektor stöhnte. »Ich bleibe dabei, wir müssen Cranton finden. Und woher wollen Sie so genau wissen, daß es der 30. Dezember war?«
»Ich werde ganz einfach den Pastor fragen, wann er über Dankbarkeit gepredigt hat. Oder noch besser, die Pastorin.«

»Und ich muß mir wohl Thoday noch einmal vornehmen. Nicht, daß ich Rappel ein einziges Wort glaube. Aber was ist mit Jim Thoday? Was hat er mit der ganzen Sache zu tun?«
»Ich weiß nicht, aber eines ist sicher, Oberinspektor: Die Knoten in dem Seil sind keine Schifferknoten. Darauf will ich einen Eid ablegen.«
»Um so besser«, meinte Mr. Blundell.

Wimsey ging ins Haus zurück. Er fand den Pastor in seiner Studierstube eifrig dabei, einen Satz des Treble-Bob-Major-Geläutes auszuschreiben.
»Einen Augenblick, mein Lieber«, vertröstete er seinen Gast und schob ihm die Tabakbüchse zu, »einen Augenblick. Ich schreibe nur noch dies hier für Wally Pratt auf. Er hat wieder einmal alles durcheinandergebracht. Tolpatsch, der er ist! Also, mal sehen: 51732468 – 15734286 – und 13547826. Aha, hier liegt der Hase im Pfeffer! Die 8 kommt natürlich zuletzt. Natürlich, wie dumm ich bin!« – Er zog eine Linie mit roter Tinte und begann wie besessen Zahlen niederzuschreiben. »Jetzt haben wir's: 51372468 – 15374286, und nun zuletzt die 8. Kommt wieder nach Haus wie der Vogel ins Nest – 13572468! So, nun noch schnell einmal vergleichen: Erste Runde, zweite, dritte. Übrigens, ein ganz reizender musikalischer Satz.« Er schob die zahlenbedeckten Bogen zur Seite. »Und nun, wie geht es Ihnen? Kommen Sie gut vorwärts? Kann ich Ihnen irgendwie behilflich sein?«
»Ja, Padre. Sie können mir sicher sagen, an welchem Sonntag Sie in diesem Winter über die Dankbarkeit gepredigt haben.«
»Dankbarkeit? Hm – das ist eins meiner Lieblingsthemen. Ich finde nämlich, daß die Menschen viel zuviel murren; wenn man näher zusieht, könnte es ihnen allen noch viel schlechter gehen. – Es soll nicht so lang her sein? Da muß ich mal überlegen. Mein Gedächtnis läßt mich jetzt oft im Stich, ich fürchte ...«, er steckte seinen Kopf aus der Tür, »Agnes! Agnes! Liebes Herz, hast du wohl mal einen Augenblick Zeit? Meine Frau erinnert sich bestimmt. Liebes Herz, entschuldige, daß ich dich gestört habe, aber kannst du dich erinnern, wann ich zuletzt über Dankbarkeit gepredigt

habe? Ich weiß, daß ich das Thema gestreift habe, als ich über die Zehntenabgabe sprach. Nicht, daß wir hier in der Gemeinde irgendwelche Schwierigkeiten mit der Kirchensteuer hätten. Unsere Leute sind sehr vernünftig. Aber da ist ein Mann aus St. Peter zu mir gekommen, um sich bei mir zu beklagen. Doch ich habe ihm auseinandergesetzt, daß . . .«
»Mein Lieber«, unterbrach Mrs. Venables, »Lord Peter hat dich nach deinen Predigten über die Dankbarkeit gefragt. Hast du nicht am Sonntag nach Weihnachten darüber gepredigt – über Dankbarkeit für die Weihnachtsbotschaft? Erinnere dich doch! Der Text war, glaube ich, aus der Epistel des Tages: ›Also ist nun hier kein Knecht mehr, sondern eitel Kinder . . .‹«
»Ganz recht, mein Herz, du erinnerst dich immer an alles. Ja, am Sonntag nach Weihnachten, Lord Peter. Jetzt fällt es mir auch ein.«
»Dann war also der nächste Tag der 30. Dezember«, stellte Wimsey fest. »Vielen Dank, Padre, das war mir sehr wichtig. Erinnern Sie sich vielleicht auch noch daran, daß Will Thoday am Montag abend bei Ihnen vorgesprochen hat?«
Der Pastor sah seine Frau hilfeheischend an, die bereitwillig für ihn antwortete: »Natürlich, Theodor. Erinnerst du dich nicht, daß du noch gesagt hast, wie erschreckend elend er aussah? Wahrscheinlich steckte die Influenza schon in ihm. Er kam ziemlich spät, so um neun Uhr, und du sagtest noch, du könntest nicht verstehn, warum er nicht bis zum nächsten Morgen gewartet hätte.«
»Richtig, richtig!« bestätigte der Pastor. »Ja, – er sprach am Montagabend bei mir vor. Ich hoffe doch nicht – aber ich darf wohl keine indiskreten Fragen an Sie richten?«
»Nicht, wenn ich sie doch nicht beantworten kann«, erwiderte Wimsey, indem er lächelnd den Kopf schüttelte. »Aber noch eins: wie rappelig ist Rappel eigentlich? Kann man sich auf das, was er erzählt, verlassen?«
»Das kommt darauf an«, erwiderte Mrs. Venables. »Er bringt die Sachen durcheinander, wissen Sie. Sobald etwas nicht über seinen Verstand geht, spricht er die Wahrheit. Wenn er jedoch ins Phantasieren kommt, gibt er seine Phantasien für Tatsachen aus. Alles, was er über Seile oder Hängen sagt, ist purer Unsinn; da hat er einfach einen Spleen.

Aber wenn es sich zum Beispiel um seine Schweine oder um die Orgel handelt, da ist er ganz vernünftig und zuverlässig.«
»Ich verstehe. Ja, er hat uns ziemlich viel von Seilen und Hängen vorerzählt.«
»Dann dürfen Sie ihm nicht ein Wort glauben«, sagte Mrs. Venables sehr entschieden. »Du meine Zeit! Da kommt der Oberinspektor – wahrscheinlich will er Sie sprechen.«
Wimsey fing Mr. Blundell im Garten ab und lotste ihn wieder vom Haus fort.
»Ich war bei Thoday«, berichtete der Oberinspektor. »Natürlich leugnet er die ganze Geschichte. Behauptet, Rappel hätte geträumt.«
»Und was hat es mit dem Seil auf sich?«
»Das ist es ja eben. Aber Sie erinnern sich, daß Rappel sich hinter der Kirchhofsmauer versteckt hatte, als Sie und ich das Seil im Brunnen fanden, und wer weiß, wieviel er von unsrer Unterhaltung aufgeschnappt hat! Thoday leugnet jedenfalls alles, und so kann ich ihn nicht mit dem Mord belasten, ich muß ihm sogar noch aufs Wort glauben. Sie kennen ja diese verwünschten Vorschriften. Zeugen dürfen nicht erpreßt werden – ob mir's gefällt oder nicht, daran bin ich gebunden. Und was Thoday auch getan oder nicht getan haben mag, auf jeden Fall hat er den Leichnam nicht eingegraben – was können wir also machen? Glauben Sie wirklich, daß eine Jury jemals einen für schuldig erklären würde, nur auf die Aussagen eines Dorftrottels wie Rappel Pick hin? Niemals. Nein, für uns gibt's nur eines: wir *müssen* Cranton finden.«
Am selben Nachmittag erhielt Lord Peter einen Brief:
»Lieber Lord Peter! Es handelt sich um eine merkwürdige Angelegenheit. Ich habe mir überlegt, daß Sie davon Kenntnis haben müßten. Obwohl ich mir nicht vorstellen kann, daß sie irgendwie mit dem Mord zu tun hat. Aber da die Detektive in Kriminalromanen immer alles, was irgendwie außergewöhnlich ist, wissen wollen, schicke ich Ihnen den einliegenden Zettel. Onkel Edward würde sicher dagegen sein, daß ich Ihnen schreibe. Er sagt immer, daß Sie mich nur in meiner Idee, Schriftstellerin zu werden, unterstützten und mich in die polizeiliche Untersuchung hineinzögen. Und wahrscheinlich wäre Miss Garstairs, das ist nämlich

unsere Direktorin, auch dagegen, daß ich Ihnen schreibe.
Deshalb stecke ich diesen Schrieb in einen Brief an Penelope
Dwight. Hoffentlich befördert sie ihn weiter.
Den Zettel habe ich am Ostersonnabend in der Glockenstube gefunden. Ich wollte ihn eigentlich Mrs. Venables zeigen, weil er so komisch ist, habe es aber dann vergessen,
weil es Pa so schlecht ging. Erst dachte ich, es wäre irgendein Unsinn von Rappel Pick. Aber Jack Godfrey meint, es
ist nicht Rappels Handschrift. Aber es ist so dummes Zeug,
daß es von ihm sein könnte. Finden Sie nicht auch? Jedenfalls dachte ich, daß es Sie vielleicht interessieren würde. Ich
kann mir bloß nicht vorstellen, wie Rappel zu so ausländischem Briefpapier hätte kommen können, oder?
Ich hoffe, daß Sie mit Nachforschungen gut weiterkommen.
Sind Sie noch immer in Fenchurch St. Paul? Ich mache jetzt
ein Gedicht auf den Guß von Tailor Paul, es soll sogar im
Schulmagazin gedruckt werden. Bitte schreiben Sie, wenn
Sie Zeit haben, und erzählen Sie mir, ob Sie irgend etwas
mit dem Zettel anfangen können.

           Ihre Hilary Thorpe«

›Ein Kollege, wie man ihn sich wünscht‹, dachte Wimsey,
als er die dünne Beilage entfaltete. ›Mein Gott! Zweifellos
ein verlorengegangenes Werk unseres berühmtesten expressionistischen Dichters und die literarische Sensation des
Jahres! ›Elfen und Elephanten ...‹ Das gibt keinen Sinn.
Hm, da sind gewisse Verrücktheiten, die auf Rappels Urheberschaft schließen lassen könnten, aber keine Anspielung
auf Hängen, so daß ich nicht glaube, daß es von ihm stammt.
Ausländisches Papier? Augenblick mal! Das Papier kommt
mir irgendwie bekannt vor. Großer Gott! Ja natürlich!
Der Brief von Suzanne Legros! Wenn dieser Zettel hier
nicht auch daher stammt ...! Mal überlegen: angenommen,
das ist der Zettel, den Jean Legros an Cranton geschickt hat.
Oder an Will Thoday oder wer es sonst war! Blundell muß
ihn sich jedenfalls ansehen.‹ »Bunter, den Wagen bitte! Wofür halten Sie das?«
»Das? Ich möchte vermuten, Mylord, daß es von einer Person geschrieben ist, die über ungewöhnliche literarische
Fähigkeiten verfügt, die die Werke unserer Lyriker studiert
hat.«

»Ach? *So* erklären Sie sich das? Sie halten es also nicht für eine chiffrierte Nachricht oder dergleichen?«
»Nein. Der Gedanke, es unter diesem Aspekt zu betrachten, ist mir bisher noch nicht gekommen, Mylord. Der Stil ist etwas geschraubt, gewiß – aber in einer außerordentlich konsequenten Weise, ja, ich möchte fast sagen, das Ganze deutet eher auf literarische Bemühungen hin als auf ein ausgeklügeltes Schema.«
»Richtig, Bunter, richtig. Natürlich ist hier nicht eins der üblichen Allerweltsschemata angewandt worden. Und es sieht auch nicht so aus, als wäre es mit einem Schlüssel zu entziffern. ›Sichel aus Stroh‹, reichlich manieriert, aber originell. ›Boten mit goldnen Posaunen, mit Harfen und Pauken.‹ Wer das auch geschrieben haben mag, er hatte jedenfalls ein Ohr für Kadenzen. ›Das Tor des Erebus steht offen.‹ Und was meint er damit, Bunter?«
»Das könnte ich nicht sagen, Mylord.«
»Seltsam, seltsam, Bunter. Auf nach Leamholt. Wir müssen die beiden Papierbogen miteinander vergleichen.«

Als sie vor der Polizei in Leamholt hielten, trafen sie den Oberinspektor, der gerade in seinen Wagen steigen wollte.
»Kommen Sie zu mir, Mylord?«
»Ja. Wollten Sie zu mir?«
»Ja.«
Wimsey lachte. »Die Sache kommt in Schwung. Was haben Sie Neues?«
»Wir haben Cranton.«
»Nein?!«
»Jawohl, Mylord. Und zwar haben sie ihn endlich in London aufgegabelt. Er war anscheinend krank. Ich will zu ihm, um ihn zu vernehmen. Wollen Sie mitkommen?«
»Gern. Soll ich Sie hinfahren? Erspart der Polizei die Unkosten für die Eisenbahn und geht nebenbei auch rascher und bequemer.«
»Danke vielmals, Mylord.«
»Bunter, telegraphieren Sie gleich an den Herrn Pastor, daß wir in die Stadt gefahren sind. Steigen Sie ein, Oberinspektor. Einen Augenblick – sehen Sie sich das doch einmal an, bis Bunter wiederkommt. Ich habe das heute morgen erhalten.«

Wimsey übergab ihm Hilary Thorpes Brief und die Beilage. ›Elfen und Elephanten ...‹, was in aller Welt soll das heißen?«
»Ich weiß es nicht. Aber ich hoffe, Ihr Freund Cranton kann uns das erzählen.«
»Das klingt nach Rappel – –«
»Ich glaube kaum, daß Rappel sich in solche Höhen aufzuschwingen vermag. Aber das Papier, Oberinspektor, das Papier!!«
»Wieso, was ist damit? Oh, jetzt verstehe ich. Sie meinen, es stammt daher, woher auch der Brief von Suzanne Legros kommt. Da könnten Sie recht haben; wir wollen das gleich einmal feststellen. Sapperlot! Mylord, Sie haben recht! Könnte direkt aus derselben Packung stammen! Da möchte ich doch wetten. – In der Glockenstube gefunden, sagen Sie? Und was halten Sie davon?«
»Ich glaube, es ist die Mitteilung, die Legros seinem Freund in England geschickt hat. Die Garantie, zu deren Abfassung er sich so lange in seinem Zimmer eingeschlossen hatte. Und meiner Meinung nach ist es der Schlüssel zu dem Versteck des Schmuckes. Ein Chiffreschlüssel oder so etwas.«
»Chiffrebrief? Na, dafür ist er aber recht sonderbar. Können Sie ihn denn lesen?«
»Nein, doch ich hoffe, sehr bald. Oder vielleicht ein andrer. Zum Beispiel Cranton. Ich wette allerdings, daß er es nicht tun wird«, fügte Wimsey nachdenklich hinzu. »Und selbst wenn wir ihn entziffern könnten, wird er uns nicht viel nützen, fürchte ich.«
»Warum nicht?«
»Weil Sie Gift darauf nehmen dürfen, daß der Schmuck von dem Betreffenden, der Legros ermordet hat, mitgenommen worden ist. Ob das nun Cranton oder Thoday oder sonst wer war.«
»Das wird wohl stimmen. Immerhin, wenn wir den Chiffrebrief herausbekommen und das Versteck ausfindig machen und feststellen können, daß das Halsband fort ist, dann ist das doch wenigstens ein Beweis, daß wir uns auf der richtigen Spur befinden.«
»Sicher. Aber«, fügte Wimsey hinzu, als er mit dem Oberinspektor neben und Bunter hinter sich im Wagen aus Leamholt hinausraste, und zwar mit einem Tempo, das dem

Mann des Gesetzes fast den Atem benahm. »Aber wenn die Edelsteine wirklich verschwunden sind und Cranton sagt, er hat sie nicht genommen, und wir können ihm auch nichts nachweisen, und wenn wir nicht herausbekommen, wer Legros wirklich war oder wer ihn getötet hat – wo sind wir dann?«

»Genau wo wir vorher waren«, erwiderte Mr. Blundell.

Zehntes Kapitel

Neue Rätsel

»Natürlich«, gab Mr. Cranton zu und lächelte aus seinen Kissen Lord Peter resigniert zu. »Wenn Seine Lordschaft mich wiedererkennen, hat's keinen Zweck zu leugnen. – Tatsache ist, daß ich zu Neujahr in Fenchurch St. Paul war, und ich muß schon sagen, nicht gerade ein einladender Ort, um das neue Jahr dort zu beginnen. Und es stimmt auch, daß ich seit vorigen September nicht mehr polizeilich gemeldet war. Hat ja ziemlich lang gedauert, bis ihr mich ausgegraben habt.«
Er hielt inne und warf sich unruhig hin und her.
»Na, na, nur keine Lippe riskiert!« ermahnte ihn Kriminaloberkommissar Parker gemütlich. »Wann haben Sie sich denn diesen Rauschebart zugelegt? Im September? Aha, dachte ich mir schon. Und was haben Sie damit bezweckt? Ist doch wohl nicht nur aus Verschönerungsgründen geschehen?«
»Bewahre! Ist mir hart genug angekommen. Aber ich dachte mir, sie werden Nobby Cranton niemals auskultieren, wenn er seine beauté hinter einem schwarzen Haarwald versteckt. Und so habe ich das Opfer gebracht. Jetzt sieht's ja schon ganz manierlich aus, und ich hab mich auch daran gewöhnt. Aber als der Bart noch im Wachsen war, schandbar, sage ich Ihnen!«
»So hatten Sie also wieder mal ein Feuer im Eisen im vorigen September?« fragte Parker geduldig. »Und was? Vielleicht etwas im Zusammenhang mit dem Wilbraham-Schmuck?«
»Um die Wahrheit zu sagen, ja. Wissen Sie, ich habe mir niemals etwas daraus gemacht, daß Sie mich seinerzeit ins Kittchen gesteckt haben. Aber es muß einen Ehrenmann kränken, wenn man ihm nicht glaubt. Als ich damals sagte,

daß ich das Halsband nicht gehabt hätte, war das die reine Wahrheit. Ich habe es nie gehabt. Sie wissen das auch. Wenn ich es nämlich gehabt hätte, würde ich heute nicht in so einem Dreckloch hausen wie hier. Das kann ich Ihnen versichern! Herrgott, ich hätte das Zeug konfisziert und verkloppt, ehe Sie bis drei hätten zählen können. Niemals hätten Sie's herausbekommen, wenn *ich* das Ding gedreht hätte.«
»So sind Sie also nach Fenchurch St. Paul gegangen, um die Steine zu finden?« fragte Wimsey.
»Jawohl, stimmt. Und warum? Weil ich wußte, daß sie noch dort sein mußten. Dieser Schweinehund – Sie wissen schon, wen ich meine.«
»Deacon?«
»Ja, Deacon.« Ein Schatten, der Furcht oder auch nur Zorn bedeuten konnte, überlief des Kranken Gesicht. »Er hat ja damals den Ort nicht verlassen. Er hätte sie nie fortschaffen können, ohne daß ihr ihn erwischt hättet. Nein, er mußte sie dort haben, irgendwo. Wo, weiß ich nicht. Aber er hat sie bestimmt gehabt. Und so wollte ich sie eben holen, verstehen Sie? Holen und dann zu euch bringen, bloß damit ihr zurücknehmen müßt, was ihr damals über mich gesagt habt. Wär' eine feine Blamage gewesen, was? Wenn ihr hättet zugeben müssen, daß ich recht hatte!«
»Was Sie sagen?!« rief Parker aus. »Das war also Ihre Absicht: Sie wollten sich auf die Suche nach dem Kram begeben und ihn uns dann wie ein artiger Junge bringen?«
»Jawohl.«
»Und selbstverständlich, ohne irgendwelche Nebenabsichten zu haben – etwa Geld herauszuschlagen?«
»O bewahre! Nein«, entgegnete Mr. Cranton voller Entrüstung.
»Und Sie sind im September auch nicht zu uns gekommen und haben uns vorgeschlagen, wir sollten Ihnen beim Suchen helfen?«
»N–nein«, gab Mr. Cranton zu. »Ich wollte mir nicht eine Meute blöder Kerle aufladen. Schließlich war es ja *mein* Einfall.«
»Großartig, wirklich!« bemerkte Mr. Parker. »Und woher wußten Sie, wo Sie danach suchen sollten?«
Cranton wurde vorsichtig. »Ich erinnere mich an eine Be-

merkung, die Deacon einmal gemacht hat. Aber natürlich war es erlogen. In meinem ganzen Leben ist mir kein so durch und durch verlogener Mensch begegnet. Ein gemeiner Schuft. Das ist er; hat keinen Funken Ehre im Leibe!«
»Wohl möglich«, meinte Parker. »Und wer ist Paul Taylor?«
»Das ist es ja!« triumphierte Mr. Cranton. »Deacon hat mir gesagt . . .«
»Wann?«
»Na ja, im Untersuchungsgefängnis, wenn es erlaubt ist, einen so anrüchigen Ort hier zu erwähnen. ›Möchtest du wissen, wo die Dingerchen stecken, was? Frag nur Paul Taylor oder Batty Thomas‹, sagte er und grinste übers ganze Gesicht. ›Wer ist denn das?‹ fragte ich. ›Die findest du in Fenchurch St. Paul‹, antwortete er und grinste noch mehr. ›Doch dahin wirst du in der nächsten Zeit wohl kaum kommen‹. Darauf knallte ich ihm eine – entschuldigen Sie den derben Ausdruck –, und dann kam auch schon der Idiot von Wärter dazwischen.«
»Ach, wirklich?« äußerte Mr. Parker ungläubig.
»Auf Ehre und Gewissen!« versicherte Mr. Cranton. »Aber als ich dann nach Fenchurch gekommen bin, gab es dort niemanden, der so hieß. Bloß so ein paar alte blöde Glokken. Na, und da hab' ich das Ganze wieder aufgegeben.«
»Und sind Sonnabend nacht wieder getürmt? Warum eigentlich?«
»Um die Wahrheit zu sagen«, erwiderte Mr. Cranton, »in dem Ort lebte eine Person, die mir nicht geheuer war. Ich bildete mir plötzlich ein, daß ihr meine Visage bekannt vorkam, trotz meiner äußeren Aufmachung. Darum bin ich, um jeder Auseinandersetzung aus dem Weg zu gehen, leise verduftet.«
»Wer war denn dieses scharfsinnige Wesen?«
»Deacons frühere Frau. Wir hatten ja damals sozusagen Schulter an Schulter gestanden, und zwar unter recht unglücklichen Umständen. So hatte ich keine Lust, die Bekanntschaft zu erneuern. Ich hätte niemals erwartet, ausgerechnet sie in dem Dorf zu treffen. Die Frau hat, offengestanden, kein Feingefühl.«
»Sie ist zurückgekommen, als sie sich mit ihrem jetzigen Mann Will Thoday wieder verheiratete«, erklärte Wimsey.

»Wieder verheiratet? Tatsächlich?!« Cranton kniff seine Augen zusammen. »Verstehe. Das habe ich nicht gewußt. Donnerwetter!«
»Warum so überrascht?«
»Warum? Na ja, jemand muß da nicht besonders heikel gewesen sein.«
»Hören Sie mal«, wandte sich der Kriminaloberkommissar nun an Mr. Cranton, »rücken Sie lieber gleich mit der Wahrheit heraus. Hat diese Frau damals irgend etwas mit dem Diebstahl zu tun gehabt?«
»Wie soll ich das wissen? Ich glaube, dieser Deacon hat sie nur zum Narren gehalten. Er hat sie einfach zum Ausspionieren benützt, ohne daß sie selber eine blasse Ahnung davon gehabt hat.«
»Sie glauben also nicht, daß sie weiß, wo das Zeug steckt?«
Cranton dachte einen Augenblick nach, dann lachte er. »Ich möchte einen Eid darauf schwören, daß sie es nicht weiß.«
»Und warum?«
»Wenn sie es gewußt hätte, hätte sie es längst der Polizei erzählt. Oder aber, wenn sie wirklich gerissen wäre, hätte sie mir oder einem meiner Kollegen einen Tip gegeben. Nein, von ihr werden Sie nichts erfahren können.«
»Hm – und Sie meinen also, daß sie Sie wiedererkannt hat?«
»Es kam mir plötzlich so vor, aber vielleicht war es nur Einbildung. Vielleicht habe ich mich geirrt. Mir sind Wortwechsel immer zuwider gewesen. Riecht immer nach schlechter Kinderstube. So habe ich es vorgezogen, mich zu verflüchtigen, und ging nach Hause, um mir das alles mal ruhig durch den Kopf gehen zu lassen. Bis ich dann hier Gelenkrheumatismus bekam.«
»Ich verstehe. Aber wo haben Sie sich denn den Gelenkrheumatismus geholt?«
»Den würde wohl jeder bekommen, der mal in einen dieser verfluchten Gräben geplumpst ist. Ich habe mich nie fürs Landleben begeistern können, besonders mitten im tiefsten Winter nicht, und wenn's dazu auch noch taut. Ich war schon halb verreckt, als sie mich aus dem Graben herausholten. Nee, nichts für unsereinen.«
»So haben Sie sich also nicht weiter darum gekümmert, was

es mit Batty Thomas und Tailor Paul auf sich haben könnte?« fragte Parker in aller Gemütsruhe, ohne den beredten Ausführungen Mr. Crantons, der nur allzu bereitwillig jede Abschweifung vom Thema aufgriff, Beachtung zu schenken. »Ich meine die Glocken. Sie sind zum Beispiel nicht in die Glockenstube hinaufgestiegen, um nachzusehen, ob die Steine vielleicht dort oben versteckt waren?«
»Nein, natürlich nicht. Übrigens«, fügte Mr. Cranton etwas hastig hinzu, »übrigens war der Zugang zum Turm ja immer verschlossen.«
»So haben Sie es also doch versucht?«
»Um die Wahrheit zu sagen, habe ich bloß mal meine Hand auf die Türklinke gelegt.«
»So sind Sie nicht in die Glockenstube hinaufgegangen?«
»Bewahre!«
»Wie erklären Sie sich aber dann das hier?« fragte Mr. Parker und hielt den mysteriösen chiffrierten Zettel plötzlich dem Kranken vor die Augen.
Mr. Cranton wurde weiß. »Das«, stotterte er, »das – niemals . . .« Er rang nach Atem. »Mein Herz – rasch, geben Sie mir von dem Zeug da in dem Glas.«
»Geben Sie es ihm«, sagte Wimsey, »es geht ihm wirklich schlecht.«
Parker reichte ihm die Medizin mit grimmigem Gesicht. Kurz danach wich die bläuliche Blässe einer natürlicheren Gesichtsfarbe, und die Atemzüge wurden regelmäßiger.
»Jetzt fühle ich mich wieder besser«, atmete Cranton nach einer Weile auf. »Sie haben mich schön erschreckt! Was haben Sie gefragt? Das? – das habe ich nie gesehen.«
»Sie lügen«, erwiderte Parker kurz. »Natürlich haben Sie es schon gesehen. Jean Legros hat es Ihnen geschickt oder nicht?«
»Wer ist denn das? Kenne ich nicht.«
»Wieder gelogen. Wieviel Geld haben Sie ihm geschickt, damit er nach England kommen konnte?«
»Ich sage Ihnen ja, daß ich ihn nicht kenne«, wiederholte Cranton verärgert. »Herrgott, können Sie mich denn nicht in Ruhe lassen? Sie sehen ja, daß ich krank bin.«
Er sah tatsächlich krank aus. Parker unterdrückte mühsam einen Fluch. »Warum wollen Sie uns nicht die Wahrheit sagen, Nobby? Dann brauchen wir Sie nicht weiter zu pla-

gen. Ich weiß genau, daß Sie krank sind. Also – schießen Sie los!«

»Ich hab' Ihnen ja schon gesagt, daß ich nichts weiß. Ich bin nach Fenchurch gekommen und bin wieder fortgegangen. Ich habe diesen Zettel niemals vorher gesehen, noch jemals den Namen von diesem Jean Sowieso gehört. Genügt Ihnen das noch nicht?«

»Nein.«

»Wollen Sie mich denn mit etwas belasten?«

Parker zögerte. »Noch nicht«, meinte er dann.

»Also dann müssen Sie sich schon mit meiner Antwort begnügen«, stellte Cranton mit schwacher Stimme fest, aber doch wie jemand, der seiner Sache sicher ist.

»Das weiß ich«, entgegnete Parker. »Aber, zum Henker, wollen Sie denn unbedingt belangt werden? Wenn Sie lieber mit uns kommen . . .«

»Was heißt das? Was wollen Sie mir denn zur Last legen? Sie können mir nicht noch einmal den Prozeß machen, weil ich diese kotzdämlichen Edelsteine gestohlen hätte. Ich habe sie nicht. Und ich habe sie auch nie gesehen.«

»Nein. Aber wir könnten Sie zum Beispiel mit der Ermordung des Jean Legros belasten.«

»N–nein!« schrie Cranton. »Das ist eine Lüge! Ich habe ihn nicht umgebracht. Ich habe nie jemanden umgebracht – nie!«

»Er ist ohnmächtig«, bemerkte Wimsey.

»Tot ist er«, äußerte sich Oberinspektor Blundell zum ersten Mal.

»Du lieber Himmel! Hoffentlich nicht!« meinte Mr. Parker.

»Nein, alles in Ordnung. Aber er sieht reichlich komisch aus. Besser, wir rufen das Mädchen herein – hallo, Polly!«

Ein weibliches Wesen kam herein. Sie warf einen vorwurfsvollen Blick auf die drei Männer und eilte dann zu Cranton.

»Wenn Sie ihn getötet haben, so ist das reiner Mord«, murmelte sie. »Einfach reinkommen und einen todkranken Menschen bedrohen. Der hat niemandem etwas zuleide getan.«

»Ich schicke gleich einen Arzt«, sagte Parker. »Und ich komme wieder vorbei. Sehen Sie zu, daß ich ihn dann hier vorfinde, verstanden? Wir brauchen ihn nämlich, sobald er transportfähig ist. Er hat sich seit September polizeilich nicht gemeldet.«

Das Mädchen zuckte voller Verachtung die Achseln und beugte sich über den Kranken, während die Männer den Raum verließen.

»Mehr können wir im Augenblick nicht für Sie tun, Oberinspektor«, wandte sich Mr. Parker an Mr. Blundell. »Der Mann simuliert nicht, der ist wirklich krank. Aber er hält mit irgend etwas hinterm Berge! Jedenfalls glaube ich nicht, daß er etwas mit dem Morde zu tun hat. Das würde Cranton nicht ähnlich sehen. Den Zettel hat er übrigens sofort erkannt.«

»Ja, hat prompt darauf reagiert«, bemerkte Wimsey. »Er hat vor irgend etwas Angst. Was kann das bloß sein?«

»Natürlich vor der Mordsache.«

»Mir kommt es doch vor, als hätte er den Mord begangen«, warf Mr. Blundell ein. »Er gibt zu, daß er da war und daß er sich in der Nacht, in der der Leichnam begraben worden ist, aus dem Staube gemacht hat. Und wenn er es nicht getan hat, wer war denn dann der Täter? Er könnte sich, wie wir wissen, den Schlüssel zum Kohlenkeller sehr leicht vom Küster verschafft haben.«

»Natürlich könnte er«, wandte Wimsey ein. »Aber er war doch mit der Örtlichkeit nicht vertraut. Woher sollte er wissen, wo der Küster seine Schaufel aufbewahrte? Oder wo ein Seil zu finden war? Und was ist dann mit diesem Legros? Wenn Deacon dem Cranton tatsächlich erzählt hat, wo die Steine zu finden sind, was hatte es dann für einen Sinn, diesen Legros nach England zu bringen? Er brauchte ihn doch nicht. Wenn er ihn aber aus irgendeinem Grunde brauchte und ihn ermordete, um der Steine habhaft zu werden, wo sind dann diese Steine?«

»Wir werden selbstverständlich in dem Haus eine Razzia veranstalten müssen«, bemerkte Parker skeptisch. »Aber ich glaube nun mal nicht, daß er sie hat. Er war nicht ein bißchen nervös wegen der Steine. Wirklich, ein Rätsel!«

»In unserm Weinberg liegt ein Schatz – grabt nur danach! An welchem Platz?« zitierte Wimsey. »Ich möchte schwören, daß Fenchurch St. Paul dieser Platz ist. Wollen wir wetten, Parker?«

»Nein danke, Lord Peter!« wehrte der Kriminaloberkommissar ab. »Sie haben zu oft recht, und ich kann es mir nicht leisten, mein Geld zum Fenster hinauszuwerfen!«

Wimsey fuhr nach Fenchurch St. Paul zurück und machte sich sofort über den Chiffrebrief. Er hatte schon früher Kryptogramme enträtselt und zweifelte daher keinen Augenblick, daß das vorliegende ganz einfach sein würde. Ob der Urheber nun Cranton, Jean Legros, Will Thoday oder sonst jemand war, der in die Wilbraham-Affaire verwickelt war, der Betreffende durfte schwerlich ein Fachmann auf dem Gebiet kunstvoller Geheimschriften sein. Allerdings verriet das Schriftstück, daß sein Urheber schlau zu Werke gegangen war. Wimsey hatte niemals eine geheime Nachricht gesehen, die so unschuldig aussah.

Er versuchte es zuerst mit verschiedenen einfachen Methoden, zum Beispiel jeden zweiten, dritten oder vierten Buchstaben herauszupicken, doch ohne Erfolg. Darauf versuchte er, jedem Buchstaben eine Zahl zu geben und dann zu addieren. Das gab zwar eine ganze Reihe mathematischer Probleme, aber Sinn ergab es keinen. Darauf nahm sich Wimsey die sämtlichen Glockeninschriften vor und addierte sie sowohl mit als ohne Daten, doch ohne Resultat. Plötzlich kam ihm der Gedanke, nachzuprüfen, ob das Buch tatsächlich alles enthielt, was auf den Glocken eingraviert war. Er ließ also seine Papiere auf dem Tisch verstreut liegen und ging zum Pastor, um sich die Schlüssel zur Glockenstube zu entleihen. Dann begab er sich zur Kirche.

Dabei grübelte er immer noch über das Kryptogramm nach. Die Schlüssel klirrten in seiner Hand. Wie hatte Cranton herausbekommen, wo sie zu finden waren? Er hätte sie natürlich aus dem Haus des Küsters entwenden können, wenn er tatsächlich Bescheid gewußt haben sollte. Aber wenn Stephen Driver sich nach den Kirchenschlüsseln erkundigt hätte, dann wäre es bestimmt aufgefallen. Der Küster hatte die Schlüssel zum Westtor und zur Krypta. Hatte er auch die anderen Schlüssel? Wimsey machte plötzlich kehrt und feuerte die letzte Frage durchs offene Fenster auf den Pastor, der gerade über den Finanzen des Gemeindeblättchens schwitzte.

Mr. Venables rieb sich die Stirn. »Nein«, sagte er schließlich. »Gotobed hat den Schlüssel zum Westtor und zur Krypta, und natürlich auch den zum Turm und zum Läuteraum, da er morgens zum Frühgottesdienst läutet und manchmal Hezekiah vertritt, wenn dieser krank ist. Und Hezekiah hat

die Schlüssel zum Südtor, zum Turm und zum Läutezimmer. Doch keiner von beiden hat den Schlüssel zur Glockenstube, denn sie brauchen ihn nicht. Den haben nur Jack Godfrey und ich. Ich habe einen kompletten Satz von allen Schüsseln, im Falle einmal einer von den andern verloren oder verlegt wird. Ich helfe dann aus.«
»Hat Jack Godfrey auch den Schlüssel zur Krypta?«
»Nein, er braucht ihn ja nicht.«
›Höchst sonderbar‹, dachte Wimsey. ›Wenn derselbe Mann, der den Zettel in der Glockenstube zurückließ, auch den Leichnam begraben hat, dann hat er entweder alle Schlüssel vom Pastor genommen oder er hat sich zwei einzelne Schlüsselbunde verschafft, und zwar den von Jack Godfrey und den von Gotobed. Wenn dieser Mann aber Cranton war, wie konnte er das alles herausfinden? In diesem Falle müßte er entweder die Schlüssel des Pastors oder die Jack Godfreys gehabt haben.‹ Wimsey ging ums Haus und nahm sich Emilie und Hinkins vor. Beide versicherten, daß sie diesen Stephen Driver niemals auf dem Pfarrgrundstück gesehen hätten. Geschweige im Arbeitszimmer des Pastors, wo die Schlüssel sich befanden, wenn sie da waren, wo sie hingehörten.
»Aber da waren sie eben nicht, Mylord«, berichtete Emilie, »als wir sie am Silvesterabend suchten. Wir haben sie auch erst eine Woche danach in der Sakristei gefunden. Alle, außer dem Schlüssel zum Kirchenchor. Der steckte noch, wo Herr Pastor ihn nach der Chorübung hatte stecken lassen.«
»Nach der Chorübung? Am Sonnabend?«
»Das stimmt«, bestätigte Hinkins. »Aber erinnern Sie sich nicht, Emilie, daß der Herr Pastor gesagt hat, er hätte ihn nicht stecken lassen, weil seiner auch noch am Sonnabend verschwunden war, so daß er auf Harry Gotobed hätte warten müssen?«
»Davon weiß ich nichts«, antwortete Emilie. »Ich weiß nur, daß einer da steckte und daß Harry Gotobed ihn dann gefunden hat, als er zum Frühgottesdienst läutete.«
Mehr verwirrt denn je kehrte Wimsey zu dem Fenster des Arbeitszimmers zurück. Der Pastor, im Addieren unterbrochen, vermochte sich zuerst nicht recht zu erinnern, meinte aber dann, daß Emilie wohl recht habe.

»Ich muß meine Schlüssel wohl in der vorhergehenden Woche in der Sakristei haben liegen lassen«, vermutete er, »und derjenige, der die Kirche nach der Chorübung zuletzt verlassen hat, muß den Kirchenschlüssel gefunden und benützt haben. Aber wer das nun war, weiß ich nicht. – Du liebe Zeit! Sie glauben doch wohl nicht, daß es der Mörder . . .«
»Doch«, entgegnete Wimsey.
»In der Tat!« rief der Pastor aus. »Aber wenn ich die Schlüssel in der Sakristei gelassen habe, wie konnte er hineingelangen und sie finden? Er konnte doch nicht ohne Kirchenschlüssel hinein. Es sei denn, er wäre zur Chorübung gekommen. Es ist doch unmöglich ein Mitglied des Chors . . .«
Der Pastor sah so bekümmert aus, daß Wimsey sich beeilte, ihn zu trösten. »Das Kirchentor blieb doch während der Übung unverschlossen. In dieser Zeit könnte er hereingeschlüpft sein.«
»Natürlich, ja. Wie dumm ich bin. So wird es gewesen sein. Ich bin ordentlich erleichtert.«
Wimsey selbst fühlte sich dagegen in keiner Weise erleichtert. Als er sich auf den Weg zur Kirche machte, überdachte er das Ganze noch einmal. Wenn die Schlüssel am Silvesterabend fortgenommen worden waren, dann hatte Cranton sie nicht genommen. Cranton war erst am 1. Januar gekommen. Will Thoday hatte überflüssigerweise am 30. Dezember im Pfarrhaus vorgesprochen und konnte sich die Schlüssel angeeignet haben. Aber er war bestimmt nicht am 4. Januar in der Kirche gewesen, um sie wieder zurückzulegen. Natürlich war es möglich, daß Will Thoday sie genommen und der mysteriöse James Thoday sie zurückgebracht hatte. Doch was hatte dann Cranton mit der ganzen Sache zu tun?
Während er so hin und her überlegte, schloß er zuerst die Kirchenpforte und dann die Turmtür auf und stieg die Treppe hinauf
Wimsey ging durch das große, kahle Uhrzimmer, schloß die Falltür auf und kletterte weiter, bis er unter den großen Glocken herauskam. Dann stand er einen Augenblick still und starrte in ihre riesigen, schwarzen Münder, während seine Augen sich allmählich an das Halbdunkel gewöhnten.

Plötzlich begann ihn ihr brütendes Schweigen zu beengen. Ein leichter Schwindel erfaßte ihn. Er hatte das Gefühl, als würden die Glocken langsam auf ihn herabstürzen. Wie unter einem Zwang sprach er ihre Namen aus: Gaude, Sabaoth, John, Jericho, Jubilee, Dimity, Batty Thomas und Tailor Paul. Daraufhin schien sich ein leises, flüsterndes Echo von den Wänden zu erheben und langsam zwischen den Holzbalken zu ersterben. Dann rief er mit einem Mal mit lauter Stimme: ›Tailor Paul‹ – dabei mußte er irgendwie einen Dreiklang der Tonleiter getroffen haben, denn ein schwacher, eherner Ton antwortete, fern und drohend über ihm.
›Unsinn‹, riß sich Wimsey zusammen. ›Das fehlte noch! Jetzt komme ich schon hierher und spreche mit den Glocken. Wo ist die Leiter? Ran an die Arbeit!‹ Er knipste seine Taschenlampe an und ließ sie in die dunkeln Ecken des Raumes hineinleuchten. Er fand die Leiter, entdeckte aber auch noch etwas anderes. In der düstersten, staubigsten Ecke war eine Stelle auf dem Boden, die nicht so staubig war. Ja, es war ganz deutlich! Ein Teil des Fußbodens war vor nicht allzu langer Zeit geschrubbt worden.
Er kniete nieder, um die Stelle zu untersuchen. Warum sollte sich jemand die Mühe machen, den Fußboden einer Glockenstube zu scheuern, wenn nicht, um einen oder einige höchst verdächtige Flecken zu entfernen. Er sah Cranton und Legros den Turm hinaufsteigen. Das chiffrierte Blatt zur Orientierung in der Hand. Er sah das Funkeln der grünen Smaragde, die beim Schein einer Laterne aus ihrem Versteck herausgeholt worden waren. Er sah einen plötzlichen Sprung, einen brutalen Schlag. Blut, das zu Boden spritzte, und den Zettel, der unbeachtet in eine Ecke flatterte. Dann sah er den Mörder, zitternd und sich furchtsam umblickend, die Edelsteine den Fingern des Toten entwinden, den Leichnam aufnehmen und mühsam über die knackenden Leitern nach unten schleppen. Dann den Spaten des Küsters aus der Krypta, Eimer und Bürste aus der Sakristei oder wo sie sonst aufbewahrt wurden, Wasser aus dem Brunnen ...
Hier hielt er inne. Aus dem Brunnen? Der Brunnen erinnerte ihn an das Seil. Wozu war das Seil nötig gewesen? Hatte es nur dazu gedient, den Leichnam zu befördern? Die Sachverständigen waren doch davon überzeugt gewesen,

daß das Opfer vor seinem Tod gebunden worden war. Abgesehen davon, da waren der Schlag und das Blut. Es war ja ganz schön, sich selbst grausige Bilder auszumalen, aber der Schlag war erst gefallen, als der Mann lange genug tot war, um keine Blutlache mehr zu hinterlassen. Wenn jedoch kein Blut geflossen war, warum den Boden scheuern?
Er setzte sich auf seine Fersen und sah wiederum zu den Glocken hinauf. Wenn ihre Zungen sprechen könnten, dann könnten sie ihm erzählen, was sie gesehen hatten. Aber sie hatten weder Zunge noch Sprache. Enttäuscht nahm er seine Taschenlampe wieder zur Hand und suchte weiter. Auf einmal brach er in ein hartes und höhnisches Gelächter aus. Das ganze Geheimnis enthüllte sich ihm in unerwarteter Weise von selbst: da lag eine leere Bierflasche, in einem versteckten Winkel hinter einer Anzahl wurmzerfressener Holzbalken. Das war ja ein nettes Ende seiner Träume! Ein heimlicher Sünder auf geweihtem Boden oder vielleicht sogar ein Arbeiter, der mit der Reparatur des Glockengestells beauftragt gewesen war, hatte sein Bier hier verschüttet und die Spuren sorgsam entfernt, während die Flasche fortgerollt und in Vergessenheit geraten war. Das also war des Rätsels Lösung! Trotzdem hob Wimsey, aus einem unbestimmten Gefühl des Verdachts heraus, die Flasche sorgfältig auf, indem er einen Finger in ihren Hals steckte. Sie war nicht sehr staubig, konnte also seiner Meinung nach nicht sehr lange dort gelegen haben. Vielleicht trug sie noch irgendwelche Fingerabdrücke.
Er untersuchte die Ecke nochmals gründlich, vermochte jedoch außer einigen Fußspuren im Staub nichts zu entdecken – großen, männlichen Fußspuren. Sie konnten von Jack Godfrey oder Hezekiah Lavendel oder sonst wem stammen. Dann nahm er die Leiter und prüfte Glocken und Gestell eingehend. Er fand nichts: kein verborgenes Zeichen, kein Versteck für Juwelen. Und auch nichts, was auf Elfen, Elephanten oder Erebus schließen ließ. Nachdem er mehrere Stunden dieser schmutzigen und ermüdenden Arbeit gewidmet hatte, stieg er, mit der Flasche als einziger Beute, wieder herunter.

Seltsamerweise war es der Pastor, der schließlich die Chiffre löste. Und zwar an einem Abend, an dem er Punkt elf Uhr nachdenklich ins Schulzimmer kam, in der Hand ein Glas heißen Arrak-Grogs.

»Ich hoffe nur, Sie arbeiten sich nicht tot«, sagte er wie zur Entschuldigung. »Ich wage mich nur herein, um Ihnen eine kleine innere Stärkung zu bringen. Diese Frühsommernächte sind doch noch recht kühl. So – jetzt will ich Sie auch nicht weiter stören. Du liebe Zeit! Was ist denn das? Notieren Sie vielleicht ein Geläute? Nein, das sind ja Buchstaben, keine Zahlen! Meine Augen sind wirklich nicht mehr so gut wie früher. Aber ich bin indiskret.«

»Gar nicht, Padre. Es sieht wirklich wie ein Geläute aus, ist aber leider immer noch diese blöde Chiffre. Nachdem ich entdeckt hatte, daß die Anzahl der Buchstaben durch acht teilbar ist, hatte ich sie in acht Reihen angeschrieben – in der verzweifelten Hoffnung, daß dabei irgend etwas herauskommen könnte. Aber da Sie davon sprechen, kommt mir der Gedanke, daß man aus einem Satz eines Geläutes sehr leicht eine Chiffre machen könnte.«

»Auf welche Weise?«

»Nun, man braucht sich nur die Schläge einer Glocke vorzunehmen und die einzelnen Buchstaben der gewünschten Nachricht an die betreffenden Stellen zu setzen, während man die Stellen der übrigen Glocken mit irgendwelchen beliebigen Buchstaben ausfüllt. Nehmen wir zum Beispiel einmal ein gewöhnliches Geläute wie Grandsire Doubles, und dann nehmen wir an, Sie möchten jemandem eine ganz simple und fromme Mitteilung zukommen lassen, also ›*komm und bete an*‹. Dann suchen Sie sich eine der Glocken als Trägerin Ihrer Mitteilung aus, sagen wir Nummer fünf. Und nun beginnen Sie einen Satz des Geläutes zu notieren und setzen dabei einfach an die Stelle von Nummer fünf jedesmal einen Buchstaben Ihrer Mitteilung. Dann sieht das Ganze so aus« – rasch schrieb Wimsey die Reihen nieder.

```
1 2 3 4 5 6
2 1 3 5 4 6    . . . K . .
2 3 1 4 5 6    . . . . O .
3 2 4 1 5 6    . . . . M .
3 4 2 5 1 6    . . . M . .
4 3 5 2 1 6    . . U . . .
4 5 3 1 2 6    . N . . . .
```

```
5 4 1 3 2 6      D . . . .
5 1 4 2 3 6      B . . . .
1 5 2 4 3 6      . E . . .
1 2 5 3 4 6      . . T . .
2 1 5 4 3 6      . . E . .
2 5 1 3 4 6      . A . . .
5 2 3 1 4 6      N . . . .
```

»Die Plätze der übrigen Zahlen kann man dann mit irgendwelchen sinnlosen Buchstaben ausfüllen. Und zum Schluß schreibt man das ganze hintereinander und teilt es auf, so daß es wie einzelne Worte aussieht.«
»Warum das?«
»Nur um es ein bißchen schwieriger zu machen, so daß es zum Beispiel so aussieht: LOM KARWAN TON UMIVIN usw. Es kommt im einzelnen gar nicht darauf an. Die Hauptsache ist, daß der Empfänger, der den Schlüssel zu der Chiffre hat, die Buchstaben wieder in sechs Reihen aufteilt und dann mit seinem Blei dem Lauf von Nummer fünf folgt und die Nachricht entziffert.«
»Du meine Güte! Das ist ja genial!« bewunderte Mr. Venables. »Und wahrscheinlich kann man mit ein wenig Scharfsinn es sogar so einrichten, daß die Chiffrenachricht einen völlig harmlosen und irreführenden Eindruck macht.«
»Gewiß, wie zum Beispiel diese hier.« Wimsey schnellte mit seinem Finger den Zettel von Legros über den Tisch.
»Haben Sie ... doch verzeihen Sie – ich mische mich in unverantwortlicher Weise hinein –, haben Sie denn diese Methode schon auf das Kryptogramm angewendet?«
»Nein, noch nicht«, gab Wimsey zu. »Der Gedanke ist mir eben erst gekommen. Nebenbei, was hätte es für einen Zweck, Cranton eine solche Nachricht zu senden, der doch höchstwahrscheinlich nichts über Glockenläuten weiß? Und außerdem müßte sie ja von einem Glockenläuter verfaßt sein. Sollte ausgerechnet Jean Legros ein Glockenläuter gewesen sein? Freilich«, fügte er nachdenklich hinzu, »woher wissen wir, daß er keiner war?«
»Also, warum dann nicht versuchen?« schlug der Pastor vor. »Sie haben mir, glaube ich, erzählt, daß Sie den Zettel in der Glockenstube gefunden haben. Könnte denn nicht die Person, die ihn erhalten hatte und die sich seinen Inhalt

nicht zu erklären vermochte, ihn in ihrer Vorstellung mit den Glocken verbunden haben und der Meinung gewesen sein, daß sich der Schlüssel dazu vielleicht dort oben befindet? Sicher ein ganz dummer Gedanke von mir, aber mir erscheint er nicht so unmöglich.«

Wimsey schlug mit der Hand auf den Tisch. »Padre, das ist eine Idee. Als Cranton nach St. Paul kam, fragte er nach Paul Taylor, weil Deacon ihm erzählt hatte, daß Tailor Paul oder Batty Thomas wüßten, wo der Schmuck wäre. Los, lassen Sie's uns versuchen. Wollen mal selber Tailor Paul befragen.«

Er nahm einen Bogen zur Hand, auf dem er bereits das Kryptogramm, in acht Reihen aufgeteilt, niedergeschrieben hatte. »Wir wissen zwar weder, welches Geläute der Bursche ausgesucht hat, noch welche Glocke. Aber wir wollen einmal annehmen, daß es Grandsire Triples und die Glocke Batty Thomas oder Tailor Paul ist. Versuchen wir's erst einmal mit Batty Thomas. Glocke Nummer sieben: MESMNZTE – nein, das sieht nicht gerade verheißungsvoll aus. Also eine der anderen Glocken. Oder nein, vielleicht ist der Mann überhaupt einer anderen Methode gefolgt...«

Wimsey ließ seinen Bleistift von neuem über die Buchstaben gehen.

»Nein, Grandsire kommt nicht in Frage, und Stedman wohl auch nicht. Also mal sehen, wie's mit Kent Treble Bob ist. Und zwar erst mal mit Tailor Paul, weil die Baßglocke hier führt. Also, die Glocke beginnt an 7. Stelle = E, rückt dann an den 8. Platz vor = R, geht zurück nach 7 = S; nach 6 = I, nach 4 = T. Also: ERSIT. Na, das kann man wenigstens aussprechen. Weiter herauf nach 6 = Z. Runter nach 5 = E; nach 4 = T. Hallo, Padre! ER SITZET. Das sind doch schon zwei Worte. Vielleicht ist ›er‹ der Schmuck. Wollen mal weitersehen.«

Der Pastor, dessen Brille vor Erregung allmählich immer mehr nach vorn auf seine lange Nase rutschte, beugte sich über den Bogen, als Wimseys Blei rasch die Buchstaben entlangfuhr.

»›Er sitzet auf –‹, was habe ich Ihnen gesagt? ›Auf Cherubim‹. Das ist ein Stück von einem Psalm. Was kann das bloß heißen? Du liebe Zeit! Da ist ein Fehler. Der nächste Buchstabe müßte ein D sein – ›darum bebet die Welt‹. Es ist

aber kein D, sondern ein U. Da ist überhaupt kein D. Augenblick mal! UNDSE, das ist Unsinn. – Halt! UND SEIEN. Komisch, noch eine Sekunde. Jetzt werden wir gleich sehen: – eins, zwei, drei – Schluß. Und hier haben Sie die vollständige Nachricht. Aber was damit gemeint ist, kann ich Ihnen beim besten Willen nicht verraten.«
Der Pastor polierte seine Brille und starrte auf den Bogen. »Verse aus drei verschiedenen Psalmen«, stellte er dann fest. »Höchst seltsam. ›*Er citzet auf Cherubim –*‹, das ist Psalm 199, 1. Dann: ›*Und ceien fröhlish die Inceln –*‹, das ist Psalm 197, 1. Diese beiden Psalmen beginnen beide gleich, ›Dominus regnavit‹ – › Der Herr ist König‹. Und schließen: ›*Wie die Bäshe im Mittagclande*‹, das ist Psalm 126, 5. ›*Erlöcung der Gefangenen Zionc.*‹ Ein höchst mysteriöser Fall! Die Auflösung ist noch rätselhafter als die Chiffre.«

»Ja«, pflichtete Wimsey ihm bei. »Vielleicht haben die Zahlen etwas zu bedeuten: 99.1.97.1.126.5 – Sind sie als eine einzige Zahl zu lesen oder getrennt oder irgendwie dividiert? Möglichkeiten gibt es genug. Oder muß man sie addieren? Oder in Buchstaben übersetzen nach einem System, das wir noch nicht entdeckt haben? Es kann nicht nur einfach a = 1 usw. heißen. – JJAJGJABFE, das gibt keinen Sinn. Jedenfalls werde ich mich noch weiter damit herumschlagen müssen. Aber Sie waren ganz groß, Padre! Sie sollten sich dem Entziffern von Geheimschriften als Beruf zuwenden!«

»Reiner Zufall!« entgegnete Mr. Venables einfach, »der nur durch meine Kurzsichtigkeit verursacht worden ist. Aber auf die Idee, daß man aus einem Wechselgeläute eine Chiffre machen kann, wäre ich niemals gekommen. Höchst genial!«

»Oh, es hätte auf eine viel genialere Weise durchgeführt werden können«, meinte Wimsey. »Die Frage ist, was hat diese fürchterliche Zahl zu bedeuten?« Er klemmte seinen Kopf zwischen beide Hände, während der Pastor ihm noch einen besorgten Blick zuwarf und sich dann auf Zehenspitzen aus dem Zimmer schlich.

Elftes Kapitel

Verwischte Spuren

»Ich würde am liebsten gleich kündigen!« stieß Emilie mühsam zwischen Schluchzen hervor.
»Du Grundgütiger, Emilie!« rief Mrs. Venables aus und blieb, mit einer Schüssel voll Hühnerfutter im Arm, auf ihrem Weg durch die Küche stehen. »Was in aller Welt ist denn mit Ihnen los?«
»Es ist ja nicht wegen Ihnen oder dem Herrn Pastor«, heulte Emilie. »Sie sind immer gut zu mir. Aber wenn ich mich von Mr. Bunter so anfahren lassen muß – wo er mir gar nichts zu sagen hat... Überhaupt, woher sollte ich das wissen? Ich würde mir lieber die Hand verbrennen lassen, als es Seiner Lordschaft nicht recht machen, aber dann hätte jemand es mir vorher sagen sollen. Ich habe wirklich keine Schuld. Das habe ich auch Mr. Bunter gesagt.«
Mrs. Venables wurde etwas blaß. Mit Lord Peter hatte sie niemals Schwierigkeiten, während ihr Bunter von Anfang an irgendwie unheimlich war. Da sie jedoch vom alten Schlage war, das heißt, noch ganz in der Anschauung aufgewachsen, daß ein Dienstbote ein Dienstbote ist, und daß Angst vor Dienstboten (den eigenen oder denen andrer Leute) der erste Schritt zu einem schlecht geführten Hauswesen ist, wandte sie sich an Bunter, der weiß und drohend im Hintergrund stand.
»Nun, Bunter, was heißt das alles?«
»Ich bitte um Verzeihung, gnädige Frau«, erwiderte Bunter in gepreßtem Ton, »ich fürchte, ich habe mich vergessen. Aber seit ich in Seiner Lordschaft Diensten stehe – und das sind nun bald fünfzehn Jahre, wenn ich die Zeit während des Krieges mitrechne –, ist mir so etwas nicht vorgekommen. Und so habe ich mich in der ersten Erregung und Erbitterung zu einer leidenschaftlichen Äußerung hinreißen lassen.

Ich bitte, gnädige Frau, dies gütigst übersehen zu wollen. Ich hätte mich mehr beherrschen sollen. Ich versichere, daß es ein zweites Mal nicht wieder passieren wird.«
Mrs. Venables setzte ihre Schüssel ab. »Aber was war denn los?« Emilie schluchzte, während Bunter düster auf eine Bierflasche deutete, die auf dem Küchentisch stand. »Diese Flasche, gnädige Frau, war mir gestern von Seiner Lordschaft anvertraut worden. Ich stellte sie in einen Schrank in meinem Schlafzimmer, mit der Absicht, sie zu photographieren, ehe sie an Scotland Yard abging. Nun scheint das Fräulein hier gestern abend mein Zimmer während meiner Abwesenheit betreten, den Schrank durchsucht und die Flasche herausgenommen zu haben. Und nicht genug, daß sie sie herausgenommen – sie hat sie auch abgestaubt!«
»Verzeihen, Frau Pfarrer«, fiel Emilie jetzt ein, »wie sollte ich wissen, daß sie noch gebraucht wird? Ein altes, dreckiges Ding. Wie ich in dem Zimmer oben abstaube, sehe ich die alte Flasche im Schrankfach und denke, ›na, so was! Wie kommt denn die alte, verschmutzte Flasche da hinein? Die muß vergessen worden sein.‹ Da habe ich sie mit heruntergenommen. Als die Köchin sie sieht, sagt sie zu mir: ›Was haben Sie denn da, Emilie? Geben Sie nur her. Die kann ich gerade gut für Spiritus brauchen.‹ Da habe ich sie sauber gemacht.«
»Und alle Fingerabdrücke zerstört«, fuhr Bunter in hohlem Ton fort. »Ich weiß nicht, wie ich das Seiner Lordschaft sagen soll.«
»Du meine Güte«, seufzte Mrs. Venables hilflos und wandte sich wieder an Emilie, um an dem einzigen Punkt einzuhaken, der ihr zu denken gab. »Wieso haben Sie das Staubwischen bis auf den Abend verschoben?«
»Verzeihung, Frau Pfarrer – ich weiß selber nicht, wie das gekommen ist. Ich war eben etwas spät daran mit allem, und da dachte ich, besser spät als überhaupt nicht. Wenn ich gewußt hätte ...«
Sie heulte wieder laut auf. Bunter wurde weich. »Ich bedaure, so harte Worte gebraucht zu haben, und ich mache mir jetzt selbst Vorwürfe, daß ich den Schrankschlüssel nicht abgezogen habe. Aber gnädige Frau werden sich gewiß in meine Gefühle hineinversetzen können, wenn ich mir vorstelle, wie Seine Lordschaft nun am Morgen auf-

wacht, ohne zu ahnen, welcher Schicksalsschlag auf ihn wartet. Schon hat er zweimal geklingelt!« fügte Bunter in verzweifeltem Ton hinzu, »und er beginnt zu ahnen, daß die Verzögerung nichts Gutes bedeuten kann ...«
»B-u-n-t-e-r!«
»Mylord«, rief Bunter mit einer Stimme, die wie ein beschwörendes Gebet klang.
»Wo, zum Teufel, bleibt mein Tee? Was – oh, ich bitte um Verzeihung, gnädige Frau. Bitte entschuldigen Sie mein Gebrüll und meinen Bademantel. Ich ahnte nicht, daß Sie hier sind.«
»Ach, Lord Peter«, rief die Pastorin aus. »Es ist etwas Schreckliches passiert. Ihr Diener ist ganz aufgebracht. Dieses dumme Mädchen hier – sie hat es natürlich nur gut gemeint –, aber wir haben beim Staubwischen alle Fingerabdrücke auf Ihrer Flasche zerstört.«
»Wuah – wuah –« schluchzte Emilie. »Wuah – wuah – ich – ich war es. Ich habe sie ab-ge-staubt. Ich – ich – wußte nicht – wuah –«
»Bunter«, wandte sich Seine Lordschaft an seinen Diener. »Nehmen Sie meinen Tee und werfen Sie die Flasche auf den Kehricht. Was geschehen ist, ist geschehen. Vielleicht waren die Fingerabdrücke ganz bedeutungslos. Aber lassen Sie es sich eine Warnung sein, niemals Ihr Glück in einer Flasche zu suchen. Emilie, wenn Sie so weiter weinen, wird Sie Ihr Schatz am Sonntag nicht wiedererkennen. Regen Sie sich nicht mehr über die Flasche auf, gnädige Frau. Ein ekelhaftes Ding, ich habe sie von Anfang an nicht ausstehen können. Wirklich, sorgen Sie sich nicht weiter um die Flasche, weder Sie noch Emilie. So ein nettes Mädchen – wie heißt sie eigentlich?«
»Holliday«, erwiderte die Pastorin. »Sie ist eine Nichte von Russell, unserem Leichenbestatter, wissen Sie – und irgendwie verwandt mit Mary Thoday, obgleich hier in diesem Dorf ja eigentlich jeder mit jedem verwandt ist. Der Ort ist eben so klein. Die Russells sind übrigens alles besonders nette Leute.«
»So, so«, erwiderte Lord Peter. Ihm gingen allerlei Gedanken durch den Kopf, während sie das Körnerfutter in den Hühnertrog füllte.

Wimsey verbrachte den frühen Vormittag zuerst mit erneutem, wenn auch vergeblichem Studium des Kryptogramms, begab sich jedoch später in die ›Rote Kuh‹, um ein Glas Bier zu trinken.
»Helles, Mylord?« fragte Mr. Donnington, mit der Hand auf dem Bierhahn.
Wimsey verneinte. Er zöge zur Abwechslung mal Lagerbier vor. Mr. Donnington brachte eine Flasche, wobei er bemerkte, daß Seine Lordschaft es gut abgelagert finden würde.
»Richtig ablagern ist die Hauptsache«, pflichtete Wimsey ihm bei. »Ausgezeichneter Stoff. Ihr Wohl – wollen Sie mir nicht Bescheid tun?«
»Danke bestens, Mylord, habe nichts dagegen. Zum Wohl!« Er hob sein Glas gegen das Licht. »Schöne klare Farbe, was?«
Wimsey fragte ihn, ob er viel Flaschenbier verkaufe.
»Nein, doch ich glaube, Tom Tebbutt in der ›Goldenen Garbe‹ führt auch welches.«
»Aha.«
»Ja, er hat wohl ein paar Kunden dafür. Wissen Sie, die meisten Leute trinken's lieber frisch vom Faß. Da sind ein, zwei Bauern hier in der Umgebung, die lassen es sich in Flaschen nach Haus kommen. Früher haben sie ja alle ihr eigenes Bier gebraut. In vielen Höfen können Sie heut noch die großen Kupferkessel sehen, und hier und da räuchern sie auch noch ihren eigenen Schinken. Aber die hohen Preise für Schweinefutter! Ich sage immer, die Landleute sollten viel mehr unterstützt werden. Ich weiß nicht, Mylord, ob Sie sich jemals diese Dinge haben durch den Kopf gehen lassen. Sie liegen Ihnen wohl ferner. Oder doch: Beinah hätte ich vergessen – vielleicht sind Sie sogar Mitglied des Oberhauses. Harry Gotobed behauptet das nämlich. Ich habe ihm gesagt, das stimmt nicht. Sie werden uns das wohl am besten sagen können, Mylord.«
Wimsey erklärte, daß er nicht berechtigt sei, im Oberhaus zu sitzen, worauf Mr. Donnington mit Befriedigung feststellte, daß der Küster ihm in diesem Falle eine halbe Krone schulde. Während er diese Tatsache sofort auf der Rückseite eines Umschlages notierte, entwich Wimsey und begab sich zur ›Goldenen Garbe‹.

Dort gelang es ihm, durch taktvoll gestellte Fragen zu erfahren, welche Haushalte regelmäßig Bier in Flaschen bezögen. Es waren meist weiter draußen liegende Bauernhöfe. Zuletzt nannte Mrs. Tebbutt noch einen Namen, der Wimsey aufhorchen ließ.
»Will Thoday – ja, der bezog auch einige, als Jim zu Hause war. Ein Dutzend oder so. Ein netter Mensch, Jim Thoday; man kommt gar nicht aus dem Lachen heraus, wenn er anfängt, von seinen Erlebnissen in Übersee zu erzählen. Das letztemal hat er der Mary einen Papagei mitgebracht, obwohl ich meine, daß der Vogel ihren Kindern nicht gerade ein gutes Beispiel gibt. Was der alles plappert! Wenn Sie gehört hätten, was der neulich zum Herrn Pastor gesagt hat! Ich glaube, der Herr Pastor hat's gar nicht so richtig verstanden. Wirklich ein vornehmer Mann, unser Herr Pastor.«
Vergeblich versuchte Wimsey, die Unterhaltung wieder zu Jim Thoday zurückzusteuern. Erst nach einer halben Stunde gelang es ihm endlich, sich loszueisen. Auf dem Rückweg zum Pfarrhaus mußte er bei Thoday vorüber. Durch die Gartenpforte sah er Mary gerade damit beschäftigt, Wäsche aufzuhängen. Da entschloß er sich ohne weiteres Besinnen zu einem direkten Angriff.
»Ich hoffe, Sie nehmen es mir nicht übel, Mrs. Thoday«, begann er, nachdem er aufgefordert worden war, einzutreten, »wenn ich auf eine für Sie schmerzliche Episode zurückgreife. Vorbei ist ja eigentlich vorbei. Doch wenn man auf einen Leichnam in andrer Leute Grab stößt, dann muß man den Dingen nachgehen, ob man will oder nicht.«
»Sicher, Mylord. Sie dürfen mir glauben, wenn ich dabei irgendwie helfen könnte, würde ich es tun. Doch wie ich schon Herrn Oberinspektor Blundell gesagt habe, weiß ich wirklich nichts darüber.«
»Erinnern Sie sich an einen Mann namens Stephen Driver?«
»Jawohl, Mylord. Das war der, der bei Ezra Wilderspin gearbeitet hat. Ich habe ihn auch ein- oder zweimal gesehen. Bei der gerichtlichen Untersuchung ist doch gesagt worden, er sei vielleicht identisch mit dem Leichnam.«
»Das stimmte aber nicht.«
»Nein, Mylord?«

»Nein, weil wir nämlich diesen Stephen Driver gefunden haben – quicklebendig. Haben Sie Driver schon einmal gesehen, ehe er hierherkam?«

»Nicht daß ich wüßte, Mylord.«

»Er hat Sie auch an niemanden erinnert?«

»Nein, Mylord.«

Sie schien ganz freimütig zu antworten, ohne Zeichen von Bestürzung in Stimme oder Ausdruck.

»Das ist ja merkwürdig«, meinte Wimsey, »weil er nämlich behauptet hat, er hätte sich wieder davongemacht, da er sich von Ihnen erkannt glaubte!«

»Was? Das ist ja sonderbar.«

»Stellen Sie sich mal vor, er hätte keinen Bart getragen. Würde er Sie dann nicht an jemanden erinnern?«

Mary schüttelte den Kopf. So viel Phantasie besaß sie nicht.

»Erkennen Sie denn dies hier?«

Wimsey zeigte ihr eine Photographie Crantons, die zur Zeit des Wilbraham-Prozesses gemacht worden war.

»Das?« Mrs. Thoday erbleichte. »O ja, Mylord. An den erinnere ich mich. Das ist Cranton, der damals das Halsband genommen hat, der ins Gefängnis gekommen ist zur gleichen Zeit wie – mein erster Mann, Mylord. Ja, das ist der Kerl! Du lieber Himmel! Ich bin ordentlich erschrocken, wie ich das wiedergesehen habe!«

Sie setzte sich auf eine Bank und starrte die Photographie an. »Dann ist das ... aber das kann doch nicht Driver sein?«

»Doch«, entgegnete Wimsey. »So hatten Sie also keine Ahnung davon?«

»Nicht die geringste, Mylord. Wenn ich das gewußt hätte, dem hätte ich schön Bescheid gesagt. Darauf können Sie sich verlassen. Ich hätte auch aus ihm herausgekriegt, wo er den Schmuck versteckt hat. Denn, sehen Sie, Mylord, das hat ja meinen armen Mann damals ins Unglück gebracht, daß dieser Kerl behauptet hat, mein Mann hätte das Halsband für sich behalten. Ich gebe zu, daß er den Schmuck genommen hat. Aber er hat ihn *nicht* behalten. Cranton hat ihn die ganze Zeit gehabt. Sie dürfen mir glauben, es war schwer genug für mich in all den Jahren, immer zu spüren, daß man mich im Verdacht hatte zu wissen, wo der Schmuck ist. Niemals habe ich das gewußt. Niemals, Mylord. Wenn

ich ihn hätte finden können, auf meinen Knien wäre ich damals nach London gerutscht, um ihn Mrs. Wilbraham zurückzubringen. Ich weiß, was Sir Henry hat durchmachen müssen. Die Polizei hat damals alles abgesucht, und auch ich habe immer und immer wieder...«
»Warum? Haben Sie Deacon denn nicht geglaubt?« fragte Wimsey vorsichtig.
Sie zögerte und sah bekümmert drein. »Sehen Sie, ich habe ihm ja geglaubt. Und doch... ich war wie vom Schlag gerührt, daß mein eigener Mann so etwas getan haben sollte. Eine Dame im Hause seiner Herrschaft berauben. Ich wußte damals überhaupt nicht mehr, was ich glauben sollte. Heute habe ich das feste Gefühl, daß er die Wahrheit gesagt hat. Ich *kann* mir nicht vorstellen, daß er... nein, wirklich nicht.«
»Aber weshalb, glauben Sie denn, ist Cranton hierhergekommen?«
»Ist das nicht ein Beweis, daß *er* es war, der den Schmuck versteckt hat, *bevor* er auf und davon ist?«
»Er behauptet, Deacon hätte ihm im Untersuchungsgefängnis erzählt, daß das Halsband hier wäre und er nur Tailor Paul und Batty Thomas danach zu fragen brauchte.«
Mary schüttelte den Kopf. »Das verstehe ich nicht. Aber wenn mein Mann ihm das wirklich gesagt hätte, dann würde Cranton das bestimmt nicht so lange bei sich behalten haben. Er hätte es bestimmt den Geschworenen erzählt in seiner Wut auf Jeff.«
»Glauben Sie? Ich weiß nicht. Wenn Deacon wirklich Cranton erzählt hat, wo der Schmuck steckte, könnte Cranton dann nicht auch gewartet haben, in der Hoffnung ihn zu ergattern, sobald er aus dem Gefängnis wieder herauskäme? Ist er nicht vielleicht vorigen Januar hierhergekommen, um danach Ausschau zu halten, und hat dann nur Reißaus genommen aus Angst, Sie hätten ihn erkannt?«
»Schon möglich, Mylord. Wer war aber dann der andre? – der Tote?«
»Die Polizei vermutet, daß er vielleicht ein Spießgeselle Crantons war, der ihm geholfen hat, den Schmuck zu suchen, und der dann hinterher für seine Mühe ermordet worden ist. Wissen Sie, ob Deacon irgendwelche Freundschaften mit den anderen Gefangenen oder Wärtern in Maidstone geschlossen hat?«

»Ich weiß es wirklich nicht, Mylord. Er durfte ja ab und zu schreiben. Doch darüber hätte er mir natürlich nichts erzählt. Seine Briefe wurden ja gelesen.«
»Selbstverständlich. Ich dachte nur, Sie hätten vielleicht einmal irgendwelche Nachrichten von ihm erhalten. Durch einen entlassenen Gefangenen oder sonst...«
»Nein, niemals, Mylord.«
»Kennen Sie dieses Schriftstück?« Wimsey reichte ihr das Kryptogramm.
»Dies hier? Wieso – ja aber...«
Plötzlich klang es aus dem Nebenzimmer: »Halt's Maul, Idiot! Halt's Maul, du Schuft!«
»Herrje!« rief Wimsey erstaunt aus. Er warf einen Blick in das Nebenzimmer, von wo aus ihn ein grauer, helläugiger Papagei listig fixierte. Beim Anblick des Fremden hörte der Vogel auf zu sprechen, hielt seinen Kopf schief und begann auf der Stange hin und her zu rutschen.
»Unverschämter Bursche!« rief ihm Seine Lordschaft erheitert zu. »Du hast mir einen schönen Schrecken eingejagt. Ist das der Vogel, den Ihnen Ihr Schwager mitgebracht hat? Mrs. Tebbutt hat mir schon von ihm erzählt.«
»Ja, das ist er. Ein gelehriger Plapperer, flucht aber fürchterlich, das muß ich schon sagen.«
»Ein Papagei, der nicht flucht, taugt nichts«, meinte Wimsey. »Aber wovon sprachen wir gerade? Ach ja, über das Schriftstück hier. Sie wollten gerade sagen...«
»Ja, daß ich es natürlich noch nie gesehen habe.«
Wimsey hätte schwören mögen, daß sie vorhin genau das Gegenteil hatte sagen wollen. Sie sah auf, nein, durch ihn hindurch, an ihm vorbei, mit dem Ausdruck eines Menschen, der eine unabwendbare Katastrophe sich nahen sieht.
»Komisches Zeug, finden Sie nicht?« fuhr sie mit matter Stimme fort. »Scheint überhaupt keinen Sinn zu haben. Wie kommen Sie darauf, daß ich wissen soll, was damit ist?«
»Wir dachten, daß es vielleicht von jemandem geschrieben sein könnte, den Ihr verstorbener Mann in Maidstone gekannt hat. Haben Sie jemals etwas von einem Jean Legros gehört?«
»Nein, Mylord. Ist das nicht ein französischer Name? Ich

habe noch nie einen Franzosen gesehen außer den paar Belgiern, die damals im Krieg herübergekommen sind.«
»Sie haben auch niemanden mit Namen Paul Taylor gekannt?«
»Nein.«
Hier begann der Papagei herzlich zu lachen. »Halt's Maul, Joey! Halt's Maul, Idiot! Joey! Joey! Joey! Köpfchen kraulen! Awrra!«
»Hm – ich wollte nur mal wissen...«, bemerkte Wimsey. »Woher kommt denn das?«
»Was? Das hier? Das ist in der Kirche gefunden worden, und so dachten wir, es könnte vielleicht von Cranton stammen. Aber er sagt nein.«
»In der Kirche?«
Als wäre das Wort ein Schlüssel, nahm der Papagei es auf und begann aufgeregt zu krächzen: »Muß zur Kirche, muß zur Kirche! Die Glocken. Sag's Mary nicht. Muß zur Kirche! Awrra! Joey, Joey! Los, Joey! Muß zur Kirche!«
Mrs. Thoday ging eilig in das Nebenzimmer und warf eine Decke über den Käfig, während Joey laute Protestschreie ertönen ließ.
»So geht das oft den ganzen Tag«, sagte sie erklärend. »Macht einen ganz nervös. Das hat er damals in der Nacht gehört, als es Will so schlecht ging. Es hat ihn doch so aufgeregt, daß er nicht mitläuten konnte. Will kriegt jedesmal eine Wut, wenn der Vogel wieder anfängt, ihn nachzuäffen. ›Jetzt bist du still, Joey, hörst du?‹«
Wimsey streckte seine Hand aus, um das Kryptogramm wieder in Empfang zu nehmen, das Mary, wie es ihm schien, nur ungern und ziemlich geistesabwesend zurückgab.
»Ja, dann will ich Sie nicht länger stören, Mrs. Thoday. Ich wollte nur mal über Cranton Aufklärung haben. Wahrscheinlich ist er bloß hergekommen, um auf eigene Faust herumzuschnüffeln. Verzeihen Sie, daß ich gekommen bin und Sie mit Dingen belästigt habe, die am besten begraben und vergessen bleiben.«
Auf seinem Rückweg zum Pfarrhaus wurde Wimsey noch immer von dem Ausdruck in Mary Thodays Augen verfolgt und von dem heiseren Geschrei des Papageis: »Die Glocken! Die Glocken! Muß zur Kirche! Sag's Mary nicht!«

Oberinspektor Blundell schnalzte mit der Zunge, als er dies alles vernahm. »Schade – mit der Flasche!« meinte er. »Ich glaube ja nicht, daß sie uns viel verraten hätte, aber man kann nie wissen. Emilie Holliday, sagen Sie? Natürlich, eine Kusine von Mary Thoday. Daran habe ich nicht mehr gedacht. Diese Frau ist mir verdächtig. Ich meine Mary. Ich werde nicht schlau aus ihr, und aus ihrem Mann auch nicht. Übrigens haben wir uns mit dieser Firma in Hull in Verbindung gesetzt. Sie wollen sehen, daß sie Jim so rasch wie möglich nach England zurückkommen lassen. Wir haben ihnen gesagt, daß wir ihn als Zeugen brauchen. Wohl das Klügste, denn er muß ja den Weisungen seiner Firma folgen. Tut er es nicht, wissen wir, daß irgend etwas nicht stimmt, und dann können wir ihn festnehmen. Übrigens, was diesen Chiffre-Brief angeht – sollten wir ihn nicht mal dem Gefängnisdirektor in Maidstone schicken? Wenn dieser Legros oder Taylor oder wer es war jemals dort war, so können sie vielleicht seine Handschrift identifizieren.«

»Möglicherweise«, erwiderte Wimsey nachdenklich. »Ja, das wollen wir machen. Ich hoffe, daß wir bald etwas von M. Rozier hören. Die Franzosen sind ja nicht so zimperlich wie wir beim Vernehmen von Zeugen.«

»Die Glücklichen!« stimmte Mr. Blundell ihm aus vollem Herzen zu.

Zwölftes Kapitel

Der Schatz der Cherubim

»Ich hoffe«, bemerkte der Pastor am folgenden Sonntagvormittag, »daß bei Thodays nichts passiert ist. Weder Will noch Mary waren im Gottesdienst. Den haben sie bisher doch noch nie versäumt – außer als er krank war.«
»Ja«, bestätigte die Pastorin. »Vielleicht hat sich Will wieder eine Erkältung geholt. Dieser Wind ist so heimtückisch. Lord Peter, was macht übrigens Ihr Kryptogramm?«
»Bitte erinnern Sie mich nicht daran! Ich sitze hoffnungslos fest damit!«
»Darüber würde ich mir keine grauen Haare wachsen lassen! Sie werden's schon noch schaffen«, meinte der Pastor begütigend.

Die Sorge um die Thodays wurde durch das Erscheinen der beiden beim Spätgottesdienst etwas behoben. Doch stellte Wimsey fest, daß er kaum je zwei Leute gesehen hatte, die einen so angegriffenen und unglücklichen Eindruck machten. Er verlor sich so sehr in Gedanken über sie, daß er völlig vergaß, wo er sich befand, so daß er beim ›Venite‹ sitzen blieb, die Psalmen verblätterte und versehentlich laut zu beten begann, als er hätte schweigen sollen. Nachdem die Epistel verlesen war, sank Wimsey mit einem befreiten Aufatmen in die Ecke des Kirchenstuhls, verschränkte seine Arme und richtete seine Augen zum Dach empor. – Der Pastor begann seine Predigt:
»Der Du Deinen eingeborenen Sohn mit großem Triumph in den Himmel erhoben hast – so heißt es in der heutigen Lesung. Und was bedeuten uns diese Worte? Wie stellen wir uns Glorie und Triumph des Himmels vor? Ja, wir hoffen, daß wir nach dem Tode dort aufgenommen werden; nicht nur mit Herzen und Gedanken, sondern mit Leib und

Seele in jenes himmlische Reich, wo Cherubim und Seraphim unaufhörlich ihre Loblieder singen. Wie wunderbar beschreibt uns die Bibel jenen Ort. Den kristallenen See, den Herrn, der zwischen den Cherubim sitzet, und die Engel mit ihren Harfen und goldenen Kronen. Genauso wie die alten Handwerker sie sich vorgestellt haben, als sie dieses herrliche Dach dort oben bauten, auf das wir so stolz sind. Aber glauben wir auch wirklich – du und ich?«
Es war hoffnungslos. Wimseys Gedanken schweiften immer wieder ab. ›Er bestieg einen Cherub und flog dahin. Er sitzet zwischen Cherubim...‹ Wimsey mußte plötzlich an den kleinen Architekten denken, den sein Bruder wegen des Kirchendachs ins Schloß hatte kommen lassen. »Das Holz hier ist ganz verfault, Euer Durchlaucht. Hinter diesen Engeln sind überall Löcher, so groß, daß man seine Hand hineinstecken kann.« – ›Er sitzet auf Cherubim...‹ – aber natürlich! Idiot, der er war! Kletterte zu den Glocken hinauf, um Cherubim zu finden, und hier waren sie über seinem Kopf und sahen auf ihn herab, mit ihren vom Licht geblendeten goldenen Augen! Cherubim? Haupt- und Seitenschiffe der Kirche waren übersät mit Cherubim. Wie kleine, fröhliche Inseln schwammen sie auf den Strebepfeilern, die wie mächtige Wasserstrahlen emporschossen. Inseln? ›Und fröhlich seien die Inseln...‹ – natürlich! Und dann der dritte Text: ›Wie die Bäche im Mittagslande...‹ Was konnte Mittagsland anderes als ›Süden‹ heißen?! Zwischen den Cherubim im südlichen Schiff. Was war klarer als das? In seiner Aufregung wäre Wimsey beinahe aus dem Kirchenstuhl gestürzt. Jetzt hieß es nur noch herausfinden, welches Cherubimpaar gemeint war, und das konnte eigentlich nicht schwer sein. Der Schmuck würde natürlich nicht mehr dort sein, aber wenn man wenigstens das leere Versteck fände, so wäre das ein Beweis dafür, daß das Kryptogramm mit dem Halsband zusammenhinge und daß auch diese dunkle Tragödie, die über Fenchurch St. Paul lastete, mit dem Schmuck verknüpft war. Wenn dann außerdem noch die Handschrift des Kryptogramms im Gefängnis von Maidstone nachgewiesen und diesem Jean Legros zugeschrieben werden konnte, dann würden sie auch erfahren, wer dieser Legros eigentlich war, und würden am Ende gar seine Verbindung mit Cranton aufdecken. Wenn das dann

Cranton noch immer nicht mit dem Mord belastete, konnte er von Glück sagen.

Beim Sonntagsbraten attackierte Wimsey den Pastor. »Wann haben Sie eigentlich die Galerie oben im Kirchenschiff fortnehmen lassen, Herr Pastor?«

»Wann? Wohl vor zehn Jahren. Ja – das stimmt. Unbeschreiblich scheußliches Zeug! Sie lief quer über die oberen Fenster, verdeckte das ganze Maßwerk und sperrte das Licht aus.«

»Wahrscheinlich hat sich erst der übliche Widerstand erhoben gegen Ihren Vorschlag, die Galerie fortzunehmen?« »Ja, das ist unvermeidlich. Es gibt immer Leute, die sich gegen jede Änderung sträuben. In diesem Fall war das ganz sinnlos, da die Kirche ohnehin zu groß für die Gemeinde ist. Wozu also alle diese überflüssigen Sitzplätze? Die Schulkinder hatten genug Platz unten im Schiff.«

»Wer saß denn außer den Schulkindern oben?«

»Die Angestellten vom ›Roten Haus‹ und dann noch einige der ältesten Dorfbewohner, die da seit Anno dazumal zu sitzen pflegten.«

»Auf welcher Seite saßen die Angestellten des ›Roten Hauses‹?«

»Auf der Westseite des Südschiffes. Ich sah das nie gern, weil sie dort völlig unbeobachtet waren und ihr Benehmen oft alles andere als ehrerbietig war; dort oben wurde immer mächtig gekichert und gezischelt. Höchst unpassend!«

»Wenn diese Person, die Mrs. Gates, ihre Pflicht getan und sich zu den Dienstboten gesetzt hätte«, fiel Mrs. Venables ein, »dann wäre das nicht passiert. Aber natürlich, sie war ja eine Dame, sie mußte ihren eigenen Platz haben, direkt neben dem Südtor. Ich kann diese Frau nicht ausstehen. Am besten wäre es, die Thorpes verkauften den Besitz, aber anscheinend geht das nicht wegen des Testaments. Ich weiß nicht, wie sie ihn aufrechterhalten wollen. Jedenfalls würde das Geld für Hilary viel nützlicher sein als das ganze Haus mit allem, was drum und dran hängt. Das arme Kind! Und das alles bloß wegen der alten, gräßlichen Wilbraham und ihrem Halsband. Aber wahrscheinlich besteht jetzt, nach so langer Zeit, keine Hoffnung mehr, es zu finden?«

»Ich fürchte, wir kommen post festum. Obwohl ich davon überzeugt bin, daß es noch bis zum letzten Januar hier war.«

»Hier in der Gemeinde? Wo denn?«

»Wahrscheinlich in der Kirche«, antwortete Wimsey. »Übrigens, Sie haben heute morgen eine sehr eindrucksvolle Predigt gehalten, Padre. Sehr inspirierend! Sie hat mich dazu angeregt, das Rätsel des Kryptogramms zu lösen.«

»Nein!« rief der Pastor aus. »Wie war denn das möglich?«

Wimsey erklärte es ihm.

»Du lieber Himmel! Wie aufregend! Das müssen wir sofort untersuchen! Glauben Sie tatsächlich, daß die Smaragde da oben im Dach versteckt waren?«

»Das ist eben die Frage. Ist nicht dieser Deacon damals nach dem Gottesdienst an einem Sonntag verhaftet worden? Ich könnte mir denken, daß er eine Vorahnung gehabt und daher seinen Raub während des Gottesdienstes versteckt hat.«

»Gesessen hat er dort oben jedenfalls. Oh, jetzt verstehe ich auch, warum Sie vorhin wegen der Galerie gefragt haben. Was für ein Schurke dieser Mann gewesen sein muß! Aber wer hat denn nun das Kryptogramm fabriziert?«

»Das wird wohl Deacon gewesen sein, wegen des Glockenschemas.«

»Aha! Das hat er dann diesem Legros gegeben. Aber warum?«

»Vielleicht, um Legros dazu zu bewegen, ihm zur Flucht aus Maidstone zu verhelfen.«

»Legros sollte so lange gewartet haben, ehe er Gebrauch davon machte?«

»Legros wird wahrscheinlich gute Gründe dafür gehabt haben, sich außerhalb Englands aufzuhalten. Möglicherweise hat er das Kryptogramm an jemanden weitergegeben. Vielleicht an Cranton. Wahrscheinlich hat er es nicht selbst entziffern können, und außerdem brauchte er Crantons Hilfe, um aus Frankreich zurückzukommen.«

»Ich verstehe. Und dann haben sie die Steine gefunden, und Cranton hat den Legros ermordet. Wie traurig, wenn man bedenkt – dies alles wegen der paar Steine!«

»Ich finde es viel trauriger, wenn man an die arme Hilary und ihren Vater denkt«, meinte die Pastorin. »So glauben Sie also wirklich, daß in all diesen Jahren, wo sie so nötig Geld brauchten, die Edelsteine in ihrer nächsten Nähe verborgen waren, hier in der Kirche?«

»Ich fürchte, ja.«
»Wo sind sie jetzt? Hat dieser Cranton sie? Warum sind sie noch immer nicht gefunden? Ich möchte wirklich wissen, was die Polizei eigentlich tut.«
Der Sonntag schien sich ungewöhnlich lang hinzuziehen. Dafür geschahen am Montag früh gleich mehrere Dinge auf einmal.
Zuerst kam Oberinspektor Blundell in voller Aufregung.
»Wir haben Nachricht aus Maidstone«, verkündete er. »Und wessen Handschrift, glauben Sie, ist es?«
»Ich habe es mir inzwischen noch einmal überlegt«, erwiderte Wimsey. »Es muß wohl Deacons Handschrift sein.«
»Donnerwetter!« Der Oberinspektor war etwas enttäuscht, »Sie haben recht, Mylord.«
»Es muß also die Original-Chiffremitteilung sein. Sobald wir herausgefunden hatten, daß das Schema etwas mit Glockenläuten zu tun hatte, war es mir klar, daß nur Deacon der Urheber sein konnte. Dann, als ich Mary Thoday das Schriftstück zeigte, hatte ich das sichere Gefühl, daß sie die Handschrift wiedererkannte. Es wäre zwar auch möglich gewesen, daß Legros ihr geschrieben hätte, doch war es wahrscheinlicher, daß sie ihres Mannes Handschrift erkannte.«
»Ja, aber wie erklären Sie sich dann das französische Papier?«
»Dafür gibt es viele Möglichkeiten«, entgegnete Wimsey. »Hatte die alte Lady Thorpe jemals ein Mädchen aus dem Ausland?«
»Sir Charles hatte eine französische Köchin.«
»Zur Zeit, als der Diebstahl begangen wurde?«
»Ja. Soviel ich mich erinnere, hat sie aber bei Kriegsausbruch ihre Stellung aufgegeben. Sie wollte wieder zu ihrer Familie zurück, und so haben sie sie noch auf dem letzten Passagierdampfer über den Kanal geschickt.«
»Dann ist ja alles klar. Deacon hat also das Kryptogramm erfunden, als er die Edelsteine versteckt hat. Er konnte es nicht mit ins Gefängnis genommen haben, er muß es vorher jemandem übergeben haben –«
»Mary«, fiel der Oberinspektor mit einem grimmigen Lächeln ein.

»Vielleicht. Und sie muß es an Legros gesandt haben. Alles ziemlich undurchsichtig.«

»Finde ich nicht, Mylord.« Mr. Blundells Gesicht wurde noch grimmiger. »Es war doch wohl ein bißchen gewagt – wenn ich die Wahrheit sagen soll –, dieses Schriftstück Mary Thoday zu zeigen. Sie ist getürmt.«

»Getürmt?«

»Mit dem ersten Zug nach London heute morgen. Und ihr Mann mit ihr. Aber die kriegen wir wieder. Keine Angst. Verduftet, jawohl, und der Schmuck mit ihnen.«

»Ich muß gestehen«, sagte Wimsey nachdenklich, »das hätte ich nicht erwartet.«

»Wirklich nicht? Ich allerdings auch nicht. Sonst hätte ich sie besser im Auge behalten. Übrigens, wir wissen jetzt auch, wer dieser Legros war.«

»Sie sind ja das reinste Nachrichtenbüro heute, Oberinspektor.«

»Ja, wir haben einen Brief von Ihrem Freund Rozier. Er hat bei dieser Suzanne Legros Haussuchung vornehmen lassen. Was haben Sie da gefunden? Die Erkennungsmarke von Legros! Haben Sie vielleicht wieder irgendwelche Vermutungen, Mylord?«

»Ja, aber ich äußere sie lieber nicht. Rücken Sie heraus! Name?«

»Arthur Cobbleigh.«

»Wer ist dieser Arthur Cobbleigh in Wirklichkeit?«

»Sie wissen es also nicht?«

»Nein, ich hatte etwas ganz anderes erwartet. Weiter, Oberinspektor! Lassen Sie die Katze aus dem Sack!«

»Also: Arthur Cobbleigh war anscheinend ein ganz gewöhnlicher Bursche. Aber können Sie raten, von woher er kam?«

»Ich rate nicht mehr.«

»Von einem kleinen Ort bei Dartford, nur eine halbe Meile von dem Wald entfernt, wo Deacons Leichnam gefunden worden ist.«

»Aha! Jetzt kommt Licht in die Sache!«

»Ich habe sofort Erkundigungen eingezogen nach diesem Cobbleigh. War ein junger Mensch, etwa fünfundzwanzig Jahre alt, als der Krieg ausbrach. Von Beruf Arbeiter. Ein- oder zweimal mit der Polizei in Konflikt geraten wegen

kleiner Diebstähle und Anrempeleien. Ist im ersten Kriegsjahr zum Militär gegangen. Zuletzt an seinem letzten Urlaubstag 1918 gesehen worden. Das war gerade der Tag, an dem Deacon aus dem Gefängnis entflohen war. Ist seitdem verschwunden. Die letzte Nachricht über ihn lautete: ›Vermißt, wahrscheinlich gefallen beim Rückzug über die Marne‹. Das ist amtlich. Und die tatsächlich letzte Nachricht über ihn – dort drüben!« Der Oberinspektor deutete mit seinem Daumen in die Richtung des Kirchhofs.
Wimsey stöhnte. »Da stimmt irgend etwas nicht, da stimmt irgend etwas nicht, Oberinspektor. Wenn dieser Cobbleigh 1914 zum Militär gegangen ist, wie sollte er mit Deacon etwas ausgeheckt haben, der doch 1914 ins Gefängnis gewandert ist? Er hatte doch gar keine Zeit dafür, zum Henker! Man kann doch nicht einfach einen Mann aus dem Kittchen herausholen, wenn man mal ein paar Stunden auf Urlaub zu Hause ist. Wenn dieser Cobbleigh ein Wärter gewesen wäre oder sonst wer im Gefängnis, dann könnte ich es verstehen. Hatter er vielleicht irgendeinen Verwandten oder Freund dort? Es muß doch eine bessere Erklärung dafür geben!«
»Eine bessere? Ich sehe die Sache so: Deacon ist damals aus einem Arbeitstrupp ausgebrochen, und er ist später in seinen Gefängniskleidern gefunden worden, nicht wahr? Beweist das nicht, daß seine Flucht in keiner Weise vorbereitet war? Sie hätten ihn sehr bald wiedergefunden, wenn er sich nicht kurz darauf seinen Schädel in dieser Grube eingeschlagen hätte. Nun passen Sie mal auf: Da kommt also dieser Cobbleigh, ein mit allen Wassern gewaschener Bursche, und geht durch den Wald zum Bahnhof nach D., um zu seinem Regiment an die Front zurückzufahren. Auf dem Wege begegnet er einem Kerl, der da herumstrolcht. Er stellt ihn und entdeckt, daß er den entflohenen Sträfling geschnappt hat, hinter dem sie alle her sind. Der andere redet auf ihn ein. ›Wenn du mich gehen läßt, kannst du ein reicher Mann werden.‹ Dagegen hat Cobbleigh natürlich nichts. Der Sträfling macht also eine Andeutung über die Wilbraham-Smaragde. Worauf Cobbleigh selbstverständlich mehr wissen will. Deacon ist natürlich auch auf der Hut. ›Mich vielleicht erst aushorchen und dann sitzenlassen?! Nee, mit mir kannst du das nicht machen!‹ Worauf Cobbleigh ihm

droht. ›Was willst du denn ohne mich machen? Ich brauche dich bloß zu verpfeifen. Was dann?‹ Aber Deacon läßt nicht locker. ›Was hast du schon davon? Wenn du dich an mich hältst, kannst du Hunderttausende einstecken!‹ So reden sie hin und her, bis sich Deacon doch schließlich halb und halb verrät und erzählt, daß er eine Beschreibung des Verstecks bei sich habe. ›Was du nicht sagst?!‹ meint darauf Cobbleigh und haut ihm eins über den Schädel. Dann durchsucht er ihn und findet auch den Zettel, ist aber natürlich wütend, daß er nicht schlau daraus werden kann. Als er sich den Deacon noch einmal ansieht, merkt er, daß der ein für allemal erledigt ist. Er wirft den Leichnam in die Grube und dampft nach Fenchurch ab. Was sagen Sie dazu, Mylord?«

»Eine großartige, blutrünstige Geschichte«, lobte Wimsey. »Aber warum sollte Deacon eine Notiz über das Versteck mit sich herumtragen? Und wieso ist sie auf ausländischem Papier geschrieben?«

»Das weiß ich nicht. Aber gut, nehmen wir einmal an, es war so, wie Sie vorhin vermutet haben. Deacon hätte den Zettel seiner Frau gegeben. Dann könnte er ja törichterweise die Adresse seiner Frau verraten haben. Sonst aber spielt sich alles so ab, wie ich gesagt habe. Cobbleigh geht also nach Frankreich zurück, desertiert und sucht bei Suzanne Zuflucht. Er verheimlicht Namen und Herkunft, weil er ja nicht weiß, ob der Leichnam des Deacon gefunden worden ist oder nicht, und er Angst hat, er könnte wegen Mordes belangt werden. Den Zettel hat er gut aufbewahrt. Nein, Unsinn, er schreibt an Mrs. Deacon und bekommt den Zettel von ihr.«

»Warum sollte sie ihn herausgeben?«

»Warum? Halt, ich weiß! Er wird ihr erzählt haben, daß er den Schlüssel dazu hätte. Ja, das ist es. Deacon hat zu ihm gesagt: ›Meine Frau hat die chiffrierte Notiz darüber, aber sie ist eine Klatschbase. Daher habe ich ihr den Schlüssel nicht anvertraut. Ich gebe dir den Schlüssel, und daraus kannst du sehen, daß es mir Ernst damit ist!‹ Darauf schlägt ihn Cobbleigh nieder. Sobald er sich dann sicher fühlt, schreibt er an Mary, und sie schickt ihm den Zettel.«

»Den Originalzettel?«

»Ja. Warum?«

»Den würde sie doch wohl lieber behalten und ihm nur eine Abschrift senden.«

»Nein. Sie schickt das Original, damit er sieht, daß Deacon es geschrieben hat.«

»Aber Cobbleigh brauchte doch Deacons Handschrift gar nicht zu kennen?«

»Woher sollte sie das wissen? Cobbleigh löst die Chiffre auf, und dann helfen sie ihm, herüberzukommen.«

»Aber wir waren doch schon zu dem Schluß gekommen, daß die Thodays das gar nicht konnten.«

»Also schön, dann haben die Thodays eben Cranton mit hereingezogen. Jedenfalls ist Cobbleigh unter dem Namen Paul Taylor herübergekommen und nach Fenchurch gegangen. Sie finden die Smaragde, Thoday bringt ihn um die Ecke und nimmt die Steine. Inzwischen trifft Cranton ein, um zu sehen, was los ist, und stellt fest, daß sie ihm zuvorgekommen sind. Er verduftet also wieder, während die Thodays mit dem unschuldigsten Gesicht der Welt herumlaufen, bis sie merken, daß wir ihnen auf der Spur sind. Dann erst hauen sie ab.«

»Wer hat dann den Mord begangen?«

»Einer von ihnen, vermute ich.«

»Und wer hat den Toten eingegraben?«

»Auf keinen Fall Will Thoday.«

»Wie ist das Ganze vor sich gegangen? Warum haben sie diesen Cobbleigh erst festgebunden? Warum ihn nicht sofort mit einem Hieb auf den Schädel erledigt? Warum hat Thoday zweihundert Pfund von der Bank abgehoben und dann wieder eingezahlt? Wann ist das Ganze passiert? Wer war der Mann, den Rappel Pick am Abend des 30. Dezembers in der Kirche gesehen hat? Warum, frage ich Sie, warum ist das Kryptogramm ausgerechnet in der Glockenstube gefunden worden?«

»Ich kann leider nicht alle Fragen auf einmal beantworten! Aber daß die Sache so zwischen ihnen gedeichselt worden ist, darauf können Sie sich verlassen! Jetzt werde ich erst mal Cranton festnehmen lassen und dann diese sauberen Thodays. Und wenn ich die Smaragde nicht bei einem von ihnen finde, fresse ich einen Besen!«

»Dabei fällt mir etwas ein«, begann Wimsey. »Gerade als Sie kamen, waren wir im Begriff, uns mal den Platz anzu-

sehen, wo Deacon diese kostbaren Smaragde versteckt hat. Der Pastor hat die Chiffre gelöst.«
»Der Pastor?«
»Ja. Und daher wollen wir also jetzt mal bloß spaßeshalber da raufklettern und eine Jagd unter den Cherubim veranstalten. Der Pastor ist schon hinübergegangen. Wollen Sie mitkommen?«
»Gern, obwohl ich nicht viel Zeit habe.«
»Ich glaube nicht, daß es lange dauert.«
Der Pastor, der sich inzwischen die Leiter des Küsters verschafft hatte, befand sich bereits oben am Dache des südlichen Schiffes und stöberte, mit Spinnweben bedeckt, in dem alten Eichengebälk herum. »Die Angestellten müssen ungefähr hier gesessen haben«, erklärte er, als Wimsey mit dem Oberinspektor hereinkam. Der Pastor stieg die Leiter herab. »Es ist doch wohl besser, Sie gehen hinauf. Ich bin nicht geschickt genug für solche Kletterpartien.«
»Schöne alte Arbeit«, stellte Seine Lordschaft fest, »und alles mit Dübeln zusammengefügt. Auf dem Schloß bei meinem Bruder haben wir auch so ein altes Sparrengebälk. Als Junge habe ich mir da oben unterm Dach ein Versteck zurechtgemacht, wo ich Spielmarken und ähnliches Zeug versteckte. Das nannte ich dann die Schatzhöhle des Piraten. Aber ich weiß noch, wie schwer es war, das Zeug wieder herauszukriegen. Hören Sie, Blundell! Erinnern Sie sich noch an diesen Drahthaken, den Sie in der Tasche des Leichnams gefunden haben?«
»Natürlich, wir haben damals nichts damit anzufangen gewußt.«
»Ich hätte sofort darauf kommen müssen! Ich habe mir nämlich seinerzeit etwas Ähnliches für meine Piratenhöhle fabriziert.« Wimsey arbeitete mit seinen langen Fingern an den Balken und zog dann vorsichtig an den hölzernen Pflöcken, die sie zusammenhielten. »Es muß eine Stelle sein, die er von seinem Platz aus hat erreichen können. Ah, was habe ich gesagt? Da ist er. Bitte sehen Sie!« Wimsey hatte an einem der Pflöcke gezogen und hielt ihn nun in der Hand. Ursprünglich mußte der Pflock ganz durch den Balken gegangen und über einen Fuß lang gewesen sein, sich von oben nach unten verjüngend. Aber irgendwann war ein kleines Stück aus der Mitte herausgesägt worden.

»Tatsächlich«, stellte Wimsey fest, »ein richtiges altes Schuljungenversteck! Da hat irgendein Lausejunge daran herumprobiert, es lose gefunden und herausgezogen. So habe ich es wenigstens oben in unserm Dachboden gemacht. Und dann hat er's mit nach Hause genommen und es einmal in der Mitte durchgesägt, dann noch ein kleines Stück extra. Und als er das nächste Mal zur Kirche geht, bringt er einen kurzen Angelhaken mit, damit schiebt er das dünne Ende wieder hinein, so daß man das Loch von der andern Seite aus nicht sehen kann. Und dann verstaut er dort seine Murmeln oder was er verbergen will, steckt das dicke Holzende oben wieder hinein, und fertig ist das schönste Versteck. Niemandem würde es im Traum einfallen, dort etwas zu suchen. Bis dann, vielleicht erst viele Jahre später, Freund Deacon daherkommt. Und der sitzt eines Tages hier oben und fängt an, mit dem Pflock zu spielen, bis er ihn auf einmal in der Hand hat. Hallo, denkt er, das ist raffiniert! Schönes Plätzchen, wenn man mal schnell etwas aus der Hand legen will. Als er dann schnell die bunten Steinchen aus der Hand legen will, fällt ihm das Versteck wieder ein. Sitzt hier ganz ruhig und lauscht andächtig der Epistel. Streckt bloß seine Hand etwas aus, nimmt den Pflock heraus, holt die Smaragde aus der Tasche, läßt sie in das Loch gleiten und steckt dann den Pflock wieder hinein. Alles ist vorbei, noch ehe Seine Hochwürden die Epistel beendet hat. Und dann hinaus in die Sonne und direkt in die Arme unseres verehrten Oberinspektors und seiner getreuen Schar. ›Wo sind die Smaragde?‹ fragen sie natürlich gleich. ›Bitte durchsuchen Sie mich!‹ fordert Deacon auf. Und so haben Sie denn bis auf den heutigen Tag gesucht.«

»Unglaublich«, verwunderte sich der Pastor.

»Aber wir wissen wenigstens jetzt, wofür der Angelhaken gedacht war!« fuhr Wimsey fort. »Als nämlich Legros oder Cobbleigh oder wie Sie ihn nun nennen wollen auf seinem Raubzug hierherkam ...«

»Augenblick mal«, wandte der Oberinspektor ein. »In der Chiffre-Mitteilung hat doch nichts über das Loch gestanden. Da war nur von Cherubim die Rede. Wie konnte er denn dann wissen, daß er einen Angelhaken brauchte, um Halsbänder aus diesen Cherubim herauszufischen?«

»Vielleicht hat er sich erst einmal an Ort und Stelle um-

gesehen. Wir wissen das ja sogar. Das war wahrscheinlich, als Rappel Pick ihn und Thoday in der Kirche gesehen hat. Damals hat er den Platz ausspioniert. Dann ist er später wieder zurückgekommen. Obwohl ich Ihnen nicht sagen kann, warum er erst fünf Tage hat verstreichen lassen. Vielleicht ist irgend etwas schiefgegangen. Auf jeden Fall ist er aber zurückgekommen, mit einem Haken bewaffnet, und hat damit das Halsband herausgeangelt. In dem Augenblick, als er von der Leiter herunterkam, hat ihn sein Spießgeselle von rückwärts überfallen, festgebunden und auf irgendeine Weise beseitigt. Wie, wissen wir nicht.«
Der Oberinspektor kratzte sich am Kopf. »Man sollte doch wirklich meinen, er hätte sich dafür eine bessere Gelegenheit aussuchen können. Ihn hier in der Kirche niederzumachen und dann die ganze Plackerei mit dem Begraben! Warum hat er zum Beispiel diesen Cobbleigh nicht auf dem Heimweg heimlich und leise in den Kanal geschubst oder sonstwie um die Ecke gebracht?«
»Das wissen die Götter!« erwiderte Wimsey. »Aber auf jeden Fall ist dies hier das Versteck, und Sie haben eine Erklärung für den Haken.« Wimsey steckte ein Ende seines Füllfederhalters in das Loch. »Ziemlich tief, scheint mir. Nein, doch nicht! Nur ein kleines Loch. Nicht größer als der Pflock. Ich kann mich doch nicht irren? Wo ist meine Taschenlampe? – Ist das Holz? Oder ist es – Blundell, verschaffen Sie mir doch ganz rasch mal einen kleinen Hammer und einen kurzen, derben Stecken oder dergleichen. Nicht zu dick. Wir werden mal dieses Loch gleich ganz und gar ausräumen!«
»Laufen Sie zum Pfarrhof hinüber und fragen Sie Hinkins«, riet der Pastor hilfsbereit.
Schon nach einigen Minuten kam Mr. Blundell schnaufend zurück, mit einer kurzen, eisernen Stange und einem schweren Radhammer bewaffnet. Wimsey hatte die Leiter etwas weitergerückt und untersuchte nun das schmale Ende des Pflocks auf der andern Seite des Balkens. Dann stemmte er die Eisenstange fest dagegen und schlug munter mit dem Hammer darauf los. Eine Fledermaus flatterte, von ihrem nahen Ruhesitz aufgestört, quietschend in die Höhe, während der Pflock nachgab, glatt durch das Loch rutschte und schließlich auf der anderen Seite wieder herausflog. Mit ihm

etwas, was sich beim Herabfallen von selbst aus seiner braunen Papierhülle löste und in einer leuchtenden Kaskade aus Grün und Gold dem Pastor vor die Füße fiel.

»Der Himmel sei mir gnädig!« rief Mr. Venables aus.

»Die Smaragde«, brüllte Mr. Blundell. »Die Smaragde! Du großer Gott! Und Deacons fünfzig Pfund!«

»Alles andere ist Mumpitz, Blundell«, stöhnte Wimsey. »Mumpitz von Anfang bis Ende. Niemand hat sie gefunden! Niemand hat ihretwegen jemanden ermordet. Niemand hat das Kryptogramm entziffert. Alles, alles falsch.«

»Aber wir haben wenigstens die Smaragde«, entgegnete der Oberinspektor.

Dreizehntes Kapitel

Schatten der Vergangenheit

Lord Peter Wimsey verbrachte den Tag und die darauffolgende Nacht ruhelos und war am nächsten Morgen beim Frühstück recht schweigsam. Sobald als möglich fuhr er mit seinem Wagen nach Leamholt hinüber.
»Ich glaube, Oberinspektor«, begann er, »ich bin der größte Esel, der jemals in Menschengestalt herumgelaufen ist. Im übrigen habe ich das ganze Problem mit einer einzigen, unwichtigen Ausnahme gelöst. Sie vielleicht auch?«
»Ich habe das Raten aufgegeben, Mylord«, erwiderte Mr. Blundell. »Erzählen Sie lieber. Was ist, wenn ich fragen darf, die Kleinigkeit, die Sie nicht herausbekommen haben?«
»Der Mord selbst«, erwiderte Seine Lordschaft und hustete verlegen. »Ich kann nicht ganz dahinterkommen, wer ihn begangen hat und wie er begangen worden ist. Aber das ist, wie gesagt, ganz unwichtig. Dagegen weiß ich, wer der Tote war, warum er festgebunden wurde, wo er starb, wer das Kryptogramm an wen sandte, warum Will Thoday zweihundert Pfund von der Bank abgehoben und wieder eingezahlt hat, wohin die Thodays gegangen sind und warum und wann sie zurückkommen werden, warum Jim Thoday seinen Zug verpaßt hat, warum Cranton hergekommen, was er getan hat, warum er uns was vorlügt und wie die Bierflasche in die Glockenstube gelangt ist.«
»Noch etwas?« fragte Mr. Blundell.
»O ja! Warum Jean Legros so schweigsam war über seine Vergangenheit, was Arthur Cobbleigh im Wald bei Dartford getan hat, worüber der Papagei geplappert hat und warum die Thodays am Sonntag nicht im Frühgottesdienst waren, was Tailor Paul mit der ganzen Sache zu tun hatte und warum das Gesicht des Leichnams zertrümmert worden ist.«

»Prächtig, prächtig«, rief Mr. Blundell aus. »Sie sind ein wandelndes Konversationslexikon, Mylord! Wie wär's, wenn Sie uns auch noch den Gefallen täten, uns zu verraten, wem wir nun eigentlich die Handschellen anlegen sollen?«
»Tut mir leid, damit nicht dienen zu können. Zum Teufel! Dankbar solltet ihr sein, daß ich euch auch noch ein bißchen Arbeit übriggelassen habe.«
»Na«, meinte Mr. Blundell, »ich kann mich nicht beklagen. Aber schießen Sie los. Vielleicht werden wir dann mit dem letzten Rest selber fertig!«
Lord Peter schwieg für einen Augenblick.
»Hören Sie mal, Oberinspektor«, begann er dann endlich, »ich fürchte, das Ganze entpuppt sich als eine verdammt unangenehme Geschichte. Deshalb möchte ich noch mehr Beweismaterial haben, ehe ich mit meiner Geschichte herausrücke. Wollen Sie mir einen Gefallen tun? Sie müssen es ja doch auf jeden Fall tun ... Danach erzähle ich Ihnen alles, was Sie wollen.«
»Und das wäre?«
»Wollen Sie sich eine Photographie von Arthur Cobbleigh verschaffen und sie zur Identifizierung an Suzanne Legros schicken?«
»Natürlich, das muß ja sowieso gemacht werden.«
»Wenn sie in dem Abgebildeten ihren Mann erkennt, dann ist alles gut und schön. Wenn sie aber eigensinnig ist und die Auskunft verweigert, dann geben Sie ihr nur bitte diesen verschlossenen Umschlag, so wie er ist, und beobachten Sie sie, wenn sie ihn aufmacht.«
»Es ist ja wohl nicht nötig, daß ich das selber tue. M. Rozier kann das sicher ebensogut?«
»Selbstverständlich. Wollen Sie ihr bitte auch das Kryptogramm zeigen?«
»Ja, warum nicht? Sonst noch etwas?«
»Ja«, antwortete Wimsey langsam. »Da sind noch diese Thodays. Ich mache mir Sorgen um die beiden. Sie sind wohl hinter ihnen her?«
»Wieso?«
»Dachte ich mir schon. Wenn Sie sie festnehmen lassen, wollen Sie mich bitte benachrichtigen, ehe Sie irgendeine drastische Maßnahme gegen sie ergreifen? Ich wäre gern bei der ersten Vernehmung zugegen.«

»Dem steht nichts im Wege, Mylord. Aber diesmal müssen die beiden mit der Sprache herausrücken. Ganz gleich, wie die Vorschriften lauten, und wenn ich mir selber dabei das Genick breche!«
»Diesmal werden Sie keine Schwierigkeiten haben«, meinte Wimsey. »Vorausgesetzt, Sie bekommen sie innerhalb der nächsten vierzehn Tage zu fassen. Danach wird es bedeutend schwieriger sein.«
»Warum innerhalb der nächsten vierzehn Tage?«
»Aber ich bitte Sie!« rief Seine Lordschaft aus. »Es liegt doch offen auf der Hand. Ich zeige Mrs. Thoday das Kryptogramm. Am nächsten Sonntag gehen weder sie noch ihr Mann zum Abendmahl, und am Montag fahren sie mit dem ersten Zug nach London. Die einzige wirkliche Gefahr ist . . .«
»Nun?«
»Der Erzbischof von Canterbury. Ein stolzer Kirchenfürst. Ein etwas eigenmächtiger Herr. Aber wahrscheinlich werden die beiden gar nicht an ihn denken. Sie können's also ruhig darauf ankommen lassen.«
»Nur keine Angst«, versicherte Mr. Blundell. »Die entkommen mir nicht, bestimmt nicht!«
»Natürlich nicht, und morgen in vierzehn Tagen werden sie sogar wieder zurück sein, allerdings ist es dann zu spät. Wann frühestens erwarten Sie Jim Thoday zurück? Ende des Monats? Geben Sie nur acht, daß er Ihnen nicht durch die Lappen geht. Ich könnte mir denken, daß er's versucht.«
»So haben Sie ihn im Verdacht?«
»Ich weiß es nicht, wie ich Ihnen schon sagte. Ich hoffe, er ist es nicht. Ich hoffe, daß es Cranton ist.«
»Mein armer, alter Cranton«, verteidigte der Oberinspektor ihn, so absurd es auch klang. »Das will ich nicht hoffen! Nein, das wäre mir höchst unbehaglich. Außerdem ist der Mann krank. Na, wir werden ja sehen. Erst will ich mal diese Cobbleigh-Sache erledigen.«
»Schön«, antwortete Wimsey. »Ich werde doch wohl den Erzbischof anrufen. Man kann nie wissen.«
»Völlig verrückt!« dachte Mr. Blundell. »Oder er nimmt mich auf den Arm.«

Lord Peter Wimsey setzte sich mit dem Erzbischof in Verbindung und schien mit dem Ergebnis zufrieden zu sein. Außerdem schrieb er an Hilary Thorpe und gab ihr einen Bericht über das Auffinden der Smaragde. »Sie sehen also, wie erfolgreich Ihre detektivische Tätigkeit war. Wie wird sich Onkel Edward darüber freuen!« Hilarys Antwort unterrichtete ihn darüber, daß die alte Mrs. Wilbraham das Halsband an sich genommen und das ihr zur Entschädigung gezahlte Geld wieder zurückgegeben habe. Alles ohne Kommentar oder Entschuldigung! – Lord Peter schlich wie ein unglücklicher Geist im Pfarrhaus herum. Der Oberinspektor hatte sich zur Verfolgung der Thodays nach London begeben.

Am Donnerstag ereignete sich wieder verschiedenes.

Telegramm von Kommissar Rozier an Oberinspektor Blundell: »Suzanne Legros kennt Cobbleigh nicht. Identifiziert Photographie im Umschlag als die ihres Mannes. Identifikation vom dortigen Bürgermeister bestätigt. Drahtet weitere Anweisungen.«

Telegramm von Oberinspektor Blundell an Lord Peter Wimsey: »Suzanne Legros kennt Cobbleigh nicht. Identifiziert Photo im Umschlag. Wer ist es? Thodays in London nicht aufzufinden.«

Telegramm von Oberinspektor Blundell an Kommissar Rozier: »Papiere sofort zurückerbeten. Legros festnehmen. Anweisungen abwarten.«

Telegramm von Lord Peter Wimsey an Oberinspektor Blundell: »Wissen es jetzt wohl selbst. Alle Kirchenbücher prüfen.«

Telegramm von Oberinspektor Blundell an Lord Peter Wimsey: »Vikar St. Andrews, Bloomsbury, ersucht, Trauung zwischen William Thoday und Mary Deacon auf Grund besonderer Erlaubnis zu vollziehen. War es Deacon?«

Telegramm von Lord Peter Wimsey an Oberinspektor Blundell: »Natürlich, Sie Idiot! Cranton sofort belasten.«

Telegramm von Oberinspektor Blundell an Lord Peter Wimsey: »Gebe Idiot zu. Aber warum Cranton belasten? Thodays gefunden und zur Vernehmung festgehalten.«

Telegramm von Lord Peter Wimsey an Oberinspektor Blundell: »Zuerst Cranton belasten. Bin auf dem Wege.«

Nachdem Lord Peter das letzte Telegramm aufgegeben hatte, gab er seinem Diener Bunter die Anweisung, seine Sachen zu packen, und bat den Pastor um eine private Unterredung, nach deren Beendigung beide Männer niedergeschlagen und sorgenvoll aussahen.

»So mache ich mich am besten auf den Weg«, schloß Wimsey. »Ich wünschte, ich hätte mich erst gar nicht in die Angelegenheit hineingemischt. Es gibt Dinge, die man besser unangerührt läßt. Finden Sie nicht auch? Ich habe nur Mitleid mit den Leuten. Ich kann mir nun einmal nicht helfen. Wahrscheinlich wollte ich wieder mal zu schlau sein – mein alter Fehler. Jedenfalls aber bekümmert es mich aufrichtig, so viel Unerfreuliches angerichtet zu haben. Es ist daher höchste Zeit für mich, von hier fortzukommen. Ich bin nun einmal mit der ganzen Überempfindlichkeit des modernen Menschen belastet, die andere nicht leiden sehen kann. Und – tausend Dank für alles! Auf Wiedersehen!«

Bevor Lord Peter Fenchurch St. Paul verließ, ging er noch einmal auf den Kirchhof. Das Grab des unbekannten Opfers sah immer noch kahl und schwarz aus, während das Grab von Sir Henry und Lady Thorpe inzwischen mit Grün überdeckt worden war. Nicht weit davon stand ein alter Steinsarkophag, auf dessen Platte Hezekiah saß und sorgfältig die Buchstaben der Inschrift säuberte. Wimsey ging zu dem Alten hin und schüttelte ihm die Hand.

»Ich mach' den alten Samuel hier ein bißchen auf neu«, erklärte Mr. Lavendel. »Den hab' ich ja nun um gute zehn Jahre geschlagen! Ist nur sechsundsiebzig geworden, hat fünfzig Jahre lang Tailor Paul geläutet. ›Legen Sie mich neben ihn, Herr Pastor, wenn's mal mit mir so weit ist, damit alle sehen, daß ich ihn geschlagen habe‹, hab' ich zum Herrn Pastor gesagt. Und der Herr Pastor hat's mir versprochen.«

›Tailor Paul zu läuten, scheint ja eine gesunde Beschäftigung zu sein«, meinte Wimsey. »Ihre Diener erreichen noch mehr als das biblische Alter, wie?«

›Ja, ja«, bestätigte Hezekiah, »das tun sie, junger Mann! Das tun sie, wenn einer verläßlich ist. Was die Glocken sind, die wissen ganz genau, woran sie sind mit ihrem Mann am Seil. Die kennen sich genau aus. Wenn einer ein Lump ist, das haben sie gleich heraus, und da warten sie bloß auf ihn, um ihn niederzuschlagen. Die alte Glocke, Tailor Paul, wird wohl nicht sagen können, daß sie nicht gut gefahren ist bei mir und ich bei ihr. Machen Sie Rechtschaffenheit zu Ihrer Baßglocke, Mylord – folgen Sie nur immer ihrem Ton, dann kann Ihnen nichts passieren, jawohl! – bis der Tod zur letzten Runde ruft. Keiner hat sich vor den Glocken da zu fürchten, wenn er nur immer rechtschaffen bleibt.«

»O ja, sicher«, antwortete Wimsey etwas verwirrt. Er verließ Hezekiah und begab sich in die Kirche, ganz leise, als fürchte er, irgend etwas aus dem Schlaf zu stören. Abt Thomas lag ruhig in seinem Grab. Die Cherubim waren mit offenen Augen und Mündern in ihre unablässige Betrachtung versenkt. Hoch über sich fühlte er die geduldige Wachsamkeit der Glocken.

Mr. Cranton war als Gast Seiner Majestät des Königs in einem Krankenhaus und sah bedeutend besser aus, als sie ihn bei ihrem ersten Besuch gefunden hatten. Er zeigte sich keineswegs überrascht, daß er mit der Ermordung Geoffrey Deacons belastet wurde, zwölf Jahre nach dem Hinscheiden dieses Herrn. »Na also«, meinte er. »Hab' mir schon gedacht, daß ihr es ausbaldowern würdet, aber ich hatte immer noch gehofft, es würde euch schiefgehen. Ich habe es nicht getan, doch habe ich eine Aussage zu machen. Nehmen Sie bitte Platz. Also, womit soll ich anfangen?«

»Am besten am Anfang«, schlug Wimsey vor, »und dann fahren Sie fort bis zum Schluß, und da machen Sie einen Punkt. Darf ich ihm eine Zigarette anbieten, Parker?«

»Also, Mylord und meine sehr verehrten – «, begann Mr Cranton, »nein – nicht ›Herren‹, das geht mir irgendwie gegen den Strich! Also Mylord und sehr verehrte Behörde. Ich brauche Ihnen wohl nicht erst zu sagen, daß ich mich tief verletzt fühle. Ich habe Ihnen seinerzeit gesagt, daß ich die Steine nicht hätte – na, und? Ich hatte natürlich recht. Sie wollen nun wissen, wann ich erfahren habe, daß Deacon noch am Leben war. Er hat mir einen Brief geschrieben und zwar im Juli vorigen Jahres. Er hatte ihn an unsern alten Platz geschickt, und von dort ist er mir nachgesandt worden – von wem, geht euch ja nichts an.«

»Wahrscheinlich von ›Leimrute‹«, bemerkte Parker nebenbei.

»Ich nenne keine Namen – das ist Ehrensache unter Gentle

men. Als Ehrenmann habe ich diesen Brief natürlich auch sofort verbrannt. Es stand eine Geschichte drin, mit der ich nicht viel anzufangen wußte. Scheint so, als hätte Deacon nach seinem etwas unglücklichen Zusammenstoß mit dem Wärter und nach seiner Flucht sich ein oder zwei Tage unter nicht gerade angenehmen Umständen in Kent herumdrücken müssen. Die Polizei soll sich, wie er mir geschrieben hat, ganz unglaublich stupid benommen haben. Zweimal sind sie an ihm vorbeigegangen, und einmal ist einer direkt auf ihn getreten. Hätte ihm beinah seine Finger zerbrochen. Ich selber habe ja ziemlich kleine Füße und trage nur gutes Schuhwerk«, fügte Mr. Cranton ein. »Man kann einen wirklichen Herrn immer an seinem Schuhwerk erkennen.«

»Weiter, Nobby«, ermahnte Mr. Parker.

»Na ja, als er dann in der dritten Nacht irgendwo in einem Wald lag, hörte er mit einmal wieder jemanden daherkommen – diesmal war es ein junger Bursche. Sternhagelbesoffen, wie Deacon sich ausdrückte. Den hat er von hinten überfallen und ihm eine geklebt. Deacon hat behauptet, er hätte es gar nicht so schlimm gemeint, sondern ihm bloß ein bißchen auf den Schädel gekloppt – aber Sie wissen ja, was für ein gemeiner Schuft dieser Deacon war. Er hatte ja schon vorher einen kaltgemacht. Jedenfalls war des Jünglings Lebenslicht ein für allemal ausgeblasen!

Deacon wollte natürlich Geld haben. Aber als er sich den Toten näher besah, merkte er, daß er einen Tommy in voller Feldausrüstung umgelegt hatte. Schließlich kein Wunder. 1918 liefen genug Soldaten herum. Dieser Tommy hatte nun seine Papiere und seinen ganzen Kram bei sich und natürlich auch eine Taschenlampe, und soviel Deacon in der Eile in seinem Versteck herausklamüsern konnte, war der Mann auf Urlaub gewesen und hatte sich auf dem Rückweg zur Truppe befunden. Jedenfalls dachte sich Deacon, ›alles – nur nicht wieder nach Maidstone zurück‹, und so tauschte er seine Kleidung mit der des Tommys aus, nimmt dessen ganze Papiere und was er sonst hatte an sich und wirft den Leichnam in die Grube. Da Deacon selber aus Kent stammte, kannte er sich in der Gegend gut aus. Wovon er aber keinen blassen Dunst hatte, das war die Soldatenspielerei. Doch hatte er ja keine Wahl, und so überlegte er sich, daß es das beste wäre, erst mal nach London

zu fahren und dort einige seiner alten Freunde aufzugabeln. Er marschierte also los und kam auch schließlich zu irgendeiner Bahnstation – wohin, hab' ich vergessen. Da hat er dann einen Zug nach London genommen. Es ging alles glatt, bis irgendwo unterwegs ein ganzes Schock Soldaten einstieg. Die waren beschwipst und kreuzfidel. Wie die so miteinander redeten, merkte Deacon erst, in was für eine Patsche er geraten war, daß er zwar wie ein richtiger Tommy ausstaffiert, doch keinen Schimmer von Militärdienst hatte und verloren war, wenn er bloß den Mund aufmachte.«
»Das ist ja klar«, warf Wimsey ein.
»Deacon behauptete, er wäre sich wie unter Ausländern vorgekommen. Eigentlich noch schlimmer. Denn mit fremden Sprachen wußte Deacon ein bißchen Bescheid, er besaß ja eine gewisse Bildung. Aber alles, was das Militär anging – du meine Güte! So blieb ihm nichts andres übrig, als den Schlafenden zu markieren. Er hat sich also in eine Ecke geklemmt und geschnarcht, und wenn ihn einer anreden wollte, fluchte er bloß. Das hätte auch ganz gut geklappt, sagte er, wenn nicht so ein aufdringlicher Kerl dabei gewesen wäre mit einer Flasche Whisky. Der hat immer wieder versucht, sich mit ihm anzubiedern, bis Deacon schließlich auch ein paar Becher gekippt hat und dann noch einmal ein paar – jedenfalls als er in London ankam, war er ganz schön blau.«
Mr. Cranton trank einen Schluck Wasser und fuhr dann fort:
»Was dann mit ihm geschehen sei, habe er nicht mehr genau gewußt. Er wollte aus dem Bahnhof hinaus und sich verdrücken, aber das war nicht so leicht. Er kannte sich in abgedunkelten Straßen nicht aus, und außerdem hatte ihn der aufdringliche Kerl mit der Whiskyflasche ins Herz geschlossen. Ging immer neben ihm her und quatschte, und das war ja wiederum ein Glück für Deacon. Er erinnerte sich dann nur noch, daß sie in einer Stehkneipe mehrere hinter die Binde gossen, bis es ihn umgeschmissen habe. Danach muß er eingeschlafen sein. Als er wieder zu sich kam, saß er in einem Zug mit lauter Tommys, die, wie er aus ihren Reden heraushörte, alle an die Front zurückfuhren.«
»Jedenfalls ist es ganz klar«, bemerkte Wimsey, »daß

irgendeine mitleidige Seele seine Papiere untersucht und ihn in den nächsten Urlauberzug, der nach Dover ging, expediert haben muß.«

»Richtig«, bestätigte Mr. Cranton. »Ist sozusagen von der Maschine erfaßt worden. Da blieb ihm also nichts andres übrig, als wieder den toten Mann zu spielen und zu schlafen. Die meisten, die mit ihm fuhren, waren hundsmüde und schwer geladen, so fiel er nicht weiter auf. Im übrigen paßte er auf, wie's die andern machten, zeigte seine Papiere auf Verlangen vor und so weiter. Glücklicherweise fuhr keiner von seiner Kompanie mit ihm im Abteil. So kam er über den Kanal. Wie es ihm im einzelnen ergangen ist, kann ich Ihnen nicht sagen – ich habe den Krieg ja nie mitgemacht. Jedenfalls ist ihm auf der Überfahrt fürchterlich schlecht geworden, und danach ist er in eine Art Viehwagen verladen worden, und endlich haben sie ihn nachts an irgendeinem finsteren Ort wieder ausgeladen. Nach einer Weile hörte er dann jemanden laut fragen, ob noch einer von seinem Regiment da wäre. Darauf trat er vor und antwortete ›jawohl, Herr Unteroffizier!‹ – soviel wußte er wenigstens Bescheid. Da ist er dann mit einer kleinen, von einem Unteroffizier geführten Gruppe auf einer endlosen, holprigen und dreckigen Landstraße entlanggezottelt. Plötzlich hörte er dann einen Höllenlärm weiter vorn, und der ganze Boden begann zu zittern. Da wußte er mit einem Mal, was gespielt wurde.«

»Tolle Geschichte! Fast ein Epos«, bemerkte Wimsey.

»Ich kann nicht viel dazu sagen«, fuhr Cranton fort, »weil Deacon noch immer halb benebelt gewesen sein muß. Sie werden wohl direkt in einen Granatangriff hineinmarschiert sein. Als ob die Hölle losgelassen worden wäre, sagte er. Anscheinend sind sie gar nicht mehr nach vorn in die Gräben gekommen, weil in dieser Nacht alles in die Luft gesprengt wurde. Und so ist Deacon in den Rückzug geraten und hat seine Leute verloren. Bald darauf hat er selber einen Treffer an den Kopf bekommen. Als er wieder zu sich kam, lag er in einem Granatloch und neben ihm einer, der schon eine ganze Weile tot war. Er kroch heraus; alles war ganz ruhig und es wurde schon dunkel – er mußte also wohl einen ganzen Tag lang bewußtlos gelegen haben. Die Richtung hatte er auch verloren. Er irrte herum und fiel immer

wieder in Löcher und Drahtverhaue, bis er schließlich in einer Hütte landete, in der Heu und allerlei Geräte lagen. Aber daran konnte er sich nur noch schwach erinnern, weil ihm sein Kopf höllisch brannte und er Fieber kriegte. So hat ihn dann ein Mädchen gefunden.«
»Von da ab wissen wir Bescheid«, unterbrach ihn der Oberinspektor.
»Zweifle nicht daran. Sie wissen anscheinend eine ganze Menge. Na, jedenfalls ist Deacon dann recht gerissen vorgegangen. Er hat dem Mädel schöngetan, und sie haben sich zusammen eine Geschichte für ihn ausgedacht. Es wäre gar nicht so schwer gewesen, behauptete er, so zu tun, als hätte er sein Gedächtnis verloren. Es war natürlich blödsinnig von den Doktoren, ihm mit Militärkommandos eine Falle stellen zu wollen. Da er nie beim Militär war, brauchte er gar nicht erst zu simulieren. Viel schwieriger war es mit der englischen Sprache – da hätten sie ihn beinah ein- oder zweimal erwischt. Französisch konnte er ja ganz gut. Am Anfang hat er eben immer nur undeutlich gestammelt und gestottert, als hätte er seine Sprache verloren. In der Zwischenzeit hat ihm das Mädchen soviel beigebracht, daß er bald fließend reden konnte.«
»Das können wir uns alles ganz gut vorstellen«, warf jetzt Mr. Parker ein, »erzählen Sie uns lieber von den Smaragden.«
»Ja – also der Gedanke daran kam ihm, als er in irgendeiner alten englischen Zeitung zufällig von einem Leichnam las, der in einem Steinbruch gefunden worden war – sein eigener Leichnam, wie sie dachten. Es stand in einer Zeitung von 1918, die er aber erst 1924 durch Zufall in die Hand bekam. Er hat sich zuerst nicht darum gekümmert, denn mit seinem Hof ging es ganz schön aufwärts. Er hatte also nicht zu klagen. Bis dann die schlechten Zeiten einsetzten, da mußte er immer wieder an die Steinchen denken, die in ihrem Versteck schlummerten, ohne jemandem zu nützen. Aber er wußte nicht recht, wie er an sie herankommen sollte, denn er bekam jedesmal Alpdrücken, wenn er an den toten Wärter und an den Burschen, den er damals kaltgemacht, dachte. Bis ihm mit einem Mal meine verehrte Person eingefallen ist. Er rechnete sich aus, daß ich längst wieder auf freiem Fuß sein müßte, und schrieb mir also

einen Brief. Aber, wie Sie wissen, saß ich gerade wieder einmal, auf Grund eines bedauerlichen Mißverständnisses. Da meine Freunde es für besser hielten, mir diesen Brief nicht an jenen Ort, wo ich mich befand, nachzusenden, bekam ich ihn erst sehr viel später – als ich herauskam.«

»Komisch, daß er gerade Sie zu seinem Vertrauten machte«, bemerkte Parker. »Da sind doch damals ziemlich – na, sagen wir, harte Worte zwischen Ihnen gefallen.«

»Allerdings«, gab Mr. Cranton zu. »Als ich ihm antwortete, habe ich ihm zuerst mal gehörig meine Meinung gesagt. Aber Deacon hatte eben außer mir keinen, auf den er sich verlassen konnte. Wenn's darauf ankommt, eine Sache elegant zu drehen, dann kommen sie ja doch alle zu Nobby Cranton. Ich kann Ihnen versichern, daß ich ihm beinah gesagt hätte, er solle sich zum Teufel scheren, aber dann hab' ich's mir im letzten Augenblick doch überlegt und mir gedacht ›Was geschehen ist, ist geschehen!‹ So hab' ich diesem Schuft meinen Beistand zugesagt und versprochen, ihm Geld und Papiere zu besorgen und ihn über'n Kanal zu bringen. Aber er sollte mir diesmal eine Sicherheit geben – woher sollte ich denn sonst wissen, daß mich dieser Lumpenhund nicht wieder prellte?«

»Verstehe schon«, nickte Mr. Parker.

»Was hat er getan? Ich wollte natürlich zuerst von ihm wissen, wo das Zeug steckte. Doch er, dieser Schweinehund, machte plötzlich Sperenzchen, sagte, er traue mir nicht! Können Sie sich so was vorstellen! Hatte die Stirne, mir zu antworten, ich würde die Dingerchen klauen, bevor er rüberkäme!«

»Unglaublich«, gab Mr. Parker zu. »So etwas hätten Sie doch nie getan!«

»Ich? Nein! Wofür halten Sie mich denn! Na, dann haben wir so ein paarmal hin und her geschrieben, bis wir in eine Art Sackgasse kamen. Darauf schrieb er wieder und sagte, er schicke mir eine chiffrierte Mitteilung, und wenn ich aus der herausbekäme, wo die Steine wären, sollte ich sie mir – bitte schön – nur holen. Natürlich konnte ich mit dem Geschreibsel nichts anfangen, und ich schrieb ihm das auch. Worauf er nur antwortete, ›um so besser‹, und wenn ich ihm nicht traute, könnte ich ja nach Fenchurch gehen und dort nach einem gewissen Tailor Paul und nach Batty Thomas, der gleich daneben wohnte, fragen. Die würden mir den Schlüssel geben. Aber es wäre doch wohl gescheiter, ich überließe ihm die Sache, weil er besser mit ihnen umzugehen verstünde. Was sollte ich nun machen? Ich überlegte mir, daß diese beiden Brüder wahrscheinlich auch ihre Prozente haben wollten und mich vielleicht leer ausgehen lassen würden und daß es daher noch klüger wäre, mich an Deacon zu halten, der ja mehr zu verlieren hatte als ich. Ich habe ihm also Geld und einwandfreie Ausweispapiere geschickt. Er konnte ja nicht gut als Deacon rüberkommen und auch nicht als Legros, falls irgend etwas schiefgehen sollte, und so schlug er selber den Namen vor. Mir kam er ziemlich blöd vor, aber er hielt ihn für'n großartigen Witz! Jetzt weiß ich natürlich auch, warum. Die Papiere wurden also ausgestellt – mit einem Photo. Saubere Arbeit, sage ich Ihnen. Dann schickte ich ihm Sachen zum Anziehen, denn er konnte ja nicht gut wie ein Franzose in der Gegend herumlaufen. Am 29. Dezember ist er dann herübergekommen. Aber das wissen Sie wohl schon?«

»Ja, aber es hat uns absolut nichts genützt«, gestand Mr. Blundell.

»Soweit klappte alles ganz schön. Von Dover aus hat er mich dann angerufen und mir gesagt, daß er direkt durchfahren wollte und dann am nächsten oder übernächsten Tag mit den Dingern nach London kommen und mich dann gleich benachrichtigen würde. Ich überlegte, ob ich nicht selber auch nach Fenchurch gehen sollte. Sie wissen ja, ich hab' ihm nie getraut. Aber eigentlich hatte ich keinen rechten Mumm dazu, trotz meines Rauschebarts, den ich mir zugelegt hatte, weil ich euch nicht immer auf der Fersen haben wollte. Außerdem hatte ich gerade zwei andere Eisen im Feuer – Sie sehen, ich mache Ihnen nichts vor.«

»Das möchte ich Ihnen auch raten«, sagte Mr. Parker mit Nachdruck.

»Aber ich bekam keine Nachricht, weder am 30. noch am 31. Das war mir verdächtig, obwohl ich mir nicht recht vorstellen konnte, daß er mich ein zweites Mal reingelegt haben sollte. Er brauchte mich doch, um die Ware weiter zu verschieben. Dann dachte ich wieder, daß er vielleicht inzwischen irgendeinen andern aufgegabelt hätte – einer alten Freund aus Maidstone oder einen Bekannten aus dem Ausland.«

»Warum hätte er aber dann Sie in die ganze Sache hineinziehen wollen?«

»Ja, das habe ich mir auch überlegt. Schließlich bin ich dann so nervös geworden, daß ich mich auf den Weg gemacht habe, um zu sehen, was passiert ist. Über Walbeach bin ich gekommen. Ich hab' mich als ungelernter Arbeiter auf der Walze ausgegeben und um Arbeit am Ostkanal gefragt. Gott sei Dank haben sie mich dort nicht erst genommen, so brauchte ich mich gar nicht aufzuhalten.«

»Das haben wir uns schon gedacht.«

»Ich wußte gleich, daß ihr da in der Gegend herumschnüffeln würdet! Schließlich bin ich dann nach Fenchurch gekommen – eine gottverlassene Gegend – puh!«

»Damals sind wir uns wohl zum ersten Mal begegnet«, warf Wimsey ein.

»Ja, wenn ich damals schon gewußt hätte, mit wem ich die Ehre habe, dann hätte ich auf der Stelle kehrtgemacht«, erwiderte Mr. Cranton äußerst liebenswürdig. »Aber leider hatte ich nicht die blasseste Ahnung, und so trottete ich eben weiter – doch darüber wissen Sie ja Bescheid.«

»Ja. Sie haben bei Ezra Wilderspin gearbeitet und nebenbei nach Paul Taylor gefragt.«

»Schöne Blamage!« rief Nobby entrüstet aus. »Diese verflixten Mr. Tailor und Mr. Batty Thomas! Ausgerechnet Glocken. Nirgends auch nur 'ne Spur von meinem Paul Taylor. Das machte mich denn doch stutzig. Ich wußte nicht, woran ich war – ob Deacon schon dort gewesen und wieder getürmt war, oder ob sie ihn auf dem Weg gefaßt hatten, oder ob er sich noch irgendwo in der Gegend herumtrieb. Natürlich zerbrach ich mir immer wieder den Kopf über diese Chiffremitteilung, bis ich schließlich auf den Gedanken gekommen bin, sie könnte vielleicht irgendwie mit den Glocken zu tun haben. Aber wie sollte ich in diese verdammte Glockenstube hinaufgelangen? Ich nahm mir vor, einfach einmal in der Nacht da hinaufzusteigen und zu sehen, ob da was zu finden wäre. Ich fertigte mir also ein paar Dietriche an – dafür war meine Arbeitsstelle ja ganz vorteilhaft eingerichtet – und schlich mich an einem Samstag spät am Abend aus dem Haus.

Was ich Ihnen nun erzähle, ist die reine Wahrheit – unter Bibeleid! Ich ging kurz nach Mitternacht hinüber zur Kirche, und als ich meine Hand auf die Klinke drücke, ist die Tür schon offen. Natürlich dachte ich sofort, daß Deacon an der Arbeit wäre. Wer sollte es sonst sein, zu so nachtschlafender Zeit? Ich hatte mich schon vorher orientiert, wo die Tür zur Turmtreppe war, ging also ganz leise hin und fand, daß sie auch offen war. ›Aha‹, dachte ich mir, ›das ist Deacon! Dem werd' ich aber gründlich mit seinem Tailor Paul und Batty Thomas heimleuchten, weil er mich hat sitzenlassen!‹ Zuerst bin ich in einen komischen Raum gekommen, wo lauter Seile hingen – sah nicht gerade gemütlich aus –, und dann kam eine Leiter und wieder ein Boden mit Seilen und dann noch mal eine Leiter und eine Falltür.«
»War die Falltür offen?«
»Ja, und so ging ich weiter. Aber ich hatte ein komisches Gefühl dabei. Als ich schließlich oben ankam, da wurde mir erst richtig blümerant zumut. Kein Sterbenslaut, und doch, als ob lauter Menschen herumständen. Und dunkel!! Draußen war es schon stockfinster gewesen, dazu hatte es in Strömen gegossen – aber eine so pechschwarze Dunkelheit wie dort oben hab' ich meinen Lebtag noch nicht gesehen. Dabei immer das Gefühl, als ob mich hundert Augen beobachteten.
Nach einer Weile riß ich mich zusammen und knipste meine Taschenlampe an. Sind Sie mal dort oben gewesen? Haben Sie die Glocken gesehen? Mir kann keiner nachsagen, daß ich mich mit Hirngespinsten abgebe, aber ich muß schon sagen, da oben bei den Glocken hab' ich beinah Halluzinationen gekriegt!«
»Ich kenne das«, bestätigte Wimsey. »Man hat das Gefühl, als kämen sie im nächsten Augenblick auf einen herunter.«
»Sehen Sie – Sie verstehen mich«, sagte Nobby mit einem dankbaren Blick auf Wimsey. »Nun war ich zwar da oben, wußte aber nicht recht, was anfangen. Mit den Glocken wußte ich nicht Bescheid – wie man an sie rankam und so – und dann konnte ich auch nicht verstehn, wo Deacon abgeblieben sein sollte. Ich leuchtete also mit meiner Taschenlampe alles ab und – brr! – da fand ich ihn.«
»Tot?«

»Mausetot. An einen Pfosten angebunden, und sein Gesicht, seine Augen – so was Fürchterliches – mehr als selbst unsereins vertragen kann! Als wenn er totgeschlagen und verrückt geworden wäre – ich kann das nicht so erklären...«

»War er denn auch wirklich ganz tot?«

»Tot?« Mr. Cranton lachte. »Ich hab' so was noch nie gesehen.«

»Schon steif?«

»Nein, noch nicht. Aber kalt – Herrgott! Ich hab' ihn nur mal leicht angetippt. Er hing an den Seilen und sein Kopf war vornüber gefallen. Na, jedenfalls sah er aus, als hätten es ihm die Glocken richtig heimgezahlt und noch mehr als das. Als hätten sie kurzen Prozeß mit ihm gemacht, obwohl es anscheinend ziemlich lange gedauert haben muß, bis er hinüber war.«

»Wieso, war er denn erhängt?« fragte Mr. Parker ungeduldig.

»Keine Spur. Ich weiß nicht, wie er umgekommen ist. Denn gerade, als ich ihn mir näher besehen wollte, hörte ich jemanden den Turm heraufkommen. Da machte ich, daß ich wegkam. Ich kletterte also noch eine Leiter weiter bis zu einer Luke, die aufs Dach hinausführte. Dort hockte ich mich nieder. Ich hoffte bloß, daß der andere mir nicht nachkommen würde. Mir lag nämlich nicht gerade daran, dort oben gefunden zu werden, bei dem Leichnam meines alten Kollegen Deacon. Ich hätte selbstverständlich die Wahrheit sagen können, nämlich, daß der Kerl schon kalt war, ehe ich raufkam, aber mit den Dietrichen in der Tasche, das war gefährlich. So wartete ich also. Der Mensch kam auch richtig rauf, und ich hörte ihn sich bewegen und herumgehen – einmal hörte ich auch, wie er halblaut stöhnte: ›Du großer Gott!‹ Dann kam ein schwerer Plumps, und ich dachte mir, daß er jetzt den Leichnam abgenommen hätte. Nach einer Weile hörte ich ihn etwas zerren und schleppen und dann ein polterndes Geräusch, als wenn er den Toten hinter sich herzöge. Ich konnte von meinem Platz aus ja nichts sehen. Das schleppende und polternde Geräusch dauerte eine ganze Weile, bis er den Leichnam die Leitern hinuntergeschafft hatte. Na, ich beneidete den Mann nicht um seine Arbeit.

Ich wartete so lange, bis ich ihn nicht mehr hören konnte; dann überlegte ich mir, was ich tun sollte. Ich probierte an der Tür zum Dach, der Riegel gab nach. Draußen schüttete es nur so und es war pechschwarz, aber ich kroch trotzdem heraus und schaute vom Turm hinunter – wie hoch ist dieser verflixte Turm eigentlich? Hundertdreißig Fuß – na, mir kamen sie wie tausenddreihundert vor! Ich bin ja kein Fassadenkletterer, wie Sie wissen. Ich schaute also hinunter und sah, wie sich auf der andern Seite der Kirche ein Licht bewegte, meilenweit unter mir auf dem Friedhof. Mir wurde ganz schlecht und ich dachte, der Turm und alles dreht sich unter mir und stürzt ein. Ich hatte jedenfalls genug gesehen!

Ich machte mich also schnell auf die Hacken, um fortzukommen, solange der da unten noch mit seiner sauberen Arbeit beschäftigt war. Ich schob den Riegel wieder vorsichtig vor und kletterte hinunter. Es war aber so stockdunkel, daß ich meine Taschenlampe anknipste. Ich wollte, ich hätte das nicht getan! Da stand ich auf der Leiter, und direkt unter mir hingen die Glocken – du Himmlischer, das kalte Grausen kam mich an! Mir wurde heiß und kalt, und der Schweiß brach mir aus allen Poren, und zu allem Unglück rutschte mir auch noch die Lampe aus der Hand und fiel hinunter, direkt auf eine Glocke. Das gab einen Ton – meinen Lebtag werde ich diesen Ton nicht mehr vergessen! Nicht laut, sondern so schaurig-süß und drohend, und er hörte gar nicht mehr auf – es wurden immer mehr Töne und sie kamen alle zu mir rauf, direkt in meine Ohren. Sie werden mich sicher für übergeschnappt halten, aber ich kann Ihnen sagen, die Glocke wurde richtig lebendig. Ich mußte meine Augen zumachen und mich fest an die Leiter klammern – ich wünschte bloß, ich hätte mir einen andern Beruf ausgesucht. Danach können Sie sich ungefähr vorstellen, wie mir zumute war.«

»Sie haben eine zu lebhafte Phantasie, Nobby«, ermahnte Mr. Parker.

»Na, warten Sie, Parker«, fiel Lord Peter ein, »bis Sie selber mal mitten in der Nacht an einer Leiter in der Glockenstube hängen. Aber weiter, Cranton!«

»Leichter gesagt als getan, Mylord!« gestand Cranton. »Ich konnte einfach nicht weiter, mir war, als vergingen Stunden – wahrscheinlich waren es nur fünf Minuten. Schließlich kroch ich dann hinunter – im Dunkeln natürlich, da ich meine Taschenlampe verloren hatte. Ich mußte mich zu der Falltür hintasten – ich hatte eine Mordsangst, daß ich da hinuntersausen würde. Schließlich fand ich sie aber doch und danach ging es besser, obwohl es mir auf der Wendeltreppe noch mal ziemlich blümerant wurde. Ich rutschte nur so hin und her auf den ausgetretenen Stufen, und die Wände kamen so dicht an mich ran, daß ich kaum japsen konnte. Mein Vorgänger hatte alle Türen offen gelassen. Ich wußte also, daß er zurückkommen würde – auch nicht gerade ein angenehmes Gefühl. Als ich dann endlich in der Kirche unten und zur Tür raus war, mußte ich noch sachte über den Kies, der so widerwärtig knirschte. Schließlich war das aber auch überstanden, und dann bin ich auf Teufel-komm-raus gerannt. Bei Wilderspins hatte ich nichts zurückgelassen, außer einer Zahnbürste, die ich im Ort gekauft habe. Ich habe also losgelegt, daß die Absätze nur so flogen, dabei goß es wie aus Kübeln. Dieses elende Land – nichts als Kanäle und Brücken. Einmal kam ein Auto vorbei, und als ich rasch aus dem Scheinwerferlicht raus wollte, trat ich daneben und sauste den Damm hinunter in den Graben. Hundekalt – der reinste Eiskühler! Zuletzt bin ich dann noch in einem Heuschober in der Nähe einer Bahnstation untergekrochen und hab' da zähneklappernd gelegen, bis ich am Morgen mit dem ersten Zug nach London fortkonnte. Als ich in London ankam, hatte ich auch schon glücklich was weg – Gelenkrheumatismus haben sie dann später festgestellt. Sie sehen ja, was aus mir geworden ist, ein für allemal ruiniert! Am besten, ich wäre abgekratzt. Das, Mylord und verehrte Behörde, ist die Wahrheit – nichts als die lautere Wahrheit. Nur die Chiffrenotiz von Deacon war mir abhanden gekommen. Aber das merkte ich erst später. Ich dachte, ich hätte sie auf dem Weg verloren. Doch wenn Sie sie in der Glockenstube gefunden haben, dann muß sie mir wohl dort aus der Tasche gefallen sein, als ich die Lampe herausholte. Ich habe ja nun Deacon nicht umgebracht, aber ich wußte, daß es seine Schwierigkeiten haben würde, es zu beweisen, und das ist der Grund, warum ich Ihnen zuerst was anderes vorerzählt habe.«

Vierzehntes Kapitel

Ein dunkles Geheimnis

Wimsey glaubte, noch nie ein so völlig verzweifeltes Gesicht gesehen zu haben wie das von William Thoday. Es war das Gesicht eines zum Äußersten getriebenen Mannes – grau und eingefallen und, wie bei einem Toten, mit tiefen Schatten um die Nasenflügel. Auch Mary sah niedergeschlagen und abgehärmt aus, doch verriet ihr Ausdruck wenigstens noch Wachsamkeit und den Willen zu kämpfen. Will hatte sich ganz offenbar schon geschlagen gegeben.
»Also, dann lassen Sie uns einmal hören«, begann Oberinspektor Blundell, »was Sie beide vorzubringen haben.«
»Wir haben nichts getan, dessen wir uns schämen müßten«, nahm Mary das Wort.
»Überlaß das mir«, unterbrach Will sie und wandte sich resigniert an den Oberinspektor. »Sie haben also jetzt die Sache mit Deacon herausgefunden. Sie wissen ja, daß der Mann uns und den Unsrigen ein Unrecht getan hat, das nie wieder gutzumachen ist. Mary und ich, wir haben versucht gutzumachen, soviel wir konnten, aber ihr habt dazwischengefunkt. Auch wenn wir vorher gewußt hätten, daß sich die Sache auf die Dauer nicht vertuschen läßt, was wollten wir denn andres tun? Es ist im Dorf wahrhaftig genug über meine Frau geklatscht worden, und so dachten wir eben, daß es am besten wäre, die Angelegenheit still für uns abzumachen. Warum auch nicht? Was war daran unrecht? Was haben Sie für ein Recht, sich hineinzumischen?«
»Hören Sie mal zu, Will«, entgegnete Mr. Blundell. »Ich weiß ganz genau, was für ein harter Schlag das Ganze für Sie war – ich leugne das gar nicht –, aber Gesetz ist Gesetz. Daß Deacon ein Lumpenkerl war, das wissen wir alle, aber das ändert nichts an der Tatsache, daß ihn jemand beseitigt

hat. Es ist nun mal unsre Pflicht, herauszufinden, wer der Täter war.«
»Darüber kann ich nichts sagen«, erwiderte Will langsam. »Aber es ist eine Gemeinheit, Mary und mich ...«
»Augenblick mal«, fiel jetzt Wimsey ein. »Ich glaube, Sie machen sich die Situation nicht ganz klar, Thoday. Mr. Blundell will Ihrer Trauung in keiner Weise im Wege stehen, aber, wie er richtig sagt, jemand hat diesen Deacon umgebracht, und die unangenehme Tatsache ist nicht wegzuleugnen, daß Sie der Mann sind, der den gewichtigsten Grund hatte, ihn loszuwerden. Das bedeutet – gesetzt den Fall, es würde eine Anklage gegen Sie erhoben –, daß man vor Gericht von dieser Dame eine Zeugenaussage verlangen könnte.«
»Ja, und?« fragte Will.
»Das ist es ja eben. Das Gesetz erlaubt nicht, daß eine Ehefrau gegen ihren Mann aussagt.« Wimsey wartete einen Augenblick, um Thoday die ganze Bedeutung seiner Worte begreifen zu lassen. »Nehmen Sie erst mal eine Zigarette, Thoday, und überlegen Sie in Ruhe.«
»Ich verstehe«, bemerkte Thoday in bitterem Ton. »Ich verstehe schon. Darauf kommt es also hinaus. Es ist also noch nicht genug, was dieser Teufel uns getan hat. Erst hat er die arme Frau ruiniert und sie vor Gericht gehetzt, sie um ihren anständigen Namen gebracht – und jetzt kommt er auch noch zwischen uns vorm Altar und treibt meine Frau in die Zeugenbank, damit sie mir's Genick bricht. Wenn's einer verdient hat, daß er umgebracht wurde, dann ist es dieser – na, ich hoffe nur, daß ihn der Teufel geholt hat.«
»Das ist wohl anzunehmen«, versicherte Wimsey. »Aber sehen Sie, die Sache ist die: wenn Sie uns jetzt nicht die Wahrheit erzählen ...«
»Ich kann nichts anderes sagen«, brach Thoday verzweifelt aus. »Meine Frau – und vor Gott und in meinen Augen ist sie meine Frau – hat überhaupt niemals etwas davon gewußt. Nicht eine Silbe. Sie weiß auch heute noch nichts, außer dem Namen des Kerls, der da unter der Erde verfault. Das ist – bei Gott – die reine Wahrheit.«
»Schön«, meinte Mr. Blundell, »Sie werden uns das beweisen müssen.«

»Nein, das stimmt nicht ganz, Blundell«, warf Wimsey ein, »aber ich glaube sogar, daß es sich beweisen läßt. Mrs. Thoday ...«

Die Frau gab ihm einen raschen und dankbaren Blick.

»Wann haben Sie zuerst erfahren, daß Ihr früherer Mann noch bis Anfang Januar am Leben war und Sie daher nicht gesetzlich mit Will Thoday verheiratet sind?«

»Erst vorige Woche, Mylord, als Sie zu mir kamen.«

»Als ich Ihnen den Zettel mit der Handschrift Deacons zeigte?«

»Ja, Mylord.«

»Aber wie kam es denn ...«, begann der Oberinspektor, doch Wimsey fuhr mit gesenkter Stimme fort: »Es ist Ihnen also dann zum Bewußtsein gekommen, daß der Mann, der in dem Grab der Lady Thorpe lag, Deacon gewesen sein muß.«

»Ja, da kam es plötzlich über mich, daß es so sein müßte. Mir wurde mit einem Mal vieles klar, was ich vorher nicht verstanden hatte.«

»So hatten Sie bis dahin nie daran gezweifelt, daß Deacon 1918 gestorben war?«

»Keinen Augenblick, Mylord. Sonst hätte ich doch Will nicht geheiratet.«

»Sie sind immer regelmäßig zum Abendmahl gegangen?«

»Ja, Mylord.«

»Bis auf vorigen Sonntag ...«

»Ich konnte ja nicht mehr gut hingehen, nachdem ich erfahren hatte, daß Will und ich nicht richtig verheiratet sind. Das wäre doch Sünde gewesen.«

»Natürlich. Ich bitte um Verzeihung, Oberinspektor. Ich habe Sie, glaube ich, unterbrochen.«

»Das ist alles schön und gut«, begann nun Mr. Blundell wieder. »Aber Sie haben doch behauptet, Sie kennten die Handschrift nicht, als Seine Lordschaft sie Ihnen zeigte.«

»Das war nicht wahr. – Ich mußte ja ganz rasch etwas sagen und ich hatte Angst.«

»Das glaube ich schon. Angst, daß Will in Unannehmlichkeiten geraten würde, was? Nun sagen Sie aber mal, woher wußten Sie denn, daß der Zettel nicht schon vor Jahr und Tag geschrieben war? Wie kamen Sie denn so rasch auf den schlauen Gedanken, daß der Tote in Thorpes Grab ausgerechnet Deacon war? Wollen Sie mir darauf mal klipp und klar antworten?«

»Ich weiß es wirklich nicht«, hauchte sie. »Es kam eben plötzlich über mich.«

»Aha – und warum?« donnerte der Oberinspektor los. »Weil Will es Ihnen schon erzählt hatte und Sie Lunte rochen. Weil Sie den Zettel vorher schon einmal gesehen hatten...«

»Nein, nein!«

»Ich sage ›ja‹! Wenn Sie nichts davon gewußt hätten, dann hätten Sie ja keine Ursache gehabt, die Handschrift zu verleugnen. Sie wußten auch, wann es geschrieben war – oder vielleicht nicht?«

»Das ist gelogen«, fiel Thoday jetzt ein.

»Ich glaube wirklich nicht, daß Sie recht haben, Blundell«, bemerkte Wimsey ruhig, doch freundlich. »Wenn Mrs. Thoday es die ganze Zeit gewußt hätte, warum hätte sie dann am vorigen Sonntag nicht auch zur Kirche gehen können? Wenn sie monatelang dazu die Unverfrorenheit gehabt hätte, warum sollte sie dann plötzlich aufhören?«

»So – und wie ist es in diesem Fall mit Will?« fuhr der Oberinspektor auf. »Ist er nicht auch regelmäßig zur Kirche gegangen? Sie werden mir doch wohl nicht weismachen wollen, daß er auch nichts davon gewußt hat.«

»Wie ist es damit, Mrs. Thoday?« fragte Wimsey freundlich.

Mary zögerte. »Darüber kann ich Ihnen nichts sagen«, erwiderte sie schließlich.

»Können Sie nicht?!« stieß Mr. Blundell heraus. »Wollen Sie mir dann vielleicht sagen...«

»Hat keinen Zweck, Mary«, unterbrach Thoday. »Gib ihm keine Antwort. Sie verdrehen dir nur die Worte im Mund. Wir haben nichts zu sagen. Wenn ich das durchfechten muß, dann fechte ich es auch durch, und damit basta.«

»Nein, ganz so ist es doch nicht«, versuchte es Wimsey nun wieder. »Sehen Sie denn nicht, daß Ihrer Verheiratung nichts im Wege steht, wenn Sie uns erzählen, was Sie wissen, und wir dann davon überzeugt sind, daß Ihre Frau nichts davon gewußt hat. Stimmt das nicht, Oberinspektor?«

»Ich kann keine Beeinflussung gestatten, Mylord«, erwiderte der Oberinspektor stur.

»Natürlich nicht, aber man darf den Zeugen doch auf eine offensichtliche Tatsache aufmerksam machen. Sehen Sie«, fuhr Wimsey fort, »es ist ja ganz klar, daß jemand etwas gewußt haben muß, sonst wäre Ihre Frau nicht so rasch darauf gekommen, daß der Tote Deacon war. Wenn sie nicht vorher schon einen Verdacht gehabt hätte, wenn Sie die ganze Zeit über völlig ahnungslos und unschuldig gewesen wären – dann müßte sie sich schuldig gefühlt haben. Natürlich wäre das auch möglich – sehr gut sogar. Wenn sie etwas gewußt und es Ihnen erzählt hätte, dann wären Sie also derjenige mit dem zarten Gewissen. Dann würden Sie ihr also gesagt haben, daß Sie nicht mit einer schuldbeladenen Frau am Altar knien könnten...«
»Halt«, fiel Thoday hier ein. »Noch ein Wort!!! Du himmlischer Vater! Nein, so war es nicht, Mylord. Ich habe es gewußt. Soviel will ich sagen. Aber kein Wort mehr. So wahr mir Gott helfe, sie hat niemals etwas gewußt.«
»So wahr Ihnen Gott helfe«, wiederholte Wimsey. »Hm – Sie haben also davon gewußt, und das ist alles, was Sie uns zu sagen haben?«
»Hören Sie mal«, wandte sich der Oberinspektor nun an Thoday. »Sie müssen schon etwas mehr mit der Sprache herausrücken. Wann haben Sie es denn erfahren?«
»Als der Tote gefunden wurde«, entgegnete Thoday. Er sprach langsam, als ob jedes Wort aus ihm herausgezogen werden müßte. Dann fuhr er entschlossener fort. »Ja, damals.«
»Warum haben Sie denn das nicht gleich gesagt?« fragte Blundell.
»So?! Damit alle Leute gleich wüßten, daß Mary und ich nicht verheiratet wären?«
»Aber warum haben Sie sich denn nicht dann sofort trauen lassen?« fragte Wimsey.
Thoday rutschte unbehaglich auf seinem Stuhl hin und her. »Ja sehen Sie, Mylord, ich hoffte eben, daß Mary es nie zu erfahren brauchte. Es wäre ein schwerer Schlag für sie gewesen. Dann wegen der Kinder. Wie sollten wir das wieder in Ordnung bringen! So entschloß ich mich, nichts darüber zu sagen und die Sünde allein auf mich zu nehmen, wenn es eine war. Ich wollte ihr die Aufregung ersparen. Können Sie denn das nicht verstehen? Als sie es dann aber herausbekommen hatte durch diesen Zettel da...«, er brach

ab und begann wieder von neuem. »Seit sie den Leichnam gefunden hatten, grübelte ich darüber nach; und sie merkte es natürlich gleich, daß ich etwas in mir herumtrug, und als sie mich dann schließlich fragte, ob der Tote Deacon gewesen sei, da erzählte ich es ihr. So ist das Ganze gekommen.«
»Aber woher wußten Sie denn, wer der Tote war?«
Ein langes Schweigen folgte.
»Er war doch entsetzlich verstümmelt, wie Sie wissen«, fuhr Wimsey fort.
»Sie haben ja selbst angenommen, daß er es war – daß er im Gefängnis gewesen ist«, stotterte Thoday, »und da sagte ich mir ...«
»Jetzt schlägt's aber dreizehn!!« fiel der Oberinspektor ein. »Wann haben Sie Seine Lordschaft das sagen hören? Denn es ist weder bei der gerichtlichen Untersuchung noch bei der zweiten Verhandlung erwähnt worden. Wir haben es absichtlich nicht an die Öffentlichkeit bringen wollen.«
»Pastors Emilie hat mir's hinterbracht«, gestand Thoday langsam. »Sie hat Seine Lordschaft etwas zu Mr. Bunter sagen hören.«
»Nein, so was!« entrüstete sich Mr. Blundell. »Was hat Pastors Emilie noch alles gehört? Das ist ja interessant. Darum also die Bierflasche!! Aha! Und wer hat ihr den guten Rat gegeben, sie abzustauben, wer?«
»Da hat sie sich nichts dabei gedacht«, erwiderte Will. »Das war pure Neugier von ihr. Sie wissen ja, wie so Mädels sind. Sie ist am nächsten Tag gekommen und hat meiner Frau alles erzählt. Ganz aufgeregt war sie darüber.«
»Tatsächlich!« bemerkte der Oberinspektor ungläubig. »Das erzählen Sie uns! Aber lassen wir das mal – Sie haben also gehört, daß Seine Lordschaft zu Mr. Bunter gesagt hätte, daß der Tote im Gefängnis gewesen sein muß. Was haben Sie sich dabei gedacht?«
»Das kann nur Deacon sein. Da ist dieser Teufel also wieder aus seinem Grab gekommen, um bei uns Unheil anzurichten. Ich wußte es natürlich nicht ganz genau, aber gedacht habe ich es mir.«
»Weshalb, glauben Sie, daß er wieder aufgetaucht ist?«
»Woher sollte ich das wissen? Ich dachte nur, daß er eben wiedergekommen ist.«

»Sie dachten, daß er hinter dem Halsband her war, was?« fragte der Oberinspektor weiter.

Zum ersten Mal wich der gehetzte Ausdruck in Thodays Augen einem ehrlichen Erstaunen. »Hinter dem Halsband? Deshalb also! Sie glauben tatsächlich, daß er es hatte? Wir haben doch immer gedacht, der andere – dieser Cranton – hätte es genommen.«

»So haben Sie nicht gewußt, daß es in der Kirche versteckt war?«

»In der Kirche?«

»Wir haben es am Montag dort gefunden«, erklärte Seine Lordschaft ruhig. »Oben im Dach verstaut.«

»Im Dach der Kirche? Darum also war es... Das Halsband gefunden? Gott sei Dank, dann kann jedenfalls niemand mehr behaupten, daß meine Frau ihre Hand im Spiel gehabt hätte.«

»Richtig«, entgegnete Wimsey. »Aber Sie wollten, glaube ich, vorhin noch etwas anderes sagen. ›Das also war es – Was war es? Das also war es, was er in der Kirche wollte, als ich ihn traf –‹, wollten Sie das sagen?«

»Nein, Mylord. Ich wollte nur sagen... was ich sagen wollte, war nur: das also war es, was er mit dem Halsband gemacht hat.« Eine neue Angstwelle verdunkelte für eine Sekunde sein Gesicht. »Der Erzlump! So hat er den andern doch hintergangen!«

»Ja«, stimmte ihm Seine Lordschaft bei. »Ich fürchte, man kann wirklich dem dahingegangenen Mr. Deacon nicht viel Gutes nachsagen. Es tut mir leid, Mrs. Thoday, aber er war ein höchst bedenklicher Patron. Dabei sind Sie nicht die einzige, die darunter zu leiden hat. Er hat sich drüben in Frankreich wieder verheiratet und läßt eine Frau mit drei kleinen Kindern zurück.«

»Die Arme«, bemerkte Mary.

»Der verfluchte Lumpenhund!« rief Will aus. »Wenn ich das gewußt hätte, dann...«

»Ja?«

»Ach was!« grollte Mr. Thoday. »Wie ist er denn überhaupt nach Fenchurch gekommen? Wie...«

»Das ist eine lange Geschichte«, unterbrach ihn Wimsey, »die uns jetzt zu weitab führen würde. Lassen Sie uns erst einmal Ihre Aussage in Ordnung bringen. Sie haben also gehört, daß der Leichnam eines Mannes, der vielleicht ein ehemaliger Sträfling war, im Friedhof gefunden wurde, und obgleich sein Gesicht völlig unkenntlich war, haben sie ihn – sagen wir, auf eine Eingebung hin – mit Geoffrey Deacon zu identifizieren vermocht, der Ihrer Meinung nach 1918 gestorben war. Sie haben Ihrer Frau nichts davon erzählt bis zu dem Tag, an dem sie einen Zettel mit Deacons Handschrift sah – einen Zettel, der irgendwann geschrieben sein konnte und – wollen wir auch wieder sagen, auf eine Eingebung hin – in dem Toten ebenfalls Deacon vermutete. Ohne aber nun eine weitere Bestätigung abzuwarten, sind Sie beide Hals über Kopf nach London gefahren, um sich noch einmal trauen zu lassen. Das ist die einzige Erklärung, die Sie uns geben können?«

»Ja. Mehr kann ich nicht sagen, Mylord.«

»Eine recht fadenscheinige Erklärung«, bemerkte Mr. Blundell brüsk. »Hören Sie, Will Thoday: Sie wissen genauso gut wie ich, wie die Sache steht. Sie wissen, daß Sie nicht verpflichtet sind, auf irgendwelche Fragen Antwort zu geben, wenn Sie nicht wollen. Aber da ist erstens die polizeiliche Untersuchung des Leichnams, die wir jederzeit wieder aufnehmen können – dann müssen Sie Ihre Aussage vor dem Kommissar machen. Oder zweitens: Sie können mit dem Mord belastet werden, dann müssen Sie vor dem Richter und den Geschworenen aussagen. Oder Sie rücken jetzt mit der Wahrheit heraus. Ganz wie Sie wollen. Verstanden?«

»Ich habe nichts mehr zu sagen, Mr. Blundell.«

»Hier stehe ich, ich kann nicht anders«, zitierte Wimsey nachdenklich. »Es ist ein Jammer, denn der Richter kann vielleicht eine ganz andere Auffassung vom Verlauf der Sache haben. Er kann zum Beispiel annehmen, daß Sie gewußt haben, daß Deacon noch am Leben war, weil Sie ihn am Abend des 30. Dezembers in der Kirche getroffen haben.« Wimsey wartete erst die Wirkung seiner Worte ab, ehe er fortfuhr. »Da ist, wie Sie wissen, Rappel Pick. Ich glaube nicht, daß er zu rappelig ist, um eine Aussage darüber zu machen, was er an jenem Abend von seinem Versteck hinter dem Grab des Abts Thomas gesehen und gehört hat. Der Mann mit dem schwarzen Bart, die Stimmen in der Sakristei und Will Thoday, der das Seil aus der Truhe holt.

Übrigens – nebenbei – was wollten Sie eigentlich in der Kirche? Haben Sie vielleicht von draußen das Licht gesehen, sind dann hineingegangen und haben die Tür offen gefunden? Haben einen Mann in der Sakristei gesehen, der Ihnen verdächtig vorkam? Darauf haben Sie ihn gestellt, und als er antwortete, ihn erkannt! Sie konnten noch von Glück sagen, daß der Kerl Sie nicht gleich niedergeschossen hat, aber vielleicht haben Sie ihn überrascht. Dann haben Sie ihm mit Anzeige gedroht, worauf er Ihnen auseinandergesetzt hat, daß das nicht gerade angenehme Folgen für Ihre Frau und Ihre Kinder haben würde. So haben Sie sich also auf eine kleine freundschaftliche Verhandlung mit ihm eingelassen und schließlich einen Kompromiß geschlossen. Sie haben ihm versprochen, zu schweigen und ihn mit zweihundert Pfund außer Landes zu schicken. Da Sie das Geld natürlich nicht bei sich hatten, wollten Sie ihn in der Zwischenzeit an einem sicheren Ort verbergen. Dann holten Sie ein Seil und banden ihn. Wie Sie es fertiggebracht haben, ihn zu halten, während Sie das Seil holten, kann ich mir nicht vorstellen – haben Sie ihm einen Kinnhaken verabreicht? Sie wollen mir also durchaus nicht helfen?! Na schön – jedenfalls haben Sie ihn gebunden und ihn in der Sakristei gelassen, während Sie zum Pastor hinübergingen, um die Schlüssel zu stibitzen. Übrigens, ein Wunder, daß sie zufällig an ihrem Platz waren, kommt selten vor. Darauf haben Sie ihn dann in die Glockenstube hinaufgebracht, weil die abschließbar war – so brauchten Sie ihn nicht erst durchs ganze Dorf zu führen. Danach haben Sie ihm etwas zu essen gebracht – vielleicht kann Mrs. Thoday uns darüber etwas sagen. Haben Sie vielleicht damals eine Flasche Bier vermißt? Übrigens kommt Jim demnächst nach Hause. Mit ihm werden wir uns auch unterhalten müssen.«

Der Oberinspektor, der Mrs. Thoday beobachtet hatte, sah, wie ihr Gesicht angstvoll zusammenzuckte. Aber sie sagte nichts. Rücksichtslos fuhr Wimsey fort: »Am nächsten Tag sind Sie dann nach Walbeach gefahren, um das Geld zu holen. Sie wurden krank und brachen auf dem Heimweg völlig zusammen, so daß Sie Deacon nicht mehr herauslassen konnten. Das war verdammt unangenehm für Sie, was? Natürlich wollten Sie Ihre Frau nicht mit ins Vertrauen ziehen, und so haben Sie sich an Jim gewandt.«

Thoday hob seinen Kopf. »Ich kann mich dazu nicht äußern, Mylord, nur das eine möchte ich sagen: ich habe niemals zu Jim eine Silbe über Deacon gesagt. Nicht eine Silbe. Oder er zu mir. Das ist die Wahrheit.«
»Schön«, entgegnete Wimsey. »Was auch zwischen dem 30. Dezember und dem 4. Januar geschehen sein mag, jemand muß Deacon ermordet haben. In der Nacht des 4. Januar hat jemand den Leichnam begraben. Und zwar jemand, der ihn gekannt und sein Gesicht und seine Hände so gründlich verstümmelt hat, daß sie nicht mehr zu erkennen waren. Was wir nun wissen wollen, ist, wann Deacon aufgehört hat, Deacon zu sein, und sich in seinen Leichnam verwandelte. Das ist nämlich der springende Punkt, verstehen Sie? Wir wissen genau, daß Sie ihn nicht gut begraben haben können, weil Sie krank waren, aber das hat mit der Ermordung nichts zu tun. Verhungert ist er auf keinen Fall; er ist mit vollem Magen gestorben. Sie können ihm nach dem 31. Dezember nichts mehr zu essen gegeben haben. Wenn Sie ihn also nicht getötet haben, wer hat ihm in der Zwischenzeit seine Mahlzeiten gebracht? Wer hat ihn dann, nachdem er ihn versorgt und ermordet hat, in der Nacht des 4. Januar die Turmleiter hinuntergeschleppt – in Gegenwart eines Zeugen, der unterm Turmdach saß – eines Zeugen, der Deacon gesehen und erkannt hatte. Eines Zeugen...«
»Hören Sie auf, Mylord!« fiel hier der Oberinspektor ein. »Die Frau ist ohnmächtig geworden.«

»Er will nichts sagen«, berichtete Oberinspektor Blundell.
»Das kann ich mir denken«, erwiderte Wimsey. »Haben Sie ihn festnehmen lassen?«
»Nein, Mylord. Ich habe ihn nach Hause geschickt und ihm gesagt, er soll sich die Sache durch den Kopf gehen lassen. Wir könnten ihn ja leicht wegen Beihilfe in beiden Fällen belangen. Denn erstens hat er einen berüchtigten Mörder geschützt – das ist einmal klar. Außerdem versucht er denjenigen, der Deacon getötet hat, zu decken, wenn er nicht selbst der Täter war. Aber ich glaube, wir werden besser mit ihm fertig, sobald wir Jim Thoday verhört haben. Wir wissen ja, daß der Ende dieses Monats nach England zurückkommt. Seine Firma hat das sehr geschickt arran-

giert: sie haben ihn nach Hause beordert, ohne ihm zu sagen, warum. In der Zwischenzeit übernimmt ein andrer seinen Posten, und er soll sich dann vor Abgang des nächsten Schiffes wieder melden.«
»Gut. Das Ganze ist aber doch eine widerwärtige Affäre! Wenn es jemals einer verdient hat, um die Ecke gebracht zu werden, dann ist es dieser Lump, der Deacon. Wenn ihn die Polizei aufgefunden hätte, wäre er einfach gehängt worden, und das unter dem Beifall aller guten Staatsbürger. Warum sollen wir also einen grundanständigen Kerl hängen, bloß weil er dem Gesetz zuvorgekommen und uns die dreckige Arbeit abgenommen hat?«
»Gesetz ist nun einmal Gesetz«, entgegnete Mr. Blundell. »Ich kann daran nichts ändern. In jedem Fall wird es nicht ganz leicht sein, Will Thoday festzunageln, es sei denn wegen Mitwisserschaft vor der Tat. Deacon ist mit vollem Magen gestorben. Wenn Will ihn am 30. oder 31. ermordet hatte, warum sollte er dann die zweihundert Pfund geholt haben? Wenn Deacon tot war, brauchte er sie ja nicht. Wenn dagegen Deacon nicht vor dem 4. Januar getötet worden ist, wer hat ihn in der Zwischenzeit versorgt? Warum sollte Jim ihn zuerst versorgen, wenn er ihn nachher tötete? Ich sehe da nicht durch.«
»Nehmen wir einmal an«, schlug Wimsey vor, »Deacon ist von jemandem mit Essen versorgt worden, hat aber dann irgend etwas Unverschämtes geäußert, so daß der Betreffende ihn im Jähzorn – ganz gegen seinen Willen – ermordet hat?«
»Ja, aber wie soll er das angestellt haben? Deacon ist weder erstochen noch erschossen oder erschlagen worden.«
»Ich weiß nicht – der Teufel hole den Kerl! Er war in jedem Fall, lebend oder tot, eine öffentliche Gefahr und sein Mörder ein öffentlicher Wohltäter. Ich wollte, ich hätte ihn selbst getötet. Vielleicht war ich es auch. Oder der Pastor. Oder Hezekiah Lavendel.«
»Ich glaube nicht, daß einer von den Genannten in Frage kommen dürfte«, erwiderte Mr. Blundell stur. »Aber natürlich könnte es jemand ganz anderer gewesen sein, zum Beispiel Rappel Pick. Der treibt sich immer abends in der Nähe der Kirche herum. Ich kann mir nur nicht vorstellen, wie er in die Glockenstube hinaufgekommen sein soll. Aber war-

ten wir erst mal Jim ab. Ich habe das Gefühl, daß der uns allerlei wird erzählen können.«
»Wirklich? Sie wissen ja, Austern haben zwar Bärte, aber sie reden nicht viel!«
»Was Austern anlangt«, erwiderte der Oberinspektor, »da gibt es immer Mittel und Wege, sie zu öffnen – man braucht sie in keinem Fall mit der Schale zu verschlucken. Sie gehen wohl nicht mehr nach Fenchurch zurück, Mylord?«
»Nein. Was sollte ich im Augenblick dort? Aber ich gehe mit meinem Bruder nach Walbeach zur feierlichen Eröffnung des Ostkanals – dort werden wir uns wohl sehen?«

Das einzig Interessante, was sich ereignete, war der eine Woche später erfolgende plötzliche Tod der alten Mrs. Wilbraham. Sie starb nachts und allein, offenbar an Altersschwäche. Ihr Smaragdhalsband hielt sie krampfhaft in einer Hand. In ihrem Testament, das fünfzehn Jahre vorher aufgesetzt worden war, hatte sie ihr ansehnliches Vermögen ihrem Vetter Henry Thorpe vermacht, »weil er der einzige anständige Mann ist, den ich kenne«. Daß sie in den Jahren vorher heiter zugesehen hatte, wie dieser einzige anständige Verwandte mit pekuniären Schwierigkeiten kämpfen mußte, entsprach ihrer rätselhaften und verschlossenen Art. In einer Nachschrift, die von dem Tag nach Henrys Tod datierte, übertrug sie die Erbschaft an Hilary, während sie in einer weiteren Nachschrift, die erst einige Tage vor ihrem Tode abgefaßt war, den Smaragdschmuck Lord Peter Wimsey vermachte, der ein vernünftiger Mann zu sein und ohne persönliche Motive gehandelt zu haben schien. Außerdem bestimmte sie ihn zu Hilarys Vermögensverwalter. Lord Peter bot das Halsband Hilary an, die sich jedoch weigerte, es auch nur anzufassen. Es erweckte nur unangenehme Erinnerungen in ihr. Auch war sie nur mit Mühe dazu zu bewegen, die Wilbraham-Erbschaft anzunehmen, da ihr der bloße Gedanke an die Erblasserin verhaßt war. Außerdem hatte sie sich nun einmal vorgenommen, sich ihren Lebensunterhalt selbst zu verdienen. »Onkel Edward will dann nur, daß ich irgendeinen gräßlichen, reichen Mann heirate«, versicherte sie. »Wenn ich einen armen haben will, dann behauptet er, der wäre nur hinter meinem Geld her. Überhaupt will ich gar nicht heiraten.«

»Dann nicht! Werden Sie doch eine reiche alte Jungfer!«
»So wie meine Tante Wilbraham? Nein, danke schön!«
»Natürlich nicht! Ich meine, eine nette, reiche alte Jungfer!«
»Gibt es denn das?«
»Na, zum Beispiel ich. Ich bin ein netter, reicher Junggeselle. Oder doch ziemlich nett. Es macht solchen Spaß, reich zu sein, finde ich. Man braucht ja nicht all sein Geld für Luxusjachten und Cocktails auszugeben. Man kann soviel damit anstellen – etwas bauen oder gründen oder irgend etwas damit betreiben. Wenn Sie es nicht annehmen, fällt es an irgendein Ekel, an Onkel Edward oder sonst einen Verwandten von Mrs. Wilbraham, und die verwenden es sicher auf ganz blöde Weise.«
»Das glaube ich auch; besonders bei Onkel Edward«, erwiderte Hilary nachdenklich.
»Nun, Sie haben ja noch ein paar Jahre Zeit, um es sich zu überlegen. Wenn Sie dann mündig werden, können Sie das Geld immer noch in die Themse werfen. Aber ich weiß wirklich nicht, was ich mit dem Schmuck anfangen soll.«
»Ekelhaftes Zeug«, sagte Hilary wegwerfend. »Es hat meinen Großvater unter die Erde gebracht und meinen Vater im Grunde auch; es hat Deacon das Leben gekostet. Passen Sie auf, bald kommt der nächste dran. Nicht mit der Feuerzange möchte ich es anfassen!«
»Ich werde Ihnen sagen, was wir machen wollen: ich behalte den Schmuck, bis Sie einundzwanzig Jahre alt sind, und dann gründen wir zusammen einen Wilbraham-Vermögens-Ausschuß und stellen irgend etwas Großartiges damit an.«
Hilary erklärte sich einverstanden. Aber Wimsey wurde ein bedrückendes Gefühl nicht los. Soweit er es beurteilen konnte, hatte seine Einmischung niemandem genützt und nur Aufregungen verursacht. Ein Jammer, daß der Leichnam Deacons überhaupt jemals ans Licht gekommen war. Niemand hatte dabei gewonnen!

Ende des Monats war der neue Ostkanal mit großen Feierlichkeiten eröffnet worden. Es herrschte strahlendes Wetter, der Herzog von Denver hatte eine vorbildliche Rede gehalten, und die Regatta war höchst befriedigend verlaufen.

Die Wasser der Wale flossen inmitten all der Aufregung ruhig dahin, dem Meere zu. Wimsey lehnte über der Mauer am Eingang des Kanals und sah zu, wie das Salzwasser mit der Flut hereinströmte und sich einen Weg in dem neuen Bett suchte. Zu seiner Linken lag das ausgebuchtete alte Flußbett, ganz leer, nur mit einer glänzenden Schlammschicht überzogen.

»Das funktioniert jetzt«, ließ sich plötzlich eine Stimme neben Wimsey vernehmen. Er wandte sich um, vor ihm stand einer der Ingenieure.

»Um wieviel tiefer haben Sie denn das Bett gemacht?«

»Nur um ein paar Fuß. Das übrige besorgt der Fluß schon selber. Wir haben seinen Lauf beträchtlich gekürzt und den Kanal abseits der Schlammbänke direkt ins Meer geleitet. Der Fluß wird sich seine Mündung schon selber bahnen, wenn man ihn in Ruhe läßt. Er gräbt sich sicher acht bis zehn Fuß tiefer ein, wenn nicht noch mehr. Ein Skandal, wie lang man die Sache hat laufen lassen. Die Flut geht kaum weiter hinauf als bis Van Leydens Schleuse – höchstens noch bis zur großen Leamholt-Schleuse. Das Geheimnis mit diesen Flüssen hier im Moor ist, das Wasser möglichst wieder in sein natürliches Bett zurückzuführen. Es war völlig falsch von diesen alten Holländern, es in Kanäle über die ganze Ebene zu verteilen. Je geringer der natürliche Fall des Landes ist, um so stärker muß der Druck der Wassermenge sein, damit es abläuft.«

»Ja«, erwiderte Wimsey. »Der Wasserüberschuß strömt dann wohl in den Fenchurch-Kanal?«

»Richtig. Praktisch haben wir jetzt eine direkte Wasserlinie von der Alten Damm-Schleuse bis zum neuen Ostkanal – im ganzen fünfunddreißig Meilen –, und dieser Strom zieht eine Menge Wasser von Leamholt und Lympsey ab. Bis jetzt hatte die Große Leam-Schleuse mehr zu bewältigen, als gut für sie war. Sie haben sich nie getraut, im Winter alles Hochwasser in den Fenchurch-Kanal zu leiten, weil es dann wahrscheinlich das alte Flußbett überschwemmt und die Stadt hier unter Wasser gesetzt hätte. Aber durch die neue Mündung hier wird es glatt abfließen können, und das wird nicht nur die Große Leam-Schleuse entlasten, sondern auch die Hochwasser um Frogglesham, Mere Wash und Lympsey-Fen abführen.«

»Aha. Wird denn der Damm des Fenchurch-Kanals den Druck aushalten?«

»Natürlich«, erwiderte der Ingenieur zuversichtlich. »Das ist seine eigentliche Aufgabe; in früheren Jahren hat er es ja auch getan. Die Wale ist erst im Lauf der letzten hundert Jahre so verschlammt. Das Schwemmland hier ist immer in Bewegung, hauptsächlich wegen der Fluttätigkeit, und dadurch ist auch die Stauung entstanden. Aber der Fenchurch-Kanal hat früher tadellos funktioniert.«

»Zu Zeiten Cromwells wahrscheinlich«, bemerkte Wimsey. »Nachdem Sie nun die Wale-Mündung gesäubert haben, wird die Stauung zweifellos irgendwo anders hinwandern.«

»Schon möglich«, meinte der Ingenieur unbeirrt, »diese Schlammbecken wandern ja immer hin und her. Aber allmählich wird das Ganze schon sauber werden.«

»Ich verstehe schon.«

»Unser Damm hier wird hoffentlich den Druck aushalten«, fuhr der Ingenieur fort. »Sie machen sich gar keine Vorstellung, was für eine heftige Strömung diese so ruhig aussehenden Flüsse oft haben. Aber für diesen Damm hier kann ich einstehen. Entschuldigen Sie mich für einen Augenblick – ich will bloß mal sehen, ob die Arbeit dort drüben am Damm auch ordentlich gemacht wird.«

Er eilte zu den Arbeitern, die den Damm quer über dem alten Flußlauf fertigstellten.

»Was ist mit meinen alten Schleusentoren?«

»Nanu?« Wimsey sah sich um. »Sie hier?«

»Jawohl, ich.« Der Schleusenwärter spuckte kräftig in das ansteigende Wasser. »Jawohl. Sehen Sie bloß, was für ein Heidengeld die hier ausgegeben haben – Tausende, sage ich Ihnen! Aber ich, mit meinen Schleusentoren – ich kann in den Mond sehen!«

»Noch immer keine Antwort aus Genf?«

»Was?« Das Gesicht des Wärters hellte sich auf. »Ja, natürlich – das war mal ein guter Witz, was? Warum bringen sie es nicht vor den Völkerbund? Ja – warum eigentlich nicht? Sehen Sie bloß, was da für eine Menge Wasser hereinkommt. Wo soll das alles hin? Irgendwo muß es doch hin, was?«

»Zweifellos«, entgegnete Wimsey. »Soviel ich weiß, soll es in den Fenchurch-Kanal hinein.«

»So, so. Wenn sie nur immer wieder etwas ändern können.«

»Na, jedenfalls ändern sie nichts an Ihren Schleusentoren.«

»Das ist es ja eben. Wenn man mal anfängt, etwas zu ändern, dann ist kein Ende abzusehen. Eine Änderung zieht die andere nach sich. Deshalb sage ich immer, man soll die Dinge lassen, wie sie sind. Wenn man damit erst anfängt, wenn man erst mal eine Sache ausgräbt, dann kommt auch schon die nächste dran.«

»Wenn es danach gegangen wäre, stünde das ganze Land hier noch unter Wasser«, wandte Wimsey ein.

»Ja, wenn Sie so wollen«, gab der Wärter zu. »Das ist schon wahr. Aber deshalb brauchen Sie ja jetzt uns nicht unter Wasser zu setzen. Der hat leicht reden, daß jetzt alles Wasser von der Alten Damm-Schleuse abgeleitet werden kann, aber wohin damit? Es kommt hier herein und muß irgendwo abfließen.«

»Bis jetzt hat es wahrscheinlich die Meermündung und die Umgegend von Frogglesham überschwemmt?«

»Ja. Ist ja aber auch ihr Wasser«, entgegnete der Wärter. »Die haben gar kein Recht, es hier herunter zu schicken.«

»Verstehe schon«, nickte Wimsey. Das war also die Gesinnung, die eine wirklich erfolgreiche Moor-Drainage während der letzten Jahrhunderte immer wieder verhindert hatte. »Es muß aber doch, wie Sie sagen, irgendwohin!«

»Es ist ihr Wasser«, wiederholte der Wärter eigensinnig, »und sie sollen es nur behalten. Bei uns richtet es nur Unheil an.«

»Walbeach scheint es aber doch zu brauchen.«

»Natürlich.« Der Wärter spuckte heftig. »Die wissen gar nicht, was sie alles brauchen! Die sind immer auf einen neuen Humbug aus, und es findet sich auch immer wieder ein Dummer, der sich von ihnen einwickeln läßt. Ich brauche auch etwas, und das ist ein neues Schleusentor. Sieht aber nicht gerade so aus, als ob ich es bekäme. Immer und immer wieder habe ich es beantragt. Ich hab' auch mit dem jungen Mann da drüben gesprochen. ›Herr Ingenieur‹, habe ich zu ihm gesagt, ›wie wäre es mit einem neuen Tor für meine Schleuse?‹ – ›Das ist nicht in unserm Kontrakt mit einbegriffen‹, hat er mir geantwortet. ›Nicht? Aber daß die ganze

Gegend dann unter Wasser gesetzt wird, wohl auch nicht?‹ Aber das hat er nicht verstanden.«

»Lassen Sie sich keine grauen Haare darüber wachsen«, tröstete ihn Wimsey. »Trinken wir einen Schluck zusammen.«

Wimsey war aber doch genügend an der Angelegenheit interessiert, um mit dem Ingenieur noch einmal darüber zu sprechen, als er ihn wieder traf.

»Die Schleuse? Die ist in Ordnung«, meinte der Ingenieur. »Allerdings haben wir damals den Leuten geraten, doch gleich die Schleusentore reparieren und verstärken zu lassen, doch sind wir da nur auf ein Wespennest von behördlichen Schwierigkeiten gestoßen. Wenn man erst mal mit so einer Sache anfängt, ist kein Ende abzusehen. Was wirklich in Ordnung gebracht werden muß, das ist der Deich an der Alten Damm-Schleuse, aber dafür ist wieder eine andere Behörde zuständig. Sie haben uns zugesagt, daß sie die Dämme reparieren und ergänzen lassen wollen. Wenn sie es versäumen, gibt es bestimmt ein Unglück, doch können sie dann wenigstens nicht behaupten, daß wir sie nicht gewarnt hätten.«

›Wenn man erst eine Sache ausgräbt‹, dachte Wimsey bei sich, ›dann muß man auch die nächste ausgraben. Ich wünschte, wir hätten Deacon niemals ausgegraben. Wenn man erst einmal die Flut hereinläßt, muß sie auch irgendwohin strömen.‹

James Thoday wurde nach seiner Rückkehr von seinen Arbeitgebern darüber belehrt, daß die Polizei ihn als Zeugen benötige. James war ein handfester Mann, etwas älter als William, mit stahlharten blauen Augen und von zurückhaltendem Wesen. Er wiederholte seine frühere Geschichte, ohne Unterstreichungen und ohne sich in Einzelheiten zu verlieren. Nach seiner Abfahrt von Fenchurch war er im Zug erkrankt, wie er glaubte, an einer Art Influenza, die sich auf den Magen geschlagen hatte. Bei seiner Ankunft in London hatte er sich dann zu elend gefühlt, um weiterzufahren, und daher telegraphiert. Einen Teil des Tages hatte er am offenen Kamin in einer Kneipe in der Nähe des Bahnhofs verbracht. Vielleicht erinnerten sie sich dort noch an ihn. Da sie ihn nicht über Nacht behalten konnten und er sich am Abend auch etwas besser fühlte, war er ausgegangen. Die Adresse wußte er nicht mehr. Nur, daß es ein sauberer, freundlicher Raum gewesen sei. Am nächsten Morgen fühlte er sich zwar immer noch schlapp, doch immerhin wohl genug, um seine Reise fortzusetzen. Er hatte natürlich in den Zeitungen über die Entdeckung des Leichnams im Kirchhof gelesen, doch wußte er weiter nichts darüber, außer was er von seinem Bruder und seiner Schwägerin gehört hatte, und das war nicht viel. Er hatte keine Ahnung gehabt, wer der Tote war. Ob es ihn erstaunte zu hören, daß es Geoffrey Deacon war? Allerdings – es erschreckte ihn sogar über die Maßen, denn das wäre ja höchst unangenehm für seine Leute.

Er sah tatsächlich erschrocken genug aus. Aber aus einem gewissen gespannten Zug um die Mundwinkel herum schloß Oberinspektor Blundell, daß es Jim weniger erschreckt hatte, den Namen des Toten zu erfahren, als daß die Polizei davon wußte.

Eingedenk des Schutzes, den das Gesetz einem Zeugen beim Verhör gewährte, dankte Mr. Blundell ihm und nahm seine Recherchen auf. Die Kneipe war bald ausfindig gemacht, und man erinnerte sich dort auch an den kranken Seemann, der den ganzen Tag am Feuer gesessen und einen heißen Whisky nach dem andern getrunken hatte. Dagegen ließ sich die saubere, freundliche Wirtin, die angeblich ein Zimmer an Mr. Thoday vermietet hatte, nicht so leicht identifizieren.

Inzwischen hatte sich der Apparat der Londoner Polizei langsam in Bewegung gesetzt und es gelang, aus Hunderten von Berichten den Namen eines Garagenbesitzers ausfindig zu machen, der am Abend des 4. Januar ein Motorrad an einen Mann vermietet hatte, der der Beschreibung Thodays entsprach. Das Fahrzeug war am Sonntag von einem Boten zurückgebracht worden, der das Pfandgeld (abzüglich des Betrages für Miete und Versicherung) gefordert und sich hatte auszahlen lassen. Nein, es war kein richtiger Bote gewesen, sondern ein junger Mann, der wie ein gewöhnlicher Arbeitsloser ausgesehen hatte.

Auf diese Nachricht hin stöhnte Oberkriminalkommissar Parker, der die Untersuchung in London leitete. Es war zuviel verlangt, zu glauben, daß dieses anonyme Individuum jemals auftauchen würde. Man konnte zehn zu eins wetten, daß der Bursche den überfälligen Betrag damals eingesteckt und nun begreiflicherweise auch kein Interesse daran hatte, sich der Öffentlichkeit zu zeigen.

Aber Parker irrte sich. Nach längerem Nachforschen und Anzeigen meldete sich ein junger Mann bei Scotland Yard. Er gab seinen Namen an – Frank Jenkins – und berichtete, daß er an verschiedenen Orten auf Arbeitssuche gewesen und daher erst jetzt nach London zurückgekehrt sei, wo er unter den Bekanntmachungen auf dem Arbeitsamt auch den polizeilichen Aufruf gelesen habe.

Er erinnerte sich gut an die Sache mit dem Motorrad. Sie wäre ihm gleich komisch vorgekommen. Er sei am frühen Morgen des 5. Januar in der Nähe einer Garage in Bloomsbury herumgepirscht, in der Hoffnung, eine Arbeit zu finden, als ein Mann auf einem Motorrad gekommen sei. Ein untersetzter und stämmiger Mensch mit blauen Augen – sah aus wie ein selbständiger Geschäftsmann oder so was –, sprach scharf und schnell wie einer, der gewöhnt ist zu kommandieren. Ja, er könnte schon einer von der Handelsmarine gewesen sein, durchaus möglich. Ja, wenn er sich's richtig überlegte, hätte er sogar wie ein Seemann ausgesehen. Er hatte einen völlig durchnäßten und verschmutzten Motorrad-Anzug an und eine Mütze, die ganz übers Gesicht gezogen war. Dieser Mann hatte zu ihm gesagt: »Hallo – auf Arbeitssuche?« Als er bejahte, hatte er weiter gefragt: »Kannst du Motorrad fahren?« Worauf Frank Jenkins geantwortet hatte: »Versteht sich. Worum handelt sich's denn?« Daraufhin hatte er den Auftrag erhalten, die Maschine in eine bestimmte Garage zurückzufahren, das Pfandgeld zu erheben und dem Mann zu bringen, der vor einer Wirtschaft Ecke Gr. James- und Chapel Street auf ihn warten wollte. Dann würde er auch seine Entschädigung erhalten. Er hatte die Sache erledigt – das Ganze dauerte eine knappe Stunde. Als er aber zu der Wirtschaft gekommen war, fand er den Mann dort nicht. Er wartete noch bis zum späten Vormittag, aber der Fremde im Motorradanzug ließ sich nicht mehr blicken. So hatte er das Geld dem Inhaber der Wirtschaft übergeben mit der Mitteilung, daß er nicht länger hätte warten können und eine halbe Krone für die Erledigung der Besorgung zurückbehalten habe. Der

Wirt würde sicher sagen können, ob das Geld jemals abgeholt worden sei.

Der Wirt besann sich auf eine diesbezügliche Anfrage hin auf den Vorfall. Nein, niemand, der der Beschreibung entspräche, habe jemals nach dem Geld gefragt, das nach längerem Suchen unversehrt in einem schmutzigen Umschlag zum Vorschein kam. Die Quittung des Garagenbesitzers, die auf den Namen eines Joseph Smith mit fiktiver Adresse ausgestellt war, lag bei.

Zunächst wurden also erst einmal James Thoday und Frank Jenkins einander gegenübergestellt. Der Bote erkannte seinen Auftraggeber sofort wieder, wogegen James Thoday hartnäckig, wenn auch höflich behauptete, daß hier ein Mißverständnis vorliegen müsse. Mr. Parker überlegte, was er weiter tun sollte. Er fragte Lord Peter, der ihm folgenden Rat gab: »Ich fürchte, es bleibt uns nichts anderes übrig, als etwas ziemlich Gemeines zu tun. Stellen Sie William und James sich allein gegenüber, und zwar in einem Raum mit einem eingebauten Mikrophon. Ist nicht gerade eine sehr anständige Methode, wird aber wahrscheinlich den gewünschten Erfolg haben.«

So trafen sich also die beiden Brüder in einem Warteraum in Scotland Yard zum ersten Mal wieder, seit James am Morgen des 4. Januar William verlassen hatte.

»Tag William.«

»Tag James.«

Schweigen. Dann begann James. »Wieviel wissen sie denn?«

»So ziemlich alles, wie mir scheint.«

Wieder eine Pause. Dann hub James von neuem an, mit gequälter Stimme: »Na ja, dann ist es wohl besser, ich nehm's auf mich. Ich bin nicht verheiratet, und du mußt an Mary und die Kinder denken. Aber in Gottes Namen, hättest du denn den Kerl nicht loswerden können, ohne ihn umzubringen?«

»Das wollte ich gerade dich fragen.«

»Was – du hast ihn gar nicht um die Ecke gebracht?«

»Bewahre. So dumm wäre ich doch nicht gewesen. Ich hab' dem Schuft zweihundert Pfund versprochen, wenn er wieder dorthin zurückgeht, wo er hergekommen ist. Wenn ich nicht krank geworden wäre, dann hätte ich ihn auch fortgeschafft. Ich dachte, du hättest das besorgt. Mein Gott – als er damals aus dem Grab herauskam wie am Jüngsten Gericht, da wünschte ich bloß, du hättest mich auch gleich umgebracht.«

»Ich hab' ihn nicht angerührt, bevor er tot war, Will. Ich sah ihn da hängen – zum Teufel, sah der Kerl fürchterlich aus – und doch, ich hab's dir damals nicht verdenken können – ich schwöre dir's. Bloß daß du so dumm warst, konnte ich nicht verstehn. Na – und da hab' ich ihm seine widerwärtige Visage eingeschlagen, damit ihn ja niemand wiedererkennen könnte. Aber anscheinend haben sie's doch herausgekriegt. Pech, daß das Grab so bald wieder aufgemacht worden ist. Wäre besser gewesen, ich hätte ihn hinausgeschafft und in den Kanal geworfen, aber der Weg war so weit und ich dachte, so wäre es auch sicher genug.«

»Ja, sag bloß, Jim – wenn du es nicht warst – wer hat ihn denn dann umgebracht?«

Als die Unterhaltung der Brüder an diesem Punkt angelangt war, betraten Oberinspektor Blundell, Oberkriminalkommissar Parker und Lord Peter Wimsey den Raum.

Fünfzehntes Kapitel
Das Netz zieht sich zu

Die einzige Schwierigkeit, die nunmehr entstand, war, daß die beiden vorher so schweigsamen Zeugen jetzt kaum schnell genug sprechen konnten und beide gleichzeitig redeten. Oberkriminalkommissar Parker mußte um Ruhe bitten.
»Schon gut. Sie haben sich gegenseitig im Verdacht gehabt und daher hat der eine den andern zu decken versucht. Das wissen wir jetzt. Nun wollen wir also Ihre Berichte hören. Zuerst William.«
»Viel Neues kann ich Ihnen nicht erzählen«, begann William freimütig, »weil Seine Lordschaft ja schon alles herausbekommen hat. Wie mir zumute war, als Seine Lordschaft mir haargenau beschrieben hat, was an jenem Abend in der Kirche passiert ist, brauche ich Ihnen nicht zu sagen. Aber ich kann Ihnen nur immer wieder versichern, daß meine Frau von Anfang bis Ende nichts von der ganzen Sache gewußt hat.
Also um von vorn zu beginnen: Das war am 30. Dezember, am Abend. Ich war auf dem Nachhauseweg; als ich an der Kirche vorbeiging, war mir, als hätte ich jemanden zur Tür hineinschleichen sehen. Es war schon dunkel, aber es hatte schon angefangen zu schneien, und da hatte ich etwas Schwarzes gegen den weißen Schnee gesehen. Ich denke, ›aha, da treibt sich Rappel wieder einmal herum, dem will ich mal schleunigst heimleuchten‹. Ich gehe also zur Kirchentür; da sind auch Fußspuren auf dem Weg. Ich rufe ›hallo‹ und seh' mich um. ›Komisch‹, denke ich, ›wo ist der Kerl hin?‹ Ich gehe um die Kirche herum und da sehe ich plötzlich ein Licht in der Sakristei. ›Vielleicht der Herr Pastor‹, denke ich. ›Vielleicht auch nicht.‹ So gehe ich also zurück zur Tür. Aber es steckt kein Schlüssel. Das kommt

mir komisch vor. Ich probiere es also an der Tür: sie geht auf und ich gehe hinein. Da höre ich auch schon ein Geräusch, wie wenn jemand im Chor wäre. Ich gehe also ganz sachte auf meinen Gummisohlen weiter, und als ich hinter der Chorschranke vorkomme, sehe ich ein Licht und höre jemanden in der Sakristei, und gleich darauf sehe ich auch schon einen Kerl, der sich an der Leiter zu schaffen macht, die Harry Gotobed zum Lampenputzen braucht und die immer an der Wand liegt. Der Kerl hat mir seinen Rücken zugekehrt. Auf dem Tisch stand eine Blendlaterne und daneben lag noch etwas, was da nicht hingehörte, nämlich ein Revolver. Ich greife also nach dem Revolver und sage dann ganz laut: ›Was machen Sie denn da?‹ Darauf dreht sich der Kerl rasch um und stürzt zum Tisch hin. ›Nichts da!!‹ sage ich. ›Ich habe Ihr Schießgewehr, und ich weiß auch, wie man damit umgeht. Was suchen Sie denn hier?‹ Darauf erzählte er mir irgend so eine Geschichte, daß er arbeitslos und auf der Walze sei und bloß einen Unterschlupf zum Übernachten gesucht habe. ›Mir können Sie nichts erzählen! Wozu dann den Revolver? Hände hoch!‹ sage ich zu ihm. ›Mal sehen, was Sie sonst noch haben!‹ Ich durchsuchte seine Taschen und fand auch so'n paar Dinger, die wie Dietriche aussahen. ›Na‹, sage ich, ›jetzt weiß ich ja Bescheid. Ihnen werden wir das Handwerk schon legen.‹ Darauf sah er mich an und fing an, teuflisch zu lachen. ›Das wirst du dir noch mal überlegen, Will Thoday!‹ Da fragte ich ihn: ›Woher wissen Sie denn meinen Namen?‹ und sah ihn mir schärfer an, bis ich ihn mit einem Mal erkannte. ›Herrgott! Jeff Deacon!‹ ›Jawohl‹, sagte er, ›und du bist der Mann, der meine Frau geheiratet hat.‹ Wieder lachte er ganz gemein. Da kam's mir plötzlich zum Bewußtsein, in was für einer Lage ich war.«

»Von wem hatte er denn das erfahren?« unterbrach Wimsey. »Von Cranton bestimmt nicht.«

»Das war wohl der andere Schuft? Nein, er erzählte mir, daß er eigentlich Mary hätte aufsuchen wollen, dann aber von jemandem in Leamholt gehört hätte, daß sie wieder verheiratet wäre, und so hätte er erst mal eine kleine Orientierungstour machen wollen. Ich konnte mir nicht denken, warum er überhaupt wiedergekommen war, und er wollte auch nicht damit herausrücken. Jetzt weiß ich, daß er hinter dem Halsband her war. Er machte dann eine Anspielung, daß es nicht mein Schade sein solle, wenn ich den Mund hielte, aber ich antwortete ihm nur, daß ich nichts mit ihm zu schaffen haben wolle. Als ich ihn fragte, wo er denn in der Zwischenzeit gewesen sei, lachte er bloß und sagte ›Das geht dich nichts an‹. Als ich dann weiterfragte, wozu er denn nach Fenchurch gekommen sei, antwortete er, weil er Geld brauchte. Na, und da dachte ich, er wollte meine Frau erpressen. Da packte mich eine fürchterliche Wut, und ich war schon nahe daran, ihn sofort der Polizei zu übergeben und alle Folgen auf mich zu nehmen, bis mir dann der Gedanke an meine Frau und die Kinder kam, da hatte ich dann doch nicht den Mut dazu. Das war natürlich nicht recht von mir, aber ich dachte eben nur an all die Klatschereien, die es damals gegeben hatte – das wollte ich ihr ersparen. Das wußte dieser Lump auch ganz genau, als er so dastand und mich angrinste.

Dann bin ich also einen Handel mit ihm eingegangen und hab' ihm versprochen, ihn zu verstecken und ihm Geld zu geben, damit er außer Landes gehen könnte. Doch was sollte ich in der Zwischenzeit mit ihm machen? Aus der Kirche wollte ich nicht mit ihm gehen – aus Angst, wir könnten jemandem begegnen. Bis mir schließlich der Gedanke kam, ihn in die Glockenstube zu sperren. Ich schlug ihm das vor, und er war auch einverstanden. Ich hatte mir überlegt, daß ich mir den Schlüssel vom Pastor verschaffen könnte. Damit mir der Kerl jedoch inzwischen nicht durch die Lappen ginge, sperrte ich ihn in den Schrank, wo die Chorröcke hingen, überlegte mir aber dann, daß er vielleicht doch versuchen würde auszubrechen. Ich holte mir also ein Seil aus der Truhe und band ihn damit fest. Sehen Sie, ich glaubte ja nicht an die Geschichte, daß er nur in der Sakristei hätte schlafen wollen. Ich dachte, er wollte einen Kirchenraub verüben. Außerdem, wenn ich ihn allein dort gelassen hätte, so wie er war, wie leicht hätte er sich irgendwo verstecken und mir auflauern können und mir den Schädel einschlagen, wenn ich zurückkam! Da ich keinen Schlüssel zur Kirchentür hatte, hätte er ja auch in der Zwischenzeit türmen können.«

»Das wäre besser für Sie gewesen«, bemerkte Mr. Blundell.

»Ja, solange ihn kein andrer erwischt hätte. Na, jedenfalls verschaffte ich mir die Schlüssel. Ich hab' den Herrn Pastor irgend etwas gefragt; ich muß mich ziemlich blöd dabei angestellt haben, denn der alte Herr hat mich ganz verwundert angesehen und gesagt, ich sähe so schlecht aus und müßte unbedingt ein Glas Portwein trinken. Während er es holte, habe ich schnell die Schlüssel vom Nagel an der Tür genommen. Ich weiß schon, was Sie fragen wollen: wenn die Schlüssel nun nicht dort gehangen hätten? Dann hätte ich es bei Jack Godfrey versuchen oder meinen Plan ändern müssen. Aber da sie da waren, habe ich mir nichts anderes überlegt. Ich ging also zur Kirche zurück und band Deacons Beine los und ließ ihn vor mir hergehen, die Treppen rauf. Er machte keinerlei Schwierigkeiten, da ich ja den Revolver hatte.«

»Dann haben Sie ihn an einen Balken in der Glockenstube gebunden?«

»Ja. Hätten Sie's nicht auch so gemacht? Stellen Sie sich bloß vor, wenn Sie da im Dunkeln etwas zum Essen die Leitern hinaufgetragen hätten, und oben hätte so ein Kerl auf Sie gewartet – bereit, Ihnen eins auf den Schädel zu geben, sobald Sie unten zum Vorschein kommen? Ich hab' ihn also richtig festgebunden – war gar nicht so leicht mit dem dicken Seil. ›Hier bleibst du, und morgen früh bringe ich dir was zu essen, und dann schaff' ich dich fort, noch ehe vierundzwanzig Stunden herum sind.‹ Er fluchte fürchterlich, und manchmal wundere ich mich noch heute, daß ich ihn nicht an Ort und Stelle umgebracht habe.«

»Wußten Sie denn schon, wie Sie ihn außer Landes schaffen würden?«

»Ja. Tags zuvor war ich mit Jim in Walbeach gewesen, und da hatten wir einen von seinen alten Bekannten getroffen – einen komischen Kauz, Schiffer auf einem holländischen Frachtdampfer, der dort im Hafen lag und lud – was er eigentlich lud, hat er uns nicht erzählt –, jedenfalls dachte ich, daß das der richtige Mann dafür sein würde.«

»Da hast du recht gehabt, Will«, fiel Jim grinsend ein.

»Vielleicht war das nicht das richtige, aber ich hatte ja keine Zeit zu verlieren. Außerdem war mir schon so komisch; mir drehte sich alles, und in meinem Kopf hämmerte es. Wahrscheinlich war das schon die Influenza.

Am nächsten Morgen fühlte ich mich hundsmiserabel, aber was sollte ich machen? Ich schlich mich also noch vor Tagesanbruch aus dem Haus, mit Brot und Käse und Bier in einer alten Handwerkstasche.
Deacon fehlte soweit nichts, er war bloß schlechter Laune und eiskalt. Ich ließ ihm also meinen Mantel da – ich wollte ja nicht, daß er erfrieren sollte. Ich band ihn auch nur an den Ellbogen fest, damit er die Hände zum Essen frei hätte, ohne sich losbinden zu können. Nach dem Frühstück fuhr ich mit meiner alten Karre nach Walbeach hinüber, obwohl ich mich schon fürchterlich schlecht fühlte. Ich sprach mit dem alten Schiffer, und der erklärte sich bereit, bis um zehn Uhr abends zu warten und meinen Passagier ohne Federlesen mitzunehmen. Er verlangte zweihundertfünfzig Pfund für die Überfahrt; damit war ich einverstanden. Ich holte das Geld und gab ihm fünfzig Pfund gleich; den Rest wollte ich ihm geben, wenn ich Deacon an Deck brächte. Dann fuhr ich mit meinem Wagen los – na, und was dann passierte, wissen Sie ja.«
»Der Fall liegt ganz klar«, bemerkte nun Mr. Parker: »Ich brauche Ihnen wohl nicht erst zu sagen, daß Sie schwere Schuld auf sich geladen haben dadurch, daß Sie einem gesuchten Mörder geholfen haben, dem Arm der Gerechtigkeit zu entfliehen. Als Polizeibeamter muß ich Ihr Verhalten aufs strengste verurteilen, als Privatmann kann ich Ihnen nur mein Mitgefühl aussprechen. Nun sind Sie an der Reihe«, wandte er sich an Jim. »Ich nehme an, daß jetzt Sie in Aktion getreten sind.«
»Jawohl, Herr Kommissar. Wie Sie wissen werden, ist Will in einem schrecklichen Zustand nach Hause gebracht worden; wir dachten ein oder zwei Tage, daß er es überhaupt nicht überstehen würde. Er war nicht bei Bewußtsein und rief immerzu, daß er unbedingt zur Kirche gehen müsse. Wir schoben das natürlich auf das Neujahrsläuten, er hatte sich soweit in der Gewalt, daß er kein Wort über Deacon verlauten ließ. Doch eines Tages, als Mary gerade aus dem Zimmer gegangen war, packte er meine Hand und sagte: ›Daß es Mary nur nicht erfährt, Jim. Schaff ihn fort.‹ ›Wen?‹ fragte ich. Da antwortete er: ›In der Glockenstube – eiskalt – hungern.‹ Dann richtete er sich im Bett auf und sagte mit klarer Stimme: ›Meinen Mantel – gib mir meinen

Mantel – ich muß das Geld und die Schlüssel haben.‹ ›Schon gut, wird erledigt, Will‹, antwortete ich ihm. Ich glaubte nämlich, er redete im Fieber. Bald darauf schien er es auch wieder vergessen zu haben und dämmerte wieder ein. Aber mir kam das Ganze doch etwas komisch vor, und so sah ich in seinem Mantel nach und fand darin richtig das Schlüsselbund vom Pastor und einen Haufen Geldscheine. Das machte mich stutzig, und so nahm ich die Schlüssel, um sie zurückzubringen. Doch erst wollte ich mich mal in der Kirche umsehen. Ich ging also rein.«

»An welchem Tag war das?«

»Am 2. Januar, glaube ich. Ich stieg hinauf in die Glockenstube – und da fand ich ihn dann.«

»Da muß er die ganze Sache ja schon mächtig über gehabt haben!«

»Über gehabt? Kalt und tot war er.«

»Verhungert?«

»Bewahre! Da lag noch ein großes Stück Käse neben ihm und beinah ein halber Laib Brot, und zwei Flaschen Bier standen da, eine noch ganz voll. Erfroren war er auch nicht. Ich habe schon manchen Mann gesehen, der erfroren ist – das ist ein friedlicher Tod, sage ich Ihnen! Nein, der ist im Stehen gestorben, und wie sein Ende auch war, er hat es kommen sehen. Er muß wie ein Löwe an den Seilen gearbeitet haben, bis er aufrecht stehen konnte – die Seile hatten direkt durch seine Jacke und durch seine Socken geschnitten. Und sein Gesicht! Herrgott, so etwas Fürchterliches habe ich noch nie gesehen. Seine Augen weit aufgerissen, als hätte er in den Schlund der Hölle gesehen! Zuerst hat es mich beinah umgeworfen. Dann sah ich ihn mir genauer an, und mit einem Mal entdeckte ich Wills Mantel auf dem Boden – als hätte er ihn im Kampf von sich geworfen. Ich konnte mir überhaupt nichts erklären, da ich ihn ja nicht erkannte. Als ich aber schließlich seine Taschen durchsuchte, fand ich ein paar Ausweispapiere – einige auf den Namen Taylor ausgestellt und andere auf einen französischen Namen, den ich vergessen habe. Jedenfalls wurde ich nicht schlau daraus. Bis ich mir seine Hände ansah.«

»Aha – jetzt kommt der springende Punkt«, bemerkte Wimsey.

»Jawohl, Mylord. Ich habe Deacon früher ja auch gekannt,

zwar nicht gut, aber immerhin. Er hatte an seiner einen Hand eine große Narbe von einer Schnittwunde. Als ich diese Narbe gesehen hatte, Mylord, wußte ich sofort, wer es war. Da konnte ich mir auch denken, was passiert war. Du darfst es mir nicht übelnehmen, Will, aber ich dachte natürlich, du hättest ihn erledigt – und Gott ist mein Zeuge, ich konnte es dir nicht verdenken. Nicht, daß ich es jemals mit einem Mörder halten würde – nein, wir hätten nie mehr so wie früher miteinander stehen können nach so einer Sache –, aber verdenken konnte ich es dir trotzdem nicht. Ich hätte bloß gewünscht, es wäre zu einem offenen, anständigen Kampf zwischen euch gekommen.«

»Das wäre es auch, wenn überhaupt. Ich hätte ihn dann vielleicht umgebracht, aber nicht, solange er angebunden war. Soweit hättest du mich kennen sollen, Jim.«

»Das ist schon richtig. Aber damals hatte ich nicht viel Zeit zum Nachdenken. Ich mußte rasch handeln. Ich stellte also erst ein paar von den alten Brettern, die in einer Ecke lagen, aufrecht vor ihn, so daß ihn niemand sehen konnte, falls jemand heraufkommen sollte. Dann stieg ich selber wieder hinunter und überlegte. Die Schlüssel behielt ich natürlich, weil ich sie ja noch brauchte.

Den ganzen Tag habe ich dann hin und her gegrübelt, bis mir einfiel, daß das Begräbnis von Lady Thorpe auf den Sonnabend festgesetzt war. Da schien es mir am sichersten, ihn in ihrem Grab einzuscharren. Mein Urlaub war zwar am Sonnabend früh zu Ende, aber ich hoffte, ich könnte mir schon irgendwie ein Alibi verschaffen.

Am Freitag wurde es noch einmal sehr kritisch. Jack Godfrey erzählte mir nämlich, daß sie ein Sterbegeläut für Lady Thorpe veranstalten wollten. Ich hatte natürlich fürchterliche Angst, daß er ihn entdecken könnte, wenn er die Schalldämpfer oben an den Glocken anbringen würde. Aber ich hatte Glück. Jack ging erst spät am Abend, als es schon dunkel wurde, hinauf – wahrscheinlich hat er überhaupt nicht in die Ecke geschaut, sonst hätte er ja sehen müssen, daß die Bretter nicht mehr dalagen.«

»Was Sie dann am Sonnabend getan haben, wissen wir«, unterbrach Mr. Parker. »Das können Sie also übergehen.«

»Jawohl, Herr Kommissar. Die Fahrerei mit dem Motorrad war kein Spaß, kann ich Ihnen sagen. Die Lampe ging alle

Augenblicke aus, und es goß in Strömen. Schließlich kam ich aber doch hin, wenn auch viel später, als ich dachte. Ich machte mich gleich an die Arbeit und schnitt erst mal die Seile ab.«

»Das brauchen Sie uns auch nicht zu erzählen. Während der ganzen Zeit war ein Augenzeuge oben in der Glockenstube, der . . .«

»Ein Augenzeuge!«

»Ja. Und Sie können noch von Glück sagen, daß es ein anständiger Einbrecher war, ein Ehrenmann mit einem Hasenherz und einer abgrundtiefen Abneigung gegen Blutvergießen – sonst hätte er Sie durch Erpressungen zum Weißbluten gebracht. Aber das muß man Nobby lassen«, fügte Parker nachdenklich hinzu, »Erpressung würde er für unter seiner Würde halten. Sie haben also dann den Leichnam in den Kirchhof hinuntergeschafft?«

»Ja – schließlich und endlich. Heiß und kalt ist mir geworden, als ich ihn so die Leitern herunterzerrte, dann diese Glocken! Ich habe immer gedacht, sie würden gleich anfangen zu reden. Ich habe Glocken nie leiden können, sie waren mir immer unheimlich, als ob sie lebendig wären und sprechen könnten. Als ich den Leichnam glücklich unten im Kirchhof hatte, öffnete ich das Grab.«

»Sie hatten sich wohl vorher die Schaufel des Küsters geholt?«

»Ja. Der Schlüssel zur Krypta befand sich ja auch am Schlüsselbund. Als ich ihn nun ins Grab legen wollte, kam mir plötzlich der Gedanke, daß das Grab vielleicht geöffnet und der Leichnam erkannt werden könnte. Da hab' ich ihm also erst mal ein paar mit der Schaufel ins Gesicht gegeben . . .« Jim schüttelte sich. »Das war das Ekelhafteste, und dann die Hände. Ich dachte mir, da ich sie erkannt hatte, könnten andere sie vielleicht auch erkennen. Ich nahm also mein Klappmesser und – na ja. Die Seilstücke und seinen Hut warf ich in den alten Brunnen. Darauf habe ich das Grab wieder zugeschaufelt, die Kränze, so gut ich konnte, wieder hingelegt und die Werkzeuge saubergemacht. Gern habe ich sie nicht gerade wieder in die Kirche zurückgetragen. Puh – all die goldenen Engel, die mich aus der Dunkelheit anstarrten, und der alte Abt Thomas auf seinem Grab. Dann ging ich noch mal in die Glockenstube hinauf und machte dort oben sauber. Das ganze Bier war über den Boden gelaufen. Erst säuberte ich alles, so gut ich konnte, dann legte ich die Bretter wieder an ihren alten Platz und nahm die Flaschen an mich.«

»Zwei von ihnen«, warf Wimsey ein. »Im ganzen waren es drei.«

»So – ich konnte nur zwei sehen. Dann schloß ich alles gut ab und überlegte, wo ich die Schlüssel lassen sollte. Schließlich ließ ich sie in der Sakristei liegen – als ob der Pastor sie dort vergessen hätte –, nur den Kirchenschlüssel ließ ich in der Türe stecken. Die Papiere und das Geld habe ich dann im Wartesaal auf dem Bahnhof in London verbrannt. Ich wußte nur nicht, was ich mit Wills Mantel machen sollte. Schließlich habe ich ihn mit einem Brief an ihn zurückgeschickt. Ich schrieb bloß: ›Anbei Geliehenes mit Dank zurück. Habe übrigens weggebracht, was du in der Glockenstube zurückgelassen hattest.‹ Mehr konnte ich nicht schreiben, aus Angst, Mary würde vielleicht das Paket aufmachen und den Brief lesen.«

»Ich konnte dir aus demselben Grund nicht schreiben«, fiel Will ein. »Ich dachte, du hättest Deacon irgendwie fortgeschafft. Der Gedanke, daß er tot sein könnte, ist mir wirklich nicht gekommen. Weil Mary meine Briefe meist liest, ehe sie abgehen, und auch noch was drunterschreibt, habe ich nur geschrieben: ›Danke vielmals für alles, was du für mich getan hast.‹ Das konnte sich ja darauf beziehen, daß du mich während meiner Krankheit gepflegt hast. Als ich merkte, daß du die zweihundert Pfund nicht genommen hattest, nahm ich an, daß du dir eben anderswie geholfen hättest, und so habe ich sie wieder auf die Bank zurückgebracht. Es kam mir freilich komisch vor, daß deine Briefe plötzlich so kurz waren, aber jetzt verstehe ich es natürlich.«

»Ich konnte den alten Ton nicht mehr finden«, erklärte Jim, »wenn ich es dir auch wirklich nicht verdenken konnte. Wann hast du denn erfahren, was passiert war?«

»Erst als der Leichnam zum Vorschein kam; und da – da dachte ich natürlich, du hättest ihn beseitigt – und das ging mir durch und durch. Ich hoffte aber immer noch, daß er vielleicht doch eines natürlichen Todes gestorben sei.«

»Nein, das ist er nicht«, bemerkte Mr. Parker nachdenklich.

»Wer hat ihn denn dann umgebracht?« fragte Jim.

»Sie jedenfalls nicht«, entgegnete der Kriminalkommissar. »Sonst hätten Sie ja wohl meinen Vorschlag, daß er verhungert oder erfroren sei, aufgegriffen. Ich weiß nicht, ich glaube auch nicht, daß Ihr Bruder es getan hat, obwohl Sie sich natürlich beide der Mithelferschaft zur Deckung eines Verbrechers schuldig gemacht haben. Sie sind also noch keineswegs aus der Sache heraus, das sage ich Ihnen! Bei einem Verhör vor Gericht würden Sie es beide verdammt schwer haben, aber ich persönlich möchte Ihren Angaben eigentlich Glauben schenken.«
»Danke sehr, Herr Kommissar.«
»Wie ist es mit Mrs. Thoday – die volle Wahrheit bitte!«
»Da ist nichts zu verheimlichen. Sie war natürlich mißtrauisch, das kann ich nicht leugnen, weil ich ihr irgendwie verändert vorkam, besonders nachdem der Leichnam gefunden worden war. Aber erst nachdem sie Deacons Handschrift auf dem Zettel gesehen hatte, begann sie etwas zu ahnen. Da fragte sie mich, und ich erzählte ihr so halb und halb die Wahrheit. Ich erzählte ihr, ich hätte herausbekommen, daß der Tote Deacon gewesen wäre und daß ihn jemand – nicht ich – getötet haben müsse. Da kam es ihr, daß Jim vielleicht in die Sache verwickelt sein könnte. Ich sagte ihr, ›kann sein, jedenfalls müssen wir zusammenstehen und ihn nicht in Unannehmlichkeiten bringen‹. Das sah sie auch ein. Sie verlangte nur, daß wir uns noch einmal trauen lassen müßten, weil wir in Sünde zusammenlebten. Sie ist ja eine fromme Frau, und so ließ sie es sich nicht ausreden und ich mußte nachgeben. Wir wollten es ganz still in London abmachen, aber Sie sind uns dann auf die Spur gekommen.«
»Jawohl«, bestätigte Mr. Blundell. »Dafür können Sie sich bei Seiner Lordschaft bedanken. Seine Lordschaft hat das alles anscheinend gewußt, und es hat ihm sehr leid getan, Sie daran hindern zu müssen.«
»Spricht irgend etwas dagegen, daß sie jetzt gleich gehen und sich trauen lassen, Oberinspektor?«
»Nicht daß ich wüßte«, brummte Mr. Blundell. »Nicht, wenn die beiden die Wahrheit gesagt haben. Es werden wohl noch gerichtliche Untersuchungen folgen – aber ich wüßte nicht, warum die beiden sich nicht trauen lassen könnten. Wir haben ja jetzt ihre Aussagen, und ich glaube nicht, daß die Frau noch viel hinzuzufügen haben wird.«

»Danke sehr, Herr Kommissar«, wiederholte Will Thoday.
»Aber in der Frage, wer nun Deacon getötet hat«, fuhr der Oberinspektor fort, »sind wir nicht gerade viel weiter gekommen. Es sei denn, daß es tatsächlich Cranton oder Rappel war. Ich habe noch nie mit einer so verrückten Sache zu tun gehabt. Drei Männer, die in diese alte Glockenstube hinaufsteigen und wieder herunterkommen – einer nach dem anderen –, da muß irgend etwas dahinterstecken, was wir nicht verstehen. Sie beide«, wandte er sich nun streng an die Brüder, »Sie halten gefälligst den Mund über die Angelegenheit. Einmal kommt es ja doch heraus, das ist mal sicher, aber wenn Sie jetzt darüber reden und uns daran hindern, Hand an den wirklichen Mörder zu legen, dann ist es um Sie beide auch geschehen, verstanden?«
Er kaute mit seinen großen, gelben Zähnen an seinem Walroßschnurrbart. »Na, dann werde ich mal nach Hause fahren und Rappel in die Zange nehmen«, murmelte er mißmutig. »Aber wenn der wirklich der Täter wäre, wie sollte er das bloß angestellt haben? Das verstehe ich einfach nicht.«

AUSKLANG

Sechzehntes Kapitel
Die Wasser strömen ein ...

Rappel Pick war ohne jeden Erfolg verhört worden. Er hatte keinerlei Gedächtnis für Daten; zudem entbehrten seine Reden, die zwar mit allerlei dunklen Andeutungen und Prophezeiungen beschwert waren, jeder Logik und kehrten immer wieder zu dem schaurigen Thema der baumelnden Glockenseile zurück. Mr. Blundell hatte also nicht die geringste Lust, Rappel als Zeugen vor Gericht erscheinen zu lassen. »Und wozu«, bemerkte er zu seiner Frau. »Ich glaube einfach nicht, daß der arme Teufel es getan hat.« Worauf ihm Mrs. Blundell nur recht geben konnte.
Auch was die Brüder Thoday anlangte, war alles höchst unbefriedigend. Wenn sie beide getrennt belastet würden, so mußte in jedem Fall einer von beiden wegen mangelnder Beweise wieder freikommen. Würden sie dagegen gemeinsam belangt, dann hätte ihre gemeinsame Aussage wahrscheinlich dieselbe Wirkung auf die Geschworenen gehabt wie auf die Polizei, das heißt, daß sie freigesprochen würden, jedoch den Verdächtigungen ihrer Umgebung ausgesetzt blieben – eine ebenfalls höchst unbefriedigende Lösung. Oder sie könnten beide verurteilt werden, »aber das würde mir – im Vertrauen gesagt – mein Lebtag lang nachgehen«, gestand Mr. Blundell dem Polizeidirektor. Dem letzteren war auch nicht gerade behaglich zumute. »Sehen Sie«, erklärte er Mr. Blundell, »die Schwierigkeit ist die, daß wir keinen wirklichen Beweis für eine Ermordung haben. Wenn wir nur wüßten, woran dieser Kerl eigentlich gestorben ist.«
So setzte eine Pause in der Untersuchung ein. Jim Thoday kehrte zu seinem Schiff zurück, und Will ging nach vollzogener Trauung wieder nach Hause an die Arbeit. Der Pastor fuhr fort mit seinen Trauungen und Taufen, Tailor

Paul ließ ein- oder zweimal ein Sterbegeläut vernehmen oder fiel mit feierlich-wuchtiger Stimme in den Chor der andern Glocken ein.
Die nach den schweren Regengüssen eines feuchten Sommers und Herbstes hoch angeschwollene Wale machte sich ihr neues Bett zunutze und grub sich langsam immer tiefer ein, neun Fuß tiefer als vorher, so daß das salzige Meerwasser jetzt bei Flut bis zur Großen Leam-Schleuse hinaufkam und die Alte Damm-Schleuse weit geöffnet werden mußte. Die Folge davon war, daß die Wasser ins Hochmoor abliefen. Das war aber auch dringend nötig. Denn in diesem Sommer hatte das ganze Land um Fenchurch St. Paul, das Fen-Moor, im August und September unter Wasser gestanden. Der Pastor von Fenchurch St. Paul mußte diesmal beim Erntedankfest seine Lieblingspredigt über die Dankbarkeit etwas einschränken: reichte die Zahl der unversehrten Getreidehalme doch kaum hin, um eine Spende auf den Altar zu legen; auch waren nicht genügend große Garben vorhanden, um damit die Kirchenfenster zu schmücken oder den Ofen zu umkleiden. Ja, die Ernte fand so spät statt und bei so kaltem und feuchtem Wetter, daß der Ofen zum Abendgottesdienst angezündet werden mußte.
Wimsey hatte beschlossen, nie wieder nach Fenchurch St. Paul zurückzukehren. Es war für ihn nur mit quälenden Erinnerungen verbunden; außerdem hatte er das Gefühl, als ob es dort ein, zwei Leute gäbe, die froh wären, wenn sie ihn nie wieder zu Gesicht bekämen. Als ihm Hilary Thorpe jedoch schrieb und ihn bat, sie während der Weihnachtsferien zu besuchen, fühlte er sich verpflichtet, ihre Bitte zu erfüllen. Er befand sich ihr gegenüber in einer eigentümlichen Lage. Mr. Edward Thorpe besaß, als ihr gesetzlicher Vormund und natürlicher Beschützer, Rechte, die ihm kein Gerichtshof streitig machen konnte. Dagegen durfte sich Wimsey als der einzige Verwalter des bei weitem größeren Wilbrahamschen Vermögens gewisser Vorteile erfreuen. Er konnte, wenn er wollte, sogar für Mr. Thorpe recht unbequem werden. Hilary war im Besitz schriftlicher Unterlagen, die Wünsche ihres Vaters betreffend über ihre Ausbildung. Onkel Edward konnte sich also jetzt ihren Plänen nicht mehr aus Geldgründen widersetzen, Wimsey hingegen sich weigern, Geld herauszurücken, wenn diese

Wünsche nicht erfüllt würden. Aber Wimsey glaubte nicht recht, daß Onkel Edward es in seinem Starrsinn so weit treiben würde. Ja, schon sah es so aus, als beugte er sich vor der aufgehenden Sonne: er hatte sich nämlich einverstanden erklärt, Hilary Weihnachten im ›Roten Haus‹ statt mit ihm in London verbringen zu lassen. Es war übrigens nicht seine Schuld, daß das ›Rote Haus‹ immer noch unbewohnt war. Er hatte alles versucht, um es zu vermieten, aber es gab nicht viele Leute, die in ein großes, reparaturbedürftiges Haus ziehen wollten – in ein Haus, das in einer gottverlassenen Gegend stand und an dem allerlei hypothekenbelasteter Besitz hing. Hilary setzte ihren Willen durch, und obgleich Wimsey sehnlichst gewünscht hatte, die Angelegenheit in London regeln zu können, freute er sich über ihre Anhänglichkeit an den alten Familienbesitz.

Entscheidend aber fiel endlich ins Gewicht, daß Wimsey, wenn er an Weihnachten nicht nach Fenchurch St. Paul ging, keinen Entschuldigungsgrund haben würde, das Fest nicht mit seines Bruders Familie in Denver zu verbringen. Weihnachten in Denver war aber für ihn so ziemlich das Schrecklichste, das es gab. Er sprach also nur ein oder zwei Tage dort vor, irritierte seine Schwägerin und ihre Gäste wie üblich, aber auch nicht mehr als gewöhnlich, und begab sich daraufhin am Weihnachtsabend über Land nach Fenchurch St. Paul.

»Sie scheinen hier in der Gegend eine besonders ekelhafte Sorte von Wetter auf Lager zu halten«, bemerkte er, während er mit der Hand eine Wasserlache vom Verdeck schüttelte. »Voriges Jahr schneite es und heute regnet's in Strömen. Das muß irgendwie vom Schicksal so gewollt sein, Bunter.«

»Gewiß, Mylord«, entgegnete der vielduldende Bunter. Trotz seiner tiefen Zuneigung für seinen Herrn konnte er nicht umhin, dessen ausgesprochene Abneigung gegen geschlossene Autos zum mindesten unvernünftig zu finden.

»Wirklich sehr unfreundliches Wetter, Mylord.«

»Nicht zu ändern – wir müssen weiter. Sie machen mir übrigens nicht gerade einen sehr glücklichen Eindruck, Bunter. Aber aus Ihrer Sphinx-Miene wird man ja nie recht klug. Ich habe Sie noch niemals außer Fassung gesehen – außer bei dieser Angelegenheit mit der dämlichen Bierflasche.«

»Das hat mich damals aber auch stark verletzt, Mylord. Höchst merkwürdiger Vorfall war das.«

»Reiner Zufall, wie ich glaube, obwohl es seinerzeit etwas verdächtig wirkte. Wo sind wir eigentlich? Lympsey – natürlich. Hier geht's über den Großen Leam-Kanal, an der Alten Damm-Schleuse vorbei. Hier ist sie auch schon! Was für 'ne Unmenge Wasser!«

Wimsey brachte seinen Wagen hinter der Brücke zum Stehen, kletterte heraus und sah sich, im strömenden Regen stehend, die Schleuse an. Ihre fünf großen Tore waren geöffnet und die Sperreisen hochgezogen. Die angeschwollenen Wassermengen stürzten, dunkel und drohend, durch die Schleusentore. Auf den Wellen tanzten braune Schilfhalme, Weidenäste und einzelne Holzstücke. Während Wimsey noch hinsah, änderte sich das Bild bereits. Kleine zornige Wellen und Strudel begannen den starken Strom aufzustören – Anzeichen eines noch unterdrückten Aufruhrs und Kampfes. Ein Mann kam aus dem Wärterhaus an der Brücke heraus, nahm seinen Platz neben der Schleuse ein und sah ins Wasser. Wimsey grüßte zu ihm hinüber. »Kommt die Flut jetzt herauf?«

»Jawohl, Herr. Jetzt heißt's Obacht geben, daß das Wasser nicht die ganze Straße überschwemmt. Aber wenn wir im Frühling nicht eine besonders hohe Springflut kriegen, können wir den Wasserstand halten. Wir müssen eben aufpassen.« Er begann die Schleuse hinabzulassen.

»Da können Sie's mal sehen, Bunter: wenn sie die Schleuse hier zumachen, dann muß die Alte Leam das ganze Wasser mitnehmen. Wenn sie hier offen lassen und die Flut stark genug ist, dann wird die ganze Gegend oberhalb der Schleuse unter Wasser gesetzt.«

»Richtig«, stimmte der Wärter grinsend zu. »Wenn das Hochwasser die Flut zurückträgt, dann setzen wir Sie da unten unter Wasser. Es kommt eben ganz darauf an.«

»Dann wollen wir also hoffen, daß Sie die Angelegenheit zu *unsern* Gunsten deichseln«, meinte Wimsey zuversichtlich.

»Wir halten den Wasserstand – nur keine Angst!« versicherte der Wärter. »Mit *unsrer* Schleuse ist alles in Ordnung.« Er betonte das Wort ›unsre‹ so stark, daß Wimsey ihn scharf ansah.

»Wie ist es mit Van Leydens Schleuse?«

Der Mann schüttelte den Kopf. »Kann ich nicht sagen, Herr. Aber soviel ich gehört habe, hat der alte Massey furchtbaren Krach geschlagen wegen seiner Schleuse. Gestern sollen drei Herren von der Kommission oder von der Vereinigung drüben gewesen sein, um sich die Sache anzusehen. Aber jetzt zur Hochwasserzeit können sie nicht viel machen. Vielleicht hält die Schleuse noch mal, vielleicht auch nicht. Je nachdem.«

»Das ist ja heiter«, entgegnete Wimsey. »Los, Bunter! Haben Sie Ihr Testament gemacht? Bloß weiter, solang es noch geht!«

Diesmal fuhren sie auf der Südseite des Fenchurch-Kanals entlang. Damm und Kanalwasser standen auf einer Höhe, und an vielen Stellen stand das Wasser so hoch in den Feldern, als befände sich die Gegend wieder in dem früheren trostlosen Zustand vor der Drainage. Auf der geraden Straße herrschte kaum Verkehr. Zuweilen begegnete ihnen ein schäbiges Auto, über und über mit Kot bespritzt und triefend. Oder sie fuhren an einem langsamen Bauernwagen vorbei, der mit Runkelrüben beladen war und dessen Lenker, unter einem durchweichten Sack kauernd, blind und taub für die ihn überholenden Fahrzeuge zu sein schien. Die Luft war so mit Feuchtigkeit geschwängert, daß sie erst in der Nähe von Frog's Bridge leise, dumpfe Töne vernahmen, die anzeigten, daß man in Fenchurch St. Paul beim Einüben eines Weihnachtsgeläutes war. Durch den strömenden Regen klangen die Töne unsäglich ergreifend und melancholisch – wie die Glocken einer versunkenen Stadt, die vom Meeresgrund heraufschallten.

Zu ihrer Linken tauchte der hohe graue Kirchturm auf. Sie bogen um die Ecke und fuhren an der Mauer des Pfarrhauses vorbei. Als sie sich der Einfahrt näherten, schlug auch schon das altbekannte Hupgeräusch an ihr Ohr, und gleich darauf erschien des Pastors Wagen, sich vorsichtig einen Weg ins Freie suchend. Mr. Venables erkannte sofort den Daimler und brachte sein Gefährt zum Stehen. Vergnügt winkte er durch die Vorhänge. »Da sind Sie ja; da sind Sie ja!« Wimsey kletterte aus seinem Wagen, um ihn zu begrüßen. »Wie nett, daß ich Sie gerade getroffen habe. Wahrscheinlich haben Sie mich schon kommen hören. Ich tute nämlich immer, bevor ich auf die Straße fahre – die

Ausfahrt ist so kurz! Wie geht es Ihnen, mein Lieber? Auf dem Weg zum ›Roten Haus‹, wie ich annehme? Sie werden dort schon sehnlichst erwartet. Aber ich hoffe, Sie besuchen uns auch recht oft, solange Sie hier sind. Meine Frau und ich kommen heute abend zum Essen hinüber. Meine Frau wird sich so freuen, Sie wiederzusehen. Schreckliches Wetter, nicht wahr? Ich muß schleunigst fort, um ein armes Neugeborenes zu taufen – drüben auf der andern Seite von Frog's Bridge. Wird wohl kaum am Leben bleiben, außerdem schwebt die Mutter in Lebensgefahr. Ich muß mich also beeilen! Wie bitte? Ich habe Sie nicht verstanden. Die Glocken sind so laut. Deshalb habe ich vorhin auch so energisch getutet, man hört es oft kaum, wenn geläutet wird. Ja, wir haben heute abend ein Stedman-Geläute. Stedman läuten Sie wohl nicht? Sie müßten wirklich einmal herüberkommen und es versuchen. Es ist wirklich sehr reizvoll! Wally Pratt macht übrigens große Fortschritte, selbst Hezekiah ist mit ihm zufrieden. Will Thoday läutet heute abend auch mit. Ich habe mir durch den Kopf gehen lassen, was Sie mir damals erzählt haben, aber ich sehe trotzdem keinen Grund, ihn deshalb auszuschließen. Gewiß, er hat Unrecht getan, doch bin ich fest davon überzeugt, daß er keine Todsünde begangen hat. Du liebe Zeit! Ich versäume meine Pflichten vor lauter Freude, Sie wiederzusehen. Das arme Kind! Ich muß fort. Also – au revoir, au revoir! Auf heute abend!«

Weihnachten war vorüber. Onkel Edward hatte, wenn auch widerwillig und mit saurer Miene, nachgegeben und somit war Hilarys Laufbahn entschieden. Wimsey war allen seinen Pflichten großmütig nachgekommen: am Weihnachtsabend war er mit dem Pastor und dem Chor im strömenden Regen losgezogen, um das Lied vom ›Guten König Wenzeslaus‹ zu singen und nachher im Pfarrhaus kaltes Roastbeef und Punschtorte zu verzehren. Am Stedman-Läuten hatte er zwar nicht teilgenommen, dafür aber Mrs. Venables geholfen, feuchte Sträuße von Ilex und Efeu an das Taufbecken zu binden.
Am zweiten Feiertag hörte der Regen auf. Es folgte ein, wie der Pastor sich ausdrückte, ›stürmischer Ost, Euroklydon genannt‹. Wimsey, der das trockene und klare Wetter

wahrnehmen wollte, fuhr für vierundzwanzig Stunden nach Walbeach zu seinen Freunden hinüber, wo man ihm den Neuen Ostkanal und dessen Vorteile für Hafen und Stadt höchlich pries.
Nach dem Mittagessen kehrte er wieder nach Fenchurch St. Paul zurück, vergnüglich dahinsausend, den Wind im Rücken. Als er die Brücke bei Van Leydens Schleuse überquerte, bemerkte er, wie rasch und zornig sich der Fluß durch das Wehr bewegte. Unten an der Schleuse arbeiteten einige Leute auf einer Reihe von Kähnen, die an dem Schleusentor befestigt und hoch mit Sandsäcken beladen waren. Einer der Arbeiter rief etwas, als der Wagen über die Brücke fuhr, und ein andrer, der seine Bewegungen beobachtet hatte, kam vom Schleusenkopf auf die Straße gelaufen und winkte. Lord Peter stoppte und wartete. Es war Will Thoday.
»Mylord«, rief Will. »Mylord! Gott sei Dank, daß Sie gekommen sind. Fahren Sie schnell nach Fenchurch St. Paul und warnen Sie die Leute dort – die Schleuse gibt nach! Wir haben getan, was menschenmöglich ist, mit Sandsäcken und Balken, aber es nützt nicht mehr viel. Eben haben sie uns von der Alten Damm-Schleuse sagen lassen, daß der Große Leam-Kanal übergetreten ist, und daß sie das Wasser deshalb herunterschicken müssen, wenn sie nicht selber die Überschwemmung haben wollen. Diesmal hat das Schleusentor die Flut noch ausgehalten, aber mit der nächsten stürzt es ein – und bei diesem Wind auch noch! Die ganze Gegend wird unter Wasser gesetzt – wir haben also keine Minute zu verlieren!«
»Soll ich Ihnen noch mehr Leute schicken?«
»Ein ganzes Regiment von Leuten könnte hier nicht mehr helfen! Das alte Schleusentor gibt nach, und innerhalb von sechs Stunden wird es keinen trockenen Flecken mehr in den drei Fenchurch-Dörfern geben.«
Wimsey sah auf seine Uhr. »Ich werde es bestellen.« Sein Wagen raste davon.
Der Pastor saß in seinem Arbeitszimmer, als Wimsey mit seinen Neuigkeiten hereinplatzte.
»Du lieber Himmel!« rief der Pastor aus. »Das habe ich immer gefürchtet! Wieder und wieder habe ich die Behörden wegen der Schleusentore gewarnt, aber sie wollten

nicht hören. Nun ist es zu spät, und es heißt rasch handeln. Wenn die erst die Alte Damm-Schleuse aufmachen und Van Leydens Schleuse in die Brüche geht, können Sie was erleben! Das ganze Wasser kommt dann von unten wieder den Fluß herauf und überschwemmt uns, zehn Fuß und mehr. Meine armen Gemeindekinder! Alle diese Höfe und Hütten, die draußen auf dem Moor liegen! Aber wir dürfen den Kopf nicht verlieren. Unsere Vorsichtsmaßregeln haben wir glücklicherweise schon getroffen. Schon vor vierzehn Tagen habe ich in der Kirche davor gewarnt und auch eine Notiz im Dezemberheft unsres Gemeindeblattes gebracht. Vor allem muß die Alarmglocke geläutet werden! Die Leute wissen, was das bedeutet, Gott sei Dank! Bitte klingeln Sie nach Emilie! Die Kirche ist auf jeden Fall sicher, was auch kommen mag, es sei denn, das Wasser steigt über zwölf Fuß an, was aber nicht wahrscheinlich ist. ›Aus der Tiefe, o Herr, aus der Tiefe . . .‹ Emilie, laufen Sie und sagen Sie Hinkins, daß Van Leydens Schleuse nachgibt. Sagen Sie ihm, daß er sich jemanden holen und sofort mit Gaude und Tailor Paul Alarm läuten soll. Hier sind die Schlüssel zu Kirche und Turm. Dann sagen Sie der Frau Pastor Bescheid und helfen Sie, die Wertsachen in die Kirche hinüberzuschaffen. Am besten auf den Turm damit. Nun, nun – nur den Kopf oben behalten, liebes Kind! Wir müssen sofort nach St. Peter und St. Stephen hinübertelephonieren und ihnen Bescheid sagen. Und dann müssen wir mal sehen, was wir bei den Leuten an der Alten Damm-Schleuse erreichen können. Wir dürfen keine Minute Zeit verlieren! Steht Ihr Wagen draußen?«

Während sie durchs Dorf fuhren, lehnte sich der Pastor gefährlich weit aus dem Wagen, um jedem einzelnen, der ihnen begegnete, eine Warnung zuzurufen. Auf der Post benachrichtigten sie die beiden andern Dörfer und setzten sich dann mit dem Wärter der Alten Damm-Schleuse in Verbindung. Dessen Bericht lautete nicht gerade ermutigend.

»Tut mir leid, Herr Pastor, aber wir wissen selbst weder ein noch aus. Wenn wir das Wasser nicht durchlassen, reißt's unsern ganzen Damm ein. Wir lassen mit sechs Schichten gleichzeitig arbeiten, aber viel können sie nicht machen – mit all den Ladungen von Wassern, die da herunterkommen – und es soll noch mehr werden, sagen sie.«

Der Pastor machte eine verzweifelte Geste und wandte sich dann an die Posthalterin. »Sie gehen am besten gleich in die Kirche, Mrs. West. Sie wissen ja Bescheid. Dokumente und Wertsachen in den Turm. Persönliche Habe ins Mittelschiff. Tiere auf den Kirchhof. Ah – die Alarmglocken! Gut, gut. Ich bin nämlich viel mehr in Sorge um die abgelegenen Höfe draußen als ums Dorf. So, Lord Peter, jetzt müssen wir zurück zur Kirche und dort so gut wie möglich für Ordnung sorgen.«

Das Dorf befand sich bereits in aufgeregtem Durcheinander. Einrichtungsgegenstände wurden auf Handkarren geladen, quiekende Schweine die Straße hinabgetrieben, ängstlich gackernde Hennen in Körbe verpackt. Aus der Tür des Schulhauses lugte Miss Snoot ganz aufgeregt: »Wann sollen wir losmarschieren, Herr Pastor?«

»Noch nicht, noch nicht. Lassen Sie die Leute erst ihre schweren Sachen fortschaffen. Ich gebe Ihnen rechtzeitig Nachricht, und dann können Sie die Kinder in Reih und Glied in die Kirche führen. Sie dürfen sich auf mich verlassen. Sehen Sie nur zu, daß sie in guter Stimmung bleiben, und lassen Sie sie auf keinen Fall nach Hause gehen. Hier sind sie viel sicherer. Oh, Miss Thorpe! Miss Thorpe! Sie haben also schon gehört?«

»Ja, Herr Pastor. Können wir irgendwie helfen?«

»Natürlich, mein liebes Kind. Könnten Sie und Mrs. Gates vielleicht dafür sorgen, daß die Kinder beschäftigt werden und später ihren Tee bekommen? Jetzt aber schleunigst zur Kirche, Lord Peter.«

In der Kirche hatte bereits die Pastorin die Leitung übernommen. Von Emilie und einigen anderen Frauen unterstützt, war sie dabei, bestimmte Gebiete mit Seilen abzugrenzen – so und so viele Kirchenstühle für die Schulkinder, so viele andere in der Nähe des Ofens für die Kranken und Alten. Der Raum unterm Turm war für die Möbel bestimmt. An der Chorschranke hing ein großes Plakat: ›Erfrischungen‹. Mr. Gotobed und sein Sohn schleppten Säcke voller Koks herbei und zündeten die Öfen an. Im Kirchhof waren Mr. Godfrey und andere Bauern beschäftigt, zwischen den Grabsteinen Gehege für Geflügel und Kleinvieh zu errichten.

»Du meine Zeit«, rief Wimsey beeindruckt aus, »man sollte

wirklich meinen, Sie hätten sich Ihr Leben lang mit derlei beschäftigt!«

»Ich habe in den letzten Wochen viele Gebete und Gedanken daran gewandt, um mich auf eine solche Situation vorzubereiten«, erwiderte der Pastor bescheiden. »Aber meine Frau ist der eigentliche Spiritus rector! Sie ist eine glänzende Organisatorin. Lord Peter, wollen Sie als unser Verbindungsoffizier fungieren zwischen hier und Van Leydens Schleuse und uns auf dem laufenden über alles, was dort geschieht, halten?«

»Selbstverständlich, gern. Ich hoffe übrigens auch, daß Bunter – wo ist Bunter eigentlich?«

»Hier, Mylord. Ich wollte den Vorschlag machen, mich dem Hilfskomitee zur Verfügung zu stellen, wenn ich nicht anderweitig benötigt werde.«

»Ausgezeichnet, Bunter!« lobte der Pastor.

»Soweit ich unterrichtet bin, droht dem Pfarrhaus keine unmittelbare Gefahr. Ich wollte mir daher erlauben, den Vorschlag zu machen, daß vielleicht – mit gütiger Unterstützung des Metzgers natürlich – eine tüchtige Portion heißer Suppe dort im Waschkessel zubereitet und im Sprengwagen herübergebracht werden kann.«

»Natürlich – oh, hier sind der Polizeidirektor und Oberinspektor Blundell! Sehr freundlich von Ihnen, selbst herüberzukommen! Ja, es wird wohl hier ein wenig schwierig werden.«

»Verstehe, natürlich. Aber Sie haben die Sache ja großartig in der Hand, Herr Pastor. Soll ich Ihnen noch einige von meinen Leuten herüberschicken?«

»Wohl besser, wir lassen die Straßen zwischen den Ortschaften überwachen«, meinte Mr. Blundell. »In St. Peter sind sie furchtbar aufgeregt. Sie haben Angst um ihre Brücken! Der Ort liegt ja noch tiefer, und sie sind auch nicht so gut darauf vorbereitet wie Sie, Herr Pastor.«

»Nun, in jedem Fall können wir ihnen Obdach bieten«, stellte der Pastor fest. »Unsere Kirche faßt ja beinah tausend Personen auf einmal. Sie müssen sich nur etwas zu essen mitbringen und ihr Bettzeug natürlich auch. Das arrangiert alles meine Frau. Die Männer schlafen auf der rechten, die Frauen und Kinder auf der linken Seite. Wenn alles gut geht, können wir sogar die Kranken und Alten ganz bequem im Pfarrhaus unterbringen. Wenn der Eisenbahndamm einstürzt, dann müssen Sie sich auch noch St. Stephens annehmen! Guten Tag, Mrs. Giddins – guten Tag! Ich bin froh, daß Sie rechtzeitig hergekommen sind. Ah, da ist ja auch Mrs. Leach! Das ist recht. Meine Frau ist in der Kirche. Jack! Jackie Holliday, die Katze muß aber in einen Korb! Lauf und bitte Hinkins um einen! Da ist Mary! Guten Tag! Wie ich höre, hilft Ihr Mann großartig an der Schleuse unten. Wir müssen nur achtgeben, daß ihm nichts zustößt! Ja, mein Herz? Ich komme schon.«

Drei Stunden arbeitete Wimsey ununterbrochen unter den Flüchtlingen, holte und ermunterte sie, half Kleinvieh unterbringen – kurz, machte sich nach Kräften nützlich. Schließlich erinnerte er sich seines Botenamtes wieder. Unter einigen Schwierigkeiten steuerte er seinen Wagen aus dem dichten Gedränge heraus und fuhr nach Osten. Es begann schon dunkel zu werden; die Straße war überfüllt mit Wagen und Vieh, die alle zum sichern Port der Kirche eilten.

Unten an der Schleuse sah es bereits gefährlich aus. Lastkähne waren auf beiden Seiten der Tore befestigt worden. Man hatte versucht, die Schleuse mit Balken und Sandsäcken zu stützten, aber die Wehrpfeiler bogen sich schon gefährlich. Kaum wurde neues Material ins Wasser hinabgelassen, als der Strom es auch schon in die Tiefe riß. Der Fluß spritzte bereits über den Rand des Wehrs hinweg, während von Osten her der Wind und die heraufkommende Flut entgegendrängten.

»Hält nicht mehr lange, Mylord«, bemerkte ein Arbeiter, der keuchend den Damm heraufkam. »Kann jeden Augenblick einstürzen – und dann gnade uns Gott!«

Der Schleusenwärter rang die Hände. »Ich hab's ihnen gesagt, ich hab's ihnen gesagt! Was soll nur werden?!«

»Wie lange dauert's noch?« fragte Wimsey.

»Eine Stunde – allerhöchstens!«

»Na, dann machen Sie wohl auch besser, daß Sie fortkommen. Sind genug Wagen hier?«

»Jawohl, Mylord – danke.«

Will Thoday kam herauf, sein Gesicht war von Anstrengung weiß. »Sind meine Frau und die Kinder in Sicherheit?«

»Längst! Sie können ganz beruhigt sein, Will. Der Herr Pastor wirkt wahre Wunder! Aber *Sie* kommen wohl am besten gleich mit mir.«
»Nein, danke vielmals, Mylord. Ich möchte hierbleiben, bis die letzten gehen. Sagen Sie nur allen, daß es jetzt höchste Zeit ist!«
Wimsey raste wieder zurück mit seinem Wagen. In der kurzen Zeit seiner Abwesenheit hatte sich die ganze Organisation bereits eingelaufen. Männer, Frauen, Kinder und Hausrat waren in der Kirche verstaut. Es war beinah sieben Uhr, der Abend brach herein. Die Lampen wurden angezündet. In der Marienkapelle begannen sie Suppe und Tee auszuschenken. Wickelkinder schrien, der Kirchhof hallte von dem Gebrüll des vereinsamten Viehs und dem angstvollen Blöken der Schafe wider. Auf dem einzigen freien Platz inmitten all des Durcheinanders stand, hinter der Altarschranke, der Pastor. Über allem wühlten und wuchteten die Glocken, riefen Alarm übers Land. Gaude, Sabaoth, John, Jericho, Jubilee, Dimity, Batty Thomas und Tailor Paul – ›wacht auf!! Beeilt euch!! Rettet euch!! Die tiefen Wasser sind über uns gekommen.‹ Ihr Rufen klang wie das Rauschen von stürzenden Wassern.
Wimsey schritt zum Altar hinauf und berichtete dem Pastor. Der nickte. »Holen Sie die Männer, rasch! Sagen Sie ihnen, daß sie sofort kommen müssen. Tapfre Burschen! Ich weiß, sie werden nur schweren Herzens nachgeben, aber sie dürfen ihr Leben nicht sinnlos aufs Spiel setzen. Bitte sagen Sie auf Ihrem Weg durchs Dorf Miss Snoot, daß sie jetzt die Schulkinder herbringt.«
Die Männer waren bereits im Begriff, sich in die wartenden Wagen zu drängen, als Lord Peter wieder an der Schleuse erschien. Die Flut raste heran und er sah, wie die Kähne in dem Schaum und Gischt gleich Sturmböcken gegen die Wehrpfeiler anrannten. Jemand rief: »Rauskommen, Jungens! Lebensgefahr!« Ein donnerndes Krachen antwortete. Die Querbalken, die den Fußsteig über das Wehr gebildet hatten, gerieten über den schwankenden Pfeilern in Bewegung, zerbrachen und sausten hinab. Man hörte einen Schrei. Eine dunkle Gestalt, die eiligst über die schwankenden Kähne lief, versank und blieb verschwunden. Eine andere Gestalt stürzte ihr nach. Alles rannte zum

Damm. Wimsey warf seinen Mantel ab und rannte zur Uferböschung, aber jemand packte ihn und hielt ihn zurück. »Hat keinen Zweck, Mylord. Die sind verloren. Du großer Gott – haben Sie das gesehen?«
Jemand ließ das Licht einer Scheinwerferlampe über das Wasser gehen. »Direkt zwischen Kahn und Pfeiler – zerdrückt wie Eierschalen. Wer war es denn? Johnnie Cross? Wer ist ihm nach? Will Thoday? Das ist ein Unglück – ein verheirateter Mann. Zurückbleiben, Mylord! Wir wollen nicht noch mehr Menschenleben opfern. Macht, daß ihr rasch fortkommt! Den beiden könnt ihr doch nicht mehr helfen. Herr Jesus! Jetzt gibt die Schleuse nach! Los – rasch – höchste Zeit!«
Wimsey wurde von starken Händen fortgerissen und in seinen Wagen geschoben. Jemand kroch zu ihm herein, der Schleusenwärter, der noch immer stöhnte: »Ich hab's ihnen gesagt, ich hab's ihnen gesagt!«
Wieder ein donnerndes Krachen, und das Wehr über dem Fenchurch-Kanal stürzte ein. Zerborstene Hölzer sausten in die Flut. Balken und Kähne wurden wie Strohhalme hin- und hergeworfen, und eine riesige Welle Wassers schoß über den Damm und ergoß sich über die Straße. Dann endlich gab die Schleuse, die das Wasser vom Oberlauf der Wale bisher zurückgehalten hatte, nach und das Geräusch der mit höchster Geschwindigkeit sich entfernenden Motoren wurde von dem Donner verschlungen, den das Zusammenprallen der Fluten auslöste.
Noch ehe die Wagen St. Paul erreicht hatten, stiegen die Wasser und verfolgten sie. Wimseys Wagen, der als letzter abgefahren war, fuhr bis zu den Achsen im Wasser. Sie flohen durchs Dunkel, hinter ihnen und zu ihrer Linken breitete sich die silberne Fläche mehr und mehr aus.

In der Kirche war der Pastor, die Einwohnerliste der Gemeinde in der Hand, dabei, seine Schar zu zählen. Er hatte Rock und Stola angelegt, und auf seinem bekümmerten alten Gesicht lag der Ausdruck geistlicher Würde und feierlichen Ernstes.
»Eliza Giddins.«
»Hier, Herr Pastor!«
»Jack Godfrey mit Frau und Familie.«

»Alle hier, Herr Pastor!«
»Henry Gotobed und Familie.«
»Alle hier, Herr Pastor!«
»Joseph Hinkins –, Louisa Hitchcock –, Obadiah Holliday –, Miss Evelyn Holliday ...«
Die von der Schleuse Zurückgekehrten blieben unschlüssig an der Türe stehen. Wimsey bahnte sich einen Weg zur Kanzeltreppe und flüsterte dem Pastor etwas ins Ohr.
»John Cross und Will Thoday? Das ist ja schrecklich. Gott lasse sie in Frieden ruhen. Tapfere Männer! Wollen Sie so freundlich sein und meine Frau bitten, die traurige Nachricht den beiden Familien zu überbringen? Will hat versucht, Johnnie zu retten? Das sieht ihm ähnlich – ein guter, anständiger Mensch – trotz allem.«
Wimsey rief die Pastorin zur Seite. Des Pastors Stimme fuhr, wiewohl etwas unsicher geworden, fort: »Jeremiah Johnson und seine Familie –, Arthur und Mary Judd –, Luke Judson ...«
Dann ertönte ein langer, wehklagender Schrei aus dem Hintergrund der Kirche. »Will! Will! Er wollte nicht mehr am Leben bleiben! Meine armen Kinder – was soll aus ihnen werden?«
Wimsey wartete das Weitere nicht erst ab. Er ging rasch zur Turmtür und stieg die Treppe hinauf. Die Glocken ließen immer noch ihr wildes Geläute erschallen. Er ging an den schwitzenden Läutern vorbei, kletterte weiter hinauf, durch das Uhr-Zimmer, in dem sich Hausrat türmte, bis zur Glockenstube. Dort traf das eherne Toben seine Ohren wie tausend Hammerschläge zugleich. Der ganze Turm war ein einziges trunkenes Gelärm – er tobte und raste mit den tobenden, rasenden Glocken und taumelte wie ein Betrunkener. Betäubt setzte Wimsey seinen Fuß auf die letzte Leiter. Aber schon in halber Höhe mußte er haltmachen, sich verzweifelt mit beiden Händen anklammernd. Der Lärm durchbohrte und erdrückte ihn. In dem ehernen Gebrüll erklang ein hoher Ton, schrill und unaufhörlich – ein Ton, der wie ein Schwert in sein Gehirn drang. Er hatte das Gefühl, als ob alles Blut aus seinem Körper in seinen Kopf stiege und ihn zum Zerspringen füllte. Rasch ließ er die Leiter los und versuchte seine Ohren mit den Fingern zuzuhalten, doch sofort überkam ihn eine solche

Übelkeit, daß ihm schwindlig wurde und er beinah heruntergefallen wäre. Nicht der Lärm war es; er fühlte nur noch einen unerträglichen Schmerz, eine bohrende, hämmernde Qual, die ihn wahnsinnig machte. Er schrie, konnte aber seinen eigenen Schrei nicht hören. Sein Trommelfell war am Platzen, sein Bewußtsein im Schwinden. Das hier war tausendmal schlimmer als das schwerste Artilleriefeuer. Das hatte gehämmert und betäubt, aber hier war dieser unerträglich schrille Klang, der einen zum Wahnsinn trieb, der einem Überfall höllischer Geister glich. Wimsey fühlte sich unfähig, sich vor- oder rückwärts zu bewegen, obwohl ihn sein immer schwächer werdendes Bewußtsein unaufhörlich drängte: »Ich muß hier heraus! Ich muß hier heraus.« Der Glockenstuhl schien sich um ihn zu drehen, während die Glocken, nur einen Arm breit von ihm entfernt, auf und ab schwangen. Auf und ab gingen ihre Münder, ertönten ihre ehernen Zungen, und über allem immer dieser eine schrille, hohe, erbarmungslose Ton, der unermüdlich bohrte.

Da Wimsey nicht fähig war, hinabzusteigen – sein Kopf schwamm und sein Magen revoltierte bei dem bloßen Gedanken daran –, klammerte er sich mit einer letzten, verzweifelten Kraftanstrengung an die Leiter und kroch taumelnd aufwärts. Fuß für Fuß, Sprosse für Sprosse erfocht er sich seinen Weg nach oben. Jetzt war die Falltür unmittelbar über seinem Kopf. Er hob seine Hand, die schwer wie Blei war, und schob den Riegel beiseite. Stolpernd und mit dem Gefühl, als wäre er ganz und gar in Wasser getaucht, fiel er mehr als er ging nach vorn und sank dann auf dem windumwehten Dach nieder. Blut rann ihm aus Nase und Ohren. Als er die Tür unter sich zuschlug, versank das teuflische Getöse in der Tiefe, um – in harmonische Klänge verwandelt – aus den Öffnungen der Turmfenster emporzusteigen.

Einige Minuten lag Wimsey schlotternd auf dem Bleidach, bis er allmählich wieder zu vollem Bewußtsein erwachte. Schließlich wischte er sich das Blut vom Gesicht und erhob sich stöhnend auf seine Knie, während er sich mit den Händen am Gitterwerk des Geländers hielt. Der Mond war aufgegangen, die ganze Welt unter der weiten Wasserfläche versunken. Wimsey richtete sich auf und ließ seine Blicke über den Horizont schweifen. Im Südwesten erhob sich der Kirchturm von St. Stephen immer noch auf einem Stück festen Landes, wie ein zerbrochener Mast auf einem sinkenden Schiff. Jedes Haus im Dorf war erleuchtet. St. Stephen hielt dem Ansturm stand. Im Westen zog sich die feine Linie des Eisenbahndammes nach Little Dykesey hin, zwar noch unzerstört, doch schon arg gefährdet. Im Süden, wo sich Dächer und Kirchturm schwarz gegen das Silber abzeichneten, befand sich Fenchurch St. Peter inmitten einer riesigen Wasserfläche. Direkt unter ihm lag das verlassene St. Paul, seinem Schicksal entgegenharrend. Im Osten ließ eine schwache Linie den Potters Lode-Damm erkennen, doch schien er, während Wimsey hinübersah, bereits unter der anwachsenden Flut zu wanken und zu weichen. Die Wale selbst war völlig in den Wassern verschwunden, aber weiter draußen zeigte ein Streifen deutlich, wo das Land dem Meere zu wieder anstieg und die Wasser in der Ebene zurückließ. Höher und höher stiegen die Fluten, unablässig von Van Leydens Schleuse gespeist. Schon standen sie auf einer Höhe mit dem Fenchurch-Kanal. Der goldene Wetterhahn auf seiner Fahne war gewillt, der Gefahr zu trotzen. Wachsam hielt er Ausschau, von dem unaufhörlich daherbrausenden Ostwind in Schach gehalten. Irgendwo in diesen brandenden Wassern trieben, zugleich mit den Trümmern und geborstenen Resten aus Häusern und Feldern, die Leichname von Will Thoday und seinem Kameraden. Das Fen-Moor hatte sein Eigentum zurückgefordert.

Eine Glocke nach der andern hörte auf zu läuten. Gaude, Sabaoth, John, Jericho, Jubilee, Dimity und Batty Thomas senkten ihre rufenden Münder. In die plötzliche Stille hinein ließ Tailor Paul ihre neun Schläge für die beiden am Abend dahingeschiedenen Seelen erschallen. Dann ertönten feierliche Orgelklänge. Wimsey kroch den Turm hinunter. Im Läuteraum stand der alte Hezekiah noch am Seil. Aus der vollen Kirche drangen Licht und Geräusch herauf. Leise und melodisch erhob sich des Pastors Stimme und stieg zu den Flügeln der schwebenden Cherubim empor: »Herr, erleuchte unsere Dunkelheit.«

Siebzehntes Kapitel

... Die Glocken haben das letzte Wort

Vierzehn Tage und Nächte lang strömte die Wale flußaufwärts in ihrem Bett, vierzehn Tage und Nächte überfluteten die Wasser das Land. Sie standen rings um Fenchurch St. Stephen, einen Fuß hoch über dem Eisenbahndamm, so daß die Züge schnaufend und langsam einfuhren, nach rechts und links Wassergüsse aussendend. St. Peter litt am schwersten. Seine Häuser standen bis zu den Fenstergesimsen der Obergeschosse, seine Hütten bis zu den Dachrinnen in der Flut. In St. Paul war alles acht Fuß hoch überschwemmt, mit Ausnahme der Anhöhe, auf der Kirche und Pfarrhaus sich befanden.
Des Pastors Organisation arbeitete hervorragend. Die Vorräte reichten drei Tage lang aus, danach sorgte ein improvisierter Boots- und Fährdienst für regelmäßige frische Nahrungszufuhr aus den benachbarten Städten. Es entwickelte sich im Lauf der Zeit ganz von selbst eine Art Inselleben in und bei der Kirche – ein Leben, das seinen eigenen Rhythmus hatte. Jeder Morgen wurde durch ein kurzes und liebliches Geläute eingeleitet, das die Melker zu den Kuhställen im Kirchhof rief. Heißes Wasser zum Waschen wurde in fahrbaren Wasserbehältern aus der Waschküche des Pfarrhauses gebracht. Dann wurde die Zeltbahn, die die Seite der Männer von der der Frauen trennte, zurückgezogen und ein kurzer Gottesdienst mit Gesang und Gebet abgehalten, während bereits Geschirrgeklapper und Gerüche aus der Marienkapelle verrieten, daß die Frühstücksvorbereitungen im Gange waren, und zwar unter Bunters Leitung. Dann begann der Tag mit seinen vielfältigen Pflichten. Im Südschiff wurde Schule gehalten, die Leitung der Sportspiele und gymnastischen Übungen im Pfarrgarten übernahm Lord Peter Wimsey.

An drei Abenden der Woche fanden Konzerte und Vorlesungen statt, die von Mrs. Venables, Miss Snoot und den vereinten Kirchenchören von St. Peter und St. Paul unter Mitwirkung von Hilary Thorpe und Mr. Bunter (als Komiker) arrangiert wurden. Sonntags erfuhr das Tagesprogramm eine Änderung durch die Abhaltung eines Frühgottesdienstes.

Als Wimsey am vierzehnten Tag durch den Kirchhof ging, um ein Schwimmbad in der Dorfstraße zu nehmen, bemerkte er, daß das Wasser um zwei Fingerbreit gesunken war. Mit einem Lorbeerzweig, den er in Ermangelung eines Ölzweigs aus irgendeinem Vordergarten stibitzt hatte, kehrte er zurück. Am gleichen Tage ertönte ein frohes Geläute vom Turm, das bald darauf von einem ebenso fröhlichen Läuten aus St. Stephen beantwortet wurde.

»Der Geruch«, bemerkte Mr. Bunter, als er am zwanzigsten Tage über die öde Fläche von Schlamm und Tang, die einst einmal Fenchurch St. Paul gewesen war, hinwegsah, »der Geruch ist höchst unsympathisch, Mylord. Ich möchte auch annehmen, daß er ungesund ist.«

»Quatsch, Bunter«, entgegnete ihm sein Herr. »In Southend würden Sie es Ozon nennen und ein Pfund für jeden Atemzug bezahlen.«

Die Frauen sahen bekümmert drein, wenn sie an die Arbeit des Säuberns und Trocknens dachten, die ihrer zu Hause wartete, und die Männer schüttelten ihre Köpfe über all den Schaden, den die Flut in Ställen und Scheunen angerichtet hatte.

Die Leichname von Will Thoday und John Cross wurden in den Straßen von St. Stephen gefunden, wohin sie die Wasser getragen hatten, und unter einem feierlichen Sterbegeläute im Schatten des Kirchturms begraben. Erst als sie in der Erde lagen, teilte sich Wimsey dem Pastor und Oberinspektor Blundell mit. »Der arme Will Thoday! Er ist eines tapferen Todes gestorben und hat sein Vergehen gesühnt. Er hatte nichts Böses gewollt, aber wahrscheinlich hat er es doch schließlich erraten, wie Geoffrey Deacon gestorben ist, und sich dann dafür verantwortlich gefühlt. Wir brauchen jetzt jedenfalls nicht mehr nach dem Mörder zu suchen.«

»Wie meinen Sie das, Mylord?«

»Weil«, erklärte Wimsey mit einem trockenen Lächeln, »die Mörder des Deacon bereits hängen.«

»Mörder?« fragte der Oberinspektor rasch. »Sind es denn mehr als einer und wer?«

»Gaude, Sabaoth, John, Jericho, Jubilee, Dimity, Batty Thomas und Tailor Paul.«

Ein überraschtes Schweigen folgte. Dann fuhr Wimsey fort: »Ich hätte eigentlich früher darauf kommen sollen. Wenn ich mich recht erinnere, ist es oben in St. Pauls Cathedral, wo das Betreten der Glockenstube während eines Wechselgeläutes den Tod zur Folge haben soll. Jedenfalls weiß ich, daß ich auch tot wäre, wenn ich mich damals, als der Alarm geläutet wurde, zehn Minuten lang oben im Turm aufgehalten hätte. Ich kann zwar nicht sagen, woran ich gestorben wäre – am Schlag, an einem Bluterguß oder an dem Schock – nennen Sie es, wie Sie wollen. Der Schall von Trompeten hat seinerzeit die Mauern von Jericho zu Fall gebracht, und der Ton einer Geige kann ja bekanntlich ein Wasserglas in Erschütterung versetzen. Kein menschliches Wesen vermag den Lärm von Glocken länger als fünfzehn Minuten zu ertragen, während Deacon neun lange Stunden, von Mitternacht bis zum Neujahrsmorgen, dort oben angeseilt und eingesperrt war.«

»Du großer Gott«, rief der Oberinspektor aus. »Dann haben Sie also recht gehabt, als Sie sagten, daß der Pastor oder Sie oder Hezekiah ihn vielleicht getötet haben.«

»Ja, wir waren es«, erwiderte Wimsey. Er dachte einen Augenblick nach, ehe er weitersprach. »Der Lärm muß damals noch viel furchtbarer gewesen sein als neulich. Wenn man bedenkt, daß der Schnee auch noch die Fensteröffnungen verstopft und das Geräusch im Turm aufgehalten hat. Geoffrey Deacon war ein Schuft, aber wenn ich mir vorstelle, wie grauenhaft hilflos und allein er gewesen ist und was er zuletzt gelitten haben muß ...«

Er brach ab und barg seinen Kopf in den Händen, als ob er instinktiv den Aufruhr der Glocken auszuschließen versuchte.

Des Pastors milde Stimme unterbrach das Schweigen. »Es hat immer seltsame Legenden um Batty Thomas gegeben. Zwei Männer hat sie getötet, und Hezekiah wird Ihnen sagen, daß die Glocken nun einmal die Gegenwart des Bösen nicht dulden wollen. Vielleicht redet Gott durch den Mund des Erzes, das der Sprache nicht fähig ist. Er ist ein gerechter Richter, mächtig und langmütig. Täglich wird Er herausgefordert.«

»Scheint wirklich, als brauchten wir nichts mehr in der Sache zu unternehmen«, äußerte der Oberinspektor und schlug einen leichteren Gesprächston an. »Der Mann ist tot, und der, der ihn da hinaufgeschafft hat, ist auch tot. Der arme Teufel. Ich verstehe zwar absolut nichts von diesen Glocken, aber ich verlasse mich da ganz auf Sie, Mylord. Hat wahrscheinlich irgendwie mit den Tonschwingungen zu tun. Jedenfalls scheint Ihre Lösung die beste zu sein – ich werde sie gleich dem Polizeidirektor mitteilen. Damit ist die Sache wohl erledigt. Ich wünsche den Herren also einen guten Morgen.« Mit diesen Worten erhob sich Mr. Blundell und ging hinaus.

Dorothy Sayers

im Rainer Wunderlich Verlag Hermann Leins

Kriminalromane als Sonderausgaben

Es geschah im Bellona-Club
4. bis 8. Tausend. 292 Seiten, in Leinen 13,50 DM

Ein Toter zu wenig
7. bis 10. Tausend. 256 Seiten, in Leinen 12,80 DM

Lord Peters schwerster Fall
5. bis 8. Tausend. 236 Seiten, in Leinen 12,80 DM

Geheimnisvolles Gift
11. bis 16. Tausend. 288 Seiten, in Leinen 13,80 DM

Lord Peters Hochzeitsfahrt
31. bis 35. Tausend. 336 Seiten, in Leinen 12,80 DM

Die neun Schneider
26. bis 34. Tausend. 360 Seiten, in Leinen 11,80 DM

In Vorbereitung für Herbst 1972:
Aufruhr in Oxford
28. bis 34. Tausend. 472 Seiten, in Leinen ca. 15,80 DM

Mord braucht Reklame
1. bis 8. Tausend. 336 Seiten, in Leinen 13,80 DM

Dorothy Sayers erzählt
Die geheimnisvolle Entführung
und neun andere Kriminalgeschichten
8. bis 10. Tausend. 240 Seiten, in Leinen 14,80 DM

Fischer
Taschenbuch
Verlag

Spannung

Borges, J. L./A. Bloy Casares
Sechs Aufgaben für Don Isidro Parodi. Kriminalgeschichten aus Buenos Aires. [1202]

Conrad, Joseph
Der Geheimagent
Roman. [1216]

Collins, Wilkie
Lucilla. Roman. [1201]

Einige Morde
Mordgeschichten. [1067]

Englische Gespenstergeschichten [666]

Faulkner, William
Der Springer greift an
Kriminalgeschichten. [1056]

Haining, Peter (Hrsg.)
Die Damen des Bösen. [1166]

Hayes, Joseph
Der dritte Tag. Roman. [1071]
Sonntag bis Mittwoch
Roman. [1142]

Russische Gespenstergeschichten
Hrsgg. u. übers. v. Johannes von Guenther. [426]

Russische Kriminalgeschichten
Hrsgg. u. übers. v. Johannes von Guenther. [493]

Sayers, Dorothy
Die geheimnisvolle Entführung. [1093]
Kriminalgeschichten. [739]
Lord Peters Hochzeitsfahrt
Roman. [1159]
Mein Hobby: Mord. Roman. [897]
Die neun Schneider
Roman. [641]
Rendez-vous zum Mord. [1077]

Fischer
Taschenbuch
Verlag

Unterhaltung

M. Y. Ben-gavriêl
Frieden und Krieg des Bürgers Mahaschavi. Alte und neue Abenteuer
Roman
Band 1113

Patrick Skene Catling
Das Experiment
Roman
Band 1161

Max Catto
Mister Moses
Roman
Band 1172

Draginja Dorpat
Ellenbogenspiele
Roman
Band 1131

Joseph Heller
Catch 22
Roman
Band 1112

Die Herznaht und andere Arztgeschichten
Vorwort von Walter Vogt
Band 1070

James Jones
Kraftproben
Roman
Band 1188

Rachel Maddux
Die Frau des anderen
Roman
Band 1009

Roger Peyrefitte

Diplomaten
Roman
Band 1132

Die Natur des Prinzen
Roman
Band 1150

Die Schlüssel von Sankt Peter
Roman
Band 1091

Klaus Rifbjerg
Unschuld
Roman
Band 1141

Michael Rumaker
Gringos
Erzählungen
Band 1101

Fischer Taschenbuch Verlag

Jules Verne

Der Fischer Taschenbuch Verlag präsentiert seinen Lesern die erste Taschenbuchausgabe der Werke von Jules Verne. Junge Schriftsteller haben das Werk dieses Autors, das am Beginn der modernen Tatsachenliteratur steht, für den Leser unserer Zeit neu übersetzt und eingerichtet.

Reise zum Mittelpunkt der Erde (JV 1)

Fünf Wochen im Ballon (JV 2)

Die Kinder des Kapitäns Grant (JV 3)

Von der Erde zum Mond (JV 4)

Reise um den Mond (JV 5)

20 000 Meilen unter den Meeren (JV 6)

Reise um die Erde in 80 Tagen (JV 7)

Die geheimnisvolle Insel (JV 8)

Der Kurier des Zaren (JV 9)

Die 500 Millionen der Begum (JV 10)

Der Schuß am Kilimandscharo (JV 11)

Der Stahlelefant (JV 12)

Keraban der Starrkopf (JV 13)

Das Karpatenschloß/ Katastrophe im Atlantik (JV 14)

Meister Antifers wunderbare Abenteuer (JV 15)

Zwei Jahre Ferien (JV 16)

Die Jagd nach dem Meteor (JV 17)

Die Propellerinsel (JV 18)

Reise durch das Sonnensystem (JV 19)

Die Eissphinx (JV 20)